dtv

Als Najem von der kuwaitischen Front heimkehrt, empfängt ihn seine Nachbarin Ma'ali mit der Nachricht, dass seine Frau mit ihrem Mann, dem Palmenkletterer und Hahnenbändiger Asiyad Luti durchgebrannt ist. Sie verführt ihn zu einer gemeinsamen Reise in einem gestohlenen Auto quer durch den Irak bis in die geisterhafte Stadt Tell al-Lahm. Nach und nach enthüllt der Autor die Lebensgeschichten seiner Figuren, er erzählt, wie Ma'ali durch die berühmteste Puffmutter des Landes zu deren Nachfolgerin bestimmt wird; wie Najem seine Frau geheiratet hat, ohne zu wissen, dass sie von seinem besten Freund schwanger war; und wie Asiyad Luti den Auftrag erhält, sie zu liquidieren, weil sie als Dolmetscherin im Palast des Diktators zu viel weiß ...

Der Roman sorgte in der arabischen Welt für Aufsehen, und war in mehreren Ländern verboten. Man warf dem Autor nicht nur Blasphemie und Pornografie vor, sondern zudem »Judenfreundlichkeit«, weil in dem Roman eine alte jüdische Frau vorkommt, die auch noch sympathische Züge trägt – ein Tabu in der arabischen Gegenwartsliteratur.

Najem Wali, geboren 1956 in Basra/Irak, erlitt als Regierungsgegner Haft und Folter. 1980, nach Ausbruch des Iran-Irakkriegs, emigrierte er nach Europa, studierte Deutsche und Spanische Literatur in Hamburg und Madrid und lebt heute als Schriftsteller und Kulturkorrespondent der arabischen Zeitung ›Al-Hayat‹ in Berlin. Wali ist *die Stimme* des aufgeklärten Irak in Deutschland. Sein Denken und Wirken zielt auf Verständigung und friedliche Koexistenz zwischen westlicher und arabischer Welt. Zuletzt erregte Wali Aufsehen mit seinem Reisebericht ›Reise ins Herz des Feindes‹: »Nirgendwo sonst in der arabischen Welt geht es Arabern besser als den Arabern in Israel«, so Wali, der Israel bereist und sich intensiv mit dem Land auseinandergesetzt hat.

Najem Wali

Die Reise nach Tell al-Lahm

Roman

Aus dem Arabischen
von Imke Ahlf-Wien

Deutscher Taschenbuch Verlag

Von Najem Wali ist im
Deutschen Taschenbuch Verlag erschienen:
Jussifs Gesichter (13850)

Die deutschsprachige Ausgabe wurde zusammen mit
dem Autor vollständig überarbeitet.

**Ausführliche Informationen über
unsere Autoren und Bücher
finden Sie auf unserer Website
www.dtv.de**

2010 Deutscher Taschenbuch Verlag GmbH & Co. KG,
München
© Najem Wali
Die arabische Originalausgabe erschien 2001 unter dem Titel
»Tell al-Lahm« bei Dar al-Saqi in Beirut
Für die deutschsprachige Ausgabe:
Lizenzausgabe mit Genehmigung des Carl Hanser Verlag
© Carl Hanser Verlag München 2004
Umschlagkonzept: Balk & Brumshagen
Umschlaggestaltung: Wildes Blut, Atelier für Gestaltung,
Stephanie Weischer, unter Verwendung eines Fotos
von Corbis/Benjamin Lowy
Satz: Satz für Satz. Barbara Reischmann, Leutkirch
Druck und Bindung: Druckerei C. H. Beck, Nördlingen
Gedruckt auf säurefreiem, chlorfrei gebleichtem Papier
Printed in Germany · ISBN 978-3-423-13940-3

Meinem Spiegelbild...
Inaam ...
meiner Taube

Rafael Alberti
Getäuscht hat sich die Taube

Getäuscht hat sich die Taube.
    Hat sich getäuscht.

Nach Nord wollt sie und flog nach Süden.
Das Korn hielt sie für Wasser.
    Hat sich getäuscht.

Das Meer hielt sie für Himmel,
die Nacht hielt sie für Tag.
    Hat sich getäuscht.

Sie hielt für Tau die Sterne,
die Hitze für den Schnee.
    Hat sich getäuscht.

Deinen Rock für dein Hemd,
dein Herz für ihren Schlag.
    Hat sich getäuscht.

(Sie ist am Strand entschlafen,
auf einem Wipfel du.)

(Aus dem Spanischen von Hans-Magnus Enzensberger)

»Diese Geschichte ist wahr, weil ich sie erfunden habe.«

(Boris Vian)

Eine Art Prolog: Genesis

Zuerst dachte ich, es wäre die Radiostimme, die mich geweckt hatte, nachdem sie mit voller Lautstärke aus dem Transistorradio an meine Ohren gedrungen war. Ich hatte das Gerät mitgenommen und dort stehenlassen, wo schon lange das Telefon hätte stehen sollen. In dem Moment, als ich aufwachte, hörte ich eine abgehackte Stimme, die klang, als würde Holz gesägt. Sie sprach von einem Ort, der »Tell al-Lahm« hieß, und davon, wie jemand sich erschoß. »Auch eine Art zu sterben«, sagte ich mir, als ich meine Hand ausstreckte, um den Apparat auszuschalten. Ich dachte, ich könnte weiterschlafen, und bemühte mich, die Gedanken zu verscheuchen, die der Name des Ortes in meinem Geist aufgewirbelt hatte. Ich war gerade erst eingeschlafen – die Tage waren lang –, aber da war diese Stimme aus dem Radio, die mich aus einem Meer von Schlaf, in dem ich versunken war, herauszuziehen versuchte. So mußte ich versuchen, mich zu erinnern: Wo hatte ich früher schon von »Tell al-Lahm« gehört? Jemand, ich weiß bis jetzt nicht, wer, hatte mir von dem Ort erzählt (wenn man diesen Flecken einen *Ort* nennen kann), ohne mir zu sagen, wo er lag. Hatte sich damit begnügt, ihn mir zu beschreiben: seine Eigenheit, das ausgetrocknete Land, den Treibsand, in dem ihr Auto verschwand, als hätten sie es über Ameisen gelenkt. Und da begann ich zu begreifen. Es durchdrang meinen Körper, bis ich aufschreckte.

Aber er war immer noch da, der beharrliche Wunsch weiterzuschlafen. Es war nur meine Hand, die sich zum Radio streckte, um es auszuschalten (beim ersten Versuch hatte ich offensichtlich nur den Ton leiser gestellt), und damit den Katarakt der Erinnerung an »Tell al-Lahm« zu verdrängen. Nach einem weiteren Satzfetzen erreichte mich dann ein ganzer Satz: »Er erschoß sich dort.« Was auch immer das bedeutet und ob es einen Zusammenhang zwischen »Tell al-Lahm« und diesen Worten gab oder nicht (denn ich begann an der Existenz dieses Ortes zu zweifeln). Auch was der Sprecher im folgenden nur undeutlich sagte, spielt keine Rolle. Es war, als käme seine Stimme aus einer anderen Welt. Vielleicht war es mein hartnäckiger Widerstand gegen das Aufwachen, der »Tell al-Lahm« aus meinem Bewußtsein vertrieb.

Doch wie sich zeigte, war es mir nicht vergönnt, das Unternehmen Schlaf zu Ende zu bringen. Kurz nachdem ich das Radio ausgeschaltet hatte, meinte ich eine Stimme durchs Haus tönen zu hören. Zum letztenmal versuchte ich zu schlafen. Doch unser Körper besitzt seine eigenen Strategien und Tricks – verborgene und sichtbare –, unseren Wünschen zu entkommen. Obwohl »Tell al-Lahm«, die Ameisen, der Treibsand und das verschwommene Bild der Person, die sich erschoß und von der mir jemand erzählt hatte (ich weiß nicht, wer!), im Meer meines Schlafes versanken, fühlte ich, daß sich meine Lider nicht einig waren: eines will erwachen, das andere bittet inständig um Schlaf. Bis jetzt wußte ich nicht, was los war.

Ich rieb mir verwirrt die Augen, konnte noch nicht auseinanderhalten, was Wirklichkeit war und was Einbildung, was Alpdruck und was Wunschdenken. Es war ein Spiel, der Versuch zu erkennen, was tatsächlich stattfand und was ich mir einbildete. Für jemanden wie mich, der das Sofa nicht verließ, auf dem er sich *entspannte* (vielleicht rede ich mir das nur ein, da ich ja sicherlich sehr *tief* geschlafen hatte), war es schwierig zu unterscheiden. Sonst wäre es nicht zu dem Widerhall dieses Echos gekommen, dem Echo von »Tell al-Lahm«, das sich vermischte mit dem Ameisenstrom, dem Bild des Treibsands und dem Mann, der sich vermutlich umgebracht hat. Wäre ich wach gewesen, hätten sich Vision und Gewißheit, Realität und Phantasie nicht vermengt.

Vor drei Tagen bin ich aus dem Krieg zurückgekehrt. Irgendwie hatte er ein Ende gefunden, zumindest für die kriegerischen Parteien. Für uns aber fand er nie ein Ende! Uns kocht sein Erbrochenes entgegen wie Lava aus einem Vulkan. Wir sind der heiße Dreck, der sich im Bauch des Vulkans sammelt. Ich gehöre zu diesem Dreck, mit dem jedes menschliche Wesen leben kann, wenn es nur einen

Anlaß gibt, einen Tag, einen Monat, ein Jahr, in denen sich der Kreis um das Wesen schließt. Es gibt einen Zusammenhang zwischen diesem Dreck, mit dem wir täglich konfrontiert werden (besonders wenn wir allein sind), und dem, der sich in der Müllkiste und im Abfallbeutel ansammelt. Aber es ist ein Dreck der besonderen Art, denn er bietet auch Schutz. Und dieser Schutz ist es wohl, der mir an diesem Tag Halt gab, während ich mich auf dem Sofa ausruhte oder im Fieber des Schlafs versank. Bis zum Aufstehen wußte ich nicht einmal, daß ich noch am Leben war (in meinen Ohren hallte nur das Echo dieses seltsamen Namens »Tell al-Lahm« wider, das dann allmählich verebbte). Ich schuldete niemandem Dank, mußte nur die Regeln des Spiels akzeptieren und bis zum Ende des Lieds befolgen, denn es war ein Spiel und nichts sonst, das mir bis jetzt zu existieren erlaubte. Ich bin noch am Leben, weil meine Rolle genau darin besteht – unter Voraussetzungen, die diese Rolle überhaupt erst nötig machen. Ich muß meine einsame Lage akzeptieren – bis jetzt, bis zu dem Moment, in dem die Hausklingel läutet. Ich muß akzeptieren, daß mir möglicherweise nur das Schicksal bleibt, daß jene Hand, die da siebenmal heftig klingelt, auch die Kraft hätte, siebenmal oder öfter eine Pistole abzufeuern, um zu töten. Auf irgendein Ziel, aus purem Vergnügen am Abknallen.

Wenn ich davon ausgehe, daß diese Hand ohne Hintergedanken klingelt und daß es ihr gleich ist, was sie mit dem Klingeln bewirkt, muß ich ihr antworten. Doch sie gibt mir nicht genügend Zeit, mir, dem Soldaten, der aus dem Krieg zurückgekehrt ist, welcher schlimmer war als das Höllenfeuer. Vielleicht kennt diese Hand das Feuer nicht, oder sie klingelt mit solchem Nachdruck, *weil* sie es kennt und mir nicht genügend Zeit lassen will, wieder einzuschlafen. Sie zwingt mich, vom Sofa aufzustehen, im Wohnzimmer, in der Finsternis des Hauses, der Nacht – und der Stille, die sich ungewöhnlich früh über die Stadt gelegt hat.

Die Stille wird nur vom Zirpen der Zikaden durchtrennt, begleitet von einem Laut wie dem eines traurigen Cellos, und dieser Laut löst mich für einen Moment vom Zimmer los, von der Stadt, vom Süden, vom Land. Aber plötzlich sehe ich die Lichter eines Schiffs, das den Schatt al-Arab verläßt. Es verschwindet, gleitet an dem zum Fluß hinausgehenden Wohnzimmerfenster vorbei. Ich wünsche mir, daß Wadschîha bei mir wäre, meine Frau, damit wir sofort abreisen und nicht zurückkehren.

Aber ich erwache vollends von leichtem Pochen an das andere Fenster, das noch von einer Gardine bedeckt ist, begleitet von einem sanften Flüstern: »Mach auf, ich bin's, deine Nachbarin!«

Erster Teil
Exodus

1

Ich bewegte mich langsam auf das Wohnzimmerfenster zu und zog vorsichtig an einer Seite des Vorhangs, als könnte ich mich von dieser Person befreien, die vollständig bekleidet auf dem Sofa geschlafen hatte. Ich sah eine Frau hinter dem Fenster. Ich zweifelte keinen Moment daran, daß es Ma'ali war, unsere Nachbarin. Sie lehnte an einem Mercedes, den ich bei meiner Ankunft nicht gesehen hatte. Ich betrachtete sie eine ganze Weile, vielleicht zwei oder drei Minuten. Sie zeigte weder Angst noch Ungeduld. Ich hatte nicht vor, sie da an der Haustür warten zu lassen. Etwas geschah ohne meinen Plan: Genau in dem Moment, als Ma'alis Hand die Türklingel drückte, war ich nicht auf dieser Welt. Ich war weit weg, ich ertrank, an einem Ort, der eher Wahn als Wirklichkeit war, ein Ort, zu dem ich Zuflucht gesucht hatte, seit ich nach meiner Rückkehr vor drei Tagen in die Geistesabwesenheit geflohen war.

Da ich nicht wußte, was ich jetzt tun sollte, fand ich eben nichts Besseres, als wieder zu schlafen. Ich glaube nicht, daß ich der einzige war, dem es so erging, der in den Schlaf flüchtete. Ich war einer von Millionen von Männern, die in diesen Tagen von der Front zurückkehrten, aus einem Krieg, der schlimmer war als die Hölle, vor allem für jene, die bei ihrer Rückkehr einen Weg zurücklegen mußten, den sie »Weg des Todes« nannten. Bis zum ersten Krieg hatte er »Weg des Wahnsinns« geheißen. Aber es ist auch egal. Sobald ich aufstand, um der Spur dieses Klopfens nachzugehen, das mich am Anfang wirklich gestört hatte, sagte ich mir: Du mußt aufstehen. Du kannst nicht ewig schlafen, auch wenn du nichts lieber tätest.

Und plötzlich, auf Präzision bedacht, rechnete ich nach: Seit meiner Rückkehr waren erst drei Tage, zwei Stunden und fünfundfünfzig Minuten vergangen. Vieles von dem, was damals geschah, verstand ich erst nach der Reise, die ich mit dieser Frau unternehmen sollte, eine Reise, die keiner anderen glich.

Eine Reise ist ein Gemisch aus Flucht, Vergessen und der Kunst, den anderen zu finden. Auf einer Reise kann jeder sich selbst in der Begegnung mit dem anderen entdecken – und das ist mehr, als wir auf einer Reise über unbekannte Orte herausfinden.

Vielleicht hätte ich dieser Reise mit ihr nicht zugestimmt, wenn sie mich nicht vom Verschwinden meiner Frau Wadschîha überzeugt hätte, die bei meiner Rückkehr nicht zu Hause war. Natürlich konnte ich nicht davon ausgehen, sie hier vorzufinden. Nicht mal wegen der Geschehnisse in unserem Land. Warum hätte sie in der Stunde meiner Ankunft hier sein sollen? Ich versuchte mich damit abzufinden, wie die vielen anderen Männer, die in jenen Tagen nach Hause kommen und deren Frauen nicht da sind, weil sie gerade einkaufen gegangen sind oder ihren Familien einen Besuch abstatten. Die Männer müssen verstehen, daß ihre Frauen nicht wissen können, daß sie ausgerechnet an diesem Tag heimkehren. Vielleicht brauchen alle viel Zeit, um wahrzuhaben, daß der Krieg zu Ende ist. Schließlich hatte ich ihr seit sechs Monaten keinen Brief geschickt!

All dies spielte sich in meinen Gedanken ab, als ich vom Fenster aus unsere Nachbarin betrachtete. In diesem Moment, vielleicht auch vor drei Tagen – in allem, worüber ich nachdachte, mischte sich Realität und Phantasie –, wußte ich nicht, warum mir dieser Gedanke in den Sinn kam: daß ich ertragen mußte, daß sie gerade das Haus verlassen hatte. In dieser Stunde bekam ich eine so große Angst, daß ich nichts tun konnte, als das Portemonnaie zu öffnen, in dem ich nur zehn Dinar fand. Ich glaube, daß ich in diesem Moment daran dachte, unserer Nachbarin die Tür zu öffnen. Zuvor schleppte ich mich zum Tisch neben dem Sofa – wo das Telefon hätte stehen sollen, das wir trotz vieler Versuche und guter Beziehungen nicht bekommen hatten –, um mich der Existenz des Portemonnaies zu vergewissern, das ich dort hingelegt haben mußte. Tatsächlich lag es dort. Ich steckte das Portemonnaie in meine Brusttasche, ging zur Tür, öffnete, und Ma'ali trat ein.

Sie war zwei- oder dreiunddreißig Jahre alt, aber vielleicht irre ich mich auch. Sie gehört zu den Frauen, deren Alter man nur schwer schätzen kann, insbesondere wenn es einen nicht interessiert. Dies ist die Wahrheit: Noch vor einem Tag hatte ich an ihren Namen oder ihr Alter keinen Gedanken verschwendet. Sie war unsere Nachbarin, seit wir, meine Frau und ich, vor etwa zehn Jahren umgezogen waren. Wir waren am 13. September 1980 eingetroffen – an dem Tag, als die Lokalblätter die Befreiung eines Orts verkündeten, dessen Namen ich nie zuvor gehört hatte: Zain al-Qaus. Aber dieser Name sollte in die Geschichte eingehen. Seltsam, seltsam. Inzwischen waren mehr als zehn Jahre vergangen. Mir war nicht wirklich bewußt gewesen, daß Ma'ali sich von unseren anderen Nachbarinnen unterschied – nicht etwa ihres verführerischen Aussehens wegen, sondern weil sie einen ähnlichen Dialekt sprach wie die kuwaitische Fernsehsprecherin Sahâd Muhtadîy al-Sabâh, deren Sendung ich regelmäßig sah, bis ich die Nachrichten im kuwaitischen Fernsehen irgendwann satt hatte.

»Ma'ali?« sagte ich, als ich die Tür öffnete.

Sie lachte: »Du nennst mich Ma'ali? Na, macht ja nichts.«

Bevor ich fragen konnte, was sie damit meinte, winkte sie mit der Hand ab, damit ich der Angelegenheit keine Bedeutung beimesse: »Es gibt schließlich keinen Zusammenhang zwischen einem Namen und der Person, die ihn trägt. Es macht einen viel stärkeren Eindruck auf uns, wenn der Name, den wir einer Person geben, der Phantasie entspringt. Auf dieser Grundlage akzeptiere ich, daß du mich von heute an Ma'ali nennst.«

Sie lachte, und ich fragte mich in diesem Moment wieder vergeblich nach dem Grund. Ja, ich glaubte, daß sie scherzte und mich nur ärgern wollte. Was sonst sollte sie dazu bringen, mir zu erlauben, ihr einen anderen Namen zu geben? Außerdem war ich überzeugt, daß sie Ma'ali hieß, weil es, trotz ihrer häufigen Abwesenheit (ich weiß nicht, wohin sie ständig unterwegs war, und ich fragte sie auch an diesem Tag nicht danach), der einzige Name war, den ich in diesen Jahren zwei- oder dreimal gehört hatte, als von ihr und ihrem Mann die Rede war.

»Ich weiß, daß du geschlafen hast. Wenn die Cellomusik nicht gewesen wäre, hätte ich dich schon lange geweckt!«

Obwohl ich sie nicht darum gebeten hatte, trat sie wie selbstverständlich ein. Ich fragte zwischen Spaß und Ernst: »Was hast du denn gehört, wenn ich mir die Frage erlauben darf?«

»Die Stücke ›Glaubt er?‹, und ›Die sinnlosen Wege des Schicksals haben mich auf seine Fährte gebracht‹.«

Sie ging vor mir ins Zimmer und bewegte sich, als würde sie das Haus schon lange kennen. Ich schloß die Tür und folgte ihr. Ich dachte an ihr selbstverständliches Eintreten, und vielleicht wären mir die vielen Prophezeiungen in den Sinn gekommen, wenn ich nicht auf ihren Hintern gestarrt hätte, der mir in diesem Moment sehr verführerisch vorkam.

Ich lachte. Und als sie mich fragte, warum, sagte ich: »Ich habe mir vorgestellt, Sahâd Muhtadîy al-Sabâh würde vor mir herstolzieren.« Schließlich konnte ich nicht riskieren, ihr zu sagen, daß ich an Sahâd Muhtadîy al-Sabâhs Hintern dachte!

»Ha! Also auch du stehst auf Sahâd Muhtadîy al-Sabâh!« Und sie ging vor mir her, ohne eine Antwort zu erwarten, und als wir in die Küche kamen, nahm sie sich einen Stuhl aus der Ecke und setzte sich. Sie sah mich an. Dann fragte sie: »Hast du eine Zigarette?«

»Ich seh mal nach.« Ich näherte mich einem der Bretter an der Wand und tastete mit den Händen nach den Zigaretten, die meine Frau dort versteckt hatte. Ich fand vier Zigaretten der Marke »Sumer«. Eine gab ich ihr, die anderen legte ich auf den Tisch.

Sie zündete die Zigarette mit dem Feuerzeug an, das sie auf den Tisch geworfen hatte. »Deine Frau hat das Feuerzeug wohl vergessen, und du rauchst ja nicht, wie ich weiß«, sagte sie spöttisch, blies den Rauch langsam aus und sah mich kalt an.

Ich zuckte blödsinnig die Achseln und wußte nicht, was ich antworten sollte. Wie gern hätte ich sie gefragt, woher sie wußte, daß meine Frau rauchte und ich nicht, hätte ihr gesagt, daß ich mir im Grunde meines Herzens wünschte, daß sie ihren seltsamen Besuch schleunigst beenden und verschwinden sollte. Aber sie ließ sich nicht aus der Ruhe bringen und sagte: »Möchtest du wissen, wo deine Frau ist?«

Eigentlich war ich nicht überrascht, als sie mir diese Frage stellte. Vermutlich wußte sie besser als ich, was meiner Frau zugestoßen war.

»Sie ist mit Asîyad Lûtî und all seinen Hähnen geflohen.« Sie sagte dies, als ginge es um einen Mann, mit dem sie nichts zu tun hatte, nicht um Asîyad Lûtî, ihren Ehemann.

Ich schwieg, wußte nicht, was ich sagen sollte. Sie sah mich aus dem Augenwinkel an. Vielleicht studierte sie meine Reaktion, während sie rauchte. Als sie merkte, daß ich nicht antworten würde, nahm sie einen tiefen Zug und stieß den Rauch nun heftig aus. Gleichzeitig begann sie, die Zigarette auf der Innenfläche ihrer Hand auszudrücken; sie hielt sie mir hin, als zeigte sie mir absichtlich die Spuren der alten Verbrennungen, die dort vernarbt waren. »Aber wo auch immer sie hingehen werden – ich werde ihnen folgen bis ans Ende der Welt.«

Meine Frau war also mit dem Hahnenbändiger Asîyad Lûtî durchgebrannt. Wer kannte Asîyad Lûtî nicht. Er arbeitete als Palmenkletterer, doch bekannter war er als Schmuggler von Hähnen, die er aus Iran heranschaffte und zu hohen Preisen verkaufte. Er war es auch, der das Gerücht verbreitete, die iranischen Hähne seien kräftiger als ihre irakischen Artgenossen. Doch er verkaufte sie nicht alle, einige behielt er für die Hahnenkämpfe.

Ma'ali fragte mich hartnäckig: »Und du willst nicht wissen, wohin sie gegangen sind?«

»Ja, wohin denn?« fragte ich, schon leicht gereizt.

Sie öffnete plötzlich den Mund, als würde sie sich an etwas Wichtiges erinnern, und bemerkte spöttisch: »Wohin! Ist das alles, was du fragst? Ist das alles, was du sagst?« Sie schwieg eine Weile, dann fügte sie hinzu, indem sie mich anblickte, als wollte sie sich meiner Ernsthaftigkeit vergewissern: »Noch nie habe ich einen Mann gesehen, der in sein Haus zurückkehrt, seine Frau nicht findet und auf eine so lakonische Art und Weise reagiert, obwohl er gerade erfahren hat, daß sie mit einem anderen Mann durchgebrannt ist!«

Offensichtlich fühlte sie sich durch meine Gleichgültigkeit provoziert. Ich war nicht erpicht darauf, zu erfahren, an welchen Ort Wadschîha geflüchtet war. Ich hatte in diesem Moment auch keine Lust, ausführlich über die Gründe zu sprechen. Ich sagte, daß es nicht das erste Mal sei, daß Wadschîha mich verlassen habe, es sei schon früher vorgekommen, einmal genau an dem Tag, als der erste Krieg endete – auch wenn sie damals nicht mit einem Mann weggegangen war und mir nach ihrer Abreise einen Brief geschrieben hatte.

Aber woher hätte ich eigentlich wissen sollen, ob sie die Wahrheit sagte, ob sie nicht doch mit einem Mann durchgebrannt war? Und außerdem: Was wollte diese Frau, die da vor mir saß und von mir verlangte, ich solle mich so verhalten, wie es ihr paßte? Was erwartete sie von einem Mann, der vom Krieg zerfressen und von der Zeit zerstört worden war? Nein, ich war außerstande, ihr *alles* zu enthüllen.

Ich überlegte, ob ich sie bitten sollte, das Haus zu verlassen, aber mir fehlte die Kraft. Vielleicht bemerkte sie meine Unsicherheit, schließlich stand ihr der Mund immer noch offen, und sie erwartete eine Antwort von mir. Spitz ließ sie verlauten: »Ich kann dir sagen, wohin sie gegangen sind. Es ist ein Ort, an dem das Geld fließt. Du weißt, daß er sich mit Hähnen auskennt. Und deine Frau weiß, was ein hübsches Hähnchen ist.«

Sie stand auf und wandte sich um, so daß ihr Hintern beinahe den Tisch wegschob, der uns voneinander trennte. Sie gab ihrem Hintern einen Klaps und sagte: »Sie weiß von ihrem Hintern zu leben. Wohin wird sie wohl gehen? Kapierst du's endlich?«

Ich hatte keine Ahnung, woher auch. Ich hatte Wadschîha in einer anderen Zeit geheiratet, als wir zusammen als Dolmetscher arbeiteten. Damals herrschte noch kein Krieg, obwohl wir ihn auf allen offiziellen Konferenzen, bei denen wir übersetzten, schon spürten. Aber wir sprachen nicht offen darüber, entweder weil wir einander nicht genügend vertrauten oder weil wir glaubten, daß wir allein durch Stillschweigen unwissend bleiben und das Unglück abwenden könnten. Um die Wahrheit zu sagen: Man glaubte dort bis in die letzten Jahre des ersten Krieges nicht an die Katastrophe. Ich verrichtete meinen Dienst, sei es als Dolmetscher für die ostdeutschen Generäle im Verteidigungsministerium, auf dem Flottenstützpunkt in Basra, sei es als Übersetzer für die kulturmilitärische Redaktion der Zeitschrift *Harâs al-Watan* – Wächter des Vaterlands.

Und Wadschîha, die Spanisch studiert hat, übersetzte für lateinamerikanische, insbesondere argentinische und chilenische Generäle. Wenn wir gemeinsam an offiziellen Treffen teilnahmen, war sie weit ernsthafter bei der Sache als ich. Ich hörte sie nie einen Witz erzählen, im Gegenteil, sie machte es sich zur Pflicht, wie ein Roboter aufzutreten. Nie erschien sie leichtfertig, ganz und gar nicht. Bei allen offiziellen Treffen trug sie grundsätzlich einen langen Rock, nur wenig Make-up und eine dicke getönte Brille, von der ich bis heute nicht weiß, ob sie ärztlich verschrieben oder bloß ein Dekor war, um seriöser zu wirken. Sicher, nachdem sie sich, wie so viele, in den letzten Kriegsjahren verändert hatte, würde auch das nichts mehr nützen. Vielleicht war die Brille (die wir den Flaschenboden nannten) auch ein Hilfsmittel, all ihre Nebentätigkeiten zu verheimlichen. Natürlich hatte ich gehört, daß viele Übersetzer und Übersetzerinnen sich prostituierten – als Angestellte im Außenministerium. Aber selbst wenn ich gewußt hätte, daß Wadschîha Prostitution auf hohem Staatsniveau betrieb, hätte ich nie mit dem Gedanken gespielt, daß sie mit dem Hahnenbändiger enden würde! Um die Wahrheit zu sagen: Bis ich an diesem Mittag die Worte unserer aufgeregten Nachbarin Ma'ali hörte, die vermutlich nur aus Unwissenheit oder Eifersucht so sprach, war dies meine Interpretation geblieben.

»Dieser Krieg ist anders als die vorherigen. Viele Menschen sind tief gesunken.« Und ohne abzuwarten, was ich erwidern würde, fügte sie hinzu: »Dazu gehört auch deine Frau.«

Ich öffnete automatisch den Mund und sagte spöttisch und mit dem abscheulichen Gefühl, wie ein Politiker zu sprechen: »Und manche Menschen haben ihr Niveau überboten!«

In der Regel bemühe ich mich nach Kräften, die Politik aus Gesprächen herauszuhalten oder sie wenigstens beim Erzählen einer Geschichte wie dieser zu vergessen. Schließlich hatten die Gründe, daß meine Frau mich verlassen hatte und Ma'ali gekommen war, nichts mit Politik zu tun. Deshalb lachte sie in diesem Moment. Sie nahm eine neue Zigarette vom Tisch, zündete sie an, warf das Streichholz diesmal in meine Richtung und sagte: »Wenn du deine Frau und Asîyad Lûtî meinst, wäre es in Ordnung, aber hüte dich davor, es auf mich zu beziehen.«

Als würde sie die kleinen Lügen brauchen, um am Leben zu bleiben, mußte ich liebenswürdig zu ihr sein. Wahrscheinlich brauchten wir einander in diesem Moment. Plötzlich fragte sie: »Was wirst du tun?«

Ich zuckte die Schultern. Es war zwecklos, mit ihr zu streiten, und so bot ich ihr an, einen Tee zu trinken. Sie schüttelte den Kopf. Als wäre sie längst entschlossen, fragte sie: »Wieviel Geld hast du?«

Ich lachte und antwortete: »Genug, um den Tank meines Gehirns zu füllen. Oder den Tank des Autos.« Ich weiß nicht, warum mir das Auto in den Sinn kam. Vielleicht hatte mich der Anblick des Mercedes an der Haustür daran erinnert.

Ma'ali antwortete, indem sie die dritte Zigarette nahm und zur Tür ging: »Ich habe ein abfahrbereites Auto vor der Tür stehen. Ich habe es heute gestohlen.«

Ich blickte sie nur ganz kurz an. In meinem Kopf dröhnte ein einziger Satz, der Napoleon zugeschrieben wird: Die wichtigsten Schlachten werden in einem »blitzartigen strategischen Augenblick« entschieden. Also mußte ich geschickt vorgehen, einen schnellen Entschluß fassen, egal, ob es richtig war oder nicht. Man kann die Entscheidung eines Mannes, der gerade aus dem Krieg zurückgekehrt ist, nicht verurteilen.

Vor zwei Jahren und fünf Monaten, als Wadschîha mich verließ, rettete mich eine Müllkiste vor der Einsamkeit. Ich zählte meine Tage an den Abfallsäcken ab, die ich in die Kiste warf. Jetzt, nach allem, was passiert ist, werden mir Säcke, Kiste und Müll nicht mehr helfen. Den Müll lasse ich hier hinter mir zurück, ohnehin ist das ganze Land zu einer Müllhalde geworden. Ich muß schnell handeln, Napoleon hin oder her. Ich darf diese Gelegenheit nicht versäumen. Ich muß weggehen, egal, wohin.

Ich zögerte nicht länger, Ma'alis Vorschlag anzunehmen, und folgte ihr nach draußen. Erst als wir neben dem gestohlenen Auto standen – es war das Auto von Doktor Mâdschid, bekannter Frauenarzt des Orts, der behauptet, Chirurg und Unfallarzt zu sein –, merkte ich, daß ich das Licht im Zimmer hatte brennen lassen.

Sie sagte: »Warte einen Moment«, und kam mit einem Koffer zurück, den sie bereitgestellt haben mußte, bevor sie mich aufsuchte. Sie holte eine Viertelflasche Arrak hervor, öffnete sie und spritzte die Flüssigkeit in den Kofferraum, als wollte sie einen Geruch vertreiben: »Es ist besser, das Heck des Autos mit Arrak zu segnen.«

Dann überreichte sie mir den Autoschlüssel: »Nimm ihn, und

verlange nicht, einen eigenen Koffer mitzunehmen. Hier drin sind ein paar Kleidungsstücke von Asîyad Lûtî, die er hiergelassen hat.« Dabei klopfte sie auf ihren Koffer und schob mich in Richtung Fahrersitz. Im nächsten Moment saßen wir. Sie warf den Koffer auf den Rücksitz und rief: »Los geht's!«

Ich startete den Mercedes 280 S, und wir fuhren los, ohne zu wissen, wohin. Als ich sie fragte, ob sie eine bestimmte Richtung im Sinn habe, sagte sie: »Wohin du willst!«

Ich lachte, aber eigentlich dachte ich, daß es doch besser gewesen wäre, wenn sie die Richtung vorgegeben hätte. Denn dieses »Wohin du willst!« (ja, *wohin* denn?) machte mich wirklich nervös. Ich übertreibe nicht, wenn ich sage, daß ich aufgeregt war, als ich den Motor in Gang setzte.

Wie seltsam es doch war. Wenn ich jetzt versuche, mich daran zu erinnern, was in diesem Moment geschah, daß ich genau *diese* Richtung wählte, die mich dazu brachte, *diese* Geschichte zu erzählen … Und wie mein Leben verlaufen wäre, wenn wir in eine andere Richtung gefahren wären, in eine Richtung, in die uns vielleicht nur das Auto geführt hätte …

Denn ich fühle mich wie gelähmt, wenn ich nur daran denke, daß meine kleine bedeutungslose Bewegung, die das Lenkrad in eine bestimmte Richtung lenkte, so viele Dinge bewirkte, die in jenem Moment noch gar nicht abzusehen waren. Würden sie sich am Ende als Sinn und Kern meines Lebens erweisen?

Vielleicht wäre alles in Niedergang, Ruin und Verzweiflung geendet, wie das ganze Land und seine Menschen, wenn ich uns anderswohin gelenkt hätte. Und jetzt, erst jetzt, kann ich behaupten, daß mein Leben, unser Leben, eine Summe von zufälligen Begegnungen ist, die uns weit unter die Oberfläche, auf der wir täglich entlangschlittern, eintauchen lassen.

Ich sage dies weder aus Stolz noch weil ich philosophieren will, sondern weil ich heute weiß, daß ich in jenem Moment, als ich am Steuer saß, nicht ahnte, daß ich eine lange Reise vor mir hatte, die mein Leben vollständig verändern würde. Daß meine rechte Hand, die den Autoschlüssel umdrehte, eine Richtung vorgab, von der ich bislang nichts geahnt hatte. Und Ma'ali vermutlich auch nicht.

2

Ein Gedanke kam mir in den Sinn, nicht besonders genial, aber trotzdem überwältigte er mich: Zum erstenmal saß eine fremde Frau neben mir im Auto. Ma'ali mußte es bemerkt haben, denn sie sagte spitz: »Du hast wohl noch nie eine fremde Frau im Auto gehabt!«

»Kann man so sagen«, brummelte ich.

»Wie lange sind wir eigentlich Nachbarn?« fragte sie dann.

»Etwa elf Jahre?«

Sofort korrigierte sie mich: »Zehneinhalb Jahre, drei Wochen und fünf Tage.«

Ich schaute sie erstaunt an. Vielleicht machte ich einen hilflosen Eindruck. Diese drei Wochen und fünf Tage waren doch nicht von Bedeutung. Wer nimmt es in diesem Land denn schon genau mit der Zeit? Ma'alis Fähigkeit, meine Gedanken zu lesen, erstaunte mich ein weiteres Mal. Sie sagte: »Ich weiß, woran du denkst«, nahm einen tiefen Zug von ihrer Zigarette und fügte hinzu: »Seit dem 22. September 1980 zähle ich nicht nur die Tage, sondern auch die Stunden und Minuten, ja sogar die Sekunden.«

Sie starrte angespannt vor sich hin. »Soll ich dir sagen, wie lange die beiden Kriege in Tagen, Stunden und Sekunden gedauert haben?«

Ich schwieg.

»Der eine zehneinhalb Jahre oder: zehneinhalb Jahre, drei Wochen und fünf Tage, das macht keinen Unterschied. Aber du weißt ja nicht mal, wer dein Nachbar ist. Du weißt nicht, daß deine Frau schon seit Jahren mit Asîyad Lûtî, dem Hahnenbändiger, schläft.« Sie schwieg einen Moment und öffnete das Fenster auf ihrer Seite, um die Asche abzuklopfen. Dann sagte sie: »Wenn du es genau wissen willst, deine Frau ist dir schon fünfundsechzig Tage vor dem ersten Golfkrieg untreu geworden.«

Sie schien zu überlegen, welcher Schlag jetzt auszuführen sei. »Kennst du, Gott möge sie beschützen, Iftaim Pay Day?«

Ich tat so, als hätte ich den Namen noch nie gehört, weil ich wissen wollte, was sie über diese Frau sagen würde, und fragte: »Wen? Iftaim Pay Day? So wie im Englischen *pay day*?«

Und sie antwortete: »Ja, wie *pay day*, Zahltag.«

»Noch nie gehört«, log ich, aber ich wußte natürlich, daß sie eine Prostituierte war.

Sie lachte höhnisch: »Lügst du? Oder bist du nur ein Trottel? Diese Frau ist die berühmteste unter den Ministern, die in diesem Land an der Macht waren!«

Ich antwortete nicht, sondern wartete ab, bis sie aufgehört hatte zu lachen. Mit ernster Stimme sagte sie dann: »Du weißt also nicht, daß es Iftaim Pay Day war, die deine Frau umgarnt und deine Nachbarin mit Asîyad Lûtî verheiratet hat?«

Ich verstand nicht, was sie meinte. Ich wartete vergeblich darauf, daß sie mir die Geschichte erklärte, aber sie schwieg und redete stundenlang nicht mehr, sicher über fünf oder sechs Stunden. Zeit genug, über das nachzudenken, was uns bis dahin zugestoßen war.

3

Ein ganzes Jahr lang, vom 19. Juli 1980 an, hatte die Stadt Qurna eine Unruhe wie nie zuvor in ihrer Geschichte erlebt. In diesen zwölf Monaten gingen die Kommunalbeamten bei den Dorfbewohnern ein und aus: bei den Grundschul- und Gymnasiallehrern, Schülern der verschiedenen Schulen, Soldaten, Polizisten und bei den Palmenkletterern. Jeder hatte seine besondere Aufgabe. Offenbar achteten die Dorfbewohner in jenen Monaten freiwillig darauf, das Dorf sauberzuhalten, und schmückten am 19. Juli 1980 die Balkone der Häuser mit republikanischen Flaggen und Bildern Seiner Majestät. Sie erklärten sich auch bereit, ordentliche traditionelle Kleidung zu tragen.

Ma'ali erzählte mir, daß Iftaim Pay Day als einzige eine Ausnahme machte, und es wurde geduldet. Wie es der Brauch mit sich bringt, mußten sie und ihre Mitarbeiterinnen Bettdecken auf den Balkon des Hauses hängen. Die Lehrer wiederum teilten Formulare aus, die die Einwohner auszufüllen hatten. Sie mußten ihre Namen eintragen und Rechenschaft über ihr Eigentum ablegen. Auf diesen Punkt werde ich zurückkommen: Asîyad Lûtî als Verantwortlicher für die Palmenkletterer in Qurna und als Hahnenbändiger sowie Wadschîha als eine der wichtigsten Dolmetscherinnen im Lande erregten ihre besondere Aufmerksamkeit.

Gleichzeitig waren die Schüler unterwegs, einige mit Kästchen aus Palmblättern, die in der Mitte eine Öffnung hatten, und sammelten Spenden. Andere zeigten Marken aus billigem Papier, die die Schülerinnen aus den Rändern der Vorjahrshefte angefertigt und mit Nummern und Linien in feiner Ornamentkunst geschmückt hatten. Die Leute konnten diese Marken gegen ein bestimmtes Entgelt erwerben. Vielleicht würden sie es nach ein oder zwei Jahren schaffen, dem ehrwürdigen Herrscher des Landes persönlich zu begegnen, oder sie würden gar einen Preis erhalten. In jedem Fall wären sie Gewinner. Auch Soldaten und Polizisten gingen erstmals in offizieller khaki-grüner Kleidung umher.

Die Palmenkletterer stellten wohl die größte der Gruppen, die voller Eifer den Ort für das Fest vorbereiteten. Ein Jahr lang brachten sie Tag für Tag Palmschößlinge auf ihren Schultern in die Häuser des Ortes. Die Pflanzen waren nach dem Herrscher oder seinen Söhnen und Töchtern benannt, und die Bewohner des jeweiligen Hauses mußten versprechen, ihren Palmschößling zu hegen und zu pflegen. Die Palmenkletterer übertrieben bei ihrer Arbeit. Sie wollten die Natur herausfordern und erreichen, daß Schößlinge innerhalb eines einzigen Jahres wuchsen – um sie Seiner Majestät als außerordentliches Geschenk darzubringen.

Zu ihrem Pech – oder zum Pech Asîyad Lûtîs – wuchs kein einziger zu einer vorzeigbaren Größe. Zwei Tage bevor der Herrscher kam, versammelten die Chefs der örtlichen Sicherheit, der örtlichen Partei und der Vereinigung der Arbeitergenossenschaften alle Palmenkletterer, um mit ihnen nach Möglichkeiten zu suchen, die Blamage abzuwenden und nicht allesamt den Tod zu erleiden. In dieser äußerst dramatischen Situation kam Asîyad Lûtî ein genialer Gedanke: Er schlug vor, Seiner Majestät statt der Palmschößlinge einen Dschassânîya-Fisch darzubringen. Dieser große Fisch sei einer der seltensten Fische überhaupt, eines der Symbole und Schätze des Schatt al-Arab und des Dorfes Qurna; Seine Majestät – mit seiner Liebe zu Fischgerichten – werde ihn sicherlich mit Vergnügen verspeisen. Hatte er nicht sogar einmal angeordnet, zwei Flugzeuge der nationalen Fluggesellschaft zu seinem loyalen Freund, dem französischen Ministerpräsidenten Jacques Chirac, zu schicken: eines voll beladen mit Fischen, das andere mit den berühmtesten Fisch-Köchen der Abû-Nuwâs-Promenade, inklusive ihrer Grillausrüstung?

An der Linie, die den Schatt in zwei Teile teilt, dort wo die Flüsse Euphrat und Tigris aufeinandertreffen, genau unter dem Baume Adams, würde Seine Majestät auf einem Podium stehen. Es solle eine Überraschung werden! Er selbst, Asîyad Lûtî, werde den Dschassânîya-Fisch überreichen.

Die Versammelten starrten ihn an. Er sei ein Palmenkletterer und kein Taucher. Doch er antwortete ihnen mit Worten, die im Dorf wie eine Weisheit kursierten: »Wer in der Luft taucht, kann auch im Wasser tauchen!« Von da an herrschte gedämpfter Optimismus unter den Eingeweihten. Doch die Zweifler beruhigten sich auch an den folgenden zwei Tagen nicht, und am Tag der Ankunft des Herrschers am Schatt al-Arab wurden der Mißtrauischen noch mehr. Sie beruhigten sich erst, als sie sahen, daß Asîyad Lûtî nach einer Stunde aus dem Schatt al-Arab emportauchte und einen Dschassânîya-Fisch mitbrachte, der fast fünfzig Kilo wog.

Die Menge klatschte und staunte darüber, daß es dem dünnen Palmenkletterer Asîyad Lûtî gelungen war, einen so gewaltigen Fisch zu fangen. Nur drei Menschen kennen die wahren Umstände dieser Geschichte. Ich war nicht darunter.

Aber Ma'ali war eine von ihnen.

4

Als Asîyad Lûtî erfuhr, daß die Palmschößlinge nicht so wuchsen, wie sie sollten, überfiel ihn eine große Angst. Er fürchtete, ein Schicksal zu erleiden, das er sich schon oft ausgemalt hatte – Tod oder Gefängnis –, und er setzte alles daran, einer Strafe zu entgehen. Er wußte, daß mit Seiner Majestät nicht zu spaßen war. Jeder Schritt mußte tausendfach durchdacht werden. War sein Plan überzeugend? Übertrieb er? Auch er wollte ein Wunder vollbringen in einer Zeit, in der eine Menge Wunder geschahen: im Radio, im Fernsehen, in den Zeitungen, in öffentlichen Versammlungen, in den Schulen, in der offiziellen Verwaltung, in den Firmen, auf Festen, in den Cafés, ja sogar beim Verkauf von Obst und Fleisch und Kleidung. Man sprach vom »wunderbaren Sellerie«, von der »wunderbaren Apfelsine«, vom »wunderbaren Rind«. Alles war wunderbar! Iftaim Pay Day redete sogar von den »wunderbaren Huren« und ihren »wunderbaren Hintern«! Warum sollte Asîyad Lûtî nicht der Gedanke an einen »wunderbaren Palmschößling« zustehen?

Asîyad Lûtî war aber nicht nur Palmenkletterer, sondern auch Hahnenbändiger. Sein Ruf hatte sich über Qurna hinaus bis nach Basra und in den Süden ausgedehnt und sogar die nördlichen Regionen erreicht. Es war nicht verwunderlich, daß er fremde Gäste empfing – Kurden mit ihrer traditionellen Kopfbedeckung und Männer aus westlichen Gegenden in Dschalabîya und weißen Kûfîyas, umwickelt mit schwarzen Iqâls. Sie kamen zu ihm aus allen Teilen des Landes, um Hähne zu kaufen.

Seit fünfundvierzig Jahren betrieb er dieses Geschäft, mit fünf hatte er angefangen. Man könnte sein Leben in zwei fast gleiche Hälften einteilen: zwanzig Jahre, um auf Palmen zu klettern, fünfundzwanzig Jahre, um Hähne zu verkaufen. Doch das Palmenklettern war keine große Einnahmequelle mehr, er betrieb es nur noch aus alter Leidenschaft. Und er konnte durch diese Tätigkeit verdecken, was er in Wirklichkeit tat: Hähne verkaufen. Mit ihnen Geschäfte zu machen war nicht ungefährlich. Beispielsweise setzte der jetzige Herrscher Handel und Wettveranstaltungen mit Hähnen dem Haschischvertrieb oder -konsum gleich.

Doch Asîyad Lûtî war mit denjenigen, die die politische Klasse und die Generäle kannten, bis ins Innerste vertraut. Er wußte, daß »die da oben« das Bedürfnis nach Hähnen hatten und bereit waren, eine Menge Blut zu vergießen, um zu bekommen, was sie wollten. Das war die Katastrophe.

Und auch die Geschichte mit den Palmschößlingen war denen da oben zu Ohren gekommen. Es beschäftigte Asîyad Lûtî so sehr, daß er zwei Tage vor der großen Feier an leichtem Fieber erkrankte und das Bett hüten mußte. Auch ein wiederkehrender Alptraum plagte ihn, der ihn die letzten zweiundvierzig Stunden begleitet hatte und erst an diesem Morgen schwand, als ihn ein Türklopfen weckte. Eigentlich plagte ihn dieser Traum, seit er seine Familie verloren hatte – fünf Söhne, zwei Töchter, seine noch junge Frau sowie Mutter und Vater; sein Vater war Fischer, war aber an jenem Tag zu seinem Unglück wegen einer Krankheit nicht zum Fischen gegangen und hatte sich von ihm vertreten lassen. Bei einem Manöver des irakischen Militärs, einer Marineeinheit mit ihren kuwaitischen Kollegen auf der kuwaitischen Insel Bûbîyan, wurden sie Opfer einer fehlgeleiteten Rakete.

Hätte er eine Tochter, einen Sohn oder sonst jemanden im Haus gehabt, hätte er die Tür nicht selbst zu öffnen brauchen. Aber so mußte er aufstehen und der Person in die Augen sehen, die zum wiederholten Mal heftig an die Tür klopfte. Vor ihm stand Iftaim Pay Day, groß, von schlanker Gestalt, mit gepudertem Gesicht, das einen Hauch seiner Schönheit bewahrt hatte, obwohl sie auf die Fünfzig zuging; Samtkleider schmiegten sich an ihren Körper.

Sie fragte wütend, wenn auch mit sichtbarer Erleichterung: »Bist du Asîyad Lûtî?«

Er antwortete kraftlos: »Höchstpersönlich.« Der Satz wirkte nicht nur besänftigend, sondern auch komisch, besonders als Iftaim Pay Day sah, daß sein Oberkörper nackt war und er nur seine Pyjamahose trug. Sie lachte noch mehr, als sie sah, was zwischen seinen Schenkeln vorging. Schließlich bemerkte auch er die kritische Lage und das Zittern seiner Hände, als er seinen Kopf senkte und die schwarze Eichel seines Glieds sah, die aus der Öffnung der Pyjamahose heraushing.

»Der Palmenkletterer ist vollständig«, sagte sie. »Die Eichel nimmt er überallhin mit!« Als er sie verunsichert fragte, was sie wolle, antwortete sie, daß sie in ihrem Haus in Qurna einen kranken Palmschößling habe. Sie bat ihn, sie dorthin zu begleiten, um festzustellen, ob es sinnvoll wäre, diesen Schößling einzupflanzen.

Asîyad Lûtî zog sich trotz seines Fiebers schnell an und begleitete die Frau bis zu ihrem Haus. Das Fieber ging langsam zurück. Als sie vor dem Palmschößling standen, wurde ihm klar, daß sein Plan nicht aufgehen würde. Die Aussat all dieser Palmschößlinge, an deren Anblick Seine Majestät sich freuen sollte, war mißlungen. Hier war nichts mehr zu machen.

Asîyad Lûtî war nicht überrascht, als Iftaim Pay Day ihn bat, den Setzling zu vernichten. Sie wolle in ihrer Umgebung keine kranken Setzlinge sehen. Es dauerte keine zwei Minuten, da kniete der Palmschößling wie ein Fötus, wie eine Frühgeburt, vor ihren Füßen. Asîyad Lûtî schwitzte und gab seltsame Laute von sich, als verfluchte er den Tag, an dem er geboren wurde, oder den, als er die Verantwortung für die Palmenkletterer übernommen hatte.

Iftaim Pay Day musterte Asîyad Lûtî: Den Mann bedrückte etwas, was nicht nur mit dem Palmschößling zusammenhing. Sie fragte ihn, was ihm zugestoßen sei und ob sie ihm helfen könne. Sie war der erste Mensch, der ihn nach seinen Sorgen fragte. Er rieb sich den Schweiß mit der linken Hand von der Stirn, warf dann den Spaten in das Loch, das der Setzling hinterlassen hatte, und bat Iftaim Pay Day um einen Stuhl, auf den er sich setzen könne.

Sie kam mit einem Bambushocker und zwei Gläsern Arrak aus einem der zwölf Zimmer zurück. »Auf das Wohl der Eichel!« prostete sie ihm zu, und Asîyad Lûtî lächelte schief.

Nachdem er etwas getrunken hatte, erzählte er ihr von den Problemen mit den Palmschößlingen. Iftaim Pay Day lachte. Er solle sich keine Sorgen machen, der Staat habe gar kein Interesse mehr an der Palmensaat – im Gegenteil: Statt neue Palmen zu begrüßen, würden Bulldozer des Verteidigungsministeriums alle Palmen, die sich im Westen und Osten des Schatt al-Arab ausbreiteten, vernichten. Als er wissen wollte, warum (die Frage war nicht frei von Sorge und Angst, liebte er doch in seinem Leben nichts mehr als die Palmen), erwiderte sie, daß er die Gründe von »Seiner Exzellenz« erfahren werde, wenn diese ins Dorf käme.

Vielleicht wäre Asîyad Lûtî nun im Schweigen versunken, wenn sie ihm nicht versichert hätte, daß er wirklich keine Angst haben müsse. Er solle doch einen Dschassânîya-Fisch fangen, ein Symbol des Schatt al-Arab! »Seine Exzellenz ißt diesen Fisch schrecklich gern, am liebsten saugt er an den Knochen herum – noch lieber als an Weibertitten!«

Aber wie sollte er einen solchen Fisch fangen? Ein Dschassânîya-Fisch war unerhört schwer! Wo sie denn die Lösung sehe? Iftaim Pay Day erklärte sich bereit, die Verantwortung zu übernehmen und alles zu tun, damit dieser Fisch gefangen würde – doch stellte sie eine Bedingung. Und während er sein Glas leerte, stimmte er allem zu, was zur Rettung der kritischen Situation beitrage würde. Iftaim Pay Day schaute ihn aufmerksam an, als wollte sie sich vergewissern, daß er ihre Bedingungen akzeptierte.

Einen Moment lang herrschte Schweigen, während die Sonne wie eine brennende Kugel unterging. Dann sagte Iftaim Pay Day entschlossen: »Du mußt Ma'ali heiraten.«

»In dem Moment stand ich hinter der Tür eines der zwölf Zimmer«, sagte Ma'ali, als wir bereits eine gute Strecke gefahren waren.

Ich hatte die zurückgelegte Entfernung bisher nicht beachtet, doch als Ma'ali an diesem Punkt ihres Berichts angelangt war, sah ich auf der Benzinanzeige, daß der Tank noch halbvoll war. »Dein Freund, der Frauenarzt, hat absichtlich vollgetankt, weil er auf unsere Reise gefaßt war«, sagte ich.

Darauf lachte sie und rutschte noch tiefer in den Sitz. Sie preßte ihre Hände zwischen die Knie, dann sagte sie, sanft diesmal, als spräche sie von einer anderen: »Der Frauenarzt ist tatsächlich Ma'alis Freund.«

Zum erstenmal war ich nicht erstaunt. Ich war bereit, mir alles anzuhören, ganz gleich, wohin uns das führen würde.

5

Ma'ali hätte nie gedacht, daß sie so enden würde, weder in einem der Häuser Iftaim Pay Days noch inmitten der Hähne Asîyad Lûtîs. Bis zu jenem Tag, an dem sie mithörte, wie Iftaim Pay Day von Asîyad Lûtî verlangte, sie zu heiraten, wußte sie nicht, daß diese Frau zahlreiche Häuser in allen Städten des Landes besaß.

»Ich bin wie die Supermarktkette Orosdi-Back, die die Engländer uns hinterlassen haben. In jeder Stadt und in jedem Ort besitze ich eine Filiale.« Dies hatte sie zu Ma'ali gesagt, als diese an jenem Mittag in ihrem Orosdi-Back in Qurna vor ihr stand. Sie war außer Atem und erschöpft von der langen Reise. Iftaim Pay Day war hingerissen und bemerkte nicht den Schweiß, der auf die Stirn des gerade mal zwanzigjährigen Mädchens trat.

»Nimm mich auf«, sagte Ma'ali und fiel auf die Knie. Ihre Stimme zitterte. Die drei anstrengenden letzten Monate kamen ihr in der Erinnerung wie Jahrhunderte vor.

Vielleicht erinnerte sich Iftaim Pay Day auch an ihre Vergangenheit, an die – wenn auch weit zurückliegende – Verzweiflung und Angst. Ja, vielleicht rührte ihr Mitgefühl für alle Mädchen, die in Schwierigkeiten steckten, von ihrem früheren Leben her. Was auch immer die Mädchen ihr erzählten, sie versuchte zu retten, was zu retten war. Nur in einem Fall machte sie eine Ausnahme, als nämlich der Stellvertreter des Herrschers seine Tochter zu ihr brachte, die vom Sohn des Herrschers geschwängert worden war. Sie sagte zu dem Mann, dem »Leprakranken«, wie sie ihn nannte, daß sie bei der Abtreibung helfen würde – unter der Bedingung, daß er ihre Teilnahme an einer Sufi-Feier garantierte, die die Regierung in der Nähe der Stadt Mahmûdîya organisierte. Ohne ihre Gründe zu erfahren, stimmte er sofort zu.

An diesem heißen Mittag im Juli half Iftaim Pay Day Ma'ali auf die Beine und nahm sie in die Arme. Sie strich über ihre feuchten

Haare, wischte die Tränen ab und sagte tröstend: »Vor zweiunddreißig Jahren bin ich vor Coca in Haidârchâna auf die Knie gefallen. Sie war eine hartherzige Frau. Sie wußte, daß ich schwanger war. Als sie meine Schönheit sah, machte sie zur Bedingung, daß ich im Gegenzug zur Abtreibung des Kindes bei ihr arbeiten würde.«

Damals hatte Fâtima Abû Raghîf (dies war Iftaims Name, bevor sie ihren Spitznamen erhielt) Schmerz empfunden: Sie war eigens wegen Coca aus ihrem Dorf Sûq al-Schuyûch nach Bagdad gekommen. Eine Tante, die bei ihr im Haus wohnte, weil sie trotz ihrer vierzig Jahre immer noch unverheiratet war, wußte, daß sie im zweiten Monat schwanger war und hatte ihr Coca empfohlen.

»Coca nannte mich Iftaim Pay Day, weil die Männer bei mir Schlange standen. Einmal sagte sie: ›Das ist schlimmer als am Zahltag!‹ Dies hörte ein junger Mann mit Brille und weißem Anzug, der ernsthaft und gebildet wirkte, und übersetzte es für mich ins Englische: ›Nennen wir dich doch Iftaim Pay Day!‹«

»Und was geschah mit Wadschîha?« wollte ich Ma'ali fragen, aber sie rutschte noch tiefer in ihren Sitz, als wäre die Geschichte damit beendet. Doch dann fuhr sie fort: »Weißt du, Iftaim Pay Day ist eine einzigartige Frau!«

Darauf antwortete ich nicht. Ich versuchte, mir das Wesen dieser Frau vorzustellen, die ich nur einmal gesehen hatte: auf diesem Fest für den Herrscher, auf dem Asîyad Lûtî mit der Hand den Dschassânîya-Fisch gefangen und ihn Seiner Majestät überreicht hatte. In Uniform und Stiefeln stand der Herrscher mit seinem Gefolge am Ufer, wo ein Baum Schatten spendete, der Baum, von dem es heißt, Adam habe von ihm den Apfel gepflückt.

»Iftaim Pay Day erklärte ihm, wie der Fisch zu fangen sei«, sagte Ma'ali. »Ohne sie wäre Asîyad Lûtî verloren gewesen, und Ma'ali mit ihm.«

Ich wollte ihr sagen, sie solle aufhören, von sich in der dritten Person zu reden, doch statt dessen fragte ich, wieso sie jetzt nicht mehr meinte, verloren zu sein.

Und sie antwortete, daß ich die Geschichte schon hören würde. Nur sollte ich sie nicht ständig unterbrechen.

6

Bevor Ma'ali für zwei Jahre in das Etablissement von Iftaim Pay Day eintrat, pflegte sie regelmäßig mit ihrer Zwillingsschwester, die eine Stunde und fünfundzwanzig Minuten jünger war als sie, nach Basra zu fahren, um dort ihre ältere Schwester abzuholen, die in Kuwait lebte. Die Zwillinge sahen sich nicht besonders ähnlich, weil die jüngere ihre lockigen Haare damals unter einem weißen Kopftuch verbarg und ein verhüllendes Gewand trug, was in jener Zeit unter den Mädchen weitverbreitet war.

Die drei Schwestern verbrachten auf Ma'alis Drängen hin mindestens eine Nacht, wenn nicht sogar zwei oder drei Nächte, im *Golf*-Hotel von Basra. Kein Wunder, daß das Hotel die Sinne der halbwüchsigen Mädchen erregte, die gerade erst der Kleinstadt entflohen waren und die Welt mit neugierigen Blicken betrachteten, seit ihre Körper die monatliche Regel kannten.

In dieser Zeit, Ende der siebziger Jahre, begann der Staat mit dem Bau einer ganzen Reihe von Touristenhotels, zunächst in der Hauptstadt, dann in den anderen Großstädten, in Basra und Mossul, in den Kriegsjahren dann schließlich auch in kleineren Städten wie Dîwânîya, Nâsirîya und 'Amâra. Später erfuhr Ma'ali von dem jungen Mann, den sie dort kennenlernte, daß diese Hotels alle Annehmlichkeiten boten, die zu Entspannung und Prostitution nötig waren. Ma'ali fühlte sich vom Anblick der Nachtclubs nicht gestört, im Gegenteil, sie erregten ihre Neugier und reizten ihre verborgensten Sehnsüchte. Ja, sie beneidete sogar die Mädchen, die dort arbeiteten. Wie sehr wünschte sie sich, zu sein wie sie! Ganz besonders, als sie sah, wie sie in ihren kurzen engen Röckchen dasaßen und in der Öffentlichkeit Zigaretten der Marke Kent rauchten.

Ihre ältere Schwester hatte am Anfang kein Verständnis, aber sie gab dem Drängen der beiden Jüngeren nach, die sie bis zur Verehrung liebte, und fand eigentlich nichts Falsches daran, ein, zwei Tage im Hotel zu verbringen. Vielleicht erschien ihr dieser Wunsch zwei Jahre nach ihrer Hochzeit gerechtfertigt, als die Langeweile sich auszubreiten begann: zum einen wegen ihres Mannes, der mindestens zwanzig Jahre älter war als sie und dessen Art, mit ihr umzugehen, ihr nicht gefiel, zum anderen wegen des langweiligen Lebens in Kuwait.

Sie redete Ma'ali den Wunsch aus, nach Kuwait zu ziehen, den diese in einem trostlosen Moment nach der ersten Abtreibung geäußert hatte. Zu Beginn ihrer Ehe war Ma'alis Schwester begeistert gewesen. Die Verheiratung nach Kuwait brachte ja auch eine Reihe von Vorteilen mit sich. Nicht umsonst war das Emirat für die Jungen und Mädchen des südlichen Irak das Paradies auf Erden. Wer dort lebte, konnte alles kaufen, was der Westen an Moden und Parfüms herstellte. Im ersten Jahr strahlte – aufgrund des Wohlstands – das Gesicht der großen Schwester, wenn sie aus Kuwait zu Besuch kam. Doch dann verfinsterte es sich zusehends. Sie sprach nicht viel über ihre Erfahrungen. Abgesehen von ihren Warnungen blieb ihr Leben im dunkeln. Und vermutlich freute sie sich sogar über die Besetzung Kuwaits, weil sie da gerade zu Besuch in ihrem Dorf war und im Chaos der Besatzung nicht zurückkehren wollte, zumal sie erfuhr, daß ihr Mann nach Saudi-Arabien geflohen sei.

Die große Schwester war unbeschreiblich traurig, als sie Ma'ali eines Tages nicht in der Wartehalle des Flughafens von Basra vorfand, sondern nur den jüngeren Zwilling, da Ma'ali verhindert war. Sie war jedoch nicht auf einer Studienreise, sondern bei Coca in Haidârchâna. Ja, bei Coca, jener beinahe Achtzigjährigen, die, seit sie dieses Haus verwaltete, in ihrem schwarzen Samtkleid auf der Schwelle saß, um die Schultern ein Tuch, den Mund grell geschminkt, und mit rauhen Lippen jedem Mann, der vorbeikam, entgegenschrie: »Ich habe hier die schönsten Mädchen!« Doch als Ma'ali kam, hatte sie das Haus bereits in eine Art Abtreibungspraxis verwandelt. Ihre drei Enkelinnen hatten Gynäkologie studiert, überwachten nun die heimlichen Abtreibungen und nähten die Jungfernhäutchen wieder zu, wenn dies gewünscht wurde.

Coca verlangte von Ma'ali als Gegenleistung für die Abtreibung keine Prostitution, sagte aber: »Ach, wärst du vor Jahren gekommen, da war ich genau wie du die Schönheitskönigin von Bagdad!«

Ma'ali wußte um ihre Schönheit, vor allem die ihres Körpers. Ein Grund dafür, daß sie das Studium der Leibeserziehung an der Hochschule von Bagdad gewählt hatte.

Coca forderte sie auf, sich auf den Rücken zu legen, bog ihre Beine auseinander und gab ihr eine Puppe, an der sie sich festbeißen konnte. Im ersten Moment sah Ma'ali in der Puppe ein kleines hübsches Mädchen mit großen schwarzen Augen und lockigen schwarzen Haaren. Sie biß sich nicht fest, als sie die tiefen Spuren der vielen Bisse sah, sondern schloß die Augen und drückte die Puppe an sich, wie sie es mit ihren Puppen in der Kindheit getan hatte. Sie dachte, daß die Puppe Bint Ma'aidi glich, von der zu Hause ein Bild an der Wand hing. Und da hatte sie wieder im Ohr, was der Mann zu ihr sagte, der sie im *Golf*-Hotel geschwängert hatte. »Deine Augen gleichen den Augen Bint Ma'aidis.«

In jener Nacht, als Ma'ali sich in sein Zimmer stahl, protestierte sie dagegen und sagte: »Nur die Augen?«

Sie spürte seinen keuchenden Atem an ihrem Ohr, während er sich ihr auf dem Bett näherte: »Zieh dich aus, und wir werden sehen, ob auch der Rest Bint Ma'aidi gleicht.«

Sie wollte ihr Jungfernhäutchen loswerden, sie wollte von diesem Fremden entjungfert werden, um dann um so sorgloser mit ihrem Freund und Kommilitonen 'Abbâs von der Uni schlafen zu können, wozu er sie schon lange zu überreden versuchte.

Sie hatte den Mann in der Cafeteria kennengelernt, als ihre große Schwester zum Einkaufen in die Stadt gegangen war und ihre Zwillingsschwester schlief. Sie selbst hatte sich über Kopfschmerzen beklagt und war in der Cafeteria des Hotels geblieben. In Wirklichkeit hatte sie den jungen Mann beobachtet, der in einer Ecke der Cafeteria saß und das Kommen und Gehen der Leute verfolgte. Sie hatte ihn schon bei einem ihrer früheren Besuche bemerkt. Besonders seine Figur hatte es ihr angetan. So hatte sie sich ihren Freund immer vorgestellt. 'Abbâs sah ganz anders aus, eher wie ein Soldat der Spezialkräfte im Kommando Eingreiftruppen, besaß aber leider keinen Toyota Super.

So wurde Ma'ali wirklich zur Frau, zu einer Frau mit festen Vorstellungen vom Leben. Obwohl sie, auch schon bevor sie ihre Jungfräulichkeit verlor, eine Frau zu sein schien, die wußte, was sie wollte. Darum bereitete es dem Offizier an jenem Tag keine Mühe, sie zu fragen, ob er sich neben sie setzen dürfe. Er war liebenswürdig zu ihr und freundlich zum Hotelpersonal. Sie merkte deutlich, wie er von aller Welt mit Respekt behandelt wurde.

Anderthalb Jahre, drei Wochen und vier Tage waren seit der ersten Begegnung mit ihm vergangen, da lag sie unter Cocas Messer. Das Ende war furchtbar. Dieser Mann, der so behutsam mit ihr umging, wurde entsetzlich grob, als er hörte, daß sie von ihm schwanger war. »Schwanger? Dann frag doch 'Abbâs, deinen Freund!« Sie hatte keine Ahnung, daß er etwas über ihren Freund in Bagdad wußte. Doch als sie leugnen wollte, unterbrach er sie: »Sei still, wir beim Geheimdienst wissen alles!«

Später ließ er sich dazu überreden, Ma'ali nach Bagdad zu Coca bringen zu lassen. Sie selbst stimmte sofort zu. Mun'im, ein Freund von ihm, würde sie fahren. Es war drei Uhr nachmittags, als sie aus Basra abfuhren. Und es war zehn nach acht, als sie die Vororte Bagdads erreichten. Sie sprachen während der ganzen Fahrt kein Wort. Sie wußte durchaus, daß Mun'im eigentlich Geschäftsmann und kein Krankenpfleger war und daß er geschäftliche Beziehungen zu ihrem Offizier unterhielt.

»Meine Arbeit ermöglicht es mir, das Krankenhaus mit Spezialgeräten zu versorgen.« Dann sprach er überhaupt nicht mehr, nicht als sie an einer Raststätte hielten, um etwas zu essen, nicht als das Auto in der nächtlichen Dunkelheit vor einem Bauernhaus anhielt, nicht einmal als sie dieses Haus betraten. Sie wußte, daß er mit ihr schlafen würde, und sie war bereit. Noch bevor er sie darum bat, entledigte sie sich ihrer Kleidung und legte sich nackt auf das Bett, dessen Decken voller Falten waren, und spreizte ihre Schenkel. Und ohne ein Wort zu sagen, entkleidete auch er sich und warf sich auf sie. Sie starrte an die Decke und wartete, daß er kam – er gab sich große Mühe. Aber er sprach nicht einmal, als er aufstand und sich eine Zigarette anzündete. Dann ging er zum Telefon. Sie konnte nicht genau verstehen, was er sagte.

In dieser Nacht schlief sie nicht. Doch irgendwann mußte sie eingedöst sein, denn beim Erwachen sah sie den Mann mit stets wechselnden Militäruniformen: einmal in der Uniform eines Infanterieoffiziers, dann in der eines Marineoffiziers und danach in der eines Offiziers der Luftwaffe. Der Anblick verwirrte sie, bis sie nicht mehr wußte, ob es sich um ein und denselben Mann handelte oder ob sie in Wirklichkeit von einem zum anderen gereicht worden war.

Sie sprach nicht, bis er sie am Morgen zu Coca brachte. Erst als sie Cocas Haus betraten, sagte er sehr sanft: »So Gott will, wirst du wieder gesund. Hab keine Angst! Danach werden wir heiraten.«

Ma'ali wußte nicht, was sie antworten sollte. Vielleicht war er verrückt? Während sie hinter Coca hergingen, dachte sie daran, was er gesagt hatte – machte er sich lustig über sie? Und als sie sich auf das Bett legte und die Beine vor Coca anhob, wurde sie zornig. Sie brach in heftiges Weinen aus und stieß fast schreiend hervor: »Ich möchte diesen Feigling nie wiedersehen!«

Ihr Schrei war so anklagend, daß Coca aufsprang und den Mann zum Gehen aufforderte, und Ma'ali sah, daß er beim Verlassen des Raums ein Bündel Geldscheine auf den Tisch legte.

7

Die Dinge entwickelten sich nicht zum Guten, da Ma'ali ihren Lebenswandel nicht änderte. Auch wenn sie nicht genau wußte, von wem sie wieder schwanger war, bereute sie nichts. Als sie nach Bagdad zurückkehrte – nach zwei wunderbaren Nächten mit ihrem Offizier im *Golf*-Hotel –, erlaubte sie ihrem Freund 'Abbâs, mit ihr zu schlafen. Diesmal brachte die Schwangerschaft sie nicht so durcheinander wie beim erstenmal, da sie nun wußte, daß man etwas dagegen unternehmen konnte.

Nun kam auch der Jordanier in Frage, den sie noch vor ihrem Freund 'Abbâs und dem Offizier im *Golf*-Hotel kennengelernt hatte – der Besitzer eines Fotostudios in der Nähe der Sporthochschule, der nach jedem Geschlechtsverkehr den allerhöchsten und allumfassenden Gott lobte und pries. Als sie mit ihrer Freundin Sumîya darüber sprach (Sumîya war die andere »ihres Jungfernhäutchens Beraubte«, allerdings ohne schwanger geworden zu sein), sagte diese: »Du mußt ihn zwingen, dich zu heiraten.« Sumîya arrangierte im Haus einer verheirateten Freundin ein Treffen mit dem Jordanier und sprach offen mit ihm darüber: Es sei eine Schande und unmännlich, daß er, ein fremder Mann, ein Mädchen entjungfert habe, das aus »nobler Familie stammt und von der bekannt ist, daß sie eine Ilwîya ist«, und sie fügte hinzu: »Es ist wohl wahr, daß sie keine Haschemitin ist, sie ist Mûsawitin, aber aus der Familie des Propheten.«

Der Mann würgte an seinem Tee und sagte: »Gott segne dich, o Prophet Gottes, und schenke dir Heil!«

Da sagte auch Sumîya: »Gott segne dich, o Prophet Gottes, und schenke dir Heil!« Und dann: »Es kann doch nicht sein, daß ein gottesfürchtiger Mann wie Sie die Verantwortung von sich weist!«

»Ich bin bereit, Ma'ali zu heiraten – unter einer Bedingung«, stieß der gottesfürchtige Mann schließlich hervor.

»Die wäre?«

Er stellte sein leeres Teeglas auf das Tischchen, unter dem er seine Beine versteckte: »Sie bricht ihr Studium an der Sporthochschule ab und bleibt zu Hause.«

Sumîya schaute ihre Freundin aufmerksam an. Vielleicht zeichnete sich auf Ma'alis Mund für eine Sekunde ein Lächeln ab, vielleicht wollte sie aufstehen und ihn umarmen und sagen: »Ich danke dir, Liebster.« Vor diesem schicksalsschweren Entschluß schien nur eine Sekunde zu liegen, ein dünner Faden. Napoleons Äußerung über den blitzartigen strategischen Augenblick kannte sie nicht. Sie fühlte sich wie eine Seiltänzerin, die die Mitte des Seils erreicht hat und in einem *blitzartigen* Moment ihre Verzweiflung spürt und sich wünscht, in das bequeme Netz zu fallen, das unter ihr aufgespannt ist. »Wie schön wäre es, sich fallen zu lassen«, sagte sie zu sich. Ihre Nervosität schien auf der Hälfte der Strecke die äußerste Anspannung erreicht zu haben. Wer weiß, vielleicht war dies ein solcher blitzartiger Augenblick. Die Seiltänzerin weiß: Was auch geschehen mag, zuletzt zählt nur, daß sie bis ans Ende des Seils weitergeht.

Es dauerte ziemlich lange, bis Ma'ali aufstand und ganz ruhig, wenn auch voller Zorn, zu dem Mann sagte: »Raus, sonst schlage ich dich mit meinen Schuhen zusammen, du elender Wicht!«

Als sie in diese Geschichte verwickelt war, steckte ihre Beziehung zu 'Abbâs noch in den Anfängen, und sie gaben sich gegenseitig Halt. Wie oft erwachte sie nachts voller Furcht; der Alptraum, daß ihre Schwestern und ihre Familie entdecken könnten, daß sie keine Jungfrau mehr war, versetzte sie in Angst und Schrecken, obwohl ihre Freundin Sumîya sagte, daß man das Jungfernhäutchen nähen lassen könne. Doch in jenen Nächten lag die beschützende Hand von 'Abbâs unter ihrem Kopf. Sie fuhren jede Woche in das Haus seiner Familie in Kufa, wenn diese den Bruder in Bagdad besuchte. So gewöhnte sich Ma'ali an die »Nächte der Geselligkeit« in Kufa, wie sie sie Sumîya gegenüber nannte.

Wenn sie frühmorgens vom Ruf des Muezzins geweckt wurde, dessen gewaltige Stimme sechzigfach verstärkt aus den Lautsprechern erscholl, murmelte sie automatisch: »'Abbâs, liebst du mich?«

Worauf 'Abbâs seine Hand unter ihren Kopf schob und sagte: »Natürlich liebe ich dich.«

Beim letztenmal jedoch weckte sie nicht die Stimme des Muezzins, denn sie war die ganze Nacht wach gewesen, während er vor sich hin schnarchte, nachdem er drei- oder viermal mit ihr geschlafen hatte. Und als sie den Ruf »Allahu akbar« hörte, spürte sie, wie ihre Lider für einen Moment erschlafften, sich dann aber wieder öffneten, und sie flüsterte: »'Abbâs, weißt du, daß ich schwanger bin?«

Er streckte die Hand nicht nach ihrem Kopf aus, sondern war sofort wach. Er starrte sie an und fragte sie angstvoll: »Irgendeine Ahnung, von wem? Der Parteichef der Fakultät?«

Für eine Minute erstarrte sie. Dann richtete sie sich zur Hälfte auf. Sie wollte ihn ansehen, tat es aber nicht. Statt dessen stand sie auf. Kleidete sich an, stopfte ihre Habseligkeiten in die Tasche und verließ das Haus. Bevor sie ging, zögerte sie ein paar Sekunden an der Schwelle. Vielleicht hoffte sie, noch ein letztes Wort von ihm zu hören. Aber nichts kam. Auf einmal war sie sicher, daß er hinter dem Verhör steckte, zu dem sie der Parteichef der Fakultät im vergangenen Monat beordert hatte, wenngleich es ihr damals seltsam vorgekommen war.

Sie war davon ausgegangen, daß diese Angelegenheit die Grenzen einer Routineuntersuchung nicht überschritt, die der Parteichef der Fakultät von Zeit zu Zeit unternahm, obwohl sie an diesem Tag erstaunt war über seinen Umgang mit ihr. Er hatte sich nicht damit begnügt, sie holen zu lassen, sondern ließ sie in einem halbdunklen Zimmer warten, das, abgesehen von einem kleinen Tisch, leer war. An der Wand entdeckte sie seltsame, ihr unbekannte Geräte. Allenfalls hatte sie Ähnliches in den schwarzweißen Pornofilmen bemerkt, die sie mit ihrer Freundin Sumîya anschaute. Sumîya bekam die Filme von ihrem Freund, einem Steward bei der irakischen Fluggesellschaft. Aber in Wirklichkeit sahen diese Dinge furchtbar aus.

Sie war so in den Anblick der künstlichen Genitalien versunken, daß sie nicht bemerkte, wie der Parteichef der Fakultät, schwarzgekleidet, das Zimmer betrat.

In der Mitte des Zimmers blieb er stehen. Er holte eine Rothman's aus einer Schachtel, ohne ihr eine anzubieten, nahm einen Zug und stieß den Rauch aus.

Dann war er auch schon mitten im Thema. »Siehst du all diese Geräte? Damit ›behandeln‹ wir die Mädchen, die nicht mit uns zusammenarbeiten. Natürlich bist du eine Genossin, und wir wissen, wie sehr du dich für die Partei aufopferst. Und wegen deiner Schönheit hast du die Macht, die Feinde der Revolutionspartei zu verführen. Da wir alle Poren deines Körpers kennen und wissen, daß du keine Jungfrau mehr bist, werde ich dir eine Namenliste geben, mit der du schon heute in Aktion treten kannst.« Er holte ein kleines Blatt Papier hervor und las ihr die Namen von drei Kommilitonen vor.

Sie sagte lächelnd: »Machen Sie sich keine Sorgen, Genosse. Alles wird so geschehen, wie Sie es wünschen.«

Als sie aufstehen wollte, sagte er mit zitternder Stimme: »Bleib, wo du bist!«

Sie blieb an ihrem Platz, ohne zu ahnen, was er wollte. Doch dann kam er näher und holte seinen steifen Penis aus der Hose. Jetzt wurde seine Stimme noch nervöser: »Zieh dich aus, und mach die Beine breit!«

Sie warf sich auf das Sofa und öffnete wortlos ihre Schenkel. Doch plötzlich machte er das Licht an und sagte, als hätte er noch nie eine Scheide gesehen: »Was ist denn das?«

Sie antwortete ruhig: »Ich habe meine Tage, Genosse.«

Als der Parteichef der Fakultät an jenem Nachmittag das Zimmer verließ, hatte die Begegnung mit Ma'ali auch auf seiner Hose Flecken hinterlassen. Sie hingegen beschäftigte nur ein Gedanke: Wer hatte sie denunziert oder dem Parteichef »empfohlen«?

Ihr kamen einige Namen in den Sinn, doch daß es 'Abbâs gewesen sein könnte, daran dachte sie nicht. 'Abbâs, der seit drei Jahren ihr Geliebter war! 'Abbâs, dem sie erlaubte, ihre Tugend zu überwachen! 'Abbâs, der träumte, sie würde seine Braut, mit der er in einer alten Pferdekutsche saß. 'Abbâs, der jeden Freitagmorgen vom Ruf des Muezzins, »Allahu akbar«, erwachte und seine Hand unter ihren Kopf schob! 'Abbâs – den sie respektierte wie ihren Mann! Es war also 'Abbâs persönlich gewesen, der sie an den Parteichef der Fakultät weitergereicht hatte, genauso wie der Geheimdienstoffizier an seinen Geschäftsfreund.

An jenem Morgen um halb sechs verließ Ma'ali Kufa in Richtung Bagdad, in einem Bus voller Arbeiter auf dem Weg in die Zuckerfabriken, voller Soldaten auf dem Weg zu ihren Einheiten. An jenem Morgen faßte Ma'ali einen endgültigen Entschluß: Traue niemandem!

Als sie an den Embryo dachte, den sie nun im dritten Monat austrug, erinnerte sie sich an Mâdschid, ihren Jugendfreund, den sie in aller Unschuld geliebt hatte. Sie wußte, daß er Medizin studiert hatte und Chirurg geworden war. Als der Bus am »Busbahnhof West« in Bagdad eintraf, nahm sie sofort einen weiteren Bus nach Hause. Ihre Mutter freute sich, als sie mitten in der Nacht ankam, verbarg ihre Sorge über ihr Aussehen aber nicht. Doch Ma'ali ging sofort ins Bett, um in aller Frühe nach Qurna zu fahren, wo Mâdschid eine Praxis betrieb.

8

Als Asîyad Lûtî sich an jenem Mittag des 10. Juli 1980 in Iftaim Pay Days Patio deren Anweisungen anhörte, war seit Ma'alis Ankunft in Qurna erst eine Woche vergangen. Auch sie hatte, genau wie Asîyad Lûtî, auf einem Bambushocker gesessen und den Instruktionen Iftaim Pay Days gelauscht.

Es war ein ungewöhnlich heißer Mittag – obwohl die Menschen im Süden an die Julihitze gewöhnt waren –, und Iftaim Pay Day schwitzte. In der rechten Hand hielt sie einen Fächer, mit der anderen öffnete sie ihren Kragen, um Luft an ihre Brüste zu fächeln. Schweißtropfen rannen an der dicken goldenen Halskette entlang zu dem kleinen Koran, der an der Öffnung ihres Gewands befestigt war. Ihre Brüste waren kräftig und fest im Vergleich zu denen anderer Frauen ihres Alters.

»Kindchen, ein Leben lang versuche ich herauszufinden, was die Männer eigentlich wollen, aber was bringt *dich* hierher?« fragte Iftaim Pay Day. »Und wer hat dich zu mir geschickt?«

»Man kennt dich in Bagdad.«

Sie wollte nicht sagen, daß Doktor Mâdschid sie geschickt hatte, obwohl er es ihr empfohlen hatte. Sie solle erwähnen, daß sie sich seit der Kindheit kennen. Vielleicht fürchtete sie, in Gegenwart der Frau zusammenzubrechen. Was sollte sie antworten, wenn sie gefragt würde: »Warum treibt er dann nicht bei dir ab, der berühmte Chirurg?« Wie sollte sie Scham und Gewissensbisse erklären, die sie verspürt hatte, als sie sich an ihn gewandt hatte?

Dreimal war sie um die Tür seiner Praxis im Stadtzentrum herumgeschlichen, dreimal hatte sie vor der Tür gestanden und nicht den Mut gehabt zu klingeln. Immer wieder war sie die Stufen zur ersten Etage hochgestiegen – im einzigen Gebäude in Qurna, das zwei Stockwerke besaß – und hatte wieder kehrtgemacht. Als sie schließlich eintrat, wollte sie sich mit anderem Namen vorstellen.

Doch Mâdschid hatte sie ebensowenig vergessen wie sie ihn. Fünf Jahre hatte er sie umschwärmt, als sie beide Schüler derselben Oberschule des Orts gewesen waren, sie in der zweiten, er in der fünften Klasse. Er hatte ihr Dutzende Liebesbriefe geschrieben, die sie täglich mit Kaugummi unter ihrem Tisch festgeklebt fand. Sie hatte keinen seiner Briefe beantwortet. Als er dann nach Basra ging, um Medizin zu studieren, schrieb er ihr, daß er sich umbringen werde, wenn sie ihn nicht erhöre. Doch er brachte sich nicht um, sondern beendete sein Studium und wurde mit Hilfe des Propaganda- und Kulturministers, bei dem er wegen einer Epilepsieerkrankung eine Hirnoperation vorgenommen hatte, ein berühmter Chirurg. Der Minister selbst schlug ihm vor, nach Bagdad zu ziehen – Mâdschid sollte Militärarzt werden.

Noch nie in ihrem Leben hatte Ma'ali sich so unsicher und bedrückt gefühlt wie an diesem Tag. Doch er freute sich, sie zu sehen, erhob sich von seinem Platz und sagte: »Willkommen, Ilwîya.«

Für einen Moment dachte sie, er mache sich über sie lustig, doch dann faßte sie Vertrauen und schilderte ihm ihre Geschichte und den Grund ihres Kommens. Sie brauchte zehn Minuten, um ihm mitzuteilen, daß sie niemand anderen gefunden habe, der ihr helfen könnte.

Minutenlang herrschte Schweigen. Ma'ali blickte ernst zu Boden, wie eine Schülerin, die bei etwas Unerlaubtem ertappt worden ist. Bis jetzt hatte sie ihr Handeln nicht für etwas Schändliches gehalten. Sie hatte getan, was sie meinte, tun zu müssen. Sie empfand keine Reue, aber die Gegenwart des Mannes, den sie stets abgelehnt hatte, verunsicherte sie. Was sollte sie tun, wenn Mâdschid jetzt von ihr verlangte, mit ihm zu schlafen? Sie verspürte eine solche Beklemmung, daß sie ganz nervös wurde. Schließlich stand sie auf und stotterte: »Es tut mir leid, daß ich dich besucht habe.«

Er erforschte lange ihr Gesicht, als wollte er sichergehen, daß sie die Wahrheit sagte und er ihr wirklich trauen könnte, oder als würde er sich die frühere Liebe zu ihr in Erinnerung rufen. Vielleicht half er ihr schließlich, um sich selbst zu helfen. Sie hatte ihn gewiß überrascht – nicht mit ihrem Besuch nach so vielen Jahren, sondern damit, daß sie ihm von ihrer Schwangerschaft erzählte und ihn um die Abtreibung bat.

»Iftaim Pay Day«, sagte er schließlich.

»Du mußt mir sagen, wer dich geschickt hat, sonst tue ich gar nichts!« rief Iftaim Pay Day.

»Doktor Mâdschid«, murmelte Ma'ali.

Das Gegenteil von dem, was sie befürchtet hatte, trat ein. Die Gesichtsmuskulatur Iftaim Pay Days entspannte sich, und sie hörte einen Moment auf, den Handfächer hin und her zu drehen, als sie fragte: »Mein lieber Mâdschid – woher kennst du ihn?«

Ma'ali erzählte ihr, daß sie ihn aus Schulzeiten kenne, deutete die Liebesbriefe aber nur an. Doch Iftaim Pay Day, die sich im Verbergen von Dingen auskannte, sagte lachend: »Ich weiß, warum du so heimlich tust: Der Junge war in dich verliebt, aber du hast ihn abgewiesen, stimmt's?«

Und Ma'ali bejahte.

Iftaim Pay Day antwortete: »Ich kann mir auch gut vorstellen, warum er abgelehnt hat, bei dir abzutreiben: Es ist für ihn einfach unmöglich! Trotzdem hilft er dir. Obwohl er Arzt ist und natürlich besser arbeitet als ich, habe ich genügend Routine. Ich habe bei den Geliebten der Minister und bei ihren Töchtern abgetrieben. Kennst du diese Wüstenspringmaus, den Stellvertreter des Herrschers, Qûrî oder Bûrî?«

Ma'ali erschrak beim bloßen Hören dieses Namens und gab keine Antwort. Aber Iftaim Pay Day erwartete auch keine. Wer kannte diesen Mann nicht? »Bei zehn Frauen habe ich abgetrieben, auch bei dem Mädchen, das der Sohn des Herrschers geschwängert hatte.« Entschieden fügte sie hinzu: »Jedesmal war er selbst anwesend. Einmal dauerte es ganze vier Tage, bis der Fötus, es war ein Mädchen, herauskam. Er war es, der für die Frauen das Badewasser in die Wanne füllte.«

Sie würde also möglicherweise vier Tage warten müssen, bis sie den Fötus abstoßen konnte! Als Iftaim Pay Day ihren fragenden Blick sah, sagte sie: »Ja, vier Tage. Du mußt dich nur ganz und gar an meine Instruktionen halten.« In ihrem Zimmer vermischte sie ein weißes Pulver mit einer Flüssigkeit. Dann gab sie Ma'ali ein mit dem Gemisch getränktes weißes Tuch, das sie in ihre Vagina stecken und erst am vierten Tag in einer Warmwasserwanne herausziehen sollte. Mit dem Blut käme der Fötus heraus.

Als Ma'ali ihre Tasche öffnen und nach dem Honorar fragen wollte, ergriff Iftaim Pay Day ihre Hand und sagte: »Diesmal ist es ein Gefallen für Mâdschid.«

Ma'ali bedankte sich und ging. Sie befolgte die Instruktionen genau. Am zweiten Tag spürte sie einen schneidenden Schmerz in ihren Eingeweiden. Zuerst dachte sie, er würde vorübergehen, aber nach und nach überfiel er ihren ganzen Körper. Der Schmerz wurde schlimmer und schlimmer, so daß sie sich Cocas Kürette herbeiwünschte – der Schmerz in Haidârchâna hatte wenigstens nicht mehr als ein oder zwei Stunden gedauert. Doch diesmal schien es, als wollte der Schmerz nie mehr aufhören. Ihre Mutter bemerkte, wie sie zusammengekrümmt, blaß und schwitzend auf dem Bett lag. Sie hatte die Beine bis zur Brust hochgezogen und preßte die Hände auf den Unterleib. Als die Mutter sie fragte, was denn mit ihr sei, rief sie weinend: »Meine Regel! Diesmal ist sie besonders stark.«

Ihre Mutter kochte einen Pfefferminztee und gab ihr getrocknete Limetten. Doch vergeblich. Drei Tage lang fühlte Ma'ali dieses Schneiden in den Gliedern, als würde sie zerhackt. Schließlich zog sie das Tüchlein am dritten Tag heraus. Aber da war kein Blut. Sie erschrak. Am vierten Tag setzte sie sich in die Warmwasserwanne und wartete auf den Abgang des Fötus. Doch nichts geschah. Auch am fünften und sechsten Tag ließen die Schmerzen nicht nach. Am siebenten Tag fuhr sie wieder nach Qurna, erzählte Iftaim Pay Day ihr Martyrium und mußte hören: »Dann war es nur eine Scheinschwangerschaft!«

»All diese Schmerzen wären nicht nötig gewesen?«

Iftaim Pay Day verabreichte ihr lächelnd ein weiteres Pulver. Tatsächlich fühlte Ma'ali sich ruhig und entspannt und schlief, bis sie von den Stimmen Iftaim Pay Days und eines Mannes im Hof erwachte. Es war genau der Moment, als Iftaim Pay Day sagte: »Wenn du bereit bist, Ma'ali zu heiraten, helfe ich dir aus der Klemme.«

Und seine Antwort lautete: »Ich bin bereit.«

9

Dann und wann packte mich der Wunsch, auch Fragen stellen zu dürfen, nicht nur zuzuhören. Zu gerne hätte ich über einige ihrer Geschichten Näheres erfahren, insbesondere über jene, die mit der Stadt Qurna zusammenhängen oder mit dem Besuch des Herrschers im Juli oder mit dem, was unter dem Baume Adams geschah, oder mit dem Dschassânîya-Fisch des Herrn Asîyad Lûtî oder mit Ma'alis Abtreibungen. Wir haben auf der Universität in Bagdad – bei den Germanisten – gelernt, daß es hinter allen erzählten oder dramatisierten Ereignissen eine versteckte Kausalität gibt (zugegebenermaßen war das, was meine Frau Wadschîha bei den Hispanisten lernte, deren Seminarräume nach nur zwei Jahren den gesamten ersten Stock der literaturwissenschaftlichen Fakultät einnahmen, etwas anderes).

Wie hätte mich die Logik von Ma'alis Erzählung nicht erstaunen sollen, insbesondere wenn es sie selbst betraf? Wie gern hätte ich sie gefragt, wie Asîyad Lûtî so einfach einer Heirat mit einer Frau zustimmen konnte, die er noch nie gesehen hatte? Und wie sie selbst eine Heirat mit diesem Mann akzeptieren konnte? Wie sie darauf kam, daß Doktor Mâdschid mit ihr schlafen wollte? Wahrscheinlich stellte sie diese Fragen auch sich selbst.

»Sicher glaubst du, daß all die Geschichten, die ich dir erzähle, Märchen sind ... Vielleicht hast du recht. Viele Frauen denken sich Geschichten aus und glauben eines Tages selbst daran.«

Sie lehnte ihren Kopf an das Sitzpolster. Dann steckte sie sich die nächste Zigarette an, vielleicht die zehnte. Wir fuhren gerade durch Nasirîya, aber ich wußte nicht genau, in welche Gegend wir dann gerieten, da man die größtenteils zerbrochenen Hinweisschilder kaum lesen konnte.

Die Abendsonne sandte ihre Hitze aus, während wir einige Checkpoints passierten, an denen wir zu meiner großen Erleichterung durchgewinkt wurden. Wer wagt es schon, nach jenem Ereignis, das zwei Monate zuvor im ganzen Land die Runde machte, einen Mercedes 280 S Automatik anzuhalten? Eine Patrouille hatte bei einer Routineuntersuchung einen Mercedes gestoppt, und alle Polizisten wurden von den Insassen mit Kalaschnikows umgenietet. Vermutlich war einer der Herrschersöhne oder der Herrscher selbst der Fahrer des Wagens gewesen.

Doch ich genoß es, auf dieser Reise ungehindert die Checkpoints passieren zu können. Ma'ali schien das alles nicht zu kümmern. Vielleicht dachte sie als Frau, daß es meine Sache sei, uns an unseren Zielort zu bringen. Oder sie war mit ihren Gedanken anderswo. Oder – dieser Grund erscheint mir am plausibelsten – ihr war eigentlich alles gleichgültig. Vieles, was ich von ihr hörte, wiederholte sich auf dieser Reise, oft herrschte Schweigen. Sie wiederholte den Vers von al-Mutanabbi: »O Wege, seid, was ihr wollt – Verhängnis, Rettung oder Tod.«

Sie hatte ihre Zigarette fertiggeraucht und warf sie aus dem Fenster. »Sicher möchtest du die Logik der Geschichte erfahren. Auch ich kann dir dieses Massensterben nicht erklären. Und Gott weiß, warum alle Männer so primitiv sind.«

Daran hatte ich gar nicht gedacht. Ich wollte vor allem wissen, warum sie der Heirat mit Asîyad Lûtî zugestimmt hatte.

»Jaja. Wie konnte ich mich bloß darauf einlassen? Es lag wohl an der Abtreibungsmethode Iftaim Pay Days.«

Sie hatte Asîyad Lûtî zur Bedingung gemacht, Ma'ali zu heiraten, noch bevor sie ihm das Geheimnis der Dschassânîya-Fischfangmethode preisgab. Doch die Trauungszeremonie hatte noch nicht stattgefunden, und sie hatte noch nicht mit Ma'ali gesprochen. Vielleicht ahnte sie, daß die junge Frau hinter der Tür zum Patio lauschte. Denn kaum war der Mann gegangen – er hatte ihre Anweisungen vernommen und ein Termin, um die Einzelheiten der Hochzeit zu besprechen, war auf den Mittag der Parade gelegt worden –, da rief sie auch schon: »Ma'ali! Komm!«

Ma'ali setzte sich auf den Bambushocker, auf dem zuvor Asîyad Lûtî gesessen hatte, neben den kranken Palmschößling. Iftaim Pay Day schaute sie an und zog eine Brille aus einem ledernen Etui:

»Also, Mädchen, ich rede jetzt mit dir. Aber am Ende wirst du entscheiden, verstanden?«

Iftaim Pay Day hatte keine Tochter. 1948 hatte sie im Hause Cocas in Haidârchâna einmal abgetrieben, und seitdem war ihre Gebärmutter zerstört. Am Anfang hatte sie sich darüber gefreut. Denn im Gegensatz zu den anderen Huren mußte sie dieses Verhütungsmittel nicht mehr benutzen, das sie sich bei einer Frau besorgten, die 'Assle, die Jüdin, genannt wurde. Doch mit dreißig kam der Wunsch nach einem Kind. Wieder und wieder ging sie in die bekanntesten Krankenhäuser und suchte die berühmtesten Ärzte auf. Man sagte ihr, daß ihr Gebärmuttermund nicht mehr intakt sei. Jahrelang konsultierte sie weitere Ärzte – bis ihre monatliche Regel aufhörte, als sie zweiundvierzig war.

Nun beschloß sie, sich in ihr Schicksal zu fügen. »Von nun an bist du meine Tochter.« Iftaim Pay Day schwieg für einen Moment, als erwarte sie, daß Ma'ali sich dazu äußerte. Sie putzte die Brille, hielt sie vor ihr Gesicht, um sich zu vergewissern, daß das Glas tatsächlich sauber war, setzte sie dann wieder auf die Nase und sagte: »Hure oder Kupplerin, das macht keinen Unterschied. Alles folgt den Gesetzen der Wirtschaft. Alles hat sich gewandelt. Als Kupplerin zu arbeiten ist nicht mehr wie damals, es ist heute wie jede andere Arbeit in diesem Land. Man braucht Verstand, manchmal auch Bildung, und man muß einen Tag vor dem Teufel geboren sein. Es gibt keine geeignetere für diesen Job als dich. Und mein ganzes Leben habe ich mir eine Tochter wie dich gewünscht!«

Als Ma'ali die Worte »Alles folgt den Gesetzen der Wirtschaft« hörte, erinnerte sie sich an den jungen Mann, der ihr als vermeintlicher Kommunist vom Parteichef der Fakultät zur Beobachtung »anvertraut« worden war. Er hatte diese Behauptung bei jeder passenden oder unpassenden Gelegenheit wiederholt. Er sagte, alles hänge mit der Wirtschaft zusammen, selbst der Sport. Sie hätte ihn gerne gefragt, warum sie ihn nicht verraten würde, wenn doch ohnehin alles von der Wirtschaft abhänge. Aber statt dessen hatte sie sich damit begnügt, dem Parteichef zu sagen, daß die drei, deren Namen er ihr gegeben hatte, schwierige Männer seien, die keinen engeren Kontakt zu Frauen wünschten. Ihre Beziehungen zu Frauen seien ambivalent, so daß es unmöglich sei, sie zu verführen.

»Sind sie homosexuell?« hatte der Parteichef gefragt. »Ich weiß es nicht, werde aber versuchen, ihnen einen von den Genossen zu schicken, um ihn ausspionieren zu lassen.« Sie wollte hinzufügen: »am liebsten den Genossen 'Abbâs«, aber die Worte kamen ihr nicht über die Lippen, schon der bloße Gedanke löste Ekel bei ihr aus. Der Parteichef schien ihre Gedanken aber zu erraten. Zu seiner Enttäuschung hörte er sie sagen: »Ich meine einen anderen Genossen.«

Sie wollte nicht, daß Iftaim Pay Day sie bei so ernsten Überlegungen ertappte, darum beeilte sie sich zu fragen: »Warum gerade ich, warum bürdest du mir eine Last auf, die ich nicht tragen kann?«

»Du bist jetzt frei: Möchtest du Asîyad Lûtî heiraten, oder daß ich dir dein Jungfernhäutchen zunähe? Du bist frei, es ist dein Leben, und du kannst frei entscheiden!«

Doch Ma'ali fragte: »Was meinst du mit ›Leben‹?«

Und Iftaim Pay Day antwortete spontan: »Ich habe zwar nie studiert wie du, weder in einer Schule noch auf einer Universität. Aber eine Sache weiß ich: Ich muß mein Leben leben. Sieh mal, als Hure kannst du es ablehnen, wenn einer mit dir schlafen will, aber bist du erst mal verheiratet, mußt du es hinnehmen, mit deinem Mann zu schlafen, wann und wie es ihm paßt, ohne daß er dich dafür bezahlt – ebensowenig für deine Mühen im Haushalt. Kurzum: Die Ehefrau ist die echte Hure, aber gratis, und der Ehemann ist der Zuhälter.«

Ma'ali antwortete: »Und die Liebe?«

»Die Liebe! Über welche Liebe sprechen wir hier? Liebe bedeutet, daß du geschwängert wirst und er sich der Verantwortung entzieht, weil er das Kind als Bastard betrachtet. Wenn dich Doktor Mâdschid so geliebt hätte wie zuvor, hätte er bei dir abgetrieben. In diesem Land gibt es keine Liebe. Und die Männer sind auch noch stolz auf ihre Schandtaten. Sie sind allesamt Betrüger. Ihr einziges Problem ist: Welches Mädchen nehme ich zum Vögeln, welches zum Heiraten.«

»Aber ich will Asîyad Lûtî nicht!«

»Das weiß ich doch, aber die Not kennt kein Gebot. Asîyad Lûtî wird dich nicht ausbeuten. Er ist ein Mann wie alle anderen. Faß ihm an den Schwanz, und du wirst sehen, wie seine Milch spritzt.«

Als Ma'ali fragte, worauf sie hinauswolle, antwortete Iftaim Pay Day: »Es geht um deine und meine Zukunft, und um die Zukunft dieses Berufs, den ich nicht verschwinden sehen will. Und schließlich geht es um die Zukunft der Frauen in diesem Land.« Und als Ma'ali immer noch nicht zu verstehen schien, erklärte sie: »Ich werde dafür sorgen, daß er den Dschassânîya-Fisch fängt. Dann wird sein Stern aufgehen! Mit ihm können wir es eine Weile aushalten. Wir werden den Huren und den Frauen dieses Landes zu Anerkennung verhelfen. Dieser Beruf bringt Gold und Macht mit sich. Selbst der mächtigste Mann in diesem Land verliert hier seinen Kopf.« Dabei schlug sie sich zwischen die Schenkel. »Hast du verstanden?«

10

Ma'ali hatte nicht nur verstanden, sondern sie stimmte der Heirat mit Asîyad Lûtî zu. In der folgenden Nacht, im Hause Iftaim Pay Days, begann sie, sich ihr zukünftiges Leben auszumalen. Erschöpft, wie sie war, versetzte sie sich wieder in den Zustand der Zirkusartistin. Doch diesmal entschied sie sich nicht dafür, auf die andere Seite des Seils zu tanzen, wie bei dem letzten Treffen mit dem jordanischen Fotografen, sondern ließ sich auf halber Strecke in das Netz unter dem Seil fallen.

Von jenem Tag trennten sie vier Jahre voller enttäuschter Hoffnungen und Mühsal, in denen sie sich in manchen Nächten sogar gewünscht hatte, nicht in diesem Ma'ali-Körper zu stecken, der für jede kleine Freude dankbar war und immer noch an die Liebe glaubte. Vier Jahre mit zwei Schwangerschaften, die sie eine Menge Schmerzen gekostet hatten. Stets hatte sie sich eingeredet, es sei ihr Schicksal und für Enttäuschungen stehe ihr Trost zu.

Als sie ihr erstes Glas Arrak zusammen tranken, meinte ihre Freundin Sumîya versonnen: »Der Arrak ist wunderbar, wenn man nur das erste Glas abschafft. Ich werde alle Regelschmerzen akzeptieren, wenn auch der fünfte Tag abgeschafft wird! Er wird sein wie der 5. Juni.«

Ma'ali lachte: »Ja, das wäre schön. Aber an meinem 5. Juni können all die 'Abbâs- und Hussein-Raketen nicht verstummen!«

»Das beste wäre es, den fünften Tag deiner Regel zum nationalen Liebestag auszurufen! Das wäre doch besser als die Geburtstagsfeier für den Führer!«

Wohin waren sie bloß entschwunden, die Tage, als die beiden Freundinnen bis spät in die Nacht gelacht, geschwatzt und über andere gelästert hatten? Mit Sumîyas Heirat war ein wichtiger Teil ihres Lebens verlorengegangen. Dies lag nicht an der Heirat als solcher, sondern an dem Mann, den Sumîya sich ausgesucht hatte.

Lîlân, ein Militärhauptmann aus der Stadt Scharqât. Er lachte nur selten und glaubte immer noch daran, daß das Land bis zum Äußersten kämpfen und die Welt in Zukunft sehen würde, »was für Löwen wir sind«, allerdings nur, wenn »wir uns von all dem schiitischen Gesindel reinigen, das an den Sumpfseen wohnt und von den Kolonisatoren unter der Führung von Abû-l-Qâsim al-Thaqfî in unser Land gebracht wurde«.

»Von all dem Gesindel« hatte er in Gegenwart Ma'alis gesagt, als wolle er sie in Rage bringen, denn er wußte, daß sie aus dem Süden und aus einer schiitischen Familie stammte. Sie hatte nicht reagiert, sondern geschwiegen. Wie so oft. Eines Tages hatte ihr ein berühmter Sportler aus dem Sportclub in der Uni-Cafeteria ernsthaft den Vorschlag gemacht, eine Beziehung mit ihm einzugehen. »Ja, eine rein sexuelle Beziehung. Was hältst du davon?« Sie hatte nicht geantwortet, sondern weiter mit Genuß ihr Sandwich gegessen, bis der Sportler, der gleichzeitig Filmschauspieler war, unsicher wurde. Machte sie sich über ihn lustig? Als sie auch nach einer noch Viertelstunde nicht reagiert hatte, war er mit einem anderen Mädchen abgezogen.

Ganz ähnlich verhielt sie sich Hauptmann Lîlân gegenüber, als dieser ihr seine Hochzeit mit Sumîya verkündete und jedesmal zum Spaß sagte: »Das ist ein Schruqi«, »Das ist ein Schiit« oder »Da ist einer aus 'Amâra«. Er dachte tatsächlich, daß Ma'ali seine Witze toll fand, während sie in Wirklichkeit ihre Freundin Sumîya betrachtete, die schon einmal gespöttelt hatte: »Wie er wohl reagieren würde, wenn er wüßte, daß meine Liebhaber bisher Schiiten, Schruqi und Kommunisten waren?«

Bevor Ma'ali im Hause Iftaim Pay Days zur Ruhe kam (vor drei Monaten hatte Sumîya sich ihr Jungfernhäutchen bei der Frauenärztin Mithâl al-Alûsî nähen lassen, der ältesten Enkelin Cocas, die gute Beziehungen zu den Regierungsfunktionären pflegte), hatte auch sie sich überlegt, ihr Jungfernhäutchen nähen zu lassen.

Sumîya hatte sie stets eindringlich vor 'Abbâs gewarnt. »Er wird dich nicht heiraten. Die Männer hier heiraten keine, mit der sie geschlafen haben. Sie betrachten sie als legitime Beute und wünschen sich eine, die immer bereit ist, aber nur von hinten. Vorn darf man nicht bereit sein. Wir beide sind keine Damen, weil wir an der falschen Seite bereit waren – vorne. Warum machst du alles komplizierter, als es ist? Mach es wie sie! Vergnüge dich und lasse dich nähen, wenn du heiratest.« Sie antwortete, daß sie auf 'Abbâs' Liebe vertraue und nie mit einem Mann ein Glück aufbauen könne, das auf einer Lüge basiere. Und Sumîya hatte erwidert: »Alle glücklichen Ehen basieren auf einer Lüge.« Ma'ali schüttelte verneinend den Kopf, so daß Sumîya wiederum fragte: »Wie erklärst du dir dann die Heirat von Lîlân und mir?«

Einen Monat nach diesem Gespräch mußte sie Sumîyas tadelndem Blick gegenübertreten: »Habe ich es dir nicht gesagt?« Sie verspürte keine Reue, bis zu jenem Tag, an dem sie ihre Freundin um Rat fragte. Natürlich sagte diese sofort: »Doktor Mithâl al-Alûsî!«

»Wie kannst du mir Mithâl empfehlen?«

»Wo liegt das Problem?«

»Mithâl ist die bevorzugte Ärztin der Offiziere und Söhne der Funktionäre im Reitclub. Außerdem verlangt sie aberwitzige Honorare. Und wenn eine nicht zahlt, muß sie im Reitclub arbeiten.«

Sumîya wurde wütend: »Soll das heißen, du glaubst, sie hätte mich an Lîlân verhökert?«

Erst in diesem Moment wurde Ma'ali bewußt, daß Sumîya sie angelogen hatte, als sie behauptete, sie habe Hauptmann Lîlân in einem Café an der A'zhamîya-Corniche kennengelernt. Ma'ali schwieg und wünschte sich im tiefsten Innern, Sumîya würde nicht weiterreden. Aber entgegen ihrer Hoffnung hörte sie die Freundin sagen: »Was ist dabei, wenn Mithâl al-Alûsî ihn mir empfohlen hat? Ich weiß, daß sie von ihm viel Geld bekommen hat. Er hat mir alles erzählt. Er wählte mich, ein vornehmes Mädchen, weil er die Mädchen im Reitclub satt hatte.« Nach einem Moment des Schweigens fügte sie hinzu: »Ma'ali, mach deine schönen Augen auf! Es ist alles kaputt. Unsere Zeit ist vorbei, die Freiheit ist vorbei!«

Ma'ali wollte entgegnen, daß sie Lügenmärchen erzähle; daß ihre Zeit bisher noch nicht gekommen war. Es war die Zeit der Männer, die Zeit all jener, die sie geschwängert hatten. Und welche Freiheit meinte sie? War sie bekifft, berauscht, in diesem Land, in dem es kein Haschisch gab? Aber Ma'ali sagte kein einziges Wort, sondern stahl sich leise davon. Und sie wußte, daß sie eine Freundin verloren hatte.

Was würde sie Sumîya antworten, jetzt, drei Monate später, wenn diese sie nach ihrer Heirat mit Asîyad Lûtî fragte? Was, wenn sie sie nach dem Unterschied zwischen Mithâl al-Alûsî und Iftaim Pay Day fragte? Was sollte sie sagen, wenn sie sich träfen? Hatte sie vielleicht zum erstenmal in ihrem Leben Gewissensbisse? Nein. Trotz allem verurteilte sie ihre Freundin nicht. Sie tröstete sich, indem sie sich sagte: Wir waren enge Freundinnen, wir haben viel Zeit miteinander verbracht, aber irgendwann haben wir uns voneinander entfernt, nicht nur zufällig. Wenn eine Freundschaft nach Jahren auseinandergeht, muß einer die Verantwortung dafür übernehmen.

Ma'ali hatte wirklich das Gefühl, daß Iftaim Pay Day sich von Mithâl al-Alûsî unterschied, und daß Asîyad Lûtî, wie opportunistisch er sich auch verhalten mochte, anders war als Lîlân. Aber inwieweit unterschied sich Ma'ali von ihrer Freundin Sumîya? Durch welches Schicksal? Einte sie nur der Verlust des Jungfernhäutchens?

Natürlich: Ma'ali versuchte jetzt, sich an all das zu erinnern und darüber zu sprechen, als sie neben mir im Mercedes 280 S saß und wir eine Straße entlangfuhren, die langsam schattig wurde, auf ein unbekanntes Ziel zu.

Sie fragte nicht, ich fragte nicht, außer einem einzigen Mal, kurz und ohne Eifer, worauf sie antwortete: »Fahr geradeaus«, bis ich unser eigentliches Ziel (wenn es eines gab) beinahe vergaß. Wer weiß, vielleicht hatte auch sie es vergessen. Außer diesen wenigen Worten hörte ich sie nichts dergleichen mehr sagen. Heute frage ich mich, ob sie mir die Geschichte erzählt hat, nachdem sie ihre tausendste Zigarette geraucht hatte. Trotzdem sitzen wir in diesem Auto, in diesem verbrannten Land, auf der Schnellstraße, gebaut auf Panzerrillen und Landebahnen für Flugzeuge, und fahren auf ein unbekanntes Ziel zu. Ich sitze hier und höre ihr zu, mit derselben Ruhe, die bei anderen stets Mißtrauen erweckt hat.

Sie erzählt mir ihre Lebensgeschichten, eine nach der anderen. Was verbindet uns? Hat sie nach dem Krieg einen Schock erlitten? Ist es diese Leere, die wir plötzlich spüren? Hat mich Wadschîha deshalb zweimal verlassen? Mir erging es mit Wadschîha, wie es

Ma'ali mit Sumîya erging. Denn erst jetzt, nachdem viel Zeit vergangen ist, begreift sie, daß sie sich in jeder Hinsicht von Sumîya unterscheidet. Was sie einte, war der Verlust des Jungfernhäutchens. Was sie trennt, ist der Krieg, ja, derselbe Krieg, der uns beide jetzt vereint.

11

Man kann von anderen nicht erwarten, daß sie dem Bild entsprechen, das man sich von ihnen macht. Manchmal ist es besser, einen Traum aufzugeben. Auch wenn man auf neun von zehn Träumen verzichtet, würde immer noch einer bleiben. Führt ein Traum ins Verderben, kann man sogar auf ihn verzichten: zum Beispiel auf den Traum von einem Bräutigam.

Obwohl Ma'alis Ungestüm und ihre Hast zu zwei Abtreibungen geführt hat, konnte dieses Feuer, das sie quälte, den sehnlichen Wunsch nach einem Bräutigam nicht stillen. Trotz der Freiheiten, die sie sich erlaubte, hat sie sich in ihrer Phantasie nie von dem Bild getrennt, das sie sich einst ausgemalt hatte: das Bild von sich selbst im Brautkleid, in einer Kutsche mit ihrem Liebsten. Sie würde die dreißig Tage des Honigmonds mit dreißig Kleidern ausstatten und nach diesen Kleidern benennen. Und sie stellte sich vor, wie sie ihrem Bräutigam sagen würde: »All diese Kleider trage ich für dich. Einige habe ich in Kuwait gekauft, die anderen hat mir meine Schwester geschickt. Und jetzt sollst du die dreißig Dessous, die dreißig Paar Schuhe, die dreißig Paar Strümpfe und Korsagen sehen! Und hier ist ein Parfüm von Cartier, eines von Chanel, Opium, eines von Jil Sander, von Joop, von Paloma Picasso, eine Kollektion von Esteé Lauder, eine von Yves Saint Laurent und eine von Christian Dior, dreißig Parfüms. Jeden Tag werde ich eines für dich auftragen, welches auch immer du dir wünschst!« Sie würde die Augen schließen und darauf warten, daß er sie in die Arme nahm und sagte: »Ich danke dir, Liebling. Wie wunderbar Kuwait doch ist.« Und sie würde ihm antworten: »Siehst du, ich bin anders als die anderen Mädchen. Schau dir nur meine dreißig Paar Schuhe und meine Kleider an! In Kuwait treibt einen alles in den Wahnsinn.« Und sie würde hinzufügen, vielleicht im Dialekt: »Wenn du etwas brauchst, Liebling, mußt du es nur sagen, ich kann dir alles aus

Kuwait mitbringen.« Und vielleicht würde er antworten: »Alles, was ich will, bist du, Liebste. Aber wenn du Aftershave der Marke ›Tabac‹ oder der Marke ›Kapitän‹ mitbringst, wird der ganze Offizierstrupp sich bedienen, weil ich der einzige sein werde, der so etwas besitzt.«

In jenen Tagen malte sich Ma'ali ihren Bräutigam noch in Offiziersuniform aus, mit drei blinkenden Sternen auf den Schultern. Nach dem ersten Golfkrieg stellte sie sich nur noch irgendeinen Mann vor, Aussehen und Beruf waren egal. Nur gebildet sollte er sein und eine Anstellung haben. Aber wußte sie eigentlich, was sie selbst wollte? Warum sie heiraten wollte?

»Hätte Asîyad Lûtî eine andere Wahl gehabt?« fragte sie mich, etwa dreißig Minuten nachdem wir die Stadt Sûq al-Schuyûch hinter uns gelassen hatten, »oder war es ihm egal?«

Sie hätte auch mich fragen können, ob ich eine Wahl gehabt hatte. Aber sie kannte meine Antwort. Vielleicht wußte sie, daß uns beiden nach den verheerenden Kriegen keine Wahl geblieben war, und fragte mich aus diesem Grund nicht, sondern erzählte mir ihre Geschichte. Und ich lauschte, als hinge meine Zukunft davon ab und als kennte ich Ma'ali seit Jahren – dabei hatte ich sie zuvor nur zwei- oder dreimal gesehen. An eine Begegnung erinnere ich mich genau: es war auf jenem Fest am Baume Adams.

12

Einige Wochen vor dem Festtag wurden Maßnahmen getroffen, die sicherstellen sollten, daß die Parade wie gewohnt durchgeführt werden konnte. Man beschloß, an den drei vorausgehenden Tagen das Herumstreunen zu verbieten und den Angestellten und Beamten am Tag der Parade freizugeben. Staatsflaggen mit dem Schriftzug »Allahu akbar« wurden aufgehängt. Die offiziellen Gebäude der Stadt erhielten einen neuen Anstrich. Der Boden auf dem Platz, auf dem die Parade stattfinden sollte, gegenüber vom Baume Adams, wurde planiert. Der Platz hatte die Form eines Dreiecks, an dessen Seiten drei der wichtigsten Sehenswürdigkeiten der Hauptstadt nachgebaut waren: »Der Paradeplatz der großen Revolution« (dessen Namen man nach dem Tag der Kriegsverkündung in »Platz des Sa'ad Ibn Abî Waqqâs« änderte), die »Moschee des Propheten Moses« (die später »Arafat-Moschee« hieß) und die »Vergnügungsstätte der Araber« (die man später in »Vergnügungsstätte Kuwaits« umtaufte).

Einige suspekte Individuen wurden festgenommen und ins Gefängnis, genannt »Die arabische Nation«, geworfen, während Parteikader und Vertrauensleute bestimmt wurden, um an den Versammlungen zur Vorbereitung der großen Parade – um 3.30 Uhr am Morgen des Tags der Parade in der Kaserne »Salâh al-Dîn al-Ayyûbî« – teilzunehmen.

Überall wurden Flaggen und Wimpel gehißt, um dem Platz Ähnlichkeit mit den Paradeplätzen der Hauptstadt oder den großen Aufmarschplätzen in China und Rußland zu verleihen. In gewisser Hinsicht orientierte man sich auch an den Feiern zum Jahrestag der Französischen Revolution, 1799 in Paris, zu denen der Herrscher auch seine Fischköche gebracht hatte.

In Qurna gab es eine Haupttribüne, auf der sich, je nach Rang und Namen, die Plätze für die verdienten Genossen befanden. Der

Chef der Regierungspartei, der große Staatspräsident, ließ zu seinen beiden Seiten einen Platz frei. Auf diesen Plätzen lagen Holzbretter, darauf die Namen zweier Toter, die allein der Herrscher neben sich duldete: auf dem einen stand in Kufischrift »Salâh al-Dîn al-Ayyûbî«, auf dem anderen in Kursivschrift »Gamal Abd el-Nasser«. Abgesehen von den leeren Plätzen war er von Besuchern aus dem Ausland umgeben. Nur darin unterschied sich die Parade von Qurna von den großen Paraden der Welt: die Repräsentanten der befreundeten Länder saßen in der zweiten Reihe.

Der Ablauf der Parade entsprach dem Zeremoniell der großen Hauptstadt-Paraden. Zuerst rückten die republikanischen, dann die traditionellen Truppen mit ihren verschiedenen Einheiten vor, gefolgt von der Polizei und den Arbeitern des Landes in einheitlicher Kleidung, die meisten trugen weiße Handschuhe. Ihnen folgten eine Reihe von Panzern und anderen Militärfahrzeugen, eine MIG- und Mirage-Flugzeugstaffel sowie weitere Düsenflugzeuge, die einen Teil der nationalen Luftwaffe repräsentierten. Am Schluß marschierten die Parteiveteranen auf, Männer der Volksarmee in traditioneller Uniform, Gruppen freiwilliger Frauen aus mehreren arabischen Ländern, Einheiten der Frauenorganisationen und Vertreter der Ministerien.

»Heute feiern wir ein Jubiläum von dreierlei Bedeutung.

Erstens markiert das Datum die Übernahme des Banners durch den Führer vor einem Jahr, in einer kritischen Zeit für das große Volk und die bewährte arabische Gemeinschaft, wofür Seine Majestät die volle Verantwortung übernimmt, trotz der hinterhältigen Verschwörung einer Bande, die er für seine Genossen gehalten hatte.

Zweitens markiert dieses Datum das Erscheinen des Erwarteten, des notwendigen Führers, des Ehrfurchtgebietenden, des großen Lehrers, des Allwissenden – möge Gott ihn bewahren –, der von einem geheimen zu einem offenen Kampf wechselte. Vor elf Jahren erschien er im öffentlichen Leben, rückte in die erste Reihe auf, um die Verantwortung für die Festigung der Pfeiler der Revolution zu tragen, als hätte sie gestern stattgefunden. In Zeiten der Revolution ist jeder Tag wie ein Monat, jeder Monat wie ein Jahr, jedes Jahr wie eine Ewigkeit.

Und drittens stimmt sein Geburtstag überein mit den Geburtstagen einiger verehrter historischer Führer, die ihren Ländern dienten, deren Flaggen in aller Welt wehten. Es ist kein Zufall, daß sie im gleichen Monat geboren wurden – Napoleon, Hitler, Mussolini, Salazar, Franco, Stalin –, denn diese Verbindung ist es, mehr als alles andere, die sie der Herrschaft würdig machte. Sein Geburtstag stimmt auch mit den Geburtstagen zweier Nationalhelden überein, die die Grundlagen für den Aufbau unserer großen Partei schufen, die Grenzen des Landes verteidigten und seine Bürger stolz machten: Sargon der Akkadier, der tapfere Krieger, und Nebukadnezar, der einst die Juden gefangennahm. Auch dies ist kein Zufall, denn sie waren Männer, vom Schicksal auserwählt, ihren Ländern zu dienen.

Wir haben alle drei Daten in ein Datum zusammengefaßt. Der 19. Juli soll der nationale Feiertag sein, an dem jedes Jahr alle Werktätigen Seiner Herrlichkeit huldigen, hier am Baume unseres Vaters Adam, der nicht zufällig auf dem Boden unseres großen Vaterlandes erschienen ist. Denn alles ist großartig in diesem Land! Es ist das Heimatland Adams, Sargons, Nebukadnezars und Salâh al-Dîn al-Ayyûbîs, des Kurden, dessen Blut gereinigt wurde und der zu den Arabern gehört! Und es ist das Heimatland Seiner Herrlichkeit, des Helden der Helden, der uns von Gott geschenkt wurde! Unsere Bäume blühen! Er ist der Mann, dessen Andenken alle gewöhnlichen Zeiten überdauern wird, und wenn die Jugend, ja, ganz besonders die Jugend, ihn liebt, dann deshalb, weil sie in ihm eine ewige Führergestalt sieht, den notwendigen Führer, den Retter, den Inspirierten! Allein der Klang seiner Stimme gießt Glück in ihre Seelen, als würden alle Tempelkuppeln der Erde das Oberhaupt dieses prächtigen, erhabenen Volkes bedecken! Je mehr Mühe man aufwendet, sich vor Seiner Statur zu verbeugen, desto mehr wird man fühlen, daß man nicht das Notwendige tut. Man wird fühlen, daß das Schicksal unser Volk unter allen Völkern der Welt auserwählt hat, sich an Seiner Gnade zu erfreuen und die Billigung Seiner Herrlichkeit zu empfangen. Von heute an gibt es keine Feier, an der Seine Herrlichkeit nicht teilnimmt, gleich ob es eine private oder eine öffentliche ist. Dank sei dem Schicksal, das uns in diesem Land der Freiheit und des Glücks leben läßt. Jubelt laut: Leben! Leben! Leben! Jubelt, bis ihr heiser seid, jubelt, bis ihr zu Boden fallt, in Erwartung, daß der Segen über euch komme, daß das Leben über euch komme!«

Es ist kaum möglich, das Spektakel authentisch wiederzugeben. Am Schluß wirkte alles wie der bloße Versuch, irgend etwas auf das Ufer des Schatt al-Arab zu kopieren, was die Führer der Partei bei ähnlichen Paraden der Großmächte gesehen hatten, in Moskau, Peking, Paris, ja, vielleicht sogar in Washington oder Kairo. Trotzdem (jetzt erinnere ich mich) ist es sehr wahrscheinlich, daß das Besondere dieser feierlichen Parade ihr Verschmelzen mit dem Publikum war. Vielleicht kam wirklich niemand nur zum Schauen, mit Ausnahme jener, die die Tribüne trugen oder selber an der Parade teilnahmen.

Und ich war einer von ihnen, obwohl ich weder zur offiziellen Gruppe der »Pfeiler« noch zu der vor der Haupttribüne marschierenden Menge gehörte. Weil ich kein ständiger Bewohner der Stadt war, wäre ich um ein Haar im Gefängnis gelandet. Doch mich rettete der Ausweis des Verteidigungsministeriums. So fand ich mich an jenem Tag als Teil jener Schauspieler wieder, die man »Publikum« nannte. Und vielleicht hätte ich ihr Gesicht, Ma'alis Gesicht, vergessen, wenn wir nicht an dieser feierlichen Parade teilgenommen hätten.

13

Erst jetzt, im Auto, erinnere ich mich an sie. Sie war nicht auffallend gekleidet, auch stand sie nicht an prominenter Stelle, sondern ganz in meiner Nähe. Sie trug einen Jeansrock, eine weiße, hinten zusammengeraffte Bluse und sah aus, als wollte sie keinesfalls von der Zuschauermasse mitgerissen werden. An jenem Tag fragte ich mich bei ihrem Anblick: »Woher kommt dieses Mädchen?« Ich dachte zuerst, sie käme aus Lateinamerika; auch bestand eine gewisse Ähnlichkeit zu den Mitgliedern einer Delegation, die mit fünf anderen Gruppen aus Frankreich, Rußland, Bulgarien, Ost- und Westdeutschland zu Besuch war.

Ma'ali lachte. Auch darüber, daß ich sie nicht zu den Mädchen des Dorfs gezählt hatte, da sich ihre Kleidung auffällig von der hiesigen unterschied. Nicht einmal meine studierte Ehefrau hätte einen kurzen Jeans-Cowboyrock getragen. Sie hatte mir erzählt, daß die größten ausländischen Delegationen am Festtag aus Argentinien und Chile kommen würden.

Doch nicht nur deshalb hielt ich Ma'ali für eine Lateinamerikanerin, sondern vor allem wegen ihres Aussehens: der kleine Wuchs – sie war nicht größer als ein Meter sechzig –, das runde Gesicht, die platte Nase, der breite Mund mit den vollen Lippen, die langen dunkelblonden Locken, die grünen Augen und der ausladende Hintern.

»Dann stimmt es gar nicht, daß du mich nur flüchtig betrachtet hast.«

Sie hatte recht. Ich erinnere mich genau. Oder stelle ich mir nur vor, das alles gesehen zu haben, weil ich sie jetzt neben mir sitzen sehe?

»Worauf achtest du, wenn du eine Frau zum erstenmal siehst?« fragte sie.

Ich starrte auf den Tacho, wir fuhren 120.

Ich weiß nicht, wo ich einmal gelesen habe, daß das, was ein Mann an einer Frau attraktiv findet, sich von Land zu Land unterscheidet. Die Japaner empfinden den Hals als wesentliches Merkmal der Frau, während die Chinesen den Fuß als am verführerischsten erachten. Die Afrikaner preisen den Hintern – eine Frau ohne schönen Hintern kann ihre Liebesträume an den Nagel hängen. Die Nordamerikaner verehren die Brüste. Je größer das Volumen, desto mehr lieben sie die Frau. Die Deutschen – wie die Nord- und Westeuropäer allgemein – tun es den Amerikanern gleich. Und die arabische Welt? Ich weiß nicht, ob es einen bevorzugten Körperteil gibt. Meine Vorfahren schätzten den Unterschenkel ganz besonders: von ihm ausgehend bemaßen sie das Volumen der Vulva. Je fetter der Schenkel, desto erregender, dicker und enger die Vulva. »Wenn man stößt, dann stößt man in Wolle – wenn man ihn sacht herauszieht, bleibt er beinahe stecken«, pflegte ein alter Dichter – möge Gott Wohlgefallen an ihm finden – zu sagen.

Die Dorfleute sprechen stets vom Bauchnabel, und es ist ihnen gleich, ob es sich um den Nabel eines Jungen oder einer Frau handelt. Das einzige, was sie am Ende interessiert, ist das Loch, gleich ob vorne oder hinten, bei Frau oder Mann, Mensch oder Tier – Esel oder Ziege.

Soldaten habe ich es so machen sehen: Sie drehten ihr Taschentuch zu einem Rohr, verengten die Öffnung mit einem Gummi und beschmierten diese mit Butter. Dann steckten sie ihre Schwänze hinein. Gab es keine Taschentücher, so benutzten sie Blätter von Bäumen.

So ist es nicht verwunderlich, daß Hauptmann Lîlân einer Heirat mit Sumîya zustimmte, bevor er sie gesehen hatte. Wichtig war ihm nur, daß sie zuvor von der Ärztin Mithâl al-Alûsî genäht wurde. Auch Asîyad Lûtî akzeptierte, Ma'ali zu heiraten, ohne sie zu kennen.

»Nicht zu vergessen die Männer, die im Ausland leben und von ihren Müttern verlangen, ihnen Mädchen nach ihrem Geschmack zu schicken! Auch Iftaim Pay Day gründete eine Filiale, die in dieser Richtung arbeitete: Sie flickte die Jungfernhäutchen der Mädchen und schickte sie dann durch Agenten nach Amman und Damaskus, in den Norden des Landes und in die Türkei. Wundere dich nicht, wer alles auf Heiratssuche war: Ärzte, Studenten, Künstler, und zwar jeglichen Alters!«

Aber sie wußte, daß mich diese Details im Moment nicht interessierten, und sagte: »Was antwortest du mir also auf meine Frage?«

Mir fiel nichts ein, und so bedeutete sie mir schließlich mit der Hand, daß es ihr egal sei. Sie hatte sich auch nicht gewundert, daß Asîyad Lûtî, als sie zum erstenmal mit ihm beisammensaß und sich ihm nähern wollte, nicht wußte, was er mit einer Frau anfangen sollte. Dies war ihre einzige Bedingung gewesen: am Tag vor der Trauung (die im Haus vollzogen wurde) schon einmal mit Asîyad Lûtî zusammenzutreffen. Und Iftaim Pay Day hatte zugestimmt, ohne irgendeinen Zweifel an Ma'alis Fähigkeiten, einen Mann zu zähmen.

Eigentlich mußte er gar nicht gezähmt werden. Er war ein Mann wie alle anderen, so einfach wie das Leben, so kompliziert wie das Leben. Er war kein Träumer. Vom ersten Tag an schien er vor Ma'ali die Waffen zu strecken.

»Ich weiß, daß ich stärker bin als du«, sagte Ma'ali zu ihm, obwohl ihr klar war, daß sie ihn damit provozierte.

Vielleicht hatte er doch mehr Ahnung von den Frauen, denn er erwiderte: »Keiner ist stark außer Gott, wenn wir unseren notwendigen Führer und Yassîn Arafat mal beiseite lassen.«

Sie berichtigte ihn: »Nicht Yassîn!«

Er gab ernst zurück: »Das macht nichts. Auch der Prophet Muhammad hatte mehr als einen Namen, zum Beispiel Taha, Mûsa, Hussein, 'Abbâs. Und der Führer hat mehr als hundertneunundneunzig Namen, sogar mehr Namen als Gott.«

Ma'ali lachte: »Du hältst dich wohl für Herrn Superwitzig. Dann kannst du mir sicher auch erklären, warum du bereit bist, mich zu heiraten?«

»Aus denselben Gründen wie du.«

»Woher kennst du meine Gründe?«

Und diesmal antwortete er: »Ich kenne meine eigenen Gründe.«

»Die wären?«

Er antwortete leise, indem er wie ein sich schämendes Kind den Kopf senkte: »Ich will eine Frau, das ist alles.«

Da fragte sie: »Was ist dir wichtig an der Frau: ihre Familie oder ob sie noch Jungfrau ist?«

Er beantwortete ihre Frage nach einem langen Schweigen: »Sieh mal, bei allem Respekt: Du bist eine gebildete Frau, aber das Leben lehrt uns mehr als die Bücher. Ich habe nur die sechste Klasse abgeschlossen, aber ich werde dir etwas sagen, was dir in den Ohren klingeln wird. Was macht es aus, ob ich dich akzeptiere oder nicht? Es ist weder dein Entschluß noch meiner, und mal ganz ehrlich: Es ist nicht mal der Entschluß Iftaim Pay Days. Es ist ein Entschluß des Schicksals oder Gottes, wenn du an ihn glaubst. Ich bin nur ein Palmenkletterer und Hahnenbändiger. Ist dir klar, was das bedeutet? Dieses Jahr sind die kranken Palmen, ob jungfräulich oder nicht, verkümmert und haben sich nicht vermehrt. Sogar die Luft, die die Samen vom männlichen zum weiblichen Baum transportiert, reicht nicht aus! Deshalb braucht es Palmenkletterer wie uns, die die Samen vom einen zum anderen Baum bringen. Was die Hühner betrifft, so werde ich dir etwas verraten und dich bitten, es für dich zu behalten. Wie triumphiert ein Hahn über den anderen? Ganz einfach: Man muß ihn sieben Tage lang davon überzeugen, daß ein anderer Hahn ihm seine Liebste, seine Braut rauben will. Man muß ihn das nur ahnen lassen. Je mehr es sich in seinem Kopf festsetzt, daß der andere Hahn seine Gefährtin rauben will, desto mehr wächst seine Wut. Er fängt an, herumzustolzieren, geil zu werden, schüttelt sein Gefieder und seinen Kamm. Weißt du, was ich davon habe, wenn ein Hahn einen Kampf verliert? Mehr möchte ich dir nicht sagen.«

Ma'ali kapierte zwar nicht, was Asîyad Lûtî meinte, aber sie begann sich zu verhalten, wie sie es aus ägyptischen, indischen oder amerikanischen Filmen kannte, wenn die Heldin einen Verehrer, den sie bisher abgewiesen hatte, liebgewinnt. Sie vergaß jedoch etwas Wichtiges: Asîyad Lûtî war kein Leinwandheld und wollte diese Rolle auch nicht spielen. Er überließ es Ma'ali, Iftaim Pay Days Plan nach ihrem Belieben auszuführen. Es versteht sich von selbst, daß er keine Einwände gegen diese Heirat hatte. Sie war eine hübsche Frau, gerade dreiundzwanzig, während er soeben sein vierzigstes Lebensjahr vollendet hatte (was bedeutet, daß er jetzt Anfang Fünfzig sein muß – ich kann mir einfach nicht vorstellen, daß Wadschîha mit ihm zusammenlebt!). Und er war trotz allem optimistisch, was diese Heirat betraf. Er verlangte nichts von ihr, was ihr eine Last hätte sein können; sie bestimmte den Umgang miteinander. Er zwang sie nicht einmal, mit ihm zu schlafen oder ein großes Hochzeitsfest zu feiern, obwohl er sich das von Herzen gewünscht hätte.

Und nicht nur er. Auch Ma'ali träumte von einem großen Hochzeitsfest, an dem sie ein weißes Kleid mit herzförmigem Ausschnitt und einen Kranz aus Akazienblüten tragen würde. Eine Schar kleiner Mädchen würde die Schleppe ihres Kleids tragen und sie zum Brautthron geleiten, wo der Bräutigam sie lächelnd in Empfang nahm. Man würde dem Brautpaar ein seidenbedecktes Tablett reichen, dessen Ränder in Saphiren und Karneolen mit den Namen von Braut und Bräutigam bestickt waren. Darunter ein Herz mit einem Pfeil, neben dem stand: Für immer.

Doch dies war bloß ein Traum. Ihre erste Begegnung ähnelte einem Treffen zweier Staatsoberhäupter unter vier Augen. An jenem Tag kamen Ma'ali und Asîyad Lûtî überein, ohne viel Aufhebens zu heiraten. Sie teilten Iftaim Pay Day ihren Entschluß mit, damit diese einen Scheich herbeiholen konnte, der die Ehe im Patio, in dem auch der kranke Palmschößling lag, stiften sollte. Der Scheich war einer der letzten Ägypter, die trotz der Mordereignisse im Land geblieben waren. Als Zeugen wurden Doktor Mâdschid und Iftaim Pay Day bestellt. Letztere fragte den Scheich, ob sie denn als Frau überhaupt als Zeugin auftreten könne, worauf er ihr versicherte: »Liebe Frau, wir sind Schafiiten! Und wie ich sehe, wiegen Sie tausend Männer auf!«

So heirateten sie in aller Stille, ja, sie schliefen nicht einmal miteinander, weil sie ihm zur Bedingung gemacht hatte, dies erst zu tun, wenn sie ihm ihre Einwilligung gäbe. So gingen sie auseinander wie zwei offizielle Delegationen, die ein Abkommen geschlossen hatten.

Der einzige Unterschied bestand darin, daß ihr Abkommen am folgenden Tag nicht in den Nachrichten bekanntgegeben wurde, weder in Qurna noch in Basra, noch sonstwo in der Welt, die man die »arabische« nennt. Weltweit übertrugen die Nachrichtenagenturen eine andere Neuigkeit: die Drohung des Herrschers, einen nicht weiter benannten Nachbarstaat zu überfallen. Er ließ also während seines Besuchs in Qurna, wo er den Wunderfisch, den Dschassânîya-Fisch, »aus der Hand eines alten Fischers« erhielt, offen, welche Wunder wir noch erleben würden.

14

Wie viele Häuser Iftaim Pay Day besaß, war selbst ihren Angehörigen unbekannt. Nicht weil sie sich über das ganze Land verteilten, sondern weil ihr von den Befehlshabern der Streitkräfte gewisse Bestimmungen auferlegt worden waren, insbesondere in den kasernenreichen Städten und in denen in Frontnähe.

Es handelte sich um zwei Typen von Etablissements: der eine diente der öffentlichen oder quasiöffentlichen Prostitution, der andere wurde unter strenger Geheimhaltung geführt, war nur den Obersten im Heer bekannt und wurde meist als geheimer Ort für die Militärleitung oder als Versteck in Notzeiten genutzt. Der Staat ermutigte sie, im Norden und an den Grenzen zu den Nachbarländern eine größtmögliche Anzahl dieser Häuser zu errichten. Der eine Typus, in volkstümlicher Manier erbaut, unterschied sich kaum von traditionellen Bordellen, während der andere Typus erhebliche Unterschiede aufwies.

Dort gab es Zimmer, die mindestens hundert Quadratmeter groß waren, aber keine Balkone hatten. In der Mitte des riesigen Patios befand sich, umgeben von Obstbäumen, eine Fläche von etwa tausend Quadratmetern (als Hubschrauberlandeplatz) und ein Brunnen, aus dem Wasser sprudelte – eine Erfrischung an heißen Tagen. Dieser Häusertyp war auch mit Klimaanlage, Zentralheizung und Vorratsräumen für mehrere Monate ausgestattet. Man hätte sie Schlösser nennen können, wenn sie sich äußerlich nicht so stark von den Schlössern im Ausland unterschieden hätten. Ihre hohen Mauern, die nur zur Tarnung dienten, waren aus gewöhnlichen Ziegelsteinen erbaut, um Blicke von den mit Mosaiksteinen und Arabesken verzierten Fassaden abzuhalten.

Man konnte sich diesen Häusern nur mit Sondergenehmigung nähern, und sie lagen meist an den Stadträndern, so daß nur Durchreisende und Soldaten auf dem Weg zu ihren Einheiten vorbeikamen. Sogar die ranghohen Militärs suchten sie nur im Dunkeln auf und reisten auch erst im Dunkeln wieder ab. Waren keine Gäste da, wurden Strom und Telekommunikation abgeschaltet.

All diese Maßnahmen entsprachen nicht unbedingt den Vorstellungen Iftaim Pay Days. Sie mußte eine Menge verändern. Doch sie beklagte sich nie, auch nicht bei Ma'ali, die sie eines Tages in die Geheimnisse ihres Berufs einweihen und die sie beerben würde. Obwohl sie in all diesen Jahren vieles erlebt hatte, was ihr die Haare zu Berge hatte stehen lassen, überstiegen die Geschehnisse der letzten zehn Jahren doch ihr Fassungsvermögen. Es dauerte Jahre, bis sie sich der neuen Situation – mit den Gegebenheiten der Marktwirtschaft auf der einen und denen des Staats auf der anderen Seite – angepaßt hatte. Lange hatte sie sich wie die mächtige Herrin dieses Königreichs gefühlt, die mit dem Zepter in der Hand regierte und mit einem Fingerschnippen alles nach ihrem Belieben entscheiden konnte. Aber seit *diese Sorte Mensch* die Macht übernommen hatte, begann sie zu fühlen, daß »der Staat« ihr Königreich beherrschte und das Militär das Zepter in der Faust hielt.

Sie war nur noch Mittlerin zwischen Staat, Militär und Huren. Auch die Tatsache, daß der Staat immer noch die Macht über das Militär besaß, das ihre besten Kunden stellte, war kein Trost. Aber sie war sich bewußt, daß sie vor dieser Regierung, mit ihrer Macht über einige Ministerien und die mächtige Militärführung, der Auslöser für einen Putsch hätte sein können, wenn sie sich nicht mit dem Thron ihres Königreichs begnügt hätte – bis *jene* an die Herrschaft kamen (zu welcher Sorte Mensch gehörten sie? Nicht einmal sie konnte in ihrer Sprache mit ihnen reden). Alles änderte sich, mit ihnen wurde das ganze Land auf den Kopf gestellt. Der Staat nahm in allen Lebensbereichen die Zügel in die Hand, gab seltsame Erlasse heraus. Und doch konnte sie sich nicht vorstellen, daß er seine Nase auch in das Prostitutionsgeschäft stecken würde. Die Prostitution war – bis vor kurzem jedenfalls – auf eine kleine Personenzahl beschränkt; die Mehrheit vermied es, sich mit derlei zu besudeln. Unter der neuen Regierung war die Prostitution kein freier Markt mehr, dessen Gesetze sich selbst bestimmten. Sie wurde sogar Teil des Fünfjahresplans, in dessen Rahmen Spezialisten eingesetzt wurden, um eine Strategie zu erarbeiten. So erwachte Iftaim Pay Day Anfang der siebziger Jahre und erhielt auf einmal den Befehl, Bagdad zu verlassen, wo sie provisorisch im Bezirk Masbah wohnte, und an die Peripherie von Basra zu fahren. Dort traf sie am Ma'aqal-Flughafen den Parteivorsitzenden von Basra, der sie zur Parteizentrale am Umm-al-Brum-Platz brachte, um mit ihr die Pläne zur Gründung einer Siedlung namens »Vergnügungsviertel« zu besprechen. Als sie ihn nach dem Ursprung dieses Projekts fragte, erklärte er ihr, daß die weise Führung nach Ausbruch des libanesischen Bürgerkriegs daran gedacht habe, als Ersatz für Beirut eine Erholungs- und Vergnügungsstadt für die Brüder am Golf zu errichten. Ein arabisches Las Vegas, eine Musterstadt, in der es alle Arten von Amüsement und Luxus geben sollte. Die Wahl war schließlich auf sie gefallen. Als sie den Parteivorsitzenden nach ihren Pflichten fragte, erklärte er ihr, er werde sie zu einem von der Führung festgesetzten Ort begleiten, um gemeinsam die Details des Plans auszuarbeiten.

Sie machte sich mit ihm und seinen Begleitern auf den Weg. Als sie die Anhöhen der Maschtal-Region erreichten, stiegen sie aus dem Landrover aus, und der Parteivorsitzende von Basra zeigte ihr eine Fläche, die für den Aufbau der Stadt ausersehen worden war. Es sei zwar keine leichte Aufgabe, die auf ihren Schultern laste, doch eine ehrenvolle, wie alle anderen nationalen Projekte auch. Sie müsse sie umsetzen und möge ihren Weg nicht für zu beschwerlich halten. Die Führung würde ihr Dutzende Künstlerinnen (so nannte man die Huren!) aus Ägypten und junge Kurdinnen, die von der nationalen Armee aus ihren Dörfern verschleppt würden, zur Verfügung stellen. Sollte es ihr an irgend etwas mangeln, so würde er sofort anordnen, weitere Frauen zu erwerben, entweder durch Abkommen mit den arabischen Bruderstaaten, insbesondere mit den palästinensischen Brüdern, oder durch die direkte Umsiedlung kurdischer Frauen aus ihren Dörfern. Die Befehle der Führung seien verbindlich. Alle politischen Kräfte, die unter dem Schirm der »patriotischen und fortschrittlichen nationalen Front« versammelt seien, hätten sie akzeptiert, Ablehnung und Boykott seien also zwecklos. Der Befehl war eindeutig: Die Huren der Bezirke 52 und aus Maidân in Bagdad, aus der Baschâr-Straße in Basra sowie die Kâulîya (so wurden die Zigeuner genannt) aus Kamalîya in Bagdad und aus ihren Lagern in Singar müßten innerhalb von drei Monaten ins »Vergnügungsviertel« ziehen. In den zurückgelassenen Häusern des Bezirks 52 würden die Familien der brüderlichen palästinensischen Befreiungsarmee aus dem Libanon angesiedelt, während man auf der Grundfläche der Häuser des Maidân die Nationalbibliothek erbauen würde, ferner neue Abteilungen der militärischen Abschirmdienste. Die Häuser der Baschâr-Straße würden in Touristenhotels umgewandelt, insbesondere für die Organisation der jährlichen Feste und ihre Besucher sowie als Herberge für die arabischen Brüder.

Die Stadt wurde tatsächlich erbaut, doch Iftaim Pay Day behielt, mit Zustimmung der Machthaber, ihr Haus in Masbah, neben der kuwaitischen Botschaft gelegen. Sie unternahm zwar lange Besuche im Viertel, doch begnügte sie sich bei ihren Anweisungen damit, mit dem Parteivorsitzenden von Basra im »Vergnügungsviertel« oder dem Presseattaché der kuwaitischen Botschaft zu telefonieren, mit dem sie auch die Besuche der Kuwaitis und die Bereitstellung kleiner unberührter Mädchen oder Jungen (meist bevorzugt) in diskreter Form organisierte.

Sieben Jahre währte ihre Arbeit im »Vergnügungsviertel«, bis sie im Februar 1979 vom Parteivorsitzenden nach Basra beordert wurde. Er teilte ihr mit, daß die weise Regierungsführung beschlossen habe, notwendige Vorsichtsmaßnahmen zu ergreifen, weil das »Vergnügungsviertel« nach dem Putsch im Nachbarstaat Anlaß zu Streitigkeiten bieten könnte. Die Führung schlage ihr vor, die Häuser auf verschiedene Regionen des Landes zu verteilen. Es sei dringend notwendig, diesen Plänen zuzustimmen. Im Verlauf eines Jahres müsse sie ihre Mitarbeiterinnen an die neuen Orte bringen. Inventurlisten über die Anzahl der Prostituierten müsse sie vorausschicken. Ob denn genug Grund und Kapital für dieses Bauvorhaben vorhanden seien? Grundstücke gebe es zur Genüge, das notwendige Kapital werde ihr der Staat leihen. Die Aufwendungen würden sie zur Hälfte tragen: eine Hälfte des Gewinns ginge an den Staat zurück, die andere Hälfte fiele anteilig an sie und die Prostituierten. Am wichtigsten aber seien die Inventurlisten der Prostituierten.

Am 22. September 1980, als der erste Golfkrieg ausbrach, hatte Iftaim Pay Day alles geordnet. Trotz der Gefahren, die auf der Strecke zwischen dem »Vergnügungsviertel« und Basra drohten, und trotz des Flugzeuggedröhns suchte sie den Parteivorsitzenden in Basra auf. Er hatte nicht viel Zeit, holte aber aus seiner Schreibtischschublade die Inventurlisten hervor, die sie ihm einen Monat nach ihrem ersten Treffen geschickt hatte. Das »Vergnügungsviertel« müsse schnellstmöglich geräumt werden, da in der Gegend bald Militäroperationen begännen. Sie wollte wissen, wieso, das »Vergnügungsviertel« grenze doch an Kuwait, die Kuwaitis träten nicht in den Krieg ein und gehörten zu unseren besten Kunden! Aber so lautete nun einmal der Befehl der weisen Regierungsführung.

Sie erledigte zunächst zwei Dinge. Zuerst räumte sie das »Vergnügungsviertel«. Es war nicht leicht, einige der Huren, insbesondere die Ägypterinnen, davon zu überzeugen, daß die Arbeit auch in Zukunft angenehm sein und sich nicht sehr von der jetzigen unterscheiden würde, nachdem sie sich daran gewöhnt hatten, mit den Golf-Arabern und insbesondere den Kuwaitis Umgang zu pflegen. Die Mehrheit stimmte jedoch einem Umzug zu.

Die zweite Angelegenheit war schwieriger, denn es fiel ihr nicht leicht, die Prostituierten von der offiziellen Preisfestsetzung, die die Führung für das Militär angeordnet hatte, zu überzeugen. Auch sie selbst konnte darin keine logische Ordnung erkennen: Wie konnte der Preis einer Zwanzigjährigen dem einer Dreißigjährigen entsprechen? Oder der Preis einer Zigeunerin dem einer vom Maidân-Platz? Und warum war eine Prostituierte aus der Baschâr-Straße teurer als eine aus dem Hauptstadtbezirk 52? Sie wunderte sich darüber, daß die Preise sich nicht etwa nach Stadt, Nationalität, Alter, Hautfarbe oder Berufserfahrung richteten, sondern ein einziges Durcheinander ergaben. Die Preise orientierten sich ab sofort an der Dienstleistung, die die jeweilige Frau erbrachte.

Sie versammelte die Prostituierten auf dem großen Platz hinter dem Markt des »Vergnügungsviertels« und erklärte ihnen die Sachlage. Sonderbusse des Militärs würden sie an die Orte bringen, an denen sie von nun an leben und arbeiten würden. Sie sollten sich keine Sorgen machen. Sie als die für sie Verantwortliche würde die Angelegenheit regeln. Bei ihrem nächsten Besuch würde sie die Preislisten mit dem Verteidigungsminister besprechen.

15

Während der großen Parade (auf die ich später ausführlich eingehen werde), die anläßlich des achtundvierzigsten Geburtstags des Herrschers, des zehnjährigen Jubiläums seiner Machtübernahme sowie des einjährigen Jubiläums des Siegs im ersten Krieg am Baume Adams in Qurna stattfand, wurde meine Aufmerksamkeit durch einen Schriftzug erregt, der in breiten Lettern auf einem Müllwagen stand: »Die harte Mülldeponie nationaler Abfälle«. An jenem Tag wurde mir bewußt, daß die Namensänderungen sogar den Müll erfaßt hatten. Sicherheitsunteroffizier Schâhîn Nazzâl hatte mich gebeten, an einem wichtigen Teil der Parade mitzuwirken.

So war ich zwar sehr unruhig, hatte aber genügend Zeit, über diesen neuen Namen nachzudenken. Es war erstaunlich, mit wieviel Geschick dieses Land all das aus dem Gedächtnis der Menschen tilgte, woran sie in öffentlicher Weise teilnahmen und was mit ihren persönlichen Erinnerungen zusammenhing, sogar die Namen der Städte, in denen sie geboren waren! Aus 'Amâra wurde Maisân, aus Nasirîya wurde Dhay Qârr, aus Dîwânîya wurde Qâdîsîya, aus Samâwa wurde Muthanna. Auf diese Weise schufen sie gleichsam ein neues Gedächtnis.

Seit der Machtübernahme des neuen Herrschers vor zehn Jahren und seinem Aufruf, das Land zu erneuern und aus der Finsternis der Vergangenheit zu befreien, hatten sich im ganzen Land eine Reihe von Komitees gebildet. In ihnen waren die ehrenwerten Schlauköpfe des Vaterlands repräsentiert, um die Unterrichtsprogramme des Landes festzulegen. Es entstanden zwei Generationen, die sich der neuen Gedächtniskraft unterwarfen, bis sie nicht einmal mehr die Namen der Städte kannten, in denen ihre Väter geboren waren.

Ja, dieser Veränderungswahn beschränkte sich nicht nur auf die

Städte, sondern betraf auch andere Bereiche – von den offiziellen Bezirken bis hin zum Vaterland selbst, dessen Name nicht nur geändert, sondern vermännlicht wurde, nachdem man festgestellt hatte, daß er eigentlich weiblich war! Das Bordell der Hasîba, einer Kollegin Iftaim Pay Days, wurde in »Verwaltung der öffentlichen Einrichtungen« umbenannt, vielleicht weil noch kein neuer Name erfunden worden war, vielleicht weil die Listen der neuen Städtenamen zwar auf dem Tisch des Herrschers lagen, doch noch firmiert werden mußten. Denn nur, was der Herrscher unterschreibt, wird zum verbindlichen Befehl. Deshalb ging die Namensänderung der Müllkisten in »Mülldeponie« im Vergleich zu den Namensänderungen bei den Bordellen schnell vonstatten.

Iftaim Pay Day war nicht weniger erstaunt, als ihr der Assistent des Verteidigungsministers einen Erlaß übermittelte, der besagte, daß die neue gesetzliche Bezeichnung für ihre Etablissements »neue Häuser für den notwendigen Dienst« lautete.

Es geschah am Rande des ersten Festes (aber noch vor der großen Parade), das beim Baume Adams in Qurna stattfand und bei dem Iftaim Pay Day als Gast zugegen war. Sie sprach mit dem Minister jedoch nicht über die neue Preisfestlegung für die Prostituierten, sondern über die neuen Maßnahmen der Militärführung, als die Menge das Auftauchen Asîyad Lûtîs aus dem Schatt al-Arab erwartete. Sie äußerte ihm gegenüber ihre Bewunderung für die Phantasie seiner Männer, woraufhin der Minister beglückt nickte und ihr rasch versicherte, das Sonderkomitee zur Organisation der »neuen Häuser für den notwendigen Dienst« über ihr Lob zu informieren.

Aufgrund ihrer langen Erfahrung als Kupplerin begriff sie zum erstenmal, daß sie Geschäfte mit Menschen machte, die sich völlig von den bisherigen unterschieden. Die neuen Namen für ihre Etablissements waren ohne Bedeutung – ein Bordell blieb ein Bordell. Vielleicht könnte sie unter dem neuen Namen einen größeren Nutzen aus der Arbeit ziehen als unter dem alten Namen. Ein Name wie »Verwaltung der öffentlichen Einrichtungen« würde bei den Kunden nur Angst auslösen. Von einigen Kolleginnen hatte sie so etwas gehört, insbesondere von Hasîba, einer Kupplerin, die in der Rangliste direkt nach Iftaim Pay Day fungierte: zum einen sei es die Rätselhaftigkeit des Namens, der auf einem Holzschild über der Tür hing, zum anderen sei es die Ähnlichkeit der Gebäude mit denen in Großstädten und in der Hauptstadt Bagdad. Häuser, die einen solchen Namen trugen, wurden später eines nach dem anderen als zum Geheimdienst gehörend entlarvt, auch wenn keiner wußte, welchen Zweck sie erfüllten.

Die Frauen mußten sich den Befehlen der Heeresleitung unterwerfen: zum Schutz der Marktkonsolidierung, zum seriösen Umgang mit den Preisen und zur Entwicklung der Arbeit in den auf Sicherheit und guten Ruf bedachten Häusern. Damit die »neuen Häuser für den notwendigen Dienst« nicht zum Zentrum subversiver Kräfte würden, mußten sie allesamt dauerhaft bewacht werden. Diese Aufgabe sollte ein Sicherheitsbevollmächtigter übernehmen, dessen Berufsrang den Preisen und den vom Haus angebotenen Diensten entsprach. So wurden die geheimen Häuser von Offizieren der republikanischen Garde oder von Sondereinheiten der Leibgarde bewacht, deren Dienstgrad nicht unter dem eines Hauptmanns liegen durfte. Für die anderen Häuser, die ihre Dienste dem Volk und den einfachen Soldaten anboten, reichte es, einen einfachen Unteroffizier aus dem Sicherheitsdienst an den Empfang zu setzen, vorausgesetzt, er gehörte zu den Bewohnern des Ortes selbst. Weil die meisten Geheimdienstleute in Qurna aus den westlichen Regionen kamen, wurde ein Sicherheitsunteroffizier ernannt, der von Bagdad nach Qurna entsandt wurde: Schâhîn Nazzâl, einer der Alteingesessenen der Stadt, dessen Familie einst nach Bagdad gezogen war.

Er bat Iftaim Pay Day, in einem der Häuser übernachten zu dürfen, und sie erlaubte es ihm, verbot ihm aber, mit ihren Mitarbeiterinnen Streit anzufangen und das Haus zu überwachen. Außerdem hätte er sich mindestens einmal täglich die Zähne zu putzen, oder er müsse aufhören, Zwiebeln und Knoblauch in rauhen Mengen zu essen. Andernfalls würde er der Arbeit großen Schaden zufügen und die Kunden abhalten, sich dem Haus zu nähern.

In Wirklichkeit war es nicht Iftaim Pay Day, die der strenge Zwiebel-Knoblauch-Geruch störte, sondern Ma'ali, bei der seine Ankunft einen so starken Brechreiz auslöste, daß sie Iftaim Pay Day direkt vor die Füße spuckte. Der fiel jedoch nichts anderes zu sagen ein als: »Dann bist du jetzt also wirklich schwanger.«

Ma'ali wollte nicht glauben, was Iftaim Pay Day sagte. Sie wiederholte diesen Satz seit zwei Monaten! Sie schüttelte den Kopf und wartete einen Moment, bis sich ihr Magen beruhigt hatte. »Ich ertrage diesen schrecklichen Geruch einfach nicht!« sagte sie und wies auf die Tür.

16

An heißen Tagen gibt es, besonders im Süden, keinen größeren Genuß, als kalt zu duschen, wie Ma'ali es für gewöhnlich tat. Doch an jenem Tag ahnte sie nicht, daß jemand hinter der Tür stand, sie verstohlen betrachtete und darauf wartete, daß sie herauskam. Er nutzte die Stille der Siesta, als Iftaim Pay Day ihren Mittagsschlaf hielt.

Ma'ali stand da, in der Hand den Wasserschlauch, und ließ sich mit geschlossenen Augen das Wasser über den Kopf laufen. Vielleicht wäre sie endlos so stehengeblieben, wenn sie nicht auf einmal zwei Hände gespürt hätte, die ihre Hüften umfaßten, und einen keuchenden Atem an ihrem Hals, der sie trotz der Kühle des Wassers, das immer noch über ihre Schultern floß, mit schneidendem Brennen traf. Sie bückte sich mit dem Schlauch in der Hand und rieb sich das Wasser aus den Augen, um sie zu öffnen und die Hände zu sehen, die sie umfaßt hielten, und den scharfen Atem zuzuordnen, der ihren Hals streifte. Es mußte der Atem eines Mannes sein.

Plötzlich wurde ihr bewußt, wem diese Hände, dieser scharfe Atem gehörten. Denn kaum hatte sie den Wasserschlauch von sich geworfen, brach er auch schon über sie herein: der strenge Geruch nach Zwiebeln und Knoblauch. Es war gar nicht nötig, Sicherheitsunteroffizier Schâhîn Nazzâl wegzustoßen, sie erbrach mitten in sein Gesicht. Er wich erschrocken zurück, und wenn er nicht so gebrüllt hätte, wäre Iftaim Pay Day vielleicht nicht aufgewacht. Jetzt kam sie herbeigeeilt, riß die Reste des kranken Palmschößlings heraus und schlug damit auf ihn ein. Die Order des Militärs war in einem solchen Fall klar: Er mußte dafür bestraft werden, daß er Ma'ali bedrängt hatte. Sie würde die Verantwortlichen nur dann nicht informieren, wenn er tat, was sie ihm befahl, nämlich in ein anderes Haus zu ziehen. Und so geschah es.

Iftaim Pay Day bemerkte Ma'ali erst, als Sicherheitsunteroffizier Schâhîn Nazzâl gegangen war. Sie erschrak, als sie sie auf der Erde kauern sah, beschmutzt mit Erbrochenem. Sie beugte sich zu ihr und trug sie in eines der Zimmer, wo sie sie unter ein Laken steckte. Dann sagte sie zu ihr: »Diesmal bist du schwanger, ich hab's dir doch gesagt!«

Ma'ali lächelte. Sie hörte diesen Satz ja nicht zum erstenmal. Nur hatte Iftaim Pay Day diesmal wohl recht. »Ich habe einfach zuviel gegessen, mach dir keine Sorgen«, sagte sie dennoch. Sie wollte einfach nur ein wenig schlafen.

Dies geschah in den ersten Tagen der Augusthitze, vier Jahre und zwei Wochen nach der Heirat mit Asîyad Lûtî. An jenem Mittag wußte Ma'ali, daß sie schwanger war, zum erstenmal seit ihrer letzten Abtreibung. Aber sie wußte auch sehr gut, daß Iftaim Pay Day sich nicht zufriedengeben würde, wenn sie diese Tatsache leugnete, war sie doch erfahren genug, es früher oder später ohnehin zu merken.

Wenn sich ihre Vermutung bisher nicht bewahrheitet hatte, dann deshalb, weil Iftaim Pay Day ein wenig übertrieb. Sie erfand alle möglichen Anlässe, um von ihrem größten Wunsch, dem nach einer Enkelin, zu sprechen. Ja, nach einer Enkelin. Denn seit sie Ma'ali gesehen hatte, betrachtete sie sie als ihre Tochter. Ma'ali aber, in ihrem Eigensinn, wollte nicht schwanger werden. Und je häufiger Iftaim Pay Day ihren Wunsch äußerte, desto unnachgiebiger wurde Ma'ali.

Wenn Iftaim Pay Day damit drohte, ihr die Antibabypille nicht mehr zu geben, sagte Ma'ali nur, daß sie dann eben einen anderen Weg finden würde, sie sich zu verschaffen. Doch als Iftaim Pay Day merkte, daß ihr Drängen Ma'ali gegenüber nicht zu dem gewünschten Ziel führte, fing sie an, sie mit Samthandschuhen anzufassen. Sie selbst brachte ihr die Döschen und erinnerte sie jeden Tag aufmerksam daran, eine zu nehmen, hatte kein Verständnis dafür, daß Ma'ali unachtsam damit umging und sie nicht regelmäßig schluckte wie zuvor.

Iftaim Pay Day konnte nicht wissen, daß Ma'ali ihre Pillen anfänglich über Sicherheitsunteroffizier Schâhîn Nazzâl erwarb, der sie manchmal zu Wucherpreisen verkaufte, ohne seine Quelle zu verraten. Eigentlich kann von Pillen auch gar keine Rede sein, denn sie wurden nicht geschluckt, sondern in die Scheide eingeführt, und funktionierten wohl nach dem Prinzip Säure (die Zäpfchen) gegen Basis (das Sperma). Sie waren relativ klein und wurden scheinbar in rauhen Mengen von Hand gefertigt – aus einer pflanzlichen Stoffmischung, die nach Thymian, Galläpfeln und getrockneten Zitronen roch. Vielleicht wäre Iftaim Pay Day lange ahnungslos geblieben oder hätte einfach keine Zweifel gehegt, wenn sie nicht eines Tages auf der Suche nach Zigaretten in Ma'alis Handtasche zufällig auf das Beutelchen gestoßen wäre. Als sie dann von Ma'ali erfuhr, daß es Sicherheitsunteroffizier Schâhîn Nazzâl war, der alle Frauen in Qurna mit diesem Verhütungsmittel versorgte, wurde sie sehr wütend. Er sei nichts als ein Wächter, ohne jegliche Befugnis, Medikamente zu verkaufen!

Dies geschah vor dem Streit mit Ma'ali und bevor diese die Quelle in Erfahrung brachte, aus der die Zäpfchen finanziert wurden. Anfänglich hatte Ma'ali die Zäpfchen nicht vertragen. Sie vertrug sie erst, als Schâhîn Nazzâl ihr versprach, sie mit dem Verkäufer in Bagdad bekannt zu machen, und ihr einen Deal vorschlug: den Verkaufsgewinn der Zäpfchen miteinander zu teilen. Vor Jahren hatte er sich in Bagdad mit einem Unternehmer angefreundet, den man »Zionist« nannte und der ihm jedesmal, wenn er nach Bagdad fuhr, diese Zäpfchen mitbrachte, deren Gewinn sie dann in einem Café teilten. Dieser Mann reiste regelmäßig in die Nähe von Nadschaf und brachte die Zäpfchen von einer Frau mit, die 'Assle Levi genannt wurde.

17

Die Frau hieß 'Assle Levi, und es war ihr wirklicher Name. Ma'ali hatte ihn schon von vielen gehört, insbesondere von Iftaim Pay Day. Der Mann hingegen hieß nur mit Spitznamen »Zionist«. Sein richtiger Name »Muhammad Tâlib Hamûdî« war Ma'ali bekannt. Vielleicht hatte er zwei Namen, vielleicht auch mehr. Für jemanden, der ein geheimes Geschäft betrieb, waren mehrere Namen nichts Ungewöhnliches, es war wie bei den Mitgliedern geheimer Parteien oder bewaffneter Organisationen wie denen der Palästinenser.

Warum also können nicht sowohl »Zionist« als auch Muhammad Tâlib Hamûdî einfach Decknamen sein? Daran dachte Ma'ali erst später. Aber als sie den Namen zum erstenmal hörte, in der Praxis von Mithâl al-Alûsî, maß sie ihm keinerlei Bedeutung bei. Sie war mit etwas ganz anderem beschäftigt: mit ihrer Abtreibung. Doch bei allem, was mit der Antibabypille und ihrem Verkäufer zusammenhing, war sie ganz Ohr. Es konnte kein Schaden sein, sie nach dem Wiedereinsetzen ihrer Periode zu nehmen. Sie hatte nämlich den endgültigen Entschluß gefaßt, keine Kinder zu bekommen. Wenn diese Ärztin in der Lage war, ihre Gebärmutter zu entfernen, dann würde sie sie inständig darum bitten.

Als sie dann Malak und ihren kranken Bruder Rabî' kennenlernte, erschien ihr eine Schwangerschaft noch aberwitziger. Es reichte, den Worten des kranken Rabî' zu lauschen, der ihr im Brustton der Überzeugung von seinem Kontakt mit den Sufi-Bruderschaften erzählte: »Die Sufis verzichten auf Besitz und beschränken sich auf die notwendigen Bedürfnisse des Essens, Kleidens und Wohnens. Viele essen kein Fleisch, sogar tierische Milchprodukte und Fette sind verboten, ja, selbst das Kinderkriegen. Dafür ist rein pflanzliche Ernährung von großer Bedeutung.«

Der feurige Enthusiasmus des kranken Rabî' spornte Ma'ali zu einem anderen Entschluß an. Sie wollte Malak und ihren Bruder bitten, sie nach Qurna zu begleiten. Sie würde sich für ihr zukünftiges Leben verbürgen.

Malak erzählte: »Meinen Vater habe ich nie kennengelernt. Meine Mutter erzählte mir vor ihrem Tod, daß er in Kuwait Arbeit gefunden habe und fortgegangen sei, als ich noch in den Windeln lag. Wir lebten im Kurdenviertel unserer Stadt, wo auch viele Kommunisten wohnten. Sie widersetzten sich, als die Volksarmee die erste Evakuierung der Failîya-Kurden vornahm, ich muß wohl nicht in Details gehen. Meine Mutter erzählte mir, daß sie die Gunst eines bewaffneten alten Mannes gewinnen konnte, der rauchte wie ein Schlot und soff wie ein Loch. Er ließ uns in Ruhe, weil wir keine Failîya-Kurden waren, unter der Bedingung, das wir uns still verhielten und er heimlich zu meiner Mutter zurückkehren dürfe. Darum willigte sie ein, auf der Ladefläche des Lastwagens zu bleiben, auf der so viele Menschen versammelt waren und von der sie Frauen, Kinder und Alte abluden. Die jungen Männer brachten sie ins Abû-Ghraib-Gefängnis und kamen mit den leeren Lastwagen zurück.

Nur für den alten Mann, der zwar mit den Sicherheitskräften kollaborierte, aber selbst Kurde war, machten sie eine Ausnahme. Wir konnten auf der Ladefläche bleiben, weil er dort sein Lager ausgebreitet hatte und ihnen sagte, daß er schlafen würde. Sie ahnten nicht, daß er uns unter seinen Decken versteckte. Ich weiß nicht genau, was geschah, aber meine Mutter erzählte mir, daß er sie bat, mit ihm zu schlafen.

Er ließ ihr die Wahl, ihn zu heiraten oder es bei einem einmaligen Geschlechtsverkehr zu belassen, der ihr und ihrer Tochter das Leben retten würde. Meine Mutter weinte bitterlich. Sie hatte Mitleid mit ihm, denn er liebte sein Land und war gezwungen, mit den Sicherheitskräften zu kollaborieren, um es nicht verlassen zu müssen. Er lebte ganz allein, seit seine Familie und Verwandten nach Iran ausgewandert waren. Er habe sie nicht vergewaltigt, sagte meine Mutter. Sie selbst habe ihn in jener Nacht aufgefordert, sich mit ihr unter die Decken zu kuscheln. Sie war überzeugt, daß mein Vater niemals zurückkehren würde. Meine Mutter sagte, daß der kranke Rabî' in dieser Nacht gezeugt worden sei.«

Nicht nur Malaks Mutter glaubte dies. Der kranke Rabî' machte dem alten Mann sogar den Vorwurf, für sein Schicksal verantwortlich zu sein, für die Krankheit, an der er von Geburt an litt. Es war ein Wachstumsdefekt, weil er gegen eine Störung der Nierenfunktion riesige Mengen an Pillen einnehmen mußte, eine Art Kortison, Predensilon genannt, so daß er nur eine Größe von ein Meter dreißig erreichte.

Wäre er nicht so klein gewesen, hätte Ma'ali beim Betreten der Praxis nicht sofort bemerkt, daß er der einzige Mann in der Praxis war. Seine auffallende Statur zog sie mit geheimen Kräften auf den Platz neben Malak, nicht neben eines der über dreißig anderen Mädchen, die in die Praxis gekommen waren und darauf warteten, zu Mithâl al-Alûsî vorgelassen zu werden – in diese Praxis mit einem Holzschild an der Tür, auf dem »Ärztin für Frauenkrankheiten« stand. Mithâl al-Alûsî war die Ärztin, die vor den anderen Enkelinnen der pensionierten Kupplerin Coca ihr Studium beendet hatte und das betrieb, was Coca sich gewünscht hatte: die erste halblegale Praxis, um in der Hauptstadt Abtreibungen durchführen zu können.

Ma'ali erwartete gar nicht, an jenem Nachmittag die Geschichte von Malak zu Ende zu hören. Zunächst hatte sie einen Narren an diesem kleinen kranken Mann, Rabî', gefressen. Er war einer der besten Geiger des Landes und hatte sich dann bewußt für das Cello entschieden, auf dem er eine vergleichbare Virtuosität erlangen sollte. Sie mochte ihn auf ihre ganz besondere Weise. Schließlich schlug sie den beiden vor, sie auf ihrer Reise zu begleiten und mit ihr zu leben. Sie würde für ihre Zukunft sorgen.

Dabei hatte sie die Geschichte des Mädchens, das in jenen Tagen gerade am Anfang seines künstlerischen Werdegangs stand, noch gar nicht zu Ende gehört.

18

Abgesehen von dem Sufi-Gebot, keine Kinder zu bekommen, von dem der kranke Rabî' erzählt hatte, konnte Ma'ali sich nach ihren zwei Abtreibungen eine weitere Schwangerschaft mit einer normalen Niederkunft nicht mehr vorstellen. Obwohl sie mit Asîyad Lûtî verheiratet war, der sie fortwährend drängte, schwanger zu werden, löste der Gedanke an eine Schwangerschaft unendliche Trostlosigkeit in ihr aus. Sie malte sich aus, wie sie allein zu Hause sitzen und lange Stunden mit dem Kind verbringen würde. Wieviel lieber ließ sie sich von einer inneren Stimme an unbekannte Orte locken, an denen sie sich bestens amüsierte. Selbst Iftaim Pay Day wußte nichts von diesen nächtlichen Ausflügen und dachte immer noch, daß Ma'ali nur bei ihr arbeitete und eines Tages eine berufsmäßige Kupplerin werden würde wie sie.

Ma'ali liebte es, nächtelang in den Clubs zu feiern, zu tanzen und zu trinken. Sie suchte immer wieder neue Orte auf, je merkwürdiger, desto besser. Es störte sie nicht, daß man über sie rätselte und daß sie auf einige Männer in den Nachtclubs der noblen Hotels aufreizend wirkte. Oft steckten sie ihr beim Tanzen Dinarscheine in den Ausschnitt, viermal kam es ihretwegen zu einer Schießerei, weil alle gleichzeitig dachten, sie würde die Nacht mit ihnen verbringen.

Nur einmal widerfuhr ihr etwas anderes, und zwar mit einem jungen Mann, der dann genauso schnell und seltsam aus ihrem Leben verschwand, wie er aufgetaucht war. Am Anfang hatte sie gar nicht bemerkt, daß er ihr den ganzen Abend nachstellte. Er half ihr aus der Klemme, als zwei Männer, Beduinen, vermutlich aus dem Westen des Landes, sie gegen Ende der Nacht bedrängten. Er tischte ihnen das Märchen auf, sie sei die Geliebte des Verteidigungsministers und er dessen Offizier – er zückte seinen Ausweis –, der gekommen sei, um Ma'ali zurückzubringen. Als sie auf die Straße traten, gab sie ihm eine Ohrfeige und verbot ihm, so etwas noch einmal zu tun, sie könne sich gut allein helfen. Da weinte der junge Mann; er habe so gehandelt, weil er sich wünschte, daß sie ihm nur fünf Minuten zuhöre: Er sei Oberleutnant, habe in Bagdad Naturwissenschaften studiert und diene jetzt im Süden des Landes. Er bitte um Verzeihung, wenn er ihr den Namen der Region nicht enthülle, denn das sei verboten. Was ihm widerfahren sei, würde ihm niemand glauben. Wie gewöhnlich habe er in seinem Bett auf dem Dach des Hauses geschlafen. Kurz vor der Morgendämmerung sei er plötzlich zu der Stunde erwacht, in der der Zug von Basra nach Bagdad durchfährt. Er sei aufgestanden und habe seinen Blick, entgegen seiner Gewohnheit, auf den Zug gerichtet. Weil die Häuser in der Gegend so niedrig sind, sei es ein leichtes gewesen zu sehen, daß der Zug leuchtete. Aber zu seinem Erstaunen war da kein Zug. Er wechselte die Blickrichtung und rieb sich die Augen, um Schlaf und Traum zu vertreiben, wandte sich um und erblickte eine weißgekleidete Gestalt: die Gestalt einer Frau, weiße Kleidung, weiße Haare, weißer Körper, durchsichtig, unnatürlich, wie in einem Spiegel. Mit erhobenen Händen stand sie am obersten Ende der Friedhofsmauer, als betete sie. Den Rücken aber hatte sie der Qibla zugewandt. Er starrte sie an und konnte nicht glauben, was er sah. Er versuchte, sich die Erscheinung rational zu erklären, herauszufinden, ob sie Wirklichkeit war oder Traum. Doch bevor er Klarheit gewann, sah er ein blendendes Licht, gleich den Lichtern eines Zugs, der um diese verrückte Stunde am Friedhof vorbeifuhr. Er schaute noch einmal in Richtung Grabmal – sie stand noch immer da! An diesem Punkt endete der junge Mann, während Ma'ali ihn neugierig und fassungslos anstarrte.

»Was hat das denn mit mir und dieser Nacht zu tun?« fragte sie.

Der junge Mann antwortete nicht gleich, sondern wandte sich um, als würde er ihr ein großes Geheimnis anvertrauen: »Das Grauen, das mich in jener Nacht, nach dem Verschwinden der Geisterfrau, durchfuhr, war nichts im Vergleich zu dem Grauen, das ich auf den Gesichtern der Soldaten gesehen habe, die bei lebendigem Leib begraben wurden, nachdem sie den Heerführern Spezialwaffen geliefert hatten. Sie wußten um das Geheimnis der vielen Dünen in der Gegend, in der ich meinen Dienst ableiste. Heute sehe ich zum erstenmal wieder eine Frau in Weiß.«

Bevor Ma'ali fragen konnte, wen er damit meine, ergriff er ihre Hände, fiel vor ihr nieder, küßte leidenschaftlich ihre Füße und stammelte: »Du bist diese Frau!«

Sie waren allein auf der Straße. Ma'ali zog ihn hoch und bat ihn, sich zu beruhigen. Plötzlich dröhnte ihr der Kopf. Alles drehte sich wie ein Karussell. Es war besser, wenn sie jetzt beide ihrer Wege gingen. Der Mann bestand darauf, sie zu begleiten, und vergeblich versuchte sie ihn davon abzuhalten. Schließlich war sie gezwungen, ihm die Adresse eines der »neuen Häuser für den notwendigen Dienst« zu geben. Tatsächlich suchte er das Haus auf, um dort auf sie zu warten, und schlief die ganze Nacht nicht. Als sie nicht kam, brach er am nächsten Morgen in Tränen aus, so daß man sie holen ging. Er sagte ihr, daß es sein letzter freier Tag sei und daß er am nächsten Tag in seine Einheit eintreten müsse, als Aufseher über einen Spezialtransport von Bagdad an den Ort, von dem er ihr erzählt habe. Er erwarte ein Wort von ihr! Wenn sie ihm sagte: »Transportiere diese Waffen nicht!« dann würde er bleiben, vorausgesetzt, daß sie zu ihm käme. Aber sie forderte ihn auf abzureisen und versprach, sich während seines nächsten Urlaubs mit ihm zu treffen. Der Mann hörte jedoch nicht auf zu weinen und gab ihr eine Telefonnummer. Er kehrte nie zurück. Ma'ali war traurig – sicherlich war er getötet worden wie die anderen Soldaten, von denen er erzählt hatte. Zum erstenmal fühlte sie sich schuldig, und es fiel ihr schwer, seinen traurigen Anblick zu vergessen. Im letzten Moment hatte sie ihn noch nach seinem Namen gefragt: Mulhim.

Die Vorstellung, daß Mulhim tot war, bereitete Ma'ali tagelang Kopfschmerzen. Und doch fühlte sie sich nicht verantwortlich für all diese Männer. Sie mußten sich mit sich selbst auseinandersetzen, und nicht jeder sollte ihr gleich sein Schicksal aufbürden. Und wer weiß, ob überhaupt jede Geschichte, die man ihr auftischte, stimmte?

Ma'ali machte sich auch nichts aus Geld, wie viele vermuteten. Wenn ihr einmal nicht ausreichte, was sie durch ihre Arbeit bei Iftaim Pay Day verdiente, dann war auch Asîyad Lûtî nicht kleinlich. Oft genug wunderte er sich über ihre Bescheidenheit. Sie benahm sich nicht wie andere Frauen, die das Haus zur Hölle machten oder sich ihren Männern verweigerten, wenn sie nicht bekamen, was sie wollten – als betrieben sie eine Art Prostitution: Sex gegen Geld. Mit solchen Paaren war Ma'ali bestens vertraut.

Ihre ältere Schwester, die in Kuwait lebte, betrachtete ihre Ehe als gutes Geschäft mit ihrem beinahe zwanzig Jahre älteren Mann und mit ihrem Vater, der immer großzügig war, ganz gleich, wie es ihrem Mann wirtschaftlich gerade ging. Mehr als einmal hatte Ma'ali bei ihren Besuchen mit angehört, wie ihre Schwester ihren Mann anschrie, wenn er wieder einmal nicht in der Lage war, ihr die verlangten Geldbeträge zu geben. Es besänftigte sie auch nicht, wenn ihr Mann ihren Vater um Vermittlung bat, denn dieser war immer auf seiten seiner Tochter und finanzierte ihre Wünsche.

Ma'ali mochte Silber lieber als Gold, aber sie kaufte selten viel Schmuck. Asîyad Lûtî mußte sie geradezu drängen, bei dem einzigen indischen Juwelier am Ort Gold zu kaufen. Sie erwarb Eheringe für sich und für ihn und für sich selbst zwei Fingerringe, einen in der Form eines Palmzweigs, den anderen in Herzform, zwei Paar Ohrringe, eines in Sternform, das andere in der Form eines lachenden Mondes, einen Kettenanhänger mit dem Buchstaben »M« und ein Fußkettchen, das sie am meisten liebte. Mehr kaufte sie nicht, worüber sich ihre ältere Schwester sehr wunderte (schließlich sei er doch viel älter als sie und sie habe gar kein hohes Brautgeld gefordert!).

Aber Ma'ali fühlte sich von zuviel Schmuck beengt und wollte nicht mehr. Sie wußte nun auch, daß sie zugunsten ihrer um eine Stunde und fünfundzwanzig Minuten jüngeren Zwillingsschwester ganz auf Gold verzichten konnte. Sie schenkte ihren Schmuck nicht direkt ihrer Schwester, sondern gab ihn dem Mann, in den diese verliebt war. Er gab ihn ihr dann als Brautgeschenk, als sie heirateten. Die Ehe dauerte zwar nur fünf Minuten, aber das Gold blieb im Besitz ihrer Zwillingsschwester, weil Ma'ali sich weigerte, es zurückzunehmen. Geld bedeutete ihr einfach nichts, und es diente ihr auch nicht als Maßstab bei anderen. Sie ging mit einem Mann aus, weil er ihr gefiel, nicht weil er reich war.

Deshalb war es eigentlich nicht richtig, sie als Prostituierte zu betrachten, wie es Iftaim Pay Day und die meisten Männer taten.

Nein, eher ging sie ein Risiko an falschem Ort ein, suchte das Abenteuer auf ihre Weise und war sich dessen bewußt. Darum gewöhnte sie sich neben der Routine des Ausgehens auch eine Routine des Zuhausebleibens an, zehn Tage ging sie aus, zehn blieb sie zu Hause – gleich, in welcher Stadt oder in welchem von Iftaim Pay Days Etablissements, den »neuen Häusern für den notwendigen Dienst«, sie sich befand. Am fünften Tag ihrer Regel jedenfalls ging sie nicht mehr aus!

19

Ein Kind zu haben war für Ma'ali gleichbedeutend mit dem Zwang, an ein und demselben Ort zu bleiben, was sie aus tiefster Seele ablehnte. Die Heirat mit Asîyad Lûtî war ein Gebot der Notwendigkeit gewesen, und sie konnte sich glücklich schätzen, Iftaim Pay Day zu kennen. Sie war sich nicht sicher, ob es auf den Einfluß Iftaim Pay Days zurückzuführen war oder ob Asîyad Lûtî von sich aus mit all ihren Wünschen einverstanden war: Er hielt bei ihrer Familie um ihre Hand an, organisierte keine große Hochzeitsfeier, sondern stimmte zu, in einem einfachen Hotel zu feiern. Auch den Wohnort ließ er offen.

Ihre größte Sorge war gewesen, einem einzigen Mann zu gehören, der die Richtung im Leben vorgab und ihr vorschrieb, wie sie sich zu kleiden und wie sie zu gehen habe, was sie kochen und essen solle und mit wem sie sich unterhalten dürfe. Ihre Vorstellung von der Ehe war ein einziger Schrecken: Sie würde ihre Freiheit aufgeben und in das Haus eines anderen ziehen müssen, dem sie erst seit wenigen Tagen angehörte, wie ihre Mutter und ihre Großmutter – die immer noch glücklicher gewesen waren als sie, weil sie wenigstens keinen Unbekannten heirateten, sondern jemanden aus der Familie, den sie seit ihrer Kindheit kannten.

Sie war ein Extremfall, vergleichbar mit diesen Frauen, die sich aus der Ferne vermählen lassen. Auch wenn sie Asîyad Lûtî zuvor gekannt hätte, sie hätte sich doch nicht vorstellen können, ihn zu heiraten. Sie konnte sich mit keinem der Männer, mit denen sie eine Affäre gehabt hatte, eine Heirat vorstellen. Die Ehe stellte eine einzige Gefahr dar. Doch ihre Familie, die große Schwester und Iftaim Pay Day freuten sich und gingen davon aus, daß die Gelegenheit zu einer persönlichen Veränderung gekommen war.

So überraschte sie diese Ehe – die so sehr des Gewohnten entbehrte (zumindest auf den ersten Blick) –, daß sie Angst bekam, sie könnte auch die Lust am Leben und ihren Blick auf die Welt zunichte machen: nicht weil es eine überstürzte Ehe war, sondern weil sie nicht wirklich wie eine Ehe geführt wurde. Ihre größte Sorge war, daß sie ganz real ihre »Persönlichkeit ändern« müsse. Sie dürfte nicht mehr an einem anderen Ort wohnen als ihr Mann, sie dürfte nicht mehr allein an der A'zhamîya-Corniche umherstreifen, sondern müßte sich nach den Gewohnheiten ihres Mannes richten, ja, es würde schwierig werden, an die Zukunft zu denken (wenn sie in diesem Land überhaupt eine hatte), ohne dabei an ihren Mann zu denken!

Die zweite Sorge entsprang dem, was dem Mann ihrer um eine Stunde und fünfundzwanzig Minuten jüngeren Zwillingsschwester zugestoßen war. Diese Sorge wuchs, als sie zusammen mit Asîyad Lûtî ein paar Tage in der Gegend um Dîr verbrachte, auf einer Geflügelfarm. Es war das erste und letzte Mal – in diesen Hühnerhäusern kam sie nicht zur Ruhe, sie erinnerten sie an die verfluchte Nacht, die sie mit dem Unternehmer Mu'nim, dem Freund des »Militärgeheimdienstoffiziers«, hatte verbringen müssen. Aber sie waren gezwungen, Qurna zu verlassen, als die Stadt im ersten Krieg eine Woche lang Luftangriffen ausgesetzt war.

An einem Abend, sie gingen gerade in den Hârtha-Gärten an dem Ufer spazieren, fühlte Asîyad Lûtî sich unwohl, so daß sie nach Hause zurückkehren mußten. Ihn fröstelte am ganzen Körper, und ihm war speiübel, so daß er sich nicht mehr auf den Beinen halten konnte. Vielleicht zeitigten die Unmengen von Eiern und Hühnerfleisch, die er trotz Ma'alis Warnungen gegessen hatte, ihre Wirkung. Sie hatte wohl bemerkt, daß die Hühnernahrung mit Hormonen und Chemikalien angereichert wurde – vielleicht hatte Asîyad Lûtî eine Salmonellenvergiftung? Und da überkam sie wieder der Gedanke an das Unglück, der sie schon zu Beginn ihrer Ehe ergriffen hatte: Was sollte aus ihr werden, wenn die Person, die ihr bestimmt war (oder der sie erlaubt hatte, ihr bestimmt zu sein), krank würde oder stürbe? Sie schaute vom Fenster aus den Abendvögeln zu, die sich stromlinienförmig bewegten und in Scharen sammelten, um sich in ihre Nester zurückzuziehen, aus denen man ihre Jungen piepen und fiepen hörte. Als sie dort am

Fenster stand, wurde ihr bewußt, daß es zwecklos war, weiterhin mit diesem Mann unter einem Dach zu wohnen. Sie mußte ihre Situation ändern.

20

Es dauerte neun Jahre, bis Ma'ali erfuhr, daß Asîyad Lûtî eine Beziehung zu einer anderen Frau hatte. Sie kam nur noch sehr selten nach Qurna in ihr gemeinsames Haus, und meist hatten diese Besuche mehr mit ihrer Arbeit in den »neuen Häusern für den notwendigen Dienst« zu tun, als mit der Sehnsucht nach ihrem Mann.

Keiner störte sich daran, daß Ma'ali zwischen den Häusern Iftaim Pay Days, den »neuen Häusern für den notwendigen Dienst«, hin und her pendelte, auch Asîyad Lûtî nicht, ihr Mann, mit dem sie sich auf ihre Weise arrangiert hatte. Ma'ali stellte ihre Beziehung zu ihm nicht in Frage. Sie lebte in der Gewißheit, daß er immer da war, in Qurna, in Dîr oder im Verteidigungsministerium in Bagdad. Doch nach seinen Beziehungen zu den hochrangigen Chefs, zum Herrscher selbst beispielsweise, fragte sie ihn nicht. Vielleicht wußte sie selbst zuviel über diese Männer, aber anders als er, versuchte sie sich von ihnen fernzuhalten.

Sie tat alles, um nicht begehrt zu werden: Sie trug ungepflegte Kleidung, die sie in einem Küchenschrank verwahrte, bis sich der Geruch nach Zwiebeln, Knoblauch und Gebratenem, der ihr am meisten verhaßt war, darin festgesetzt hatte. So konnte sie am ehesten die Verehrer abwimmeln, statt selbst die Flucht ergreifen zu müssen. Normalerweise versuchte sie ihren Aufenthalt genau zu berechnen, insbesondere in den geheimen Häusern, die generell eine Besuchszeitenliste hatten, die nur sie und Iftaim Pay Day kannten und die sich nur selten änderte. Manchmal verschwand einer der erwarteten Chefs ganz plötzlich, oder Seine Majestät kam allein oder mit einem wichtigen Gast vorbei. Doch dies passierte nur in den Häusern, die weit entfernt von der Front lagen, nicht in den gewöhnlichen »Häusern für den notwendigen Dienst«.

Die Etablissements in Frontnähe hatten sich im Lauf der Kriegsjahre in Führungszentren für militärische Operationen verwandelt.

Ma'ali stattete diesen Häusern nur zwei Besuche ab, einen mit Asî-yad Lûtî, als dieser eine seltene Art von Hähnen lieferte, und einen mit Iftaim Pay Day, um ein Dokument zu übergeben, dessen Inhalt sie nicht kannten. Bei ihren Besuchen bemerkte sie, wie verschieden die Soldaten waren, die hier einkehrten: Sie waren diskreter, vorsichtiger und unterzogen sie einer genauen Prüfung, was in den anderen Häusern nur selten geschah.

Ma'ali empfand Angst, wie damals, als sie im Zimmer des Partei-chefs der Fakultät gewartet hatte, und wäre am liebsten so schnell wie möglich geflohen. In den gewöhnlichen Häusern verspürte sie keinerlei Scheu, obwohl auch die mit Geräten ausgestattet waren, die sie im Büro des Parteichefs gesehen hatte.

Iftaim Pay Day war ganz versessen darauf, nach und nach alle Neuheiten aus Westdeutschland zu importieren, aus Westberlin und Hamburg. Die ostdeutschen Delegationen brachten ihr Muster mit, und sie traf ihre Wahl. »Made in Germany« stand auf den Geräten, die Ma'ali geschickt und achtsam anwendete. Denn ihre Kunden baten sie oft darum, ihre Lust durch die Geräte zu steigern.

Übernahm sie jetzt etwa die Rolle des Parteichefs der Fakultät? Was war schon der Unterschied zwischen den Bordellen und den Häusern der Sicherheitsleitung, des Informations- oder des Geheim-dienstes? Mußten sich nicht auch hier die Männer vor ihr in einen Beichtstuhl setzen und gestehen? Und hatte nicht auch sie ihre Freude daran, sie mit Peitsche oder Stock zu schlagen, während sie auf einer Art Gynäkologenstuhl angeschnallt waren? Auch sie fragte ihre Kunden wie ein Arzt: »Tut es hier weh? Oder da?« Dann schlug sie sie mit dem Stock, manchmal auf die Geschlechtsorgane: »Tut das weh?« Und wenn sie verneinten, verstärkte sie die Schläge und forderte sie auf, noch mehr zu gestehen: »Sag schon, wie viele hast du geschwängert und dann zur Abtreibung gezwungen?« Sie schlug fester und fester zu, bis sie gestanden. Und sie schrie: »Du dreckiges kleines Miststück!« Oft steigerten sich ihre Schreie ins Un-erträgliche, dann eilte eine Kollegin oder Iftaim Pay Day selbst her-bei, um den Kunden aus ihren Fängen zu befreien. Wenn sie wieder bei Sinnen war, erschrak sie über das Gewinsel des Freiers. Er kniete zu ihren Füßen, küßte ihre Schuhe und flehte um noch mehr Schläge.

Seit Ma'ali bei Iftaim Pay Day arbeitete, vertrat sie sie auch in ihrer Abwesenheit. Eines Tages brachte Ma'ali den Wunsch vor, in dem Etablissement zu arbeiten, das »Sicherheitsabteilung« genannt wurde und in dem es, wie Ma'ali wußte, um »psychische« Sicherheit ging. Iftaim Pay Day war einverstanden und erlaubte ihr schließlich zu machen, was sie wollte.

Nach all den Jahren Erfahrung wußte Iftaim Pay Day, was die Männer in diesem Land erwarteten, hatte ihre Etablissements über das ganze Land verteilt und diese den Dienstleistungen und Städten entsprechend aufgeteilt. Sie waren auf Sex in all seinen Spielarten spezialisiert, bis hin zu den Häusern für die sogenannte »psychische« Sicherheit.

Iftaim Pay Day ließ es ihren Etablissements an nichts mangeln. Sie hatte sogar eine Tafel aufgehängt, auf die die Kunden ihre Wünsche schreiben konnten: »Für sinnvolle Informationen und für neue Vorschläge zehn Besuche gratis«. Sie war für alle Entwicklungen auf ihrem Gebiet offen. Relativ spät erst kam sie auch auf die Idee, Übersetzer zu beschäftigen, um ausländische Sex-Magazine übersetzen zu lassen, die über alle Neuheiten der Produkte aus Europa, Japan und Amerika berichteten. Auch wenn es in Krisenzeiten zuweilen schwierig war, die Sex-Artikel und -Geräte zu importieren, so bereitete die Einfuhr von Zeitschriften selten Probleme.

In all jenen Jahren langweilte Ma'ali sich nicht. Sie arbeitete nicht wie die anderen Tag für Tag, sondern nach eigenem Gusto. Da sie als legitime Thronerbin anerkannt war, hatte sie eine Stellung wie Iftaim Pay Day, die ihr Königreich souverän regierte. Nur in der »Sicherheitsabteilung« fühlte sie sich seelisch sicher. Besser als in den anderen Häusern konnte sie dort ihre Rechnungen mit den Männern und sich selbst begleichen.

Welcher Natur waren diese Männer? Sie konnte sich nicht vorstellen, daß Asîyad Lûtî eines Tages eines dieser Häuser aufsuchen würde. Iftaim Pay Day bezeichnete ihn als Perle, als seltenes Exemplar von Mann. Zum Scherz fügte sie hinzu, daß glücklicherweise nicht alle Männer so seien wie er, sonst würden sie ja keinen Profit herausschlagen. Aber was, wenn es Ma'alis Mann nun doch in den Sinn käme, eines der Etablissements aufzusuchen? Wie sollte sie sich dann verhalten? Sie wunderte sich sehr darüber, daß sie auf einmal wie eine verheiratete Frau dachte. War seine Einstellung zur Ehe emanzipierter als ihre? Oder war er wie die vielen anderen, die nur auf ihren Vorteil bedacht waren? Angenommen, sein Vorteil entspräche dem ihren, was hätte er dann zu verlieren?

Einmal sagte er ihr, daß man viel von den »neuen Häusern für den notwendigen Dienst« sprechen höre und daß er nicht glauben könne, was man sich erzähle. Er war der Meinung, daß Iftaim Pay Day einer ganz normalen Arbeit nachgehe. Da hätte sie ihn am liebsten gefragt, ob er wirklich nicht wisse, was in diesen Häusern ablaufe und was Iftaim Pay Day von Beruf sei? Doch ob er es nun wußte oder nicht – es war ihm egal.

Ihr Gespräch drehte sich um dieses Thema, wann immer sie bei ihm in Qurna war. Ma'ali wunderte sich nicht darüber. Sollte er doch denken, was er wollte, da hätte sie am Ende mehr Ruhe. Es war aber doch verwunderlich, daß eine Frau von ihrer Schönheit und ihrer Gestalt ihn so kalt lassen konnte! Sie hätte liebend gern gewußt, woran das lag.

Die meisten Bordellkunden waren von ihren Ehefrauen enttäuscht. Sie waren seit Jahren verheiratet, hatten alle ihre Päckchen zu tragen, sprachen über die eheliche Treulosigkeit und den Tod ihrer Liebe, alle hatten sie eine heftige Liebesgeschichte hinter sich, einige hatten aus Liebe geheiratet. Warum verspürte Asîyad Lûtî, ihr Mann, diese Enttäuschung nicht? Warum kam gerade er nicht in die Etablissements? Selbst als sie ihm vorschlug, mal eins der Häuser aufzusuchen, lehnte er entrüstet ab.

Da begann sie, sich ernsthaft Gedanken zu machen. Es fiel Ma'ali schwer, sich einen enttäuschten Mann vorzustellen, der die Etablissements nicht aufsuchte, das sagte ihr die Erfahrung. Es gab nur zwei Erklärungen: Entweder war er der seltsamste der Seltsamen. Oder er hatte eine Beziehung zu einer anderen Frau. Schließlich war Ma'ali überzeugt, daß die zweite Erklärung zutraf, insbesondere als Sicherheitsunteroffizier Schâhîn Nazzâl ihre Vermutung bestätigte.

21

Es ist schwierig, ein Geheimnis für sich zu behalten und sich weiterhin ungezwungen zu verhalten – ob gegenüber Freunden oder Fremden. Je näher man an denjenigen herankommt, der ein Geheimnis bewahrt, desto schwieriger wird dessen Situation.

Die Mühsal jener, die ein Geheimnis offenbaren, es aus der Finsternis ans Licht bringen, ist wie die eines Spielers, der sich bemüht, seine Karten zu verdecken, und sie doch eines Tages auf den Tisch wirft, als wäre das Leben ein Kartenspiel. Es ist besser für ihn, in aller Offenheit zu spielen, denn bereits die Absicht mildert Mühsal und Verdruß.

Wie im Lauf der Zeit durch Erschöpfung Geheimnisse preisgegeben werden, so beeilen sich die Kriege, dies alles aus dem Dunkel hervorzuzerren. Wer in den Krieg zieht, ist wie jemand, der sich einer wichtigen Aufgabe zuwendet. Er möchte sich ohne schwere Last bewegen, und die Geheimnisse, wie alltäglich und belanglos sie auch sein mögen, sind eine solche Last.

So enthüllten mir Sicherheitsunteroffizier Schâhîn Nazzâl und Wadschîha, jeder für sich, ihre Geheimnisse, wie Asîyad Lûtî Ma'ali das seine enthüllte, ohne daß sie ihn dazu gedrängt hätte. Wenn nicht alle Reservisten in Qurna einberufen worden wären, hätte er es ihr wohl nicht so leicht erzählt. Wenn Sicherheitsunteroffizier Schâhîn Nazzâl nicht so krankhaft in sie verliebt gewesen wäre – erst heimlich, dann offen –, seit er sie unter der Dusche gesehen hatte, sie hätte es nicht gewagt, Asîyad Lûtî mit ihrem Verdacht zu konfrontieren, und er hätte sein Geheimnis nicht preisgegeben.

Dabei war alles anders, als sie befürchtet hatte. Sicherheitsunteroffizier Schâhîn Nazzâl jagte drei Jahre heimlich und zwei Jahre offen hinter ihr her und versuchte mit allen Mitteln, sie für sich zu gewinnen. Er ließ keine Gelegenheit aus, sie zu sehen. Iftaim Pay Day wußte, daß er in sie verliebt war und sie belästigte. Und Ma'ali beging den Fehler, sich bei den lokalen Militärbehörden zu beschweren, weil sie ihn von den »neuen Häusern für den notwendigen Dienst« suspendiert und nicht nur in die Sicherheitsleitung (die »Sicherheitsleitung des Helden Gamal Abd el-Nasser«) der Stadt entsandt, sondern ihn zum Stellvertreter des Generaldirektors gemacht hatten.

Da beschloß Sicherheitsunteroffizier Schâhîn Nazzâl, seine Taktik zu ändern. Er mußte eine neue Strategie anwenden, um diese Frau zu erobern. Er glaubte ihr nicht, daß sie ihn abwies, weil sie Asîyad Lûtî so zugetan war – denn wie konnte sie dann in den Etablissement arbeiten? Und eigentlich wünschte sich Schâhîn Nazzâl nur eine kurze Affäre. Aber als er einmal vom Fenster der Sicherheitsleitung aus eine von der Müllarbeiter-Gewerkschaft organisierte Demonstration für den Krieg beobachtete und Asîyad Lûtî vorbeieilen sah, hatte er einen Geistesblitz: Wenn Ma'ali Asîyad Lûtî wirklich liebte, dann müßte er nachweisen, daß ihr Gatte sie nicht liebte.

In jener Zeit, als er in dem Haus in der Nähe der Papierfabrik stationiert war, strickte Sicherheitsunteroffizier Schâhîn Nazzâl an seinen Beziehungen zu Hasîba, der Kupplerin. Zwischen ihnen entstand ein gegenseitiges Vertrauen und der Wunsch, sich auf den anderen verlassen zu können. Kein Zweifel, sie würde seine Bitte um Hilfe nicht ablehnen, gleich welche Folgen das hätte. Denn auch sie brauchte jede Unterstützung: Die Prostitution war nicht mehr wie ehemals auf verschiedene Zentren verteilt, sondern konzentrierte sich, wie alle staatlichen Institutionen, in einer Hand. Und Iftaim Pay Day stand an der Spitze.

Eines Mittags stieg Sicherheitsunteroffizier Schâhîn Nazzâl in seinen Range Rover, um Hasîba in ihrem Haus in der Nähe der Papierfabrik zu besuchen und ihr seinen Plan zu unterbreiten. Weil es schnell gehen sollte, hatte er alles gut vorbereitet und erstaunte sie damit in jeder Hinsicht. Gleich am nächsten Tag besuchte er Asîyad Lûtî, sagte ihm, daß er ihn schon lange besser kennenlernen wolle und ihn gern zum Abendessen ins *Golf*-Hotel in Basra einladen würde. Asîyad Lûtî war einverstanden, und so machten sie sich schon am nächsten Tag auf den Weg.

Sie saßen etwa eine Stunde in der Bar des Hotels, da tauchte Hasîba in Begleitung von Fauqîya Mahmûd, einer ägyptischen Prostituierten, auf. Sie gaben vor, zufällig an ihrem Tisch vorbeizukommen, und fragten, ob sie sich setzen dürften. Sie verbrachten sechs Stunden zusammen – bei drei Flaschen Johnny Walker, von denen die Frauen nur etwa eine halbe Flasche tranken. Um ein Uhr nachts verließ man das Hotel in Richtung Qurna, nachdem die Frauen darum gebeten hatten, nach Hause gebracht zu werden: die Papierfabrik lag auf dem Weg. Asîyad Lûtî war sturzbetrunken. Erstens war er es nicht gewohnt zu trinken (Ma'ali trank in der Regel mehr als er), und zweitens hatte er einen harten Tag hinter sich. Er hatte fünfzig Palmen verbrannt. Mit dieser Maßnahme sollte der geheime Durchfahrtsweg für die Tanks und Panzer neben dem Fluß eingeebnet werden, um den bevorstehenden Angriff der iranischen Truppen durchzustehen und zu verhindern, daß die dritte dort stationierte Kompanie getrennt würde.

Asîyad Lûtî schlief noch auf dem Beifahrersitz ein. Sicherheitsunteroffizier Schâhîn Nazzâl war nicht darauf gefaßt, daß alles nach Plan verlaufen würde. Fauqîya Mahmûd schlug selbst vor, Asîyad Lûtî mit ihnen aussteigen zu lassen. Sie fand ihn attraktiv und apart; die ungewöhnlichen Geschichten, die er ihnen im *Golf*-Hotel erzählt hatte, waren unvergeßlich. So dauerte es keine zehn Minuten, da lag Asîyad Lûtî auch schon nackt in den Armen Fauqîya Mahmûds, die ihrerseits nackt war.

Irgendwie verdrängte Asîyad Lûtî jene Nacht aus seinem Gedächtnis. Er erinnerte sich nur, daß er am nächsten Tag mit starken fiebrigen Kopfschmerzen erwachte. (Es war dieses leichte Fieber, das den Alptraum begleitete, der ihn im Laufe der Jahre immer wieder befiel, seit er seine Familie verloren hatte – fünf Söhne, zwei Töchter, seine noch junge Frau sowie Mutter und Vater; sein Vater war Fischer, aber an jenem Tag zu seinem Unglück wegen einer Krankheit nicht zum Fischen gegangen und hatte sich von ihm vertreten lassen. Bei einem Manöver des irakischen Militärs, einer Marineeinheit mit ihren kuwaitischen Kollegen auf der kuwaitischen Insel Bûbîyan, wurden sie Opfer einer fehlgeleiteten Rakete.)

Nach acht Tagen war er auskuriert. Doch die Kopfschmerzen

kehrten zurück, als er von der öffentlichen Mobilmachung in der Stadt hörte, die angeordnet wurde, weil die Landung der Iraner bevorstand und ein Angriff erwartet wurde. Als Ma'ali ihm drei Fotos unter die Nase hielt, auf denen er in den Armen Fauqîya Mahmûds zu sehen war, deren Namen er noch nie gehört hatte, wurden die Schmerzen noch schlimmer. Anfangs glaubte Ma'ali ihm nicht recht, doch dann begann er langsam, sich die Einzelheiten jener Nacht in Erinnerung zu rufen. Er schwor Ma'ali, den Namen dieser Frau nicht zu kennen, sie hatte ihn nicht einmal genannt, als sie in der Bar des *Golf*-Hotels saßen. Er schwor ihr, daß er nicht mit ihr geschlafen habe!

Ma'ali glaubte ihm nicht. Sie beschuldigte ihn, sie zu betrügen. Er lag auf dem Bett, während sie im Wohnzimmer auf und ab lief. Sie waren in ihrem gemeinsamen Haus; und im ehelichen Haus verläuft ein Gespräch immer anders als an neutralen Orten, anders auch als ein Gespräch zwischen Nichtverheirateten. Er fragte sie ratlos, wer ihr die Fotos gegeben habe, und sie antwortete: »Sicherheitsunteroffizier Schâhîn Nazzâl.«

»Das hatte ich befürchtet. Er liebt dich, wie wir wissen.«

»Ja, aber wie du weißt, kann ich den strengen Geruch nach Zwiebeln und Knoblauch nicht ausstehen!« Dann fügte sie spitz hinzu: »Wie du in jener Nacht wohl den Fäulnisgeruch ausgehalten hast?«

Und dann gestand er: »Du hast recht, ich habe ein Verhältnis mit einer anderen Frau, aber es ist nicht diese Fauqîya Mahmûd.«

Er erzählte ihr die Geschichte. Vielleicht hatte er einfach das Bedürfnis, sie ans Licht zu bringen, hatte es satt, ein Geheimnis zu bewahren, das ihn belastete, vielleicht hatte er aber auch im tiefsten Innern nur den sehnlichen Wunsch nach Klarheit, Gewißheit, Ruhe und Ausgeglichenheit. Er redete und redete; je mehr er redete, desto mehr wurde ihm bewußt, daß er nicht alles loswerden konnte, was er auf dem Herzen hatte.

Die meisten Dinge sind häßlich, doch sie sind auch verzeihlich: die lange Vergangenheit mit ihrer ganzen Kraft, Kompliziertheit oder Einfachheit, weil sie nun einmal geschehen war und man mit ihr leben mußte. Von dem Moment an, in dem man »gewesen« gesagt hat, beginnt die Suche nach einem Platz, um die Vergangenheit im Gedächtnis zu verankern. Denn der Mensch soll nicht am Weiterleben gehindert werden, weil dies geschehen ist oder weil wir glauben, es sei geschehen. Aber meistens redet man zu spät, ohne um Verzeihung zu bitten oder sich selbst zu fragen: »Was kommt danach?« So wie Asîyad Lûtî an jenem Mittag redete und redete, über eine andere Frau, über die er am Schluß sagte: »Eigentlich kann man das zwischen uns gar nicht als Beziehung bezeichnen.«

Er schwieg und sah Ma'ali an, die ihn wie abwesend anstarrte. Er räusperte sich, als würde er zögern, noch mehr preiszugeben, doch dann fügte er mit schwacher Stimme hinzu: »Wir schlagen einander mit dem Gürtel. Das ist alles.« Es klang unsicher, vielleicht um sich von seiner eigenen Angst oder Bestürzung zu überzeugen, doch vergeblich. Und sie blieb regungslos, als würde sie ihn um weitere Erklärungen bitten.

»Nicht mehr und nicht weniger. Wenn wir uns treffen, ziehen wir uns aus und behalten nur die Unterwäsche an. Sie schlägt mich mit einem derben Ledergürtel, ich schlage sie mit einem Nylongürtel, immer auf den Rücken, manchmal auf die Beine oder auf die Geschlechtsteile, nur mit leichten, nicht mit den harten Schlägen, die Spuren hinterlassen.«

Er warf ihr einen Blick zu, doch sie schaute ihn nicht an. Erneut wurde ihr bewußt, daß es richtig war, diesen Mann geheiratet zu haben, obwohl sie nicht viel von ihm wußte, nicht einmal das Banalste: die Stumpfheit seines Körpers. Sie wollte irgend etwas sagen, ihm erklären, daß ihre Beziehung sinnlos sei, aber statt dessen hörte sie sich nach dem Namen der Frau fragen.

Er antwortete ohne Umschweife: »Wadschîha.«

Als hätte sie den Namen nicht gehört oder als würde er sie nicht interessieren, fragte sie schwach: »Und was jetzt?« Sicher war sie genauso müde wie er, die endlose Erzählung und das Zuhören hatten sie erschöpft. Ma'ali sah ihn konzentriert und mit gerunzelter Stirn an, abwechselnd mit Neugier, Müdigkeit und Mißtrauen.

Da warf er ihr einen tiefen Blick zu – er wurde sich wieder einmal bewußt, daß sie schöner und jünger war als Wadschîha, und daß er sie um Erklärungen bitten oder ihr zumindest sagen sollte, was er dachte.

Aber er sagte nur: »Es gibt ein komplizierteres Problem.«

»Es gibt nichts mehr, was uns Angst machen könnte. Erzähle weiter.«

»Wadschîha weiß eine Menge. Sie verlangen von mir, daß ich sie liquidiere«, sagte er mit brüchiger Stimme.

Sie erwiderte neugierig: »Was sagst du da?«

Aber er verbarg seinen Kopf in den Händen und sagte: »Das Erzählen ist sehr anstrengend. Ich bin fix und fertig.«

Doch Ma'ali hörte diese Worte nicht mehr, weil die Alarmsirenen anfingen zu heulen und sich mit dem Lärm der Abwehrflugzeuge mischten.

Zweiter Teil
Levitikus

22

Ich erwachte, nachdem ich unruhig und mit Unterbrechungen geschlafen hatte. Mit der Zeit war der Schlaf schwer geworden, schwarz, als würde ich nie mehr erwachen. Es war ein traumloser Schlaf, ohne Alpträume und ohne daß ein schöner alter Mensch auftauchte, wie es mir in der Zeit als Soldat widerfahren war: Damals erhielt ich in meinen Träumen Besuch – von einem Imam etwa, der zu mir sagte: »Ich bin wirklich hier«, oder von einer Frau, die sagte: »Warum läßt du mich gehen, ich bin deine Mutter.«

Ich wachte auf, weil ich Durst hatte. Ich griff nach dem Wasserglas, das ich in der vergangenen Nacht neben den Essensresten auf dem Tisch hatte stehenlassen.

Ich schlich zum Fenster und öffnete es behutsam. Die Nacht ruhte, die Sterne bewegten sich langsam wie Phantome, der Mond war voll. Die Gegenstände pulsierten vor Leben, die Geheimnisse seufzten. Jedes Ding hat sein Geheimnis, und zuweilen gleiten sie ineinander. Deshalb verstehen wir sie nicht, wir ertragen nur ihretwegen die Angst, bleibt uns doch keine Wahl, gar keine. Dort ist das Zentrum der Nacht. Ihre Seufzer vermischen sich mit den Seufzern Ma'alis, die unter dem einzigen Laken von leuchtender Farbe schläft, mitten im kleinen Zimmer voller dunkler Dinge. Auch wenn sie im Auto schläft, sind da diese Seufzer, die ihr Atmen begleiten, als wären sie Einsprengsel, die sich während des Gesprächs zwischen die Sätze schleichen. Es ist, als könnte sie nicht schweigen wie andere Menschen, als würde ihr Körper Geräuschgymnastik betreiben. Immer sind da irgendwelche Laute. Worte sind wie Gegenstände, leblose Körper. Erst die Stimme verleiht ihnen Geist. Jedes Wort verwandelt sich in eine Gestalt, ja, in ein lebendiges Wesen, sobald wir es laut aussprechen.

Aber Ma'alis Seufzer sind wie die Seufzer der Stadt da draußen, voller Geheimnisse. Es liegt nicht in meiner Macht, ihre Rätsel zu lösen. Zuweilen kommt es mir vor, als kämen die Seufzer nicht nur aus ihrem Mund. Ich stelle mir vor, daß sich in jeder von Ma'alis Poren ein Lautsprecher oder ein Mikrofon befindet, mit dem sie sich selbst verrät. Sobald ihr Körper seine Lage verändert, begleitet von ängstlichem Stöhnen, höre ich dieses Pfeifen wie eine Frage: »Was willst du von mir?«

Ich bleibe am Fenster stehen und schaue auf den schlafenden Körper vor mir: Ma'ali liegt zusammengerollt wie ein klumpiger Schwamm. Ihre hellen Locken bedecken ihr Gesicht. Ihr Mund ist weder offen noch geschlossen; er öffnet und schließt sich, als würde sie vor sich hin murmeln oder beten, um Wasser bitten oder im Traum zu jemandem sagen: »Peitsche mich nicht! Ich bin doch deine Geliebte.«

Ich sehe ihrem runden Gesicht nicht an, ob sie von irgend jemandem Rache verlangt oder ob etwas sie quält. Während ich sie betrachte, begreife ich, daß sie traurig ist, ja, zornig. Aber ich habe das Gefühl, als wäre es bloß etwas Vorübergehendes, als könnte ihr Zorn nicht länger als diesen Augenblick andauern, da sie etwas anderes murmelt: »Du hast nicht geantwortet: Was willst du von mir?«

Ich wende den Blick von ihr ab und schaue hinaus. Wie gern hätte ich jetzt eine Zigarette geraucht! Es stimmt nicht, was über das Rauchen gesagt wird: daß es eine schlechte Angewohnheit sei. Gut möglich, daß es schlecht für die Gesundheit ist, aber ist nicht das nackte Leben schlecht für die Gesundheit? In ihren letzten Jahren beschloß meine Urgroßmutter, sich nicht mehr zu bewegen. Mein in allen Dingen vorbildlicher Onkel konnte sie nicht mehr davon abbringen, sich an seine zahlreichen »genialen« Ratschläge und Ideen zu halten. Er machte sie mit dem Gedanken an den »Zelltod« vertraut, damit, daß mit jeder einfachen Bewegung zehntausendneunhundertundneunzig Zellen sterben. Er sagte: »Stell dir vor, daß diese Bewegung nur eine oder zwei Sekunden dauert, am Ende sterben dann täglich eineinhalb Millionen Zellen.«

Leider war diese Urgroßmutter vergleichsweise gebildet. Sie war auch eine tüchtige Hebamme, immer darauf bedacht, sich von anderen Großmüttern zu unterscheiden. Sonst hätte sie diese Idee nicht verinnerlicht. So beschloß sie eines Tages, sich nicht mehr zu bewegen, bis sie sitzend sterben würde. Auf diese Weise lebte sie noch zehn Jahre. Als sie auf dem Sterbebett nach ihrem letzten Willen gefragt wurde, hatte sie keinen, weil sie glücklich starb. Denn sie dachte, sie hätte deshalb drei Jahre länger gelebt.

Meine Großmutter Firdscha war ganz anders. Sie versteckte sich viel, und keiner fragte nach ihr. Keiner wußte, wohin sie immer unterwegs war. Aber dann tauchte sie ganz unvermittelt auf, als wäre ihre Abwesenheit ohne Bedeutung. Ich war der einzige, der wußte, daß sie regelmäßig ins republikanische Krankenhaus ging. Sie ging nicht deshalb dorthin, weil sie krank war und behandelt werden wollte. Wenn ich mich recht entsinne, suchte sie bis zu ihrem Tod nur ein einziges Mal einen Arzt auf, zu dem ich sie auf meinen Schultern tragen mußte, weil eine akute Grippe ihren mageren Körper zugrunde richtete, bis wir glaubten, sie würde sterben. Sie ging keineswegs dorthin, weil sie gern im Garten des Krankenhauses saß, nein, sie rauchte dort ihre »Mazabbin«- oder »Rifa'«-Zigaretten und schwatzte mit den Dorfbewohnerinnen.

Keiner störte sich daran. Doch als der Krieg ausbrach und die Angriffe begannen, lag Qurna in Reichweite des iranischen Artilleriefeuers. Man begann sich zu fragen, wo sie steckte. Ich sagte ihnen, daß ich sie holen würde. Ich ging in den Garten des Krankenhauses und sah, wie sie Zigaretten rauchte und sich mit den Dorfbewohnerinnen laut über den Krieg unterhielt. Ich traute meinen Ohren nicht! Sie bediente sich der Worte, die sie am ersten Tag des Krieges von meinem Onkel gehört hatte (der Kommunist gewesen war, bevor er zu einem fanatischen Anhänger der Schia wurde), nämlich »daß dieser Krieg ein Plan des Imperialismus« sei.

Meine Großmutter sprach das Wort »Imperialismus« gelassen aus, indem sie die Asche fallen ließ, die schon länger war als der Rest der Zigarette. Die Dorfbewohnerinnen wollten wissen, was dieses Wort bedeutete. Da antwortete meine Großmutter, ohne mit der Wimper zu zucken: »Liebe Schwestern, der Imperialist ist derjenige, der im republikanischen Palast wohnt«, als würde sie sagen: »Sie wohnen im Haus nebenan.« Als ich sie dazu bringen wollte, mit mir nach Hause zu kommen, weigerte sie sich, so daß ich sie wieder auf die Schultern nahm. Auf unserem Heimweg erzählte ich ihr vom Absterben der Zellen und wie sie es, dem Beispiel ihrer Mutter folgend, schaffen könnte, nicht nur drei, sondern sogar neun Jahre länger zu leben. Doch sie wollte weder drei noch neun Jahre länger leben, sondern einfach mit den Menschen plaudern, wie es ihr paßte. Ich hätte mich nicht in ihre Angelegenheiten einzumischen und sollte sie in Ruhe lassen.

Warum brach ich die Reise nicht ab? Was wollte ich von Ma'ali? Ich wollte ein Gespräch mit ihr anknüpfen, während sie schlief.

Ich hätte mich von Ma'ali trennen können, als wir hier in diesem Hotel abstiegen. Selbst wenn sie aufwachte, könnte ich noch zu ihr sagen: »Hör zu, ich möchte diese Reise nicht fortsetzen, jeder von uns geht jetzt seiner eigenen Wege. Wir wissen beide nicht, was wir wollen, und wir sollten diese Reise nicht komplizierter machen.«

Wie ich mir in diesem Moment eine Zigarette wünschte! Ich würde einen tiefen Zug nehmen und Ma'ali forschend anblicken, bevor ich ihr Lebewohl sagte. Aber kann ich mich wirklich von ihr verabschieden, nachdem wir schon eine solche Entfernung, dreihundertsechzig Kilometer und mindestens fünfzig Checkpoints, zurückgelegt haben? Diesmal seufze auch ich. Einer ihrer Seufzer berührt meinen Rücken wie eine sanfte, weiche Hand, mein Hemd, meine linke Brust, und ruft mit ihm das Stöhnen und den Schmerz hervor. Im selben Moment sagt sie ungeduldig: »Die Tage werden dir zeigen, was dir unbekannt war«, ein weiterer Vers von al-Mutanabbi, den sie liebt.

Statt mich umzuwenden und die schlafende Frau dort zu betrachten, schaute ich auf die Stadt – wie ein Vogel, der auf einem hohen Minarett sitzt. Die Stadt lag zwischen den Hügeln, der Fluß führte wie eine Straße aus ihr heraus. Die Steinofenfeuer in den Höfen der weiter entfernt liegenden Häuser leuchteten, und die Lichter auf den hohen Minaretten der Stadt blitzten auf, den Lichtern von Leuchttürmen ähnlich, die die Seeleute vom Meer aus erblicken.

Allmählich begriff ich das Geheimnis der Dinge, die mich umgaben. Ich war in diesem Moment wie umzingelt: Ma'ali hinter mir und vor mir die Stadt. Ich stand in der Mitte, unbewaffnet, ungerüstet, ohne Zigarette, ja, ich merkte sogar, daß ich unbekleidet war.

Ich tastete erschrocken nach dem Hemd und senkte meinen Kopf nicht, als fürchtete ich, mich vor mir selbst bloßzustellen, davor, daß ich nackt an Ma'alis Seite geschlafen hatte. Mein Gott, ich war doch nicht betrunken gewesen? Es war doch Ma'ali, die den ganzen Whisky ausgetrunken hatte! Sie hatte ihn zufällig in einer kleinen Flasche entdeckt, als ihr im Auto die Zigarette aus der Hand gefallen war. Wir dachten zunächst, daß es eine Flasche mit Arznei war. Erst als ich die leere Flasche Johnny Walker neben der kleinen Flasche sah, erinnerte ich mich daran, was Doktor Mâdschid zu mir gesagt hatte, als er mich einmal nach Hause brachte, in der Nacht, in der Wadschîha mir zum erstenmal offen von ihrem Leben erzählte.

»Doktor Mâdschid glaubt, daß die Flasche Whisky ein schlechtes Omen ist, deshalb füllt er sie immer in kleine Flaschen um.« Ma'ali lachte bitter: »Was für eine verrückte Idee.« Sie schüttete den Whisky in die Johnny-Walker-Flasche zurück und sagte: »Trinken wir!« Sie reichte mir die Flasche, doch als ich den Kopf schüttelte, fügte sie hinzu: »Es ist sowieso besser, ich trinke allein!« Mit jedem Schluck entfernte sie sich mehr, als tränke sie zum erstenmal. Ich versuchte sie davon abzuhalten, aber sie weigerte sich, als würde sie sich auf zukünftiges Unglück vorbereiten, als würde sie planen, auf die Soldaten am Checkpoint zu schießen, die versuchten, unser Auto aufzuhalten.

Ich wagte nach wie vor nicht, an mir hinabzusehen, schloß die Augen und tastete meinen Unterleib ab. Gott sei Dank, ich trug wenigstens meine Unterhose! Dann hatte ich also nicht alles ausgezogen.

Im selben Moment befiel mich eine andere Sorge – merkte sie, daß sie nackt schlief? Ich wagte nicht, mich umzudrehen. Mir blieb also nur: Ma'ali hinter mir, vor mir die Stadt, und ich: unbewaffnet, ungerüstet und ohne Zigarette. Was wäre, wenn ich vor mir das Mausoleum eines angeblichen Imams sähe, für den die Menschen sich aufopfern, und hinter mir im Bett eine fremde Frau, die auf Soldaten geschossen hat? Vielleicht wollte sie sie mit dem Revolver töten, den sie in ihrem Koffer trug. Ich konnte das Kaliber nicht genau erkennen und habe keine Ahnung, woher sie ihn hat. Ich lerne diese Frau zu spät kennen – nach zwei Kriegen und vielen enttäuschten Hoffnungen. Ma'ali ist hinter mir, vor mir die Stadt.

Der Mond verbirgt sich auf der anderen Erdseite, die Sterne bedecken den ganzen Himmel. Sie verleihen der weißen Straße und den gewundenen weißen Gassen, die den Falaka-Platz vor dem Hotel durchqueren, Schönheit. Da sind die Wohnviertel und die Straße, die zu den Mausoleen mit ihren Kuppeln führt, zur Grabstätte, die man dort vermutet und die auf die ganze Umgebung abstrahlt. Ja, sie strahlt auf ein Drittel des Südens dieses Landes ab und wurde nach Kriegsende eigentlich zu einem eigenen Land, ein Land »reich an Erdöl«. Dies hat zumindest mein Onkel behauptet. Er erklärte die Unterdrückung der Schia im Land folgendermaßen: »Die Schiiten werden nur wegen des Erdöls verfolgt. Im Koran steht geschrieben: ›Der Geist steigt zum Himmel auf, aber die Knochen verbleiben im Grab und verwandeln sich im Lauf der Jahre in Öl.‹«

Als ich ihn zweifelnd anschaute, fragte er mich: »Weißt du, was ›Nadschaf‹ bedeutet?« Stolz sagte er leise und blickte dabei nach rechts und nach links, als würde er mir ein großes Geheimnis anvertrauen: »Es bedeutet ›naha dschaf‹. Hier bedeutet das ›trockenes Meer‹ – bahr dschaf –, oder genauer: ›Meer, das trocken von Öl ist.‹ Und um mich zu überzeugen, fügte er hinzu: »Mein Freund, wenn die Schiiten ihre Toten nicht mehr hier beerdigten, käme die Regierung in arge Bedrängnis.«

»Was also ist des Rätsels Lösung?« fragte ich ihn.

»Ganz einfach« sagte er lächelnd. »Statt ihre Toten nach Nadschaf zu schicken, bringen sie sie zum Grab von Hussein al-Basrî in al-Zubair!«

Eigentlich war mein Onkel selbst in Bedrängnis. Die bloße Äußerung dieser Theorie brachte viele schiitische Geistliche gegen ihn auf, insbesondere jene, die auf dem Thron religiöser Besitztümer saßen. Deshalb war es ihnen nur recht, als er im Jahr 1976 verhaftet wurde. In dieser Zeit wurde selten jemand wegen seiner religiösen Ansichten verhaftet.

Mein Onkel war Mathematiklehrer, bevor er zum erstenmal untertauchte, als er hörte, daß er sowohl vom Staat als auch von den schiitischen Geistlichen gesucht wurde, nachdem sie eine Fatwâ zu seiner Ermordung erlassen hatten. Ich glaube, über die Hintergründe war er sich im klaren. Bevor er sich versteckte, sagte er mir, daß er in Gefahr schwebe, weil er seine Nase in ein den Irakern verbotenes Feld gesteckt habe: das Erdöl.

Das Öl verblieb in der Hand des Herrschers und seiner kleinen Entourage. Doch ich entdeckte, daß mein Onkel nicht die einzige gefährdete Person war. Der Erdölminister war die gefährdetste Persönlichkeit in diesem Land, und auch die unglücklichste. Zählte man alle Minister auf, die in diesem Ministerium gedient haben, würde sich herausstellen, daß sie allesamt sterben mußten, ja, es war ihr unbekanntes Schicksal, mit Ausnahme des letzten Ministers, Kommandant des dritten Militärkorps in Basra, der nicht nur der Traummann Ma'alis, sondern vieler Mädchen vom Lande war: Er wurde verbannt. Infolgedessen ist das Erdölministerium das einzige Ministerium, auf dessen Thron keine Persönlichkeit aus der Herrscherfamilie saß – es sei denn, er wünschte sich den Tod.

Die Stunden vergingen, während ich mich der imaginären Zigarette in meiner Hand erfreute. Ein erstes Morgenlicht kam träge hinter der Stadt hervor, wie ein Kranker, ein Faulpelz oder ein Offizier, der sich gerade aus dem Bett quält. Die Stadt begann sich allmählich von ihrer schwarzen Seele zu lösen. Als die Sonne herauskam, hörte man zwischen den umgebenden Hügeln die Stimmen zahlreicher Muezzins, die die Menschen zum Gebet riefen.

Als die Stimmen lauter wurden und das Morgenlicht erschien, hörte man eine dumpfe Bewegung, wie ein Gähnen, das mit der Luft aus der Stadt aufstieg. Vielleicht krähten auch zwei oder drei Hähne, aber ihre Stimmen waren anfangs so weit entfernt wie der versteckte silberne Sonnenfleck in den Biegungen der Straßen. Auch Muezzin und Hahn wetteifern miteinander, wer sich der Stadt zuerst bemächtigt: Sonne, Muezzin oder Hahn? Oder gewinnt derjenige, der sich zuerst im Bett reckt? Die Geräusche wiederholen sich, ohne daß man sie versteht. Und die Liturgie des Aufwachens wird erst durch das Rauchen einer Zigarette abgeschlossen.

An diesem Morgen rauchte Ma'ali zwei Zigaretten, bevor sie sich aus dem zerknitterten Bettzeug erhob, um auf die Toilette zu gehen. Auch sie war nicht nackt, sondern hatte vollständig bekleidet geschlafen. Sie sah müde aus, als hätte sie sich ruhelos hin und her gewälzt.

Wenn sie schlief, sogar im Auto, wurde sie schön wie der Morgen und rätselhaft wie der aufsteigende Mond. Diesen Mond hatte ich in den ersten Tagen meines Wehrdienstes und während der Durchquerung der Wüste, auf der Straße, die später »Straße des Todes« genannt wurde, vergeblich gesucht.

23

Der Krieg ließ alptraumhafte Schatten auf uns zurück, die wir der Welt nur in Bruchstücken vermitteln konnten. Ich meine nicht nur das, was alle über den Krieg wissen, sondern meine ganz persönlichen Erlebnisse. Mir wurde klar, daß alles, was ich bisher über den Menschen gelernt und gelesen, alles, was ich bisher gesehen und gefühlt hatte, mir nicht mehr das geringste bedeutete. Die Zeit war an allen Menschen, die ich gekannt, an allen Prinzipien, die ich mir bis zum Ausbruch des Krieges angeeignet hatte, vorübergegangen. Die Prinzipien wurden nicht zerstört, es war nur, als wären sie in ewiger Nacht versunken.

Der Krieg hatte durch einen einzigen Stoß vollkommen ausgelöscht, was sich in Jahrzehnten und Jahrhunderten entwickelt hat: die Formen unseres Lebens, unseres Umgangs und unserer Kultur. Es war, als würde der Krieg unsere ganze Geschichte ersetzen. Die Schäden zeigen sich in Gedanken und Gefühlen, doch sie sind nicht notwendigerweise nur als Schäden anzusehen. Man mag sich wundern, daß ich – gerade jetzt nach Kriegsende – so oberflächlich daherrede.

Doch alles, was wir vor dem Krieg wußten, verliert sich in einer vergangenen Zeit; ihr wird der Stempel »vor dem Krieg« aufgedrückt. So versinkt auch die Zeit des Krieges in weiter Ferne, weiter, als wir geschichtlich nachvollziehen können. Der Krieg reißt alles in Fetzen, entblößt es vor uns. Nach dem Krieg erscheint uns alles fremd; es ist uns einerlei, ob eine Sache wertvoll oder wertlos ist. Wir haben kein Interesse mehr an der Zeit vor dem Krieg, denn die sagt uns nichts über die Kriegserlebnisse, die unser Leben verändert haben. Nach dem Krieg werden wir uns der großen Leere bewußt. Wir haben nichts mehr, worauf wir uns stützen könnten. Der Schock über das, was dem Krieg folgt, vollendet den Schock über seinen Ausbruch.

Es fällt mir schwer, über den Kriegsalltag zu sprechen. Was hat es schon für einen Sinn, jetzt über die Zeit meines Frontdienstes im ersten Krieg zu sprechen, bevor ich den Eil-Einberufungsbefehl meines Jahrgangs erhielt? Was hat es für einen Sinn, über mein heimliches Glücksgefühl zu sprechen, als die Armee in Kuwait einmarschierte? Es ist alles so widersprüchlich!

Eigentlich interessierte ich mich nicht für die Sache Kuwaits und ob es dort wirklich so zuging, wie der Herrscher und seine Partei es sich wünschten, ob Kuwait City nun »die neunte Provinzhauptstadt« war oder nicht. Das einzige, was mich beim Einmarsch in Kuwait interessierte, war, die Frau meiner Träume zu sehen – Sahâd Muhtadîy al-Sabâh! Immerhin hatte ich als Mitglied der Fernmeldetruppe Zutritt zum kuwaitischen Radio- und Fernsehsender. Wie viele Nächte hatte ich schlaflos vor dem Bildschirm verbracht, voller Verlangen, sie zu sehen.

Meine Kameraden konnten nicht begreifen, daß ich ihre Wünsche nicht teilte. Die meisten von ihnen freuten sich, ihre Autos in Kuwait mit all den Waren beladen zu können, die man in Bagdad nicht fand. Sie erzählten von Vichy-, Tabak- und Lavendelparfüm, von Lux-Seife, Jeanshosen, Seidenhemden, Siemens-Kühlschränken, Philips-Fernsehern, Chevrolet-, Dodge- und Mazda-Wagen. Doch sie fragten sich nicht, warum nicht auch wir all diese Waren besaßen, trotz des Reichtums des Landes und seiner guten Beziehungen zum Westen, insbesondere zu Frankreich. Sollte es nicht ein leichtes sein, sie zu importieren? Statt dessen fragten sie mich, was ich nach meiner Ankunft in Kuwait City machen würde. »Sahâd Muhtadîy al-Sabâh treffen!« – wie lächerlich erschien ihnen dieser Satz. Sie hielten mich für einen Scherzbold, weil ich traurig darüber war, daß sie gerade, wie die meisten Kuwaitis, ihren Urlaub in London verbrachte. So mußte ich meine angebetete Sahâd Muhtadîy al-Sabâh vergessen. Wenn ich jetzt daran zurückdenke, frage ich mich, ob ich das tatsächlich erlebt oder ob ich es mir nur ausgedacht habe.

Vielleicht möchte ich Ma'ali nur blenden, warum sonst spreche ich nicht von Angst, Tod und Vergewaltigung, die ich dort gesehen habe? Es gibt viele Dinge, die man lieber unter den Teppich kehrt.

Vielleicht glauben manche Menschen, daß Dinge nicht länger existieren, wenn man nicht mehr über sie spricht? Und daß sie tatsächlich geschehen, wenn man sie nur beim Namen nennt? Anders kann man das Durcheinander dieser Geschichte nicht verstehen.

Mich hat wohl erst der Krieg gelehrt, Krieg als Verbrechen zu betrachten. Viele Menschen halten ihn nicht für ein Verbrechen, aber das ist ihre Sache. Für mich ist er ein Verbrechen! Und sind wir, das gemeine Volk, nicht die Verbrecher?

24

Wenn ich der Geschichte glaube, die Ma'ali mir erzählte, dann ging es darum, die Riedbauten des Dschassânîya-Fischs ausfindig zu machen und als Lager für chemische und biologische Waffen zu nutzen. Wie Asîyad Lûtî Ma'ali berichtet hatte, stammte diese Idee von einem chilenischen Colonel, der verantwortlich war für die republikanische Wache im Moneda-Palast in Santiago, dem Sitz der chilenischen Führung. Wadschîha dolmetschte einmal zwischen dem Colonel und unserem Verteidigungsminister, ohne eine Ahnung zu haben, was diese Höhlen bedeuteten, über die die beiden Minister sprachen. Wie aber aus den Protokollen der vorherigen Treffen hervorging, hingen sie mit Plänen für Raketen oder Riesenkanonen zusammen, die mit der Chiffre »Condor« bezeichnet wurden.

Bis zu diesem Treffen pflegte das Verteidigungsministerium Wadschîha in die Dolmetscher-Abteilung der militärischen Aufklärung im Verteidigungsministerium am Maidân-Platz zu bestellen. Dort wurde ihr handschriftlich das Versprechen abgenommen, keinerlei Geheiminformation nach außen dringen zu lassen. Ich hatte mich diesen Maßnahmen ebenfalls zu unterwerfen und war erstaunt, daß Wadschîha tatsächlich nicht verhaftet wurde. Bei einigen Treffen dolmetschten wir gemeinsam, etwa wenn gleichzeitig Delegationen aus Ostdeutschland und Kuba zu Gast waren. Nach Beendigung ihres Besuchs in Bagdad trafen die Delegationen sich untereinander, um eine Zusammenarbeit ihrer militärischen Einheiten in Angola oder Mosambik zu vereinbaren. Zuweilen kam es dabei zu Überraschungen, etwa wenn eine Delegation die Stadt besichtigen wollte oder sich nach Dingen erkundigte, die nicht im Protokoll aufgeführt waren.

Auch das Treffen, in dem über die Riedbauten des Dschassânîya-Fischs diskutiert wurde, war eine Überraschung. Wadschîha hatte einen solchen Fisch nur einmal in ihrem Leben gesehen: als Asîyad

Lûtî, mit angestrengtem Gesicht und total erschöpft, am Tag seiner Eheschließung dem Fluß entstieg, um dem Herrscher den Fisch darzubringen. Dieser zog seine Füße zurück und seinen Revolver hervor und feuerte einen Schuß in die Luft ab. Unmöglich, das Gesicht Asîyad Lûtîs zu beschreiben: Er erbleichte, wurde gelb und schließlich aschfahl, während einige Frauen in der Nähe Trillertöne ausstießen. Bevor er nach Luft schnappen konnte und bevor ein Schuß seine Gedärme zerfetzte, fiel der Fisch zu Füßen des Herrschers nieder. In diesem Moment begannen die ausländischen Delegationen zu klatschen.

»*Qué Maravilla!*« rief der chilenische Colonel, der berauscht neben Wadschîha stand. Er sollte die Fischgeschichte nie mehr vergessen. Doch Wadschîha übersetzte an jenem Tag nur zwei Sätze: Der chilenische Colonel äußerte sein Wohlgefallen über die Rede des Herrschers. Dann äußerte er seinen Wunsch nach einem zweiten Besuch und daß das Land (er vergaß nicht, »groß« hinzuzufügen) in den Krieg ziehen möge. Denn nach seinen zahlreichen Besuchen sei er zu der Erkenntnis gelangt, daß ein Führer wie der Führer dieses Landes den Drohungen seiner Nachbarstaaten nicht nachgeben dürfe und daß »Regierung und Volk« Chiles dem Militär in sämtlichen Kriegen, gegen wen auch immer, beistehen würden.

Der Wunsch des chilenischen Colonels erfüllte sich. Bei seinem nächsten Besuch umzingelten Militäreinheiten die Stadt ʼAbdân, beim folgenden Besuch marschierten sie in Kuwait ein, und die Offiziere der republikanischen Wache schissen in das Schloß des kuwaitischen Emirs.

Der Verteidigungsminister seinerseits brachte seine Dankbarkeit über den Erfolg des Waffenhandels zum Ausdruck. Über die Chemiewaffen wollte der chilenische Colonel hingegen erst sprechen, wenn die argentinische Delegation am folgenden Tag eingetroffen wäre. So kam es, daß Wadschîha in Bagdad übernachten mußte. Wadschîha sprach nicht darüber, was in jener Nacht geschah, sondern begnügte sich mit der Andeutung, der chilenische Colonel habe sie gebeten, mit ihm ins Bett zu gehen, und sie habe höflich abgelehnt.

Am nächsten Tag sagte der chilenische Colonel, daß man die chemischen und biologischen Waffen am besten im Bau des Dschassânîya-Fischs versteckte (angeblich versteckten die Kuwaitis ja auch Gold unter Wasser).

Zum erstenmal hörte Wadschîha von diesen Bauten in Zahlen sprechen. Sie stellte sich die Sache als bloße Tarnung vor, damit sogar sie als Übersetzerin nicht zuviel über dieses heikle Thema erfuhr. Sie fragte deshalb Asîyad Lûtî vorsichtig, ob die Bauten dieses Fischs besonders groß seien, und er bejahte, sie seien von geradezu unvorstellbaren Ausmaßen. Aber er war vorsichtig mit seiner Antwort. Zwischen den lateinamerikanischen Delegationen und den Verantwortlichen unseres Landes fanden mehrere Zusammenkünfte statt, an denen auch Wadschîha teilnahm. So antwortete er ihr auf ihr Drängen nur sanft: »Dieses Thema ist nicht ungefährlich.«

»Woher kommt die Gefahr?« fragte sie.

»Von heute an wird der Name des Baus des Dschassânîya-Fischs in einem Geheimcode chiffriert.«

»Dann erzähle mir doch lieber die Geschichte vom Fang des Dschassânîya-Fischs«, sagte sie etwas gedrechselt, aber taktisch klug.

Asîyad Lûtî lachte aus vollem Hals. Und überlegte sich jeden weiteren Schritt gut. »Liebe Wadschîha, in diesen Zeiten ist es schwer, jemandem zu vertrauen.«

»Ja, das stimmt. Aber wir beide arbeiten zusammen. Wir müssen einander helfen und eine Brücke des Vertrauens errichten!«

»Das klingt ja wie die offiziellen Verlautbarungen der Delegationen im Fernsehen!« rief er verdutzt.

»So ist unser Leben nun einmal geworden. Wir sprechen miteinander wie die offiziellen Delegationen«, sagte sie fröhlich.

Da mußten sie beide lachen, und Asîyad Lûtî begann, die Geschichte des Fischfangs zu erzählen. Und Ma'ali mußte für mich nur noch wenig hinzufügen.

25

Asîyad Lûtî wäre verloren gewesen, wenn Iftaim Pay Day ihn damals nicht besucht hätte. Vielleicht konnte er seine Haut nur retten, weil der Staat keine neuen Palmen pflanzen lassen wollte. Die Infanterieoffiziere trauten ihren Augen nicht, als sie ganze Palmenwälder brennen sahen. Das Feuer breitete sich im Süden von Qurna bis nach Ahwâz aus und erfaßte die gesamte Region. Doch die Offiziere aus den westlichen Regionen des Landes haßten die Palmen. Für Asîyad Lûtî hingegen waren sie ein wichtiger Bestandteil seines Lebens.

Bis zu diesem Tag hatte er geglaubt, daß durch die Verbrennung der Palmen nur die »Angriffe der feindlichen Flieger« verhindert würden, wie er auch seinen Freunden unter den Palmenkletterern immer wieder versicherte. In guter Absicht hatte er vorgeschlagen, neue Schößlinge zu pflanzen, ohne zu wissen, daß das sein Todesurteil bedeutet hätte. Er wußte nicht einmal, daß die lokale Regierung nach dem 22. September 1980 die traditionelle Feier zum Tage des Baums aufhob und als Ersatz ein Fest anläßlich des Geburtstags »des Helden Salâh al-Dîn al-Ayyûbî« ausrief.

Doch wie auch immer, Iftaim Pay Day wußte mehr über diese Geheimnisse. Tief im Innern störte Asîyad Lûtîs Naivität sie nicht, im Gegenteil. Er war genau die Person, die sie in dem Moment brauchte. Sie hätte nie erwartet, daß das Schicksal ihr zwei Personen zuführen würde, mit deren Hilfe sie die Prostitution hinter sich lassen könnte. Ihre Arbeit war mit dem Auftauchen professioneller Kupplerinnen immer mühsamer geworden, vor allem, als auch einige Universitätsabsolventinnen, unter ihnen viele Ausländerinnen, diesen Beruf ergriffen. Aber sie gab sich nicht geschlagen und wußte sehr gut, daß das Schicksal immer auf seiten der Kämpfenden war.

»Gib nur nicht gleich auf! Stolz und Entschlossenheit werden deine Verzweiflung schon besiegen«, sagte sie zu Asîyad Lûtî und zeigte ihm eine Nescafé-Dose, die eine milchigweiße Flüssigkeit enthielt.

»Was ist denn das?« fragte er.

»Das sind die Samen eines Dschassânîya-Männchens.«

Er verstand gar nichts mehr.

»Es ist ganz einfach. Du wirst ein Dschassânîya-*Weibchen* fangen, kein Männchen.«

Aber er schien immer noch nicht zu kapieren. Schließlich drückte sie ihm die Dose in die Hand und sagte: »Hör gut zu, ich werde es dir erklären.«

Asîyad Lûtî saß da wie ein Pennäler und hielt die Nescafé-Dose wie ein wichtiges Schuldokument fest umklammert. Doch es ging hier nicht ums Sitzenbleiben, sondern ums nackte Überleben.

Iftaim Pay Day setzte ihm so detailliert wie möglich auseinander, was zu tun sei. Er möge jedoch nicht glauben, einen Fisch zu fangen, der in seinem Bauch eine Perle trug, wie in dem Kindermärchen. Im Gegenteil – er könnte beim Fischfang den Tod finden. Warum? Weil das Dschassânîya-Weibchen auf dem Grunde des Flusses einen weiteren Bau errichtet hatte, direkt an den Ufern des Überschwemmungssees, wo das Wasser der Seen sich in den Schatt al-Arab ergießt und in der Gegend von Sûq al-Schuyûch, Hammâr und Kabaîsch bis Qurna unterirdisch weiterfließt. Dort würden seit langer Zeit die Dschassânîya-Weibchen leben. Einige von ihnen würden an die hundert Jahre alt und täten nichts als fressen. Sie säßen dort in der Erwartung eines Männchens. Ihre Partner würden zwar weite Entfernungen zurücklegen und alle Weibchen befruchten, denen sie auf ihrem Weg begegneten. Bei ihrer Rückkehr brächten sie dann aber ein kleines Papyrusbündel für die Errichtung des Baus mit.

Die Dschassânîya-Männchen kehren nur zum Sterben zurück, wenn ihre Zeugungskraft zu Ende geht. Entdecken sie ein anderes Männchen in ihrem Haus, schwimmen sie nicht hinein. Sie fürchten den Tod und warten, bis das Männchen ihr Haus verläßt. Dann kommen sie herein, um zu sterben. Die Weibchen wiederum scheren sich nicht um deren Tod, sondern werfen den Leichnam den Jungen zum Fraß vor. So setzt sich das Leben fort. Weil das Dschassânîya-Weibchen Jahrzehnte lebt, wird es irgendwann von der Flußblindheit befallen. Ihr Stich ist fürchterlich: »Vorsicht vor dem Stich der Blinden«, denn schon ein einziger Stich kann tödlich sein.

Asîyad Lûtî müsse seinen Körper zunächst mit dem Sperma ein-
reiben, das Iftaim Pay Day in der Nescafé-Dose aufbewahrte. Er dürfe
nicht vergessen, ein Papyrusbündel zwischen seinen Lippen zu tragen. Je größer das Bündel, desto besser gelänge es, in das Dickicht
der Dschassânîya-Höhle einzudringen. Wenn er unterwegs oder am
Eingang zum Bau einem Dschassânîya-Männchen begegne, das auf
seinen Tod warte, solle er ihm keine Beachtung schenken; treffe er
hingegen im Innern des Baus auf eines, so dürfe er nicht zögern und
müsse es aus dem Bau werfen. Der Rest spiele sich zwischen ihm
und dem Weibchen ab. Es sei einfacher, den Himalaja zu besteigen,
als ein Dschassânîya-Weibchen zu verführen.

»Hast du mich verstanden?« fragte Iftaim Pay Day.

Asîyad Lûtî rannen Schweißtropfen von der Stirn: »Gott möge
mich erhören – und den Dschassânîya-Fisch!«

Und bevor er hinausging, wiederholte Iftaim Pay Day den Satz,
der ihr der wichtigste von allen erschien: »Vorsicht vor dem Stich
der Blinden!«

Es war der 19. Juli 1980, als sich Asîyad Lûtî auf den Grund des
Flusses von Qurna begab, dort, wo Euphrat und Tigris aufeinander-
treffen und zusammen den Schatt al-Arab bilden. Genau an dieser
Stelle erhebt sich der gewaltige Baum, dessen Stamm zur Hälfte die
Wasserscheide kreuzt, jener Baum, der gewöhnlich durch eine kleine
Hecke geschützt ist und auf dessen Stamm man eine dicke, häßliche
Plastiknatter gelegt hat, die die kluge Schlange darstellen soll, die
Adam und Eva überredete, den Apfel zu essen.

An jenem Tag wurde die Hecke gestutzt, damit der Herrscher in
seiner mittelgroßen Statur darunter stehen und seine Ansprache
über das Jahr seit seiner Machtübernahme halten konnte. Er war
umringt von einem großen Gefolge von Ministern (kein einziger
Minister war in Bagdad geblieben) und fünf ausländischen Delegationen: aus Chile, Argentinien, Bulgarien, Ostdeutschland und
Frankreich sowie weiteren brüderlichen und befreundeten Delegationen. Während sich seine Wächter am Ufer verteilten und entlang der beiden Flüsse Panzer und Kanonen gegen die Flugzeuge
aufstellten, mußten die Bewohner, mit Ausnahme der Frauen, die

Ortseingänge bewachen – unbewaffnet und natürlich nur widerwillig.

Das Spektakel war wahrhaft beeindruckend, eine Mischung aus Technologie und Folklore. Der Herrscher stand inmitten der Ansammlung, da rief einer seiner Begleiter: »Mein Herr, der Wunderfisch!« Offensichtlich kannte er den Namen des Fischs nicht. Der Herrscher sagte im Befehlston: »Bringt ihn her!«, als wäre es eine Frau, mit der er schlafen wollte.

Asîyad Lûtî bekam all dies nicht richtig mit, sondern ließ es sich später von Wadschîha schildern. Er hatte sich an ein Dschassânîya-Weibchen herangemacht, das allein lebte und sich offenbar langweilte. Es besaß keinen gewöhnlichen Bau, sondern zwei Großbauten, einen im Euphrat, einen im Tigris. Das Papyrus hatte sich verheddert, als wären die Gebäude schon vor Jahrhunderten errichtet worden. Asîyad Lûtî ging in seinem Kampf mit dem Fisch langsam die Luft aus.

Das Dschassânîya-Weibchen verhielt sich völlig anders, als Iftaim Pay Day angekündigt hatte. Es lebte allein in einem Bau, der so groß war, daß kein weiteres Papyrus benötigt wurde. Die Männchen, die vor dem Bau lauerten, machten sich eilends aus dem Staub, als wollten sie nicht in Scherereien verwickelt werden. Wenn das Weibchen sich nur einen Moment vom Bau entfernen würde, könnte er das Sperma, das vermengt mit Riedschlamm auf ihm klebte, abwischen. Asîyad Lûtî begann, das Dschassânîya-Weibchen zu umkreisen. Er bewegte sich beinahe mit Leichtigkeit, bis er eine weitere Überraschung erlebte: In den beiden Bauten befanden sich zwei riesige Skelett- und Schädelhügel. Das erschütterte ihn dermaßen, daß ihm kein anderer Ausweg blieb, als den entscheidenden Moment abzuwarten. Er bedeckte seinen Kopf mit einem Schädel und kroch hinter dem Fisch her. Das Weibchen biß kräftig zu und sauste schon zum Eingang des Baus davon. Doch da packte Asîyad Lûtî den Fisch und band sein Maul mit einem Strick zu. Denn er wollte ihn unbedingt lebend übergeben.

An jenem Tag – ein Jahr nach der Machtübernahme des Herrschers und elf Jahre nachdem er aus dem Untergrund aufgetaucht und in Aktion getreten war, an jenem Geburtstag, der mit dem Ge-

burtstag der nationalen und universellen historischen Führer über-
einstimmte, am Tag des Landestriumphs über die »Feinde« – legte
Asîyad Lûtî dem Herrscher den Dschassânîya-Fisch vor die Füße.
Applaus und Tumult der Menge, das Trillern der Frauen und das Erstaunen der ausländischen Delegationen steigerten sich, während
die republikanischen Schutz- und Wachtruppen Staub aufwirbelten
und Seine Majestät ein paar Schüsse abfeuerte. Und alles nur deshalb, weil Asîyad Lûtî einen Fisch gefangen hatte.

26

Während des ersten Krieges hatte sich unsere Beziehung allmählich abgekühlt, vielleicht weil wir beide mit Sonderaufträgen überlastet waren, die uns gleichwohl eine legitime Entschuldigung boten. Zwischen Wadschîha und Asîyad Lûtî entstand ein ungewöhnliches Vertrauensverhältnis – man könnte es natürlich auch anders nennen.

Seit unserer Heirat hatten wir uns daran gewöhnt, einander alles zu erzählen, was wir erlebten, von unserer Arbeit und dem, was damit zusammenhing, einmal abgesehen. Unsere Gemeinsamkeit bestand darin, dem Weltspektakel nur zuzusehen. Sie zitierte einmal den Vers des portugiesischen Dichters Fernando Pessoa, offensichtlich aus der spanischen Übersetzung: »Weise ist, wer sich begnügt, das Weltspektakel zu betrachten.«

Schon unsere Beziehung begann als Spektakel. Ich erinnere mich noch daran, wie ich sie meinem Freund Mulhim vorstellte, der englische Literatur studierte (jetzt sitzt er als Kriegsgefangener in Iran). Ich saß neben seiner Freundin Rabâb, die später seine Frau werden sollte, im Club der Fakultät für europäische Literatur. Mulhim stammte aus einer Familie, die Kunst und Literatur liebte, eine der wenigen gebildeten aristokratischen Familien in diesem Land. Er wollte einen kulturellen Salon gründen, zu dem jeden Donnerstag Männer und Frauen zusammenkommen sollten. Wieder und wieder sagte er: »Was für einen Sinn hat es, ohne Frauen Gedichte zu lesen und über Kultur zu sprechen?«

Ich glaube, daß es ihm ernst war mit seinen Plänen und er keine krummen Absichten hegte. Er liebte und verehrte Rabâb.

Doch einmal täuschte ich mich in ihm. Wir waren alle im zweiten Jahr, außer Wadschîha, die in der neuen Abteilung das erste Jahr abschloß. Diese Abteilung hatte nichts mit spanischer Literatur zu tun, sondern wurde eröffnet, um den Bedarf nach Übersetzern aus dem Spanischen und nach Experten für die Fachsprache der Waffenherstellung sowie der chemischen und biologischen Industrie zu decken. Die Abteilung breitete sich bald über das gesamte erste Stockwerk aus, den Zweig für europäische Sprachen.

Wir waren eine vorbildliche Clique, repräsentierten wir doch nahezu alle Sprachen dieser europäischen Abteilung: Mulhim studierte Englisch, Rabâb Französisch, Wadschîha Spanisch, und ich studierte Deutsch. Die einzige Sprache, die uns fehlte, war Russisch.

Ich glaube, daß Wadschîha dieses Pessoa-Zitat auf unserer ersten Spazierfahrt in Mulhims Auto vorbrachte. Wir verließen die Uni an einem hellen Nachmittag, es hatte geregnet, und fuhren in die Nähe von Dschâdirîya und der Insel Umm al-Chanâzîr. Mulhim kannte diese Strecke gut. Auf einer kleinen Allee hielten wir an. Er und Rabâb saßen vorn, Wadschîha und ich hinten. Mulhim steuerte nicht nur den Wagen, sondern er führte auch sonst Regie. Er forderte uns auf, uns zu entspannen, unsere Köpfe an die Polster zu lehnen und unserer Phantasie in einem »inneren Monolog« freien Lauf zu lassen. Wadschîha und ich taten wie geheißen. Wir schlossen sogar die Augen und versuchten, weit fortzureisen. Aber es gelang mir nicht. Mein Kopf war leer, und als ich die Augen öffnete, sah ich, daß Mulhims Hand mit Rabâbs Haaren spielte, die sich mit geschlossenen Augen und zitternden Lippen entspannte. Das Ganze dauerte vielleicht zwanzig Minuten, da richtete Mulhim sich in seinem Sitz auf und machte nun den Vorschlag, jeder von uns solle ein Gedicht seines Lieblingsdichters rezitieren.

Ich rezitierte ein Gedicht von Rilke, Rabâb eines von Rimbaud und Mulhim eines von Byron, den er wie wahnsinnig verehrte. Wadschîha aber sagte nur: »Weise ist, wer sich begnügt, das Weltspektakel zu betrachten.«

Für einen Moment dachte ich, sie schaue mir bei der Beobachtung der beiden zu, gerade als seine Finger ihren Hals und ihre Haare streichelten. Aber auch sie hatte die Augen, genau wie Rabâb, geschlossen. Wir alle warteten, ob sie offen sprechen oder ein Gedicht von García Lorca oder Rafael Alberti aufsagen würde. Aber sie schwieg.

Schließlich fragte Mulhim: »Ist das alles?«

Und sie antwortete: »Ja. Dieser Ausspruch stammt von dem portugiesischen Dichter Fernando Pessoa. Er hat ihn unter dem Heteronym Ricardo Reis publiziert. Pessoa war eine multiple Persönlichkeit. Er schrieb im Geiste vier verschiedener Dichter.«

Mulhim wiederholte, indem er in die Ferne blickte: »Weise ist, wer sich begnügt, das Weltspektakel zu betrachten –«

Im selben Moment hörten wir einen Schlag ans Fenster. Wir sahen zwei bewaffnete Männer. Mulhim kurbelte das Fenster hinunter. Die beiden Männer schrien uns an: »Eure Papiere!«

Wir gaben Mulhim unsere Ausweise, und er reichte sie den Männern durch das Fenster. Einer nahm sie entgegen, während der andere mit einer Kalaschnikow durchs Autofenster zielte. Der Mann gab Mulhim die Ausweise hastig zurück: »Haut ab. Und laßt euch hier nicht mehr blicken!«

Mulhim startete den Motor. Als das Auto ein paar Meter gerollt war, sah er die beiden Männer im Rückspiegel verschwinden. »Welches Gesetz verbietet uns, hier zu stehen?«

Ich sagte zu ihm: »Du bist es doch, lieber Mulhim, der der Partei angehört, nicht ich.«

Und er antwortete: »Was hat die Partei damit zu tun?« Während er den Wagen beschleunigte, fügte er hinzu: »Du bist der einzige, der nicht in der Partei ist. Bis jetzt ... Bis jetzt ...« Die Worte erschienen mir albern und naiv.

Da sagte Wadschîha, als wollte sie der Situation ihren Ernst nehmen: »Weise ist, wer sich begnügt, das Weltspektakel zu betrachten!« Und wir lachten.

All dies spielte sich im Frühjahr 1977 ab. Mulhim und Rabâb waren so verliebt ineinander, daß man fast eifersüchtig werden konnte. Wadschîha hatte kein Verhältnis, zumindest sind Rabâb und ich bis heute dieser Meinung. Ich selbst hatte drei Monate zuvor eine sehr kurze Beziehung mit einer Studentin namens Fâtin beendet, die Französisch studierte und in der nachrichtendienstlichen Abteilung unserer Botschaft in Paris arbeitete.

Natürlich gefiel mir Wadschîha. Mit ihrem leicht intellektuellen Touch kam sie der Vorstellung, die Mulhim, die anderen jungen Männer und ich uns von einer Frau machten, sehr nahe. Wir träumten von einer ernsten Frau, die sich nicht zu stark schminkte. Sie sollte eine runde Brille tragen – sollte so aussehen wie die französischen Intellektuellen, deren Bilder wir in den Kulturmagazinen bewunderten. Rabâb wiederum besaß nicht ein Fitzelchen jener Merkmale. Sie war zwar eine hübsche Frau: kurze rote Haare, honigfarbene Augen, üppiger Busen. Sie trug enge Hosen, die ihren appetitlichen Hintern betonten, hatte aber keinerlei Merkmal einer ernsthaften Frau.

So dachten Mulhim und ich, bewußt oder unbewußt, mehr an Wadschîha. Aber ich unternahm nichts, um ihr Interesse zu wekken. Sie erwartete von mir, daß ich den Anfang machte. Aber keiner tat den ersten Schritt.

Einen Monat nach unserem Ausflug nach Dschâdirîya saß ich im Club der Fakultät, als Rabâb, eine Zigarette im Mundwinkel, eintrat. Es war das erste Mal, daß sie rauchend den Club betrat. Denn die Studentinnen rauchten nur auf dem Mädchenzimmer. Sie kam auf mich zu. Die Zigarette in ihrer Hand zitterte vor Nervosität, und ihre Stimme bebte: »Steh auf, und betrachte mal das wirkliche Weltspektakel!«

Sie ging schnell vor mir her, ich eilte ihr nach. Wir verließen das Gebäude der Fakultät für Literatur, bogen in die Hauptstraße ein, die nach rechts zum Stadtteil Wazîrîya führte. Dort nahmen wir den Bus Nummer 12. In der Nähe der A'zhamîya-Corniche stiegen wir aus und gingen in eines der dort vor kurzem eröffneten Cafés. In einer Ecke saßen Mulhim und Wadschîha eng beieinander, er spielte mit ihren Haaren. Es war nur ein blitzartiger Moment. Ich kann nicht alles wiedergeben, was dort in Windeseile ablief. Ich sah nur, wie Rabâb zwei mit Wasser gefüllte Krüge nahm und sie über Mulhim ausschüttete. Sie schrie den Sitzenden mit schriller Stimme zu: »Weise ist, wer sich begnügt, das Weltspektakel zu betrachten!«

Auf dem Rückweg zur Universität versuchte Rabâb, sich in den Fluß zu stürzen. Aber ich bat sie, es nicht zu tun, weil ich kein guter Schwimmer wäre und sie nicht retten könnte. Das war alles, was ich sagte, dann stiegen wir in den Bus. Statt zur Universität zurückzufahren, brachte ich sie nach Hause in ihren Bezirk, während ich selbst in die Innenstadt fuhr. In jener Nacht schlief ich nicht gut.

Ich dachte daran, daß Mulhim mich hintergangen hatte. Gegen Wadschîhas Verhalten hatte ich nichts einzuwenden – schließlich gab es keinerlei Versprechen zwischen uns.

Erst nach drei Tagen ging ich wieder in die Uni, suchte aber den Club noch nicht auf. Rabâb fehlte einen ganzen Monat. Sie lag nach mehreren verzweifelten Selbstmordversuchen im Krankenhaus. Beim ersten Versuch durchtrennte sie der Länge nach die Pulsadern der linken Hand (nicht der Breite nach, wie andere es machen), wobei die Chance einer Rettung sehr gering ist. Als man sie trotzdem gerettet hatte, zündete sie weggeworfene Zeitungen in der Empfangshalle an. Erst in letzter Minute konnte ein großes Feuer eingedämmt werden, das für die Kranken lebensgefährlich hätte werden können. Also fesselte man sie ans Bett. Jetzt versuchte sie, sich zu erhängen, indem sie die Spülkette der Toilette um ihren Hals wickelte. Als sie auch da wieder gerettet wurde, schluckte sie noch am selben Tag ein Spritzenfläschchen mit Benzolin. Aber in einer Notoperation wurde die Ampulle aus ihr herausgeholt. Da beschloß sie, den Gedanken an Selbstmord aufzugeben, und sagte zu mir: »Sie wollten nicht, daß ich sterbe, ich weiß nicht, warum. Also habe ich beschlossen zu leben.«

Eines Abends, als ich sie mit dem Bus nach Hause brachte – sie wohnte allein mit ihrem verwitweten Vater –, sagte sie: »Ich werde dir ein Geheimnis anvertrauen.« Ich hielt ihre Hand. Draußen brach die Nacht über Bagdad herein. »Ich bin nicht mehr Jungfrau. Mulhim hat mich entjungfert.« Sie drückte meine Hand. Ich möchte, daß du heute nacht mit mir schläfst. Mein Vater ist verreist, ich bin allein.«

Ohne lange nachzudenken, hörte ich mich sagen: »Unmöglich!« Es war das erste und letzte Mal, daß ich es nach einer Aufforderung ablehnte, mit einer Frau zu schlafen.

Zwei Tränen rollten ihre hübschen Wangen hinab. Plötzlich zog sie mich in den Hauseingang und preßte mich an die Tür. Dann begann sie, ihren Unterkörper an mir zu reiben. Sie stöhnte, und ich spürte, wie ihr Atem mein Ohr streifte. Mit vibrierender Stimme flüsterte sie: »Du hast recht. Aber bitte bleib noch, wo du bist, und warte, bis ich komme.«

Regelmäßig einmal die Woche kam ich ihr auf diese Weise zu Hilfe. Ganz gleich, wo wir uns befanden – einmal im Linienbus, ein anderes Mal im Kino, ein weiteres Mal im Restaurant oder in einer dunklen Straßenecke. Ich vermied es, die Szene zu wiederholen, die sich an der Tür ihres Hauses abgespielt hatte. Ich wollte mich nicht noch einmal der Versuchung hingeben, mit ihr allein in einem geschlossenen Raum zu sein. Ich legte Wert darauf, daß wir immer von anderen Menschen umgeben waren, mehr ließ ich nicht zu. In dem Experiment einmal bestanden zu haben reichte vollkommen.

27

Nein, es war nicht Mulhim, der Wadschîha satt hatte; sie verließ ihn. Eines Tages kam sie zu mir ins Seminar. Wir hatten gerade den Übersetzungsunterricht beendet, und die meisten Studenten hatten den Raum bereits verlassen. Außer mir waren nur noch zwei Studentinnen da: Hamîda Na'nâ' und Mufîda Kâmil. Mufîda hatte eine von diesen alten schwarzweißen Pornozeitschriften aufgeschlagen, die sie jeden Donnerstag mitbrachte. Wir waren bei Seite eins oder zwei angekommen, als Wadschîha in der Tür stand.

Wie sollte ich reagieren? Ihren Namen rufen? »Bitte schön« sagen und sie den anderen vorstellen? Ich blieb reglos an meinem Platz sitzen. Auch die beiden anderen Mädchen wußten nicht, wie sie sich verhalten sollten. Sie sahen neugierig und verwirrt aus.

Wadschîha hatte uns in unserem wöchentlichen Ritual aufgeschreckt, das wir drei uns zur Gewohnheit gemacht hatten oder, wie Mufîda es ausdrückte: »Das zur Vorbereitung dient, uns am Wochenende selbst zu befriedigen.«

»Kannst du mal herkommen?« rief Wadschîha endlich.

Ich griff nach meinen Büchern und Heften, als wüßte ich, daß ich nicht zurückkehren würde, und sagte zu den beiden: »*Auf Wiedersehen!*«

Und die beiden antworteten, ohne ihr Lachen zu unterdrücken: »*Scheiße*«, das erste Wort, das wir auf deutsch gelernt hatten.

Ich verbarg meine Verwirrung nicht, denn ich ahnte, daß ihr Besuch mit Rabâb zusammenhing. Ich wußte, daß sie wieder im Krankenhaus lag, diesmal wegen einer Blinddarmoperation, und an einem dieser Tage entlassen werden sollte. Ich hatte vorgehabt, sie am nächsten Tag zu besuchen.

»Laß uns zum British Council gehen.«

Als wir uns setzten und der Kellner unseren Milchkaffee brachte, fragte sie: »Du wunderst dich über meinen Besuch?«

»Aber keine Spur.«

»Macht ja auch nichts. Ich werde dir alles erklären.«

Da fiel mir die kuwaitische Fernsehsprecherin Sahâd Muhtadîy al-Sabâh ein, die ich jeden Abend in Qurna sah, wie sie »Und hier die Nachrichten des Tages« sagte. Jetzt wurde mir bewußt, daß die beiden Frauen die gleiche Wölbung der Mundwinkel hatten. Und zum erstenmal fragte ich mich, ob meine seltsame Beziehung zu Wadschîha irgendwie mit Sahâd Muhtadîy al-Sabâh zusammenhing. Meine Gedanken schweiften ab, und Wadschîha mußte ihre Worte zweimal wiederholen und meinen Arm berühren: »Weißt du, daß ich mich nach jemandem sehne, der so weise ist wie ich und sich damit begnügt, das Weltspektakel zu betrachten?« Aber ich reagierte immer noch nicht. »Du hast wohl den ersten Teil meines Satzes nicht gehört?«

»Ehrlich gesagt, ich war gerade in Gedanken woanders.«

»Recht hast du.« Dann fügte sie hinzu: »Ich habe die Aufdringlichkeit Mulhims satt. Überall steckt er seine Nase hinein. Ich habe mir immer einen gefügigen Partner gewünscht, der nicht rumschnüffelt, der die Dinge einfach so läßt, wie sie sind.«

»Gibt es denn so jemanden?«

»O ja!« Sie schaute mich aufmerksam an und sagte dann: »Dich!«

Ich schwöre bei allen Heiligen der Welt und ihren Heiligtümern, daß dieses »Dich« in dem Moment so klang, als käme es aus dem Mund Sahâd Muhtadîy al-Sabâhs. Darum zögerte ich nicht: »Möchtest du mich heiraten?«

Und sie antwortete, als würde sie ihren Ohren nicht trauen: »Das wollte ich dir auch gerade vorschlagen!«

So besiegelten Wadschîha und ich an jenem Nachmittag unseren Heiratsplan. Für jedes andere Paar wäre es normal gewesen, in einem solchen Moment über die Liebe zu sprechen, darüber, wie man sich in seinen Gefühlen irren und an den Falschen geraten kann und wie die Gefühle letztlich doch den richtigen Weg finden. Für jedes andere Paar wäre es normal gewesen, sich die Zukunft auszumalen und einander zu sagen: »Du bist für mich Vater und Bruder, Freund und Liebster, du bist meine Welt!« Und als Mann hätte ich dies oder jenes sagen müssen. Aber es war anders. Wir sagten einander nichts dergleichen! Nein, wir sprachen miteinander wie zwei Vertreter offizieller politischer Delegationen, die einen Vertrag schließen.

Was uns in diesem Moment wirklich einte, war: »das Weltspektakel zu betrachten«.

So wie sich in meiner Phantasie das Bild von Sahâd Muhtadîy al-Sabâh festgesetzt hatte, so gab es auch eine Beziehung zum Weltspektakel, das ich mir aus dem Fernseher herbeiholte. Es war, als hätte ich ein Verhältnis mit zwei Frauen: mit der Fernsehansagerin (und späteren Dichterin) in den Sommerferien in Qurna und mit Wadschîha in Bagdad.

Insbesondere während meines ersten Militärdienstes, seit meinem Universitätsabschluß im August 1978 bis zum 12. September 1980, blieb ich beiden Frauen treu. In den etwa sechs Monaten, die ich als Soldat auf einer Marinebasis in Basra stationiert war, verpaßte ich nur selten die Nachrichten des kuwaitischen Fernsehens. Die Kameraden, die mich im Club der Einheit vor dem Fernseher sitzen sahen und merkten, daß ich immer den kuwaitischen Sender einschaltete, begannen schließlich sogar, mich einen »Agenten Kuwaits« zu nennen.

Den Rest meines Militärdienstes leistete ich in Bagdad ab. Ich schlief nicht in der Kaserne, sondern bewohnte ein Zimmer in einem der Hotels am Bâb al-Scharqî, dem östlichen Stadttor im Zentrum Bagdads. So konnten Wadschîha und ich uns regelmäßig, mindestens dreimal die Woche, treffen. Mulhim und Rabâb kamen in unseren Gesprächen nie vor. Es gab eine Art geheimes Abkommen zwischen uns, ihre Namen nicht zu nennen. Dabei hätte ich die beiden gerne einmal getroffen und gewußt, was sie so machten. Ich hegte keinerlei Groll gegen Mulhim. Ich war wütend auf ihn gewesen, aber auch nur flüchtig. Nicht einmal an jenem Tag, als Wadschîha mich aufsuchte und wir die Verlobung, dann die Heirat besprachen, hatte ich das Gefühl, einen Sieg errungen zu haben. Im Gegenteil, ich war frei von jeder Genugtuung, wie man sie gewöhnlich gegenüber einem Exfreund oder Exehemann empfindet. Denn letztendlich – das weiß ich heute besser als je zuvor – sind solche Gefühle falsch und dumm. Dann müßten sich ja all jene freuen, deren Freundinnen oder Frauen miese Exfreunde oder Exehemänner hatten!

Es war seltsam, daß Wadschîha und mir diese Gefühle fremd waren. Wir waren einfach Teil des Weltspektakels. Ich möchte nicht behaupten, daß unsere Gespräche der Leidenschaft entbehrten, aber nur selten ging es um Persönliches, und auch dann vor allem um die Hochzeitsvorbereitungen. Wadschîha hatte gerade ihre Arbeit als Dolmetscherin im Informationsministerium, Abteilung militärische Information, angetreten, als sie plötzlich ins Verteidigungsministerium entsandt wurde.

In diesem Rhythmus verlief unser Leben bis zum 22. September 1980, als wir heirateten und in Qurna feierten, wo Wadschîha in einem vorläufigen Domizil mit mir leben wollte.

28

Am Tag unserer Heirat wurde der Krieg erklärt. Vielleicht war das Zusammenfallen dieses Tages mit unserer Hochzeit gar nicht so schlecht, begann doch mit dem Kriegsschock eine neue Zeit, eine neue Weltsicht. Es genügte, einen Tag nach der Kriegserklärung aufzuwachen, um zu wissen, daß man seinen Lebensrhythmus zu ändern hatte. Es geschah mit einer Geschwindigkeit, die Jahrzehnte aufwog. Die Menschen aber taten weiterhin so, als wäre nichts geschehen.

Wir brauchten später viel Zeit, um uns klarzumachen, daß wir nicht aus Berechnung so reagiert hatten, und konnten unser Verhalten zunächst nur im Zusammenhang mit dem Krieg deuten. Ich meine Wadschîha und mich. Wie hätte ich reagiert, wenn es nicht der 22. September des Jahres 1980 gewesen wäre, als Wadschîha mir in der Hochzeitsnacht anvertraute: »Bevor ich mit dir schlafe, möchte ich dir gestehen, daß ich nicht mehr Jungfrau bin.«

Vielleicht hätte ich ihr ganz locker geantwortet: »Das ist doch völlig nebensächlich.« So aber reagierte ich erst mal gar nicht.

»Willst du wissen, wer es war und warum?«

Wir saßen allein in einem fast dunklen Raum auf dem Dach des Hauses. Die Gäste waren nach Hause gegangen, nur meine Mutter und mein Vater schliefen unten. Wadschîha lag neben mir, zum erstenmal – bis auf die Brille – vollkommen nackt. Die seriöse Wadschîha nackt! Das hätte ich nicht für möglich gehalten. Ich wagte nicht, sie anzusehen. Aber warum? Vielleicht ist dies unsere Sünde: daß wir die Frauen in zwei Kategorien einteilen. Eine Frau für den Sex, die wir entkleiden, sobald wir mit ihr allein sind, unter dem Schutz unserer Neugier, unserer Liebesglut und unseres Hungers nach Sex. Und eine zweite Frau, die unsere Ehefrau sein soll, die wir nicht anzurühren wagen, als sei Sex etwas Schmutziges, was in der Ehe nichts zu suchen hat.

Es waren die ersten Tage der Verdunkelung. In dieser Nacht waren keine Flugzeuge zu sehen, aber für die iranischen Bomber hätten wir während unseres Fests ein gutes Ziel abgegeben. Die siebzig oder achtzig Flugzeuge, die an einem einzigen Abend über uns kreisten, regenerierten ihre Kraft. Die Piloten schliefen, um uns dann am Morgen in die Höhe zu jagen.

Mein Vater sagte sogar: »Ab morgen wird uns nicht mehr das Hahnenkrähen und das Brüllen des Esels aufwecken, sondern der Lärm der Flugzeuge!«

Asîyad Lûtî, einer unserer Gäste, antwortete: »Oder die Hallelujarufe der Flugzeugabwehrartillerie.«

Wir hörten keinen Flugzeuglärm, nur das leichte Rauschen des Atems der Septembernacht. Der Krieg hatte die Luft noch nicht verändert.

»Das heißt, du möchtest es wissen.«

Wadschîhas Hand spielte mit meinen wenigen Brusthaaren.

Ich war wohl in diesem Moment weit weg. Ich glaube, ich dachte an Mulhim und Rabâb und daran, daß ich die beiden doch ganz gern zu unserer Hochzeit eingeladen hätte. Doch Wadschîha war dagegen gewesen. So räusperte ich mich, um ein wenig nachzudenken. Was war doch ihre Frage gewesen? Ich fand keine passende Antwort, weil ich nicht richtig zugehört hatte. Doch der Mensch ist erfinderisch in seinen Verteidigungsmitteln, wenn er bei einem Vergehen ertappt wird, genau wie Kinder. Schließlich gab ich eine Antwort, die auf alle Fragen paßte: »Alle Antworten sind offen.«

Wadschîha richtete ihren Oberkörper ein wenig auf, so daß ich ihre Brüste sah. Ich konnte meinen Blick nicht abwenden. Wadschîha hatte üppige Brüste, deren Haut glänzte wir geronnene Milch. Ihre Brustwarzen kamen mir ungewöhnlich groß vor, als wäre sie Mutter eines Säuglings. Erst in diesem Moment überlegte ich fieberhaft, was sie gefragt haben mochte, und sagte dann: »Um ehrlich zu sein, ich habe die Frage nicht genau gehört.«

Da sagte sie kalt und schaute dabei angestrengt an mir vorbei: »Ich bin schwanger.«

Nach ein paar Sekunden sagte ich: »Das soll wohl ein Witz sein?«

Zum erstenmal hatte ich das Gefühl, die Welt sei nicht nur ein

Spektakel, sondern würde auch zu *meiner* Welt. »Hast du noch mal mit Mulhim geschlafen?«

Sie nickte.

Ich erwartete, daß Wadschîha etwas sagen würde wie: »Mulhim hat mich gezwungen«, oder: »Es war ein Fehler«, oder: »Ich war betrunken und nicht ganz bei Bewußtsein«, oder – und dies wäre doppelt wahrscheinlich –: »Laß uns warten, vielleicht habe ich mich verrechnet und hatte noch gar keinen Eisprung.« Aber nein. Wadschîha sagte nichts dergleichen. Vielmehr eröffnete sie mir klipp und klar: »Hör zu, ich habe auf eigenen Wunsch mit Mulhim geschlafen und er mit mir.«

Manchmal frage ich mich, ob Aufrichtigkeit immer das wichtigste in einer Beziehung ist. Muß man ehrlich aussprechen, was man denkt, wenn man damit einen geliebten Menschen verletzt? Wadschîha erschrak schließlich mehr über meine Antwort, als ich über ihr Geständnis. In meinem Kopf schwirrte noch eine andere Frage: Wäre sie mit ihren Offenbarungen tatsächlich genauso dreist gewesen, wenn nicht Krieg gewesen wäre? Sie hätte sich doch ihr Jungfernhäutchen nähen lassen und die ganze Geschichte vor mir verbergen können? Doch was soll man wiederum von einer Braut halten, die Jungfrau ist? Sie kann doch genausogut diese oder jene »jungfräuliche« Beziehung gehabt haben? Warum sollte ihr Exfreund sie nicht von hinten gevögelt haben?

Es ist seltsam, daß die Männer sich nur dann aufregen, wenn sie erfahren, daß ihre Bräute keine Jungfrauen mehr sind. Dann kehren sie noch in der Hochzeitsnacht zu ihrer Familie zurück und sagen: »Sie war nicht mehr Jungfrau.« Vielleicht haben die Menschen deshalb die Geschichte mit dem blutbefleckten Laken ausgeheckt, weil es ein Beweis sein soll, mit dem sich nicht spielen läßt.

»Du hast meine Frage nicht beantwortet.«

Um mehr Zeit zu gewinnen, sagte ich: »Muß man denn auf jede Frage antworten?«

Wir schwiegen einen Moment. Jetzt hob Wadschîha ihren Oberkörper. Sie saß auf der Bettkante und wandte mir den Rücken zu; ein Laken bedeckte fast ganz ihr Hinterteil.

Zum erstenmal wagte ich, ihren Körper zu betrachten. War es, weil ich das heilige Bild, das ich mir von ihr gemacht hatte, fallenließ, war es, weil sie mit dem Rücken zu mir saß? Ich weiß es nicht. Wichtiger war, ihren Rücken, ihre Schultern und ihren Hintern zu betrachten und zu begreifen, daß diese Frau seit dieser Nacht meine legitime Ehefrau war, in deren Gebärmutter ein Embryo wuchs, der nicht von mir stammte.

Ich hörte ihre Stimme ganz schwach: »Ich überlasse es dir, zu entscheiden, was mit dem Kind geschieht.«

Und ich verbesserte ein wenig boshaft: »Du meinst dein Kind, das Kind Mulhims.«

Zum erstenmal sagte ich etwas Gemeines zu ihr. Aber die sensible Wadschîha nahm diesen Satz gelassen auf: »Ja. Mein Kind und das Kind Mulhims. Trotzdem frage ich dich, weil ich seit heute deine Frau bin.«

»Jede Entscheidung, die du fällst, soll mir recht sein.«

Meine Worte erstaunten sie, sie wußte einen Moment lang nicht, wie sie reagieren sollte. Dann sagte sie: »Ich hatte gedacht, du würdest mir raten, es abzutreiben. Darum war ich auf jede Antwort gefaßt. Jetzt hast du mich besiegt, und es ist an dir zu entscheiden.« Ich wußte nicht, was ich sagen sollte, so fügte sie hinzu: »Es gibt Menschen, die über den Weg des Irrtums zur richtigen Lösung gelangen.«

»Das habe ich nicht gemeint.«

Da sagte sie: »Du bist ein guter Mann.«

Sie stürzte sich auf mich, als wolle sie mich mit ihrem Mund zerreißen. Sie vögelte mich die ganze Nacht, Gott weiß, wie viele Male sie mit mir schlief, bis ich keine Luft mehr bekam und nur noch fragen konnte: »Warum bist du mit mir zusammen, Wadschîha?«

Es dämmerte bereits, und der Lärm der Flugzeuge beherrschte für einen Moment den Himmel über Qurna, verschwand aber wieder, so daß wir die Stimme meines Vaters hörten: »Aufstehen, mein Sohn, Frühstück fürs Brautpaar!«

Seine Stimme mischte sich mit ihrer Antwort: »Weil es dir, genau wie mir, genügt, das Weltspektakel zu betrachten.«

29

Diesmal war das Weltspektakel ein Fest des Wahnsinns, des Blutes, des Mordens und des Todes. Es war die Hölle. Wichtiger als der eigentliche Krieg waren diese kleinen Kriege, die wir gegeneinander führten. Warum sollten wir gegen den Krieg sein, wenn er doch in unserer Hochzeitsnacht *nicht* unser Haus zerstörte, sondern uns die Freiheit gab, mehr als einmal miteinander zu schlafen? Welch ein Omen ist es hingegen für eine Ehe, wenn das Brautpaar nach der Hochzeitsnacht mitten im Krieg aufwacht!

Wadschîha erwachte an jenem Morgen, genau wie ich, vom Lärm der Flugzeuge. Das erste, was sie sagte, war: »Es wird schwierig sein, nach Bagdad zu reisen!« In zwei Tagen würde sie aufbrechen müssen, um ihre Arbeit im Verteidigungsministerium anzutreten.

Asîyad Lûtî war ihr zuvorgekommen, denn schon vor Kriegsausbruch war durch Übungsmanöver sein Haus zerstört, waren seine Frau, seine Eltern und fünf Kinder getötet worden. Er war nicht durchgedreht, wie man es aus Filmen oder aus der Literatur kennt. Im Gegenteil. Er hielt die drei Trauertage ein, bekam Besuch und sprach ganz normal mit den Leuten. Er verlängerte die Trauertage sogar auf sieben Tage. Er zählte die Beutel Mehl, Reis, Bohnen, Zwiebeln und Kartoffeln, die Flaschen Öl und die Kilo Fleisch, die ihm der regionale Parteichef gebracht hatte. Der konnte ihn auch nicht daran hindern, ein mit Goldfarbe bemaltes Schild an die Ruine seines Hauses zu hängen, in der nur ein einziges Zimmer übriggeblieben war: »Von hier aus steigt der Geist der echten Märtyrer zum Himmel auf.« Man hörte ihn sogar sagen: »Schade, daß alle auf einmal gestorben sind.« Denn von ihrem Tod blieb ihm nur ein brasilianischer Volkswagen.

Wenn der Sinn meines und Wadschîhas Lebens tatsächlich an der Lust »am Weltspektakel« besteht, welcher Sinn verbirgt sich dann hinter dem Gleichmut Asîyad Lûtîs? Er tat weiter das, was er in all den Jahren getan hatte – er verkaufte Hähne.

Bis Juli 1989 wohnten wir nicht in einem Haus, sondern in zweien, eines in Bagdad bei ihrer, eines in Qurna bei meiner Familie. Und selbst nach der erwähnten Phase war es uns nicht möglich, mehr als ein Jahr und zwei Wochen zusammenzuleben, nämlich bis zum 2. August 1990, dem Tag, an dem ich ein weiteres Mal zum Militärdienst einberufen wurde.

Eines Tages, Wadschîha war gerade aus Bagdad zurückgekehrt und besuchte mich im Haus meiner Familie in Qurna, fragte ich sie, wie lange Asîyad Lûtî das schon mache, ohne sich vor Bestrafung zu fürchten, da er doch viele Feinde habe.

Wadschîha verstand meine Frage nicht: »Warum?«

Bis zu unserer Hochzeit hatte sie natürlich keine Ahnung vom Leben des Mannes, und es war reiner Zufall, daß sie Asîyad Lûtî bei ihrem ersten Besuch im Verteidigungsministerium traf. Hätte Wadschîha nicht warten müssen, hätte sie nicht erfahren, daß er aus Qurna kam, der Stadt ihres Ehemanns. Es muß sich im ersten Kriegsmonat zugetragen haben, denn Wadschîha war im vierten Monat schwanger, wenn ich mich recht erinnere. In jenem hübschen Zimmer, das auch ich ganz genau kenne, fragte sie ihn, woher er komme, denn wie sie gemerkt hatte, ähnelte sein Akzent dem Basra-Dialekt.

Vielleicht saß Wadschîha auf dem schwarzen Ledersofa, auf dem vier Menschen Platz haben, vor ihr der große Tisch aus aschefarbenem Marmor, in den eine dicke Glasplatte eingelassen war. Als sie ihm diese Frage stellte, legte sie die Beine übereinander. Er saß vielleicht in einem der großen Sessel, die für die Mitglieder wichtiger Delegationen bestimmt sind, vor ihm ein kleiner Elfenbeintisch mit einem Aschenbecher aus schwerem Marmor. Er stützte seinen Ellenbogen auf die Sessellehne, als er antwortete, daß er aus Qurna komme.

Ich beschreibe die Atmosphäre, in der sich dieses Gespräch abspielte, weil der Herrscher einmal dort saß, als ich zwischen ihm und einer hochkarätigen deutschen Delegation dolmetschte. Ich erinnere mich gut, wie er in einem Moment der Wut mit seinem Revolver auf das Tischglas schlug, als wollte er es spalten, und wie der Leiter der deutschen Delegation lachend zu mir sagte: »*Sagen Sie ihm, daß ich diesen Aschenbecher auf seinem Knallkopf zerschlagen kann. Los, sagen Sie es ihm!*« Selbstverständlich übersetzte ich diesen Satz nicht wörtlich, sondern sagte zum Herrscher: »Euer Exzellenz, der Präsident der Delegation hält es für besser, sich zu beherrschen.« Da plusterte er sich auf wie ein Pfau, lachte sein wohlbekanntes Lachen und sagte: »Sagen Sie ihm gefälligst, daß wir den Kauf des alten Giftgases akzeptieren.« Es ging um den Kauf von giftigen Gasbeständen aus der Zeit des Ersten Weltkriegs.

Damals lernte Wadschîha Asîyad Lûtî näher kennen. Die Welt sei doch ein Dorf, sagte sie später zu mir. Der Sekretär des Büros des Verteidigungsministers sei hereingekommen und habe ihn gefragt: »Hast du die Hähne mitgebracht?«

Und Asîyad Lûtî antwortete: »Ja, mein Herr, sie sind draußen.«

Wadschîha begriff nicht, was da vor sich ging. Woher hätte sie wissen sollen, daß Hähne nicht nur geopfert werden, sondern daß sie auch zu anderen Zwecken dienen? Zum Wetten, zum Fliegen beispielsweise?

Deshalb kam Wadschîha an jenem Tag nur folgende Frage in den Sinn: War es möglich, daß Asîyad Lûtî die ganze Mühe auf sich genommen hat, nur um dem Minister aus Qurna einen Hahn zu bringen? Es war unbegreiflich. Aber Wadschîha, die die Launen der Offiziere und ihre seltsamen Wünsche kannte, lernte zu verstehen. Warum nicht? Vielleicht aßen sie besonders gern Hähnchenfleisch aus dem Süden? Wer kennt schon alle Wettgeschichten? Vielleicht wissen jene besser Bescheid, die in den Fünfzigern, Sechzigern geboren sind. Denn als die Regierung an die Macht kam, verbot sie offiziell alle Arten von Glücksspiel. Sogar Billard – weltweit ein Sport – wurde nach dem Sommer 1968 verboten. Die Pferderennbahnen wurden geschlossen, öffneten aber direkt nach Kriegsausbruch wieder; seltsamerweise wurden sie von Iran nie bombardiert. Auch die Hahnenwetten wurden verboten. Kein Wunder, daß Preise für die Hähne sofort in die Höhe schossen. Das Hahnenglücksspiel wurde fortan, wie Billard und andere Spiele, heimlich betrieben. Billard wurde in eigens dafür eingerichteten Café-Hinterzimmern gespielt. Kartenspiele fanden in verqualmten, höher gelegenen Räumen von Bars und Nobelhotels statt. Der Hahnenkampf aber wurde auf offe-

nem Feld organisiert oder dort, wo man sich genügend weit entfernt von den Städten und den Augen der öffentlichen und der Ge-
heimpolizei wähnte.

Doch der Ärger Asîyad Lûtîs und seiner Kollegen hielt nicht lange
an. In einem Land wie unserem hat ein Verbot dieser Art ohnehin
keine Auswirkungen auf die Mächtigen. Blühte nicht auch die Prostitution am Maidân-Platz, genau gegenüber vom Verteidigungsministerium? So gelang es Asîyad Lûtî direkt nach dem Tod seiner
Familie, durch seine persönliche Erfahrung und Beziehungen die
besten geschmuggelten Hähne zu erwerben. Von den Seeleuten, die
aus allen Winkeln der Welt nach Basra kamen, wurde er zuverlässig
und zu niedrigen Preisen mit den seltensten Exemplaren versorgt:
aus Afrika, Asien, Lateinamerika. So wunderte sich so mancher lateinamerikanischer Colonel, wenn er Hähne aus seinem Heimatland zu Gesicht bekam. Und plötzlich ging der Stern Asîyad Lûtîs
auf: vom Palmenkletterer zum Hahnenzüchter – bevor er den Dschassânîya-Fisch fing. Es gelang ihm, sich durch den Handel mit geschmuggelten, insbesondere persischen Hähnen einen Ruf in Kriegs-
tagen zu machen und ein beträchtliches Vermögen anzuhäufen.

Asîyad Lûtî erlangte in Qurna eine gewisse Macht, der Macht des
Partei-, des Sicherheits- oder des Polizeichefs ebenbürtig. Sie waren
es, die sich an ihn wandten, wenn einer einen Wunsch hatte oder
ein Vorhaben in Qurna oder Umgebung verwirklichen wollte. Aber
Asîyad Lûtî nutzte das nie aus. Er war nicht besser oder schlechter als
jeder andere auch. Im Gegenteil. Er half ganz besonders den Bedürf-
tigen. Und auch das Geschenk, das er uns zu unserer Hochzeit überreichte, habe ich nicht vergessen: eine Schale mit Datteln vom
Land, gefüllt mit Mandeln und Nüssen, von der Sorte, wie sie sonst
nur exportiert werden. »Die Datteln muntern den Schwanz auf. Sie
sollen uns doch bitte nicht blamieren!«

Asîyad Lûtî hatte sein zerstörtes Haus zu einem prächtigen Palast
wiederaufgebaut, der alle Paläste der Chefs von Qurna überragte.
Das Schild vom Parteichef brachte er über der Tür an, umrahmt von
einem mit Gold verzierten Band.

Obwohl die Farm einen Großteil des Gartens einnahm, sah keiner der Bewohner von Qurna auch nur einen einzigen Hahn. Asîyad

Lûtî pflegte sie alle in die Dîr- oder Hârtha-Gegend zu bringen, wo die Gräber des Salomon, dem Sohn Davids, und vom »Herrn der Zeiten« liegen. Dort kaufte er ein großes Stück Land, das er offiziell zu einer Geflügelfarm erklärte. In Wirklichkeit war es jedoch eine Farm für die Hähne, aus der ganzen Welt herbeigeschmuggelt.

30

So erfuhr Wadschîha, daß es Handel und Glücksspiel mit Hähnen gab, nicht nur in unserem Land, sondern in allen Ecken der Welt. Sie erfuhr auch, daß keiner so leidenschaftlich war wie die Lateinamerikaner, nicht einmal der Herrscher und seine Entourage hochrangiger Militärs. Die Lateinamerikaner waren bereit, für einen Hahn alles aufs Spiel zu setzen.

Vielleicht wußte der Herrscher um diesen Eifer und versuchte ihn auszunutzen, als man einen Deal mit schmutzigen Waffen machte. Es begann mit einem Scherz: Eines Nachts, bevor der Kampf des Herrscherhahns gegen den Hahn des argentinischen Verteidigungsministers Galieri begann, wurde dem argentinischen Colonel bewußt, daß er seine Dollars bereits in den Kauf eines persischen Hahns von Asîyad Lûtî investiert hatte. In derselben Nacht wurde ihm bewußt, daß sich auch ein japanischer Hahn in dessen Besitz befand, der nicht nur stark, sondern auch intelligent war – im Gegensatz zum Hahn des Herrschers, der aus Isfahan stammte. Er konnte sich nicht verkneifen zu bemerken: »*Quiere vos vencerme con un Gallo Farisi, qué maravilla!*« (»Sie wollen mich mit einem persischen Hahn besiegen, na wunderbar!«)

Da lachte der Herrscher aus vollem Herzen. Dieses tiefe Lachen lachte er nur selten, war er doch berühmt dafür, keinen einzigen Laut auf natürliche Weise hervorzubringen. Er sah auf den fetten argentinischen Colonel – dieser war wenige Zentimeter größer als er, hatte breite Schultern und weiße Haare –, tippte ihm auf die Schulter und sagte zu Wadschîha: »Sag ihm, er braucht sich nicht zu entschuldigen. Wenn er keine Devisen hat, können wir auch unsere Pistolen verwetten.«

Diese Worte genügten ihm aber noch nicht. Er holte seine Pistole hervor und gab mit der rechten Hand einen Schuß in die Luft ab. Der Colonel holte seinerseits eine Pistole hervor und schoß in die

Luft. Da packte ihn der Herrscher am Handgelenk. Galieri verstand auch diese Geste nicht, hörte aber auf zu schießen. Der Herrscher wandte sich wütend an Wadschîha: »Sag ihm, daß keiner außer mir hier rumschießt, klar? Und vergiß die Wette nicht!«

Als Wadschîha dem weißhaarigen Colonel übersetzte, was sie gehört hatte, lachte dieser und sagte: »*Si la pistola no es suficiente, pues apostamos por el Tanque que vigila la puerta de mi casa!*« Was bedeutet: Wenn die Pistole nicht reicht, können wir auch um den Panzer wetten, der meine Haustür bewacht.

Da dachte der Herrscher einen Moment lang gesenkten Hauptes nach, packte den Colonel am Ärmel, ließ ihn wieder los und sagte freudestrahlend: »Sag ihm, er soll die Pistole vergessen. Wetten wir lieber um den Panzer.«

Der argentinische Colonel stimmte zu. Ab sofort wurden die Hahnenwetten als Rabatt für militärische Waffen zur Routine. Ich glaube, daß alle Parteien ihren Spaß daran hatten. Wenn der Herrscher einen Verlust erlitt, beglich er den Betrag für den Rabatt in Dollar oder kuwaitischen Dinar. Ramírez, der chilenische Colonel, war der einzige, der darauf bestand, das Geld in kuwaitischen Dinar zu erhalten, vermutlich weil er seine Militärtasche in der chilenischen Botschaft in Kuwait aufzufüllen gedachte.

Als der Herrscher und seine Entourage merkten, daß die Hähne dem Land den Erwerb einiger wichtiger Waffen erleichterten, ließ er Asîyad Lûtî vorladen. Wadschîha war bei diesem Treffen nicht zugegen, aber Asîyad Lûtî erzählte ihr die Geschichte auf einer ihrer gemeinsamen Reisen von Bagdad nach Qurna. Der Herrscher betonte bei diesem Treffen die Wichtigkeit des Waffenerwerbs für das Land – und die Kosten des Kriegs, »in den wir verwickelt sind«. Ja, er sagte wörtlich, »in den wir verwickelt sind«. Es war im Jahr 1983, als die Iraner die Belagerung der Stadt 'Abâdân durchbrachen und Choremschahr zurückeroberten. Die Hähne wurden daraufhin gleichsam legitime Währung der Landesverteidigung.

»Wußten Sie, daß Nebukadnezar und seine Führer Hähne auf ihren Wagen anbrachten, wenn sie in den Krieg zogen?« Ob es nun stimmte oder nicht: Asîyad Lûtî wußte, daß er jetzt nicken mußte, um seine Zustimmung zu allem zu bezeugen. Von diesem Nebukadnezar hatte er jedoch noch nie gehört.

»Eigentlich betrügen wir ja nicht – nur wenn es die Lage erfordert. Wir verlangen von Ihnen, daß Sie für die Führung besondere Hähne züchten. Die Tiere kennen keine Niederlage, sie geben sich hin, sie sterben fürs Vaterland. Was macht es schon aus, woher sie stammen, hä?« sagte der Herrscher, bevor er sich verbesserte und fragte, als hätte er etwas Wichtiges vergessen: »Was, außer den Hähnen, sollte den Arabern sonst fehlen?«

Asîyad Lûtî mußte schnell antworten; es machte sich nicht gut zu zögern: »Mit Ausnahme unseres Landes, Majestät, gibt es keine Tradition der Hahnenzucht in der arabischen Welt. Wie Eure Majestät wohl weiß, begann diese Tradition in der Zeit Nebukadnezars.«

Der Herrscher antwortete: »Hör zu. Ich will ja nicht, daß wir mit den Hähnen betrügen. Das machen wir nur, wenn die Lage es erfordert.« Dabei holte er aus seiner Schublade ein dunkles Tütchen, bemalt mit der irakischen Flagge und den Worten: »Allahu akbar«. In der Tüte befand sich ein weißes Pulver. »Dies setzen Sie ein, wenn die Lage es verlangt, und verabreichen es den Hähnen, die Sie unseren lateinamerikanischen Freunden verkaufen.«

Asîyad Lûtî fragte nicht nach dem Inhalt des Tütchens und den Eigenschaften des Pulvers. Er steckte es in seine Tasche und verließ unter den Segnungen des Herrschers den Raum. Er trocknete sich den Schweiß, der über seine Stirn rann und sich auf seinem ganzen Körper ausbreitete. Wadschîha hatte ihm von diesem Pulver erzählt. Der Herrscher hatte es einmal aus seiner Schublade hervorgezogen und in den höchsten Tönen vor seinen Gästen, Militärs aus verschiedenen lateinamerikanischen Ländern, gepriesen. Um zu beweisen, daß das Pulver besonders stark war, rief er nach einem seiner Vorkoster und reichte ihm einen Trunk, der etwas von dem Pulver enthielt. Der Mann fiel noch im Trinken um. Solche Aktionen wurden einmal im Jahr durchgeführt, um die Stärke eines neuen Gifts zu testen, meistens mußte ein Leibwächter sterben, den man ohnehin loswerden wollte.

Asîyad Lûtî traute der Sache nicht, als er das Zimmer verließ und in seiner Tasche das Pulver wußte. Er würde es von jetzt an immer zu den Hahnenwettkämpfen mitnehmen müssen, die der Herrscher allmonatlich organisierte und denen Asîyad Lûtî und Wadschîha beiwohnen mußten. Zu diesen Wettkämpfen wurden die mutigsten Hähne gebracht, um eine Art Meisterschaft zu veranstalten, wie beim Fußball. Das Los wurde geworfen und die Hähne wurden auf die Gruppen verteilt. Der einzige Unterschied zwischen einer Fußballmeisterschaft und der Hahnenkampfmeisterschaft lag darin, daß bei den Hahnenkämpfen jeweils einer tot umfallen mußte. Wenn also zwei starke Hähne aufeinandertrafen, konnte es passieren, daß der Kampf Stunden, ja, eine ganze Nacht andauerte. Einige Runden endeten nach ein paar Minuten: ein oder zwei Durchläufe, und ein Hahn fiel halbtot zu Boden. Dies geschah leider mit den schwachen Hähnen, die gegen den Hahn des Herrschers oder den seines ältesten Sohnes antraten. Der jüngere Sohn hingegen fand keinen Gefallen an Hähnen. Er organisierte andere Feste – ein ähnliches Ritual, doch statt der Hähne wurden Menschen eingesetzt, und es wurde Wert darauf gelegt, daß Männer und Frauen daran teilnahmen.

Bei einem Hahnenkampf verlor Wadschîha ihr Kind, obwohl am Anfang der Neuordnung noch keine Seite die spätere Härte und Grausamkeit besaß. Ihr Fötus ging am frühen Morgen ab, als sie dem Kampf zwischen einem Hahn des Herrschers und dem Hahn eines kubanischen Generals beiwohnen mußte.

Wadschîha war angespannt, und die Erinnerungen an diesen Tag waren ihr lange gegenwärtig. Dennoch war sie darauf bedacht, das Weltspektakel zu betrachten – und da gab es nichts Besseres als einen Hahnenkampf. Irgendwo hatte sie gelesen: »Der schönste Kampf entbrennt zwischen zwei Männern um eine Frau; die übrigen Kämpfe sind Hahnenkämpfe.«

An diesem Tag wurde mir bewußt, daß sie eigentlich keine schöne Frau war. Warum sonst versuchte keiner der Anwesenden, sich ihr zu nähern, weder die lateinamerikanischen Colonels noch einer der lokalen Offiziere? Nicht einmal der Herrscher oder seine Söhne, die für ihre Gier nach Frauen berühmt waren, wurden auf sie aufmerksam. Seltsam. Sie war eben nicht schön. Die Schwangerschaft war wohl die Ursache für ihr verändertes Aussehen: Ihr Bauch und ihre Beine waren geschwollen, ihre Wangen eingefallen.

Hatte Asîyad Lûtî ihren Verstand vernebelt, ohne daß sie es merkte? Er war es, der ihr erzählte, daß es genüge, einem Hahn zu sagen, daß ein anderer Hahn ihm seine Liebste wegnehmen wolle, schon könne man sicher sein, daß er siegen werde. Als sie Asîyad Lûtî einmal fragte, ob ein Hahn im Eifer sich selbst bekämpfen würde, wenn es um sein Weibchen ging, antwortete er: Schon möglich, doch nicht mit demselben verbissenen Eifer, mit dem er mit einem Rivalen um sein Weibchen kämpfen würde.

Vielleicht überkam sie damals die diffuse Sehnsucht nach einem Mann, der sie verteidigt und um sie kämpft. In der Kunst der Verführung hatte Wadschîha keinerlei Erfahrung. Um von einem Mann begehrt zu werden oder ihn um ihretwillen kämpfen zu lassen, muß eine Frau weder schön noch sexy sein. Es gibt ein Geheimnis, das manche Frauen von Geburt an besitzen. Andere erwerben es nach und nach und entwickeln es bis zur Perfektion. Sie müssen sich weder schminken noch aufreizende Kleidung tragen; jede künstliche Aktion ist nur der Versuch, ein Manko zu vertuschen. In Wirklichkeit reicht ein Wimpernschlag, ein Beben der Lippen, eine Bewegung der Schultern, ein leichter Gang, ein Haarschnitt, ganz gleich, was – die begehrenswerte Frau handelt automatisch und ohne jede Affektiertheit.

Die Vorstellung der Reizlosigkeit quälte sie während des ganzen Weges. Sie begann, an ihrer Schönheit zu zweifeln. Sie war die einzige Frau, die bei den Hahnenkämpfen und den Wetten der Militärs dabeisein durfte, und trotzdem versuchte keiner, sich ihr zu nähern – wie hätte sie das einer anderen Frau erklären können? Sie fragte sich sogar, was passieren würde, wenn sie sich den Hähnen näherte. Hatte Asîyad Lûtî nicht gesagt, daß die Hähne mit dem Geruchssinn wahrnehmen, wenn sie von einem Weibchen begehrt werden? Diese Nacht war wirklich anstrengend, und in ihrem Kopf schwirrte nur der Gedanke, sie möge so schnell wie möglich zu Ende gehen. Doch verflucht, in dieser Nacht sollte die Hahnenmeisterschaft ausgetragen werden. Die ersten Kämpfe war schnell beendet – dann stand der Hahn des Herrschers dem Hahn des argentinischen Colonels Galieri gegenüber.

Der Herrscher machte sich über den Colonel lustig, indem er ihn allen Ernstes fragte: »Mein lieber Galieri, wie konnten Sie bloß den Falklandkrieg verlieren?«

Und der Colonel antwortete: »*Muy simple, me tracionaron los Americanos.*« (»Ganz einfach. Die Amerikaner haben mich betrogen.«)

In diesem Moment wünschte Galieri keinen weiteren Krieg zu verlieren. Ihm war der Hahnenkampf wichtiger als alle Falklandinseln. Es ging schon auf elf Uhr nachts zu, als die Hähne sich Auge in Auge gegenüberstanden. Zu Beginn hatten die Anwesenden beschlossen, die Hähne ein paar Minuten ausruhen zu lassen. Um elf Uhr begann ihr erbitterter Kampf. Sie hackten aufeinander ein, als wäre ihr Haß jahrhundertealt. Nach fast zwei Stunden waren die Kämme der Hähne völlig zerfetzt. Nach drei Stunden hatten sie beinahe alle Kopffedern verloren. Das Blut strömte nicht nur aus ihren Köpfen, sondern aus dem ganzen Körper. Schließlich wurde es schwierig, die Hähne voneinander zu lösen. Sogar die kleinen Flaggen, die irakische und die argentinische, die man auf ihren Körpern befestigt hatte, fielen zu Boden, durchlöchert von den Schnabelhieben.

Auf einmal sah es aus, als wollten sich beide Hähne etwas ausruhen. Sie standen einander gegenüber, ihre ineinander verschränkten Köpfe pickten einander scheinbar leicht, doch tief. Es dauerte etwa eine Viertelstunde – Langeweile und Zweifel waren zu spüren. Der argentinische Colonel schlug vor, die beiden voneinander zu trennen. Als Wadschîha seinen Vorschlag übersetzt hatte, befahl ihr der Herrscher, diese Aufgabe zu übernehmen.

Ein grauenvoller Anblick. Wadschîhas Angst war unbeschreiblich. Ihr brach der Schweiß aus, bedeckte nicht nur ihre Stirn, sondern trat aus allen Poren ihres Körpers. Trotzdem wurde sie von einem heimlichen Entzücken erfaßt. Was würde geschehen, wenn die Hähne sie jetzt rochen? Sie irrte sich nicht. Als sie versuchte, sie zu trennen, vergaßen sie ihren Kampf und stürzten sich auf sie. Sie schrie auf und spürte heißes Blut an ihren Schenkeln hinunterlaufen.

31

Nach dem Vorfall mußte Wadschîha fünf Monate das Bett hüten, erst in Qurna, dann in Bagdad. Sie wurde zurückbeordert, als sie sich in unserem Haus in Qurna erholte. Ein Hubschrauber flog eigens für sie ein und landete auf dem Hauptplatz – ein aberwitziger Anblick, der sogar meine Eltern verstummen ließ. Meine Mutter sagte nur: »Manchmal fürchte ich um dein Leben!«

Zu jener Zeit wohnte ich in Qurna, weil ich meinen Dienst in der Sportdivision der Marinebasis in Basra ableistete. Dort dolmetschte ich für die ostdeutschen Generäle. Als ich später meinen Dienst im Büro der Zeitschrift *Harâs al-Watan* in Basra versah, mietete ich mir ein Zimmer in einer Junggesellenwohnung, im hinteren Teil der Al-Watan-Straße, um immer noch von Zeit zu Zeit nach Qurna zu kommen.

Es war schwierig, meinen Eltern unsere Arbeit zu erklären. Vielleicht verstanden sie noch, was ich machte, aber bei Wadschîha hörte ihr Verständnis auf. Auch ich begriff nicht, warum immer ausgerechnet nach Wadschîha verlangt wurde. Als ich sie einmal vorsichtig danach fragte, antwortete sie, daß sie eben die beste Übersetzerin im Lande sei. Aber ich glaubte ihr nicht.

»Die Dolmetscherin auf der Bahre«, sagte ich scherzend, »das würde einen schönen Filmtitel abgeben!«

So endete unser gemeinsames Leben. Sie arbeitete als Dolmetscherin im Verteidigungsministerium, während ich als Übersetzer mit verschiedenen Aufträgen von Ort zu Ort zog.

Ich diente noch nicht beim Militär, als in den ersten Kriegsjahren der Jahrgang 56 zum Reservedienst einberufen und ich für kurze Zeit an die Front geschickt wurde – ein schmutziges Geschäft! Danach zog ich von einem ruhigen Ort zum anderen: ins Gebäude des Verteidigungsministeriums, an die Standorte anderer militärischer Einheiten, vom Sitz der Luftwaffenleitung zum Sitz der Marineleitung in Ma'aqal, vom Sitz des vierten in Kirkuk stationierten Korps bis in die Redaktion der Zeitschrift *Harâs al-Watan (Die Wächter des Vaterlands)* in Basra.

Wo ich auch meinen Dienst ableistete, ich konnte sicher sein, nach der Erledigung der mir anvertrauten Aufgabe ein paar freie Tage zu erhalten, insbesondere als sich meine Lage in den letzten Kriegsjahren stabilisierte, während ich bei *Harâs al-Watan,* in der Redaktion dieser dem Militär unterstehenden Zeitschrift, arbeitete. Hier war es meine Aufgabe, all jene Informationen zu übersetzen, die mit den verschiedenen Waffenarten, hauptsächlich den in Deutschland hergestellten, sowie mit den Gefechten, »in die sich alle Länder zu ihrer eigenen Verteidigung stürzen«, wie der Chef es ausdrückte, zusammenhingen. So absurd es auch scheinen mag – die auf Waffen spezialisierte militärische Zeitschrift unterstand einem Kulturredakteur; er schlug auch vor, sie »Kultur der Waffen« zu nennen.

Und selbst das reichte ihm noch nicht. Zu gegebener Stunde pflegte er über die Schönheit des Gewehrs im allgemeinen und die Verschiedenartigkeit in den Schönheitsstufen dieser oder jener Gewehrart zu schwadronieren. So lernte ich von ihm, daß die Kalaschnikow das schönste Gewehr sei, vorausgesetzt, sie wird von einem schlanken Mann in sportlicher Kleidung getragen. Die Siminow sei nur dann schön, wenn sie von einem »ganz gewöhnlichen Landsmann« getragen werde. Raketen seien wie der letzte noch fehlende Reim eines Gedichts. Sie warten darauf, abgefeuert zu werden. In den schönsten Fällen seien sie wie Poesie in freien Rhythmen, wie Jazzmusik, eine Improvisation.

»Weißt du, das Schöne an den Waffen ist, daß ihre Musik keinem bestimmten Metrum folgt. Bomben zum Beispiel können in der Vorstellung sowohl das ›Ramal‹-Metrum als auch das ›Radschaz‹-Metrum hervorrufen. Warum auch nicht? Dasselbe gilt für die schweren Geschütze. Die Musik des Mörsers läßt manche an das ›Mutadârik‹-Metrum denken. Aus diesem Grunde sind die Kaliber dieses Metrums genauso begrenzt wie die Strecke, die die leichte Artillerie zurücklegt. Dieses Metrum ist zu schwach, um eine Schlacht zu beschreiben. Am besten verwendet man dafür das ›Radschaz‹-

Metrum oder das runde Gedicht. Das runde Gedicht dreht sich wie die runde Bombe immer um sich selbst, bis es den Feind zerschmettert. Denn der Feind muß vernichtet werden. An zweiter Stelle folgt das Gedicht, verstanden?« (Vielleicht florierte deshalb bei uns das runde Gedicht, insbesondere unter Jugendlichen?)

Dies war meine erste Stunde in der »Wissenschaft der Ästhetik des Krieges«, wie er es ausdrückte. Jedenfalls lernte ich eine ganze Menge durch meine dortige Arbeit. Einmal sagte der große Dichter zu mir:»Die Schönheit der Panzer läßt sich nach ihrem Typ und ihren Fahrern klassifizieren, wie die der Autos.« Und als ich ihn verständnislos ansah, fügte er hinzu:»Nicht jeder fährt ein Superauto oder ein Cabrio.«

»Warum«, erläuterte er, »suchen wir immer nach einer harmonischen Beziehung zwischen einem Gegenstand und dem Menschen, der ihn nutzt? Nur an seiner Uniform ist der Rang des Kampfpiloten zu erkennen. Marineoffiziere aber sind die schönsten Offiziere auf dem Erdball, nur leider kann man ihnen eine gewisse Weichheit nicht absprechen«, sagte er. Dann beendete er seinen Vortrag mit einem Gedicht:

> »Wie gern wäre ich ein Offizier
> Ein Kämpfer, der den Puls des Meers bestimmt
> An den Pulsschlägen deines Geistes, du Fernste
> Wie der Leuchtturm unserer Schiffe,
>   immer ausgerichtet auf den Sieg
> Wie gern würde ich zu dir zurückkehren, siegesbekrönt
> Auf meinen Schultern die Sterne der beiden Flüsse
> In meinen Augen das Glänzen des Märtyrerbluts
> In meiner Hand halte ich ihre Schiffe
> Beiße mich mit meinen Zähnen an ihnen fest
> Ja, du Fernste, ich verbeiße mich in die Schiffe der Feinde
> Da wirst du nicht mehr weit sein
> Sondern nah an meinem Herzen
> Nahe dem Sieg.«

Dies war das erste Gedicht, das ich hörte, seit Mulhim, Rabâb, Wadschîha und ich einander an jenem schönen Nachmittag in Dschâdarîya im Auto Verse vorgetragen hatten.

Seine Rezitation faszinierte mich. Schließlich fragte ich, wie man denn an seine Gedichtsammlung gelangt sei. Es war bekannt, daß der Chef der kulturellen Blätter ein renommierter Dichter war. Er hieß 'Abd al-Schaich Machfar. Er hatte schon mindestens fünf Gedichtbände veröffentlicht.

Er antwortete, indem er einen tiefen Seufzer ausstieß: »Mein Freund, seinen ganzen Diwan sollten Sie lieber nicht lesen. Was er vor dem Krieg geschrieben hat, ist Geschwätz.«

»Warum?« fragte ich verwundert.

Er rezitierte Verse aus dem Gedicht eines palästinensischen Dichters: »Wir ziehen in den Krieg, um geboren zu werden. Der Krieg läßt die Hoffnung zurückkehren.«

Ich bin nicht in den Krieg gezogen, um geboren zu werden, sondern, wenn ich es radikal ausdrücke, um zu sterben. Ich wollte das Weltspektakel eigentlich nur von fern betrachten. Die Wahrheit ist, daß der Krieg mir alles nahm, woran ich glaubte und woran ich hing. Ich habe Mutter und Vater durch den Krieg verloren. Sie starben nicht durch iranische Geschütze oder durch eine fehlgeleitete Bombe, wie es der Familie Asîyad Lûtîs widerfuhr, sondern beinahe schon auf unheimliche Weise.

Direkt nachdem der Hubschrauber Wadschîha abgeholt hatte, um sie nach Bagdad zu bringen, packte mein Vater, ohne mein Wissen und offenbar ohne groß nachzudenken, ein paar Habseligkeiten in einen rosa Samtbeutel, der einmal meiner Mutter gehört hatte: Seife, ein kleines Handtuch, Unterwäsche, eine Kufîya sowie ein kleines Exemplar des Korans. Er hatte beschlossen sich auf den Weg nach Iran zu machen. Asîyad Lûtî war der einzige, der ihn sah. Er berichtete mir, daß er ihn gefragt habe: »Wohin des Wegs, Onkel?«

Mein Vater blieb einen Moment stehen, sah ihn an, wies dann mit seinem kleinen Hirtenstab, den er seit seiner Jugend besaß, Richtung Osten und erwiderte ruhig: »Ich gehe zu Chomeini. Will ihn davon überzeugen, den Krieg zu stoppen, um der Greise willen.«

Vielleicht dachte Asîyad Lûtî, mein Vater sei verrückt geworden.

Deshalb hielt er ihn nicht auf, sondern sagte ermutigend, als wäre alles ein Scherz: »Dann richten Sie ihm schöne Grüße aus, und wünschen Sie ihm alles Gute für den weiteren Kriegsverlauf.«

Diesen Spott wiederum nahm mein Vater ernst auf. Er faßte Mut, holte tief Luft und sagte: »Mit Gottes Schutz!«

Meine Mutter stand jahrelang an der Haustür, wartete auf die Rückkehr meines Vaters und beantwortete die Fragen der Spötter und Nachbarn: »Noch ist der Pilger nicht zurückgekommen.« Und ruhig und voller Vertrauen fügte sie hinzu: »Er wird zurückkommen, wenn er Chomeini überzeugt hat, daß er den Krieg beenden muß.«

Eines Tages erschien ein junger Mann mit würdevollem Bart: »Sie warten immer noch, daß der Pilger von seiner Reise zurückkehrt, nicht wahr?«

Meine Mutter nickte. Der junge Mann griff sich, nicht ohne zuvor um sich zu schauen, unter die Achsel und holte ein Buch hervor, das in eine grüne Flagge gewickelt war: »Dies ist ein Geschenk des Imams. Lesen Sie es, und Ihre Wünsche werden in Erfüllung gehen!« Er reichte ihr das Buch und ging davon.

Meine Mutter wollte ihm noch sagen, daß sie weder lesen noch schreiben könne, doch vergeblich. Sie zeigte mir das Buch nicht, sondern legte es neben ihr Bett. Sie wendete es hin und her und berührte es, als wäre es ihr Liebster, den sie seit Jahren nicht gesehen hatte.

Eines Nachts trat ich an ihr Bett, um ihr zu sagen, daß ich am nächsten Morgen nach Bagdad reisen müsse. Sie war nicht da. Dafür fand ich das Buch, überflog es und fragte mich: »Liest Mutter denn Bücher?« Ich nahm es an mich, hatte aber nicht genügend Zeit, es zu lesen. Sein Gewicht und sein dicker Umschlag weckten meine Neugier: »Der Ruf des Verborgenen, die reinen Buchstaben«. Ich suchte meine Mutter und fand sie betend im Hof des Haupthauses. Ich wartete, bis sie ihr Gebet beendet hatte, und als sie Anstalten machte, sich zu erheben, fragte ich sie, was es mit dem Buch auf sich habe.

Sie antwortete: »Ein frommer Herr, Sayyid Taqî, hat es mir geschickt.«

Da fragte ich, ob sie denn inzwischen lesen und schreiben könne.

»Ich habe eine Nase, mit der ich alle Buchstaben riechen kann. Mein Sohn, jeder Buchstabe in diesem Buch ist rein. Ich habe alles mit meiner Nase gelesen.«

Ich traute meinen Ohren nicht.

»In vielen Jahren wirst du den Menschen kennenlernen, der mir dieses Buch gegeben hat.« Sie schwieg einen Moment. Dann stand sie auf, in ihrer Hand die Imam-Hussein-Gebetsschnur. Auf einmal sagte sie, immer noch preisend: »Warum kommst du nicht mit, mein Sohn?«

Ich fragte erstaunt, wohin. Dann erklärte ich ihr, daß ich zwar verreisen müsse, aber nicht nach Nadschaf, Kufa oder Kerbela, wie die Schiiten in Not, sondern ins Verteidigungsministerium. »Der Krieg ruft mich, Mutter«, sagte ich, eine poetische Phrase anwendend, die der Chef der kulturellen Blätter am Tag zuvor auf der Titelseite der Zeitung gebracht hatte. Seine Aufgabe bestand darin, sich täglich Slogans auszudenken, die die Jugend dazu bringen sollte, in den Krieg zu ziehen.

Meine Mutter aber erwiderte: »Sei doch bitte vernünftig und hör mir zu.«

Aber ich war nicht so vernünftig, mit ihr zu gehen. Abgesehen davon, daß ich alles nur für Gerede hielt. Dann verschwand sie genauso wie mein Vater. Nur – wohin?

32

Nachdem auch meine Mutter verschwunden war, mußte ich zu Hause bleiben. Zum einen wollte ich das Haus nicht allein lassen, zum anderen war ich sicher, daß Vater und Mutter eines Tages zurückkehren würden. Dann müßte jemand sie in Empfang nehmen. Doch diese Gründe reichten nicht aus, Wadschîha davon zu überzeugen, in Qurna zu leben.

Wir brauchten einen dritten Grund, nicht nur Wadschîhas wegen, sondern wegen der Verantwortlichen von *Harâs al-Watan*, die ich davon überzeugen mußte, daß ich als Korrespondent in Basra arbeiten würde. Auch ich selbst mußte hundertprozentig sicher sein, daß ich in Qurna leben wollte, ohne dieses »zum einen«, »zum anderen«, »zum dritten«.

Hatten nicht schon unsere erste Mutter Eva und unser erster Vater Adam hier gelebt, in einem kleinen Garten, genau wie wir? Dieser Garten war Grund genug, in Qurna zu bleiben, obwohl die Ernten in keinem Verhältnis zu den aufgewendeten Mühen standen.

Natürlich dachte ich auch daran, das Gelände zu verkaufen, aber wer kauft schon einen Garten, in dem die Palmen und die Lotosbäume nicht mehr so sind wie vor dem Krieg, in dem keine Frucht mehr in ihrer ursprünglichen Form wächst? Aussehen und Wachstumstempo der Früchte hatten sich verändert: Beispielsweise konnte man Lotosfrüchte im März und Datteln im Mai ernten. Zuerst mag es einem praktisch scheinen, Datteln früh und außerhalb der Saison zu ernten, aber diese Früchte waren nicht wirklich reif. Fünfzig Prozent der Ernte wanderte in den Abfall. Asîyad Lûtî sprach vom »Selbstmord der Palmen«. Den Ausdruck hatte ich zwar zuvor nie gehört, aber ich akzeptierte ihn. Immerhin war es ein Palmenkletterer, der wußte, wovon er sprach.

Eines Tages sagte er sogar, um alle Zweifel zu beseitigen: »Warten Sie, bis Sie es selbst sehen.«

Wir gingen in unseren Garten. Unterwegs sprachen wir kein Wort. Als wir an der höchsten und dicksten Palme im Garten anlangten, hieß er mich stehenbleiben. Ich kannte diese dicke Palme seit meiner Kindheit und erinnerte mich gut, wie mein Großvater sie gehegt und gepflegt hatte. Mein Vater übernahm später diese Aufgabe und führte auch mich jeden Morgen zu ihr. Ja, jeden Morgen weckte er mich mit den Worten: »Komm, laß uns nach der Palme sehen!«

Freudig sprang ich in meiner Dischdascha aus den Federn – ein gestreiftes Koderilaken im Sommer, ein gestreiftes Leinenlaken im Winter –, während die Sonnenstrahlen und der Ruf des Muezzins »Allahu akbar ... wa ʾAlî Walî Allah« uns an der Türschwelle empfingen. Ich hatte unermeßliche Sehnsucht nach dieser Palme. Jedesmal war es, als hätte ich sie nicht erst gestern gesehen – ein Gefühl, das außer Asîyad Lûtî vielleicht niemand verstehen kann.

Ich fragte meinen Großvater nie: »Warum gerade diese Palme?«, sondern merkte mir seinen Ausspruch: »An dieser Palme stand ich mit meinem Großvater, als ich so klein war wie du, und mein Großvater sagte mir genau das gleiche von seinem Großvater.«

So begriff ich, daß der Baum mit der Familie gewachsen war. Wie alt mochte er sein? Welcher Baum war der älteste – war es der Baum Adams und Evas? Im Koran ist davon die Rede, daß Adam und Eva von einem Apfelbaum gegessen hätten, aber dieser winzige Baum steht eingezäunt in Qurna und wird von Touristen aus aller Welt besichtigt, ohne Äpfel zu tragen. Er scheint absichtlich keine Äpfel mehr tragen zu wollen. Dann ist da noch der Lotosbaum (den ich, um ehrlich zu sein, lieber habe als die Dattelpalme), der neben den Dattelpalmen wächst.

Seit früher Kindheit stelle ich mir die Frage: »Wenn es stimmt, daß der Baum in Qurna der Baum Adams und Evas ist, dann gibt es folgende Möglichkeiten: Entweder haben sie eine Lotosfrucht und keinen Apfel gegessen, oder die ganze Geschichte ist erlogen, und es hat Adam und Eva nie gegeben. Oder hat sich das Büro Gottes in Qurna befunden, bevor er in den Himmel gezogen ist? Entweder sind alle Geschichten wahr – oder keine.

Als Asîyad Lûtî mich an jenem Tag zu der Palme führte, fragte ich mich, wie er es wagen konnte, vom Selbstmord der Palmen zu sprechen. Da stand sie, die Palme, mitten im Garten, größer als alle anderen. Ihre Blätter neigten sich wie die Flügel eines großen Vogels, der seine Eier ausbrütet.

Als wir dicht herangetreten waren, sagte Asîyad Lûtî: »Sehen Sie es sich mit eigenen Augen an.« Er wies auf den Stamm, an dem eine schleimige Flüssigkeit herabrann. »Riechen Sie mal an dem Saft!«

Ich schnupperte daran und antwortete: »Mir sagt das nichts. Es ist der Saft, den die Palmstämme für gewöhnlich absondern.«

An jenem Tag schien es, als besäße er die Geduld der ganzen Welt oder als wollte er mich auf eine große Überraschung vorbereiten, denn schließlich sagte er: »Nehmen Sie diesen Saft und schlucken sie ihn, Sie Übersetzer, Sie Intelligenzbolzen, Sie Universitätsabsolvent.«

Als er merkte, daß ich mit der klebrigen Flüssigkeit nichts anfangen konnte, bat er mich, ihm zu folgen. Wir machten einen kleinen Bogen, bis wir an den hinteren Teil des Palmstamms gelangten. Dort verlief der Bewässerungskanal, in den sich von zwei Seiten zwei Seitenkanäle ergießen, deren Wasser aber erst außerhalb der den Garten umgebenden Mauern in Erscheinung tritt. Der eine kommt von Westen, der andere von Osten. An der Palme entscheidet sich ihr Schicksal. In dem Moment erinnerte ich mich daran, was mein Großvater zu sagen pflegte: »Die Palme entscheidet selbst, welches und wieviel Wasser sie benötigt.«

Jahrelang gab es keinen Unterschied zwischen den beiden Quellen – das versicherte mir auch Asîyad Lûtî. Es war wie am Zusammenfluß von Euphrat und Tigris, die sich am Baume Adams und Evas vereinen. Noch nie hatte ich gehört, daß der Baum selbst entscheidet, aus welcher der Wasserquellen er sich speist. Asîyad Lûtî aber sagte: »Die Palme beschließt selbst, welches Wasser sie nimmt.«

Blieb Wasser nicht Wasser?

»Hier werden Sie sehen, wie die Palme Selbstmord begeht und alle anderen mit sich reißt.«

Ich verstand nicht. Genau da, wo die Quellen aufeinandertrafen, ging er in die Hocke und tauchte seine rechte Hand in die östliche, seine linke Hand in die westliche Quelle. Als ich nahe genug herangetreten war, sagte er: »Jetzt riechen Sie mal, und sagen Sie nicht, daß Sie immer noch nicht kapieren!«

Ich sah mir das Wasser in seiner rechten Hand an: Es war zwar nicht ganz rein, weil es etwas Schlamm enthielt, aber durchaus gutes Wasser. In seiner linken Hand sah ich hingegen eine pechschwarze dicke Flüssigkeit. Ich verstand sofort. Es war eindeutig, daß es Erdöl war. Ja, nichts anderes als Erdöl.

»Die Palme beschließt selbst, sich aus dem Erdöl zu speisen, das aus einer der Quellen fließt.«

»Aber das ist unmöglich!« rief ich. »Die Sache ist doch logisch: Das Erdöl ist dicker und schwerer als Wasser, das ist doch die Voraussetzung!«

Asîyad Lûtî lachte traurig: »Das sind Worte eines Studierten. Es ist doch die große Palme, die entscheidet, welche Quelle, welches Wasser besser ist. In diesem Fall weiß die Palme, daß es sich um Erdöl handelt.«

»Aber warum macht die Palme denn so etwas?«

»Weil sie müde ist«, sagte er ruhig. »Erschöpft, ausgebrannt. Sie will nicht mehr.«

Erst da blickte ich auf die Palme, die ich schon seit meiner Kindheit kannte. Ich sah den dicken klebrigen Saft, der an den Seiten ihres dicken Stammes herabrann wie schwere Gummitränen. Ihre Blätter wallten, dichten Schutz bietend, und machten den Ort dunkler, als ich ihn kannte. Wenn ich früher vorbeigekommen war, hatten Strahlen von Tageslicht auf ihren Blättern geschimmert. Wenn ein Windhauch sie bewegte, meinte ich, sie singen zu hören. Manchmal verbrachte ich Stunden schlafend in ihrem Schatten.

In meiner Kindheit war meine Beziehung zu der Palme eine andere als heute. Immer wenn ich sie bestieg, besonders in der Pubertät, überkam mich ein rauschhaftes Gefühl.

Meine Mutter hat außer mir keine Kinder bekommen. Ich erinnere mich daran, wie oft sie zu dieser Palme ging, sich an ihren Stamm lehnte, um dort ihren Mittagsschlaf zu halten. Es gab keinen besseren Ort, ihr zu helfen, schwanger zu werden. Meine Mutter wurde seit meiner Geburt – sie war gerade einundzwanzig Jahre alt – nicht müde, wieder und wieder die Palme aufzusuchen und mit ihr zu sprechen.

Einmal erklärte sie mir, daß ich der Palme danken und zu ihr beten müsse, weil ich mit ihrer Hilfe geboren worden sei. Vier Jahre waren seit ihrer Heirat vergangen, bis meine Mutter mit mir schwanger wurde. Sie hatte Dutzende von Ärzten aufgesucht, die einheimischen ebenso wie die aus dem Ausland, die ein- bis zweimal im Jahr in unser Dorf kamen und deren Konsultation sie unzählige Dinar kosteten.

»Selbst das amerikanische Krankenhaus konnte mir nicht helfen.«

Es war seinerzeit in Qurna von amerikanischen Missionaren gegründet worden und blieb bis zu seiner Schließung nach dem Militärputsch und der Ermordung der königlichen Familie am 14. Juli 1958 bestehen. Diese Klinik suchte meine Mutter schließlich auf. Zuvor hatte sie schon eine Menge Quacksalber konsultiert, die sie Sâda nannte. Sie blätterte Unsummen hin, um sich Amulette anfertigen und Heilmittel verabreichen zu lassen. Wieviel Weihrauch kosteten sie diese Riten! Manchmal zwang sie meinen Vater, an den Riten teilzunehmen – später wollte sie sie dann auch mich mit einbeziehen. Sie gelangte zu der Überzeugung, daß sie nur mit solcher Unterstützung ein zweites Kind gebären würde. Familie und Verwandtschaft meines Vaters hatten große Erwartungen: »Wenn die Frau nicht gebärt, soll er sich entweder scheiden lassen oder eine andere heiraten!«

Aber mein Vater wollte sich nicht scheiden lassen. Er wollte auch keine andere Frau heiraten. Obwohl er, wie meine Mutter mir sagte, »hübsch war, eine hübsche Frisur hatte und hübsch singen konnte«.

In meiner Anwesenheit sang mein Vater nie. Vielleicht hatte meine Mutter sich das Singen in ihrer Liebe nur eingebildet. Mein Vater besaß keine herausragenden Eigenschaften, abgesehen davon, daß er ihretwegen sein Elternhaus verlassen hatte, was schon Grund genug ist, in die Geschichte einzugehen – wer hatte damals schon den Mut dazu?

Aber mein Vater, der meine Mutter weiterhin liebte, brachte es nicht fertig, sich ganz von seiner Familie loszusagen. Dennoch war er bereit, wegen meiner Mutter – Labîba – seinen Ruf zu riskieren. In jenen Tagen sagte meine Mutter zu ihm: »Mach dir keine Sorgen. Gott wird uns nicht im Stich lassen.«

Dank der Palme gab meine Mutter die Hoffnung nicht auf. Bevor sie mit mir schwanger wurde, war sie unzählige Male in den Garten gegangen, um den Baum zu umarmen.

Sie lachte und sagte zum Spaß: »Beinahe hätte ich dich Palmen-söhnchen genannt.«

Ich danke ihr, daß sie es nicht getan hat.

Sobald ich auf der Welt war, kehrte mein Vater zu seiner Familie zurück. Doch meine Mutter hatte einen Sieg errungen: Sie war nicht unfruchtbar, sie hatte einen Sohn geboren! Von da an war sie über-zeugt, daß die Palme *das* Heilmittel gegen Unfruchtbarkeit war.

Als ich sie fragte, warum sie trotz ihres Flehens und Bittens an der Palme nicht erneut schwanger wurde, erwiderte sie: »Die Palme schenkt einem nur das, was man sich wünscht. Mein sehnlichster Wunsch warst du. Alles weitere wäre Vermessenheit.«

Erst jetzt erkenne ich die Weisheit dieser Worte. Ich weiß, daß keiner sie verstehen würde. Nur Asîyad Lûtî, der, während ich an der Palme meiner Vorfahren stehe, weiß, daß die Palme weiser und mutiger ist als wir, daß sie Selbstmord begehen kann, weil sie müde und nicht so beschäftigt ist wie wir, die wir meinen, Weisheit zu erlangen, indem wird uns ins Weltspektakel stürzen.

33

Es war nicht schwierig, Wadschîha zu überreden, zeitweise mit mir in Qurna zu leben. Wenn mich *Harâs al-Watan* tatsächlich als Korrespondent nach Basra schickte, würde auch Wadschîha nicht zögern, mit mir umzuziehen. Denn auch sie hatte eine Erholungspause bitter nötig.

Nach der Fehlgeburt war sie ganz erschöpft (dies war zumindest der Grund, an den ich glaubte), während ich Bagdad und das Verteidigungsministerium satt hatte. Wirklichen Widerwillen verspürten wir gegenüber unseren Tätigkeiten nicht. In Basra fand ich sogar ein günstiges Arbeitsklima.

Das Büro der Zeitschrift *Harâs al-Watan* lag im Hauptquartier, am 'Aschâr-Fluß im Stadtzentrum, wo sich auch der Hanna-al-Schaich-Sûq befindet. Der Bürochef hier war ein stadtbekannter Dichter. Zum Glück lag er mir nicht mit der »Wissenschaft von der Schönheit des Kriegs« in den Ohren. Mir war immer noch ganz schwindlig von dieser Theorie, die der Dichter 'Abd al-Schaich Machfar oder 'Abd al-Razâq 'Abd al-Hâdî mir nahegelegt hatte. Jetzt war es der Bürochef, der mir verblüfft zuhörte. Der Ärmste war kommunistischer Schriftsteller gewesen, bevor er auf Parteilinie gebracht wurde! Er war überzeugt, daß ich zu den Geheimdienstoffizieren gehörte, die verdeckt arbeiteten, was ihm ungeheure Angst einflößte. Er fragte immer genau nach, wenn ich Vergleiche zwischen Poesie und Waffen anstellte, und vermerkte alles sofort auf einem Notizzettel.

Nie schien er irgendwelche Einwände zu haben, obwohl meine Worte doch allesamt aus den Zeitungen und Zeitschriften des Landes stammten, insbesondere aus *Harâs al-Watan* selbst. Aber entweder las er die Zeitschrift nicht, für die er arbeitete (was ja durchaus erlaubt ist), oder er sprach nicht offen über das, was er dachte. Wenn meine Äußerungen ihn nicht so hätten schwitzen und zittern lassen, hätte ich geglaubt, er wolle mich für dumm verkaufen.

Wadschîha verlebte eine Zeit der Rekonvaleszenz zwischen Haus und Garten. Manchmal kam Asîyad Lûtî zu Besuch, erzählte ihr, was in Bagdad passierte, und richtete ihr Grüße von den Bossen aus, die sich grämten, sie nicht so bald sehen zu können, und sich nicht der Gnade anderer lateinamerikanischer Dolmetscher ausliefern wollten. Zu dieser Zeit fragte ich Wadschîha, warum sie eigentlich die einzige Dolmetscherin sei, warum man partout nicht auf sie verzichten wolle, ob es denn keine anderen Übersetzer gäbe?

Ich mußte noch lange leben, um Antworten auf meine Fragen zu finden. Bis zu diesem Zeitpunkt schien die Welt noch einigermaßen normal zu sein: Wir waren noch nicht in die Absurditäten des Kriegs geraten.

Während der ersten Kriegsjahre – bis ins Jahr 1987 hinein, als die Situation der Armeen sich zugunsten des iranischen Heers entwikkelte, als man von der »Verteidigung des Vaterlandes« und der »Abwendung des invasorischen Angriffs« zu sprechen begann und davon, daß »Basra das Hanoi der Araber« sei – begannen die Menschen die Dinge zu hinterfragen. Alles, was bis gestern normal schien, war nun mit dem Staub des Kriegs bedeckt. Da wurden die Menschen vom Sender »Volkes Stimme« aufgerufen, mit aller Kraft »an der Schlacht des vaterländischen und gemeinschaftlichen Schicksals« teilzunehmen und sich »heute, da die gesamte arabische Erde vom Nil bis zum Fluß Kârûn wegen der Siege und der Befreiung unserer Streitkräfte unter dem Schutze der weisen Führung den blühenden Morgen umarmt«, den Kämpfern feierlich anzuschließen.

»Männer und Frauen, jung und alt«, alle sollten freiwillig dem Militär beitreten, um ihr Vaterland und ihre Städte zu verteidigen! Den Bewohnern Basras und der umliegenden Dörfer wurde untersagt, die Stadt zu verlassen. Manche Familien starteten Täuschungsmanöver: Unter dem Vorwand, Särge zu transportieren, brachen sie in Richtung Nadschaf auf. Die republikanische Garde, die Basra umschlossen hielt und die Stadttore bewachte, kam ihnen jedoch auf die Schliche und forderte sie auf, die Särge von den Autodächern zu nehmen und vor ihren Augen zu öffnen.

Einige Familien begannen daraufhin, streunende Hunde zu töten und in Tücher zu wickeln: Der Leichengeruch der Tiere stieg so sehr in die Nase, daß einige Wachposten befahlen, den Sarg sofort wieder zu schließen, auf dem Autodach zu befestigen und schnellstens weiterzufahren.

Eines Tages kam ich von der Arbeit und suchte Wadschîha vergebens. Ich wollte meine Kleider ausziehen und sofort ins Bad stürzen, denn es war einer von diesen entsetzlich heißen Sommertagen, die einem den Atem verschlagen und an denen die Luftfeuchtigkeit auf neunzig Prozent steigt. Aber ich vernahm Wadschîhas Stimme fast unmerklich vom Dach. Ich lief nach oben, fand sie aber nicht gleich in der Mitte des Dachs, wo sie sich für gewöhnlich aufhielt. Da hörte ich ihre verwirrte Stimme, die sich mit dem Radiolärm mischte, mit dem die Bewohner Basras und der umliegenden Dörfer unablässig aufgerufen wurden, die »feindlichen« iranischen Streitkräfte aufzuhalten.

»Bitte, komm nicht näher«, sagte sie. Aber ihre Bitte kam zu spät, ich war schon an dem Bett, auf dem sie sich ausgestreckt hatte. Als ich neben ihr stand, drehte sie sich mit einer eleganten Bewegung zur Seite und sagte: »Ich mache dir Platz, damit du dich setzen kannst.« Mit der einen Hand raffte sie ihr Gewand und drapierte es auf ihrem Oberschenkel, mit der anderen versuchte sie ein kleines, sorgfältig zusammengerolltes Tütchen wegzuwerfen, das hinter ihr zu Boden fiel. Sie wollte es aufheben, aber ich kam ihr zuvor und öffnete es neugierig. Es war voller Blut, dickem, geronnenem, getrocknetem Blut, als läge die Tüte schon seit Tagen neben ihr.

Ich sagte: »Ich werde die Tüte in die Müllkiste werfen.«

Aber sie riß sie mir aus der Hand. »Laß nur, ich mach das schon.«

Sie rollte sie mit fahriger Hand zusammen, während ein Zittern ihren Körper durchlief. Wir schwiegen einen Moment, bis ich sie in normalem Tonfall sagen hörte: »Es ist schmutziges Blut. Meine Monatsblutung.« Doch als bemerke sie meine Zweifel, fügte sie hinzu: »Es muß wohl die Aufregung und Angst sein, weshalb ich sie außer der Reihe bekommen habe. Es hört sicher heute nacht wieder auf.«

Ich fragte: »Aufregung und Angst? Wovor denn?«

Sie wies auf das Radio: »Hast du es denn nicht gehört? Die Iraner kommen näher, sie stehen schon vor den Toren Qurnas.«

Ich hatte keine Ahnung, wie ich mich verhalten sollte. Aber Wadschîha rettete die Lage. Zum erstenmal seit unserer Heirat hörte ich sie sagen: »Ich will einen Arrak. Könntest du uns bitte einen Arrak bringen?«

Ich war ein wenig betreten und hielt das zunächst für einen Scherz.

»Du glaubst doch nicht etwa, daß ich scherze? Bevor die iranische Armee anrückt, müssen wir uns betrinken. Noch nie im Leben habe ich Arrak probiert!«

Meine Freude in diesem Moment war unbeschreiblich. Es war, als würde ein Traum in Erfüllung gehen: Wadschîha betrunken! Von unserer Clique an der Uni war sie die einzige, die nicht trank. Rabâb leckte sogar die Reste ihres Arraks wie ein Kätzchen vom Glasrand!

Ich mußte um jeden Preis Arrak beschaffen. Das war nicht einfach. Der Arrak stammte aus lokaler Produktion, und die Iraner zerschmetterten zwar zahlreiche Industriezweige des Landes – eine Tradition des Krieges –, hatten aber zu unser aller Erstaunen die Bierbrauereien und Arrakfabriken bisher nicht angetastet. Warum hatte uns in dieser Zeit eine solche Arrakkrise befallen? Seit dem 22. September 1980, dem Beginn der Kriegshandlungen gegen Iran, waren die Arrakpreise in die Höhe geschnellt. Ich rede hier von Zahlâwî-Arrak, denn andere traditionelle, fast verschwundene Arraksorten wie Musayyah-Arrak und 'Asrî-Arrak aufzutreiben hätte an ein Wunder gegrenzt, ganz zu schweigen davon, an Bier zu gelangen. Dies wurde als genauso unmöglich betrachtet wie die Chance, daß der Krieg zu Ende gehen würde.

In dieser Nacht war ich bereit, jedes Wagnis einzugehen, um Arrak zu besorgen – für sie und für mich, versteht sich. Irgendwie hatte ich das Gefühl, daß sie trinken mußte. Ich dachte, daß keiner außer Asîyad Lûtî mir den Arrak beschaffen könne, egal für welchen Preis.

Aber meine Enttäuschung war groß, als er sagte: »Arrak? Habe ich im Leben noch nicht getrunken! Vielleicht möchten Sie Whisky?« Ohne meine Antwort abzuwarten, verschwand er in einem Zimmer, um mir eine Flasche Johnny Walker zu holen. »Den hat mir gestern die kleine Schwester meiner Frau von der großen Schwester aus Kuwait mitgebracht.«

Ich nahm die Flasche und wollte nach meiner Geldbörse greifen, um zu bezahlen, aber er nahm meine Hand: »Keine Ursache. Zwischen uns gibt's kein Geld.«

Ich dankte ihm: »Trotzdem können Sie mir vielleicht jemanden nennen, der Arrak verkauft?«

Er antwortete ruhig: »Doktor Mâdschid.«

Ich traf Doktor Mâdschid zum erstenmal. Er schien mich schon zu kennen, denn er begrüßte mich mit meinem Namen. Als ich ihm den Grund für mein Kommen erklärte, lachte er und fragte, ob ich mit einem Liter Zahlâwî-Arrak zufrieden wäre, und ich war einverstanden. Er ging ins Haus und kehrte mit einer Flasche in der Hand zurück. Als er sah, daß ich nach meinem Portemonnaie griff, lehnte auch er das Geld ab und verschob die Bezahlung auf ein anderes Mal. Da wollte ich die Flasche Johnny Walker gegen den Arrak eintauschen. Aber er gab mir zu verstehen, daß er keinen Whisky trinke und ich die Flasche behalten solle. Er bestand darauf, mich mit seinem Auto nach Hause zu bringen, obwohl die Entfernung zwischen unseren Häusern nicht groß war. Er ließ sich nicht davon abbringen, und so saß ich zum erstenmal in einem Mercedes, Baujahr 1988.

»Ist es das neueste Modell?« fragte ich.

»Sozusagen. Es ist ein Geschenk vom Herrn Informationsminister.« Vielleicht erwartete er, daß ich nach dem Anlaß fragen würde, aber ich blieb still, so daß er hinzufügte: »Ich habe eine schwierige Operation an seinen Augen durchgeführt.«

Jetzt fragte ich doch erstaunt nach: »An den Augen? Ja – sind Sie denn Augenarzt?«

Als wir unsere Haustür erreichten, bremste er hörbar und lächelte.

»Geh hinauf!« Ich blickte hoch und sah Wadschîha am Fenster stehen; sie hatte den Vorhang ein wenig zur Seite gezogen.

»Ich wollte so scharf bremsen, daß unser Kommen bemerkt wird.« Er lachte. Ich wollte ihm danken, aber er kam mir zuvor: »Denken Sie nicht, ich hätte Ihre Frage vergessen. Ich bin kein Augenarzt, aber je nach Situation muß ein Arzt sich von Zeit zu Zeit geschickt und clever verhalten. Wenn es die Lage erfordert, behandle ich auch Frauen.«

»Dann sind Sie also auch Gynäkologe?«

Er nagelte seinen Blick auf mir fest, als wolle er meine Reaktion einer Prüfung unterziehen: »Nein, ich bin kein Gynäkologe. Aber einige Frauen vertrauen mir ihre Geheimnisse an. Es gibt Operationen, die außer mir keiner durchführt. Eigentlich bin ich Chirurg.«

Ich öffnete die Autotür, doch noch bevor ich ausstieg, hörte ich ihn sagen: »Vergessen Sie die Flasche Johnny Walker nicht. Diese Flasche ist ein schlechtes Omen!«

»Warum?« frage ich ungläubig.

»Als Kind habe ich mir gern Cowboyfilme angesehen, und seitdem bringe ich Johnny-Walker-Flaschen immer mit diesen Filmhelden in Verbindung: Sie betreten einen Saloon und töten gleich zehn Leute auf einmal.« Dann fügte er noch hinzu: »Ich verspüre immer den Zwang, den Whisky in kleinere Flaschen umzufüllen.«

Ich schloß die Tür und sagte: »Leben Sie wohl.«

Als ich das Geräusch des abfahrenden Wagens hörte, merkte ich, daß ich die Flasche Johnny Walker unter dem Sitz hatte liegenlassen.

34

Abgesehen von der Flasche Johnny Walker – ich werde diese Nacht nie vergessen, in der mir bewußt wurde, daß ich die Person, die meine Frau war, eigentlich nicht kannte, selbst wenn ich mit unserer Liebesheirat geprahlt hatte.

Ich stieg aus dem Wagen und betrat das Haus. Die Tür war immer noch offen, im Haus aber fand ich Wadschîha nicht. Ich dachte mir, daß sie vielleicht eine Überraschung vorbereitete, doch nicht lange, und ich hörte ihre Stimme vom Dach, das auf den Hof hinausging. »Auf dem Dach ist serviert, mein Herr!«

Die Überraschung erwartete mich bereits auf der Treppe: Stufe für Stufe hatte sie Kerzen aufgereiht, deren gedämpftes Licht tanzte und mit dem Licht der Sterne wetteiferte, die am Augusthimmel funkelten. Langsam ging ich hinauf, es war unglaublich. Zum erstenmal erfüllten mich ganz besondere Gefühle gegenüber Wadschîha, unserer Beziehung, der Welt: ein zuvor nicht erlebtes Glück. Zum erstenmal, seit wir uns kannten, fürchtete ich mich. Ja, ich sage »fürchten«, nicht weil ich für die Liebe ungeeignet war oder nicht wußte, was Liebe ist, sondern weil ich mich fragte, ob ich diese Frau wirklich liebte, oder ob ich nur aus Verzweiflung mit ihr zusammen war.

Ich weiß es nicht. Warum hatte ich bisher darüber nicht nachgedacht? Mein Kopf war voller Fragen, als ich das Ende der Treppe erreichte und Wadschîha vor mir stand. Zwei oder drei Meter weiter hatte sie einen Tisch mit verschiedenen Leckereien aufgestellt.

Ich starrte sie an. Wadschîha war hochelegant. Sie trug ein Kleid, das sie einmal auf einer ihrer Spanienreisen gekauft hatte, tief dekolletiert, so daß ihre Brüste verführerisch hervortraten. Ihre Haare fielen auf ihre Schultern. Alles an ihr war fremd, von ihrer Frisur über die Brille und das Lächeln bis hin zu ihrer Art zu sprechen. Sogar die Schuhe waren neu. Wadschîha sah aus wie eine Frau, die sich auf ein Treffen mit dem Mann ihrer Träume vorbereitet hat. Seltsam. Ich wollte nicht weiterphantasieren, sondern sagte mir, daß ich mich auf eine Überraschung einstellen, auf ihr Ritual einlassen würde.

Unter ihrem Gelächter und Geschäker schenkte ich das erste Glas ein und gab ihr ein paar Ratschläge, wie sie das angeblich historische erste Glas ihres Lebens trinken sollte: Trink nicht zu schnell, trink nicht zuviel, es ist tückisch! Wenn dir schwindlig wird, schlaf nicht ein!

Dann erzählte ich ihr einen Witz, der im Deutschunterricht an der Universität kursierte: Ein Deutscher kommt nach Bagdad, um dort für eine deutsche Firma zu arbeiten, und lernt eines Abends in einer Bar ein paar Betrunkene kennen. Diese fordern ihn auf, den Abend gemeinsam zu beschließen und Arrak zu trinken. Am nächsten Tag berichtet der Deutsche einem Kollegen von seinem ersten Arrak. Jener, der den Arrak bisher nur vom Hörensagen kannte, ohne ihn je probiert zu haben, fragt, was er denn für Eigenschaften habe. Der Deutsche antwortet, er sei köstlich, das einzige Problem seien die Schmerzen im Hintern am nächsten Morgen.

Wadschîha lachte laut auf und fügte in schönstem Hocharabisch hinzu: »Hoffentlich widerfährt dies nicht unseren Hintern, wie dem Hintern unseres werten Vaterlandes!«

Sie war eine sehr ernsthafte Frau, und noch nie hatte ich sie so scherzen oder gar das Wort »Hintern« in den Mund nehmen hören! Auf diese Weise sprachen wir nicht über Sex, schon gar nicht über Analverkehr, eines der Lieblingsthemen unserer Landsleute, nicht einmal dann, wenn wir herumalberten.

Und nun ihre Stimme, als wäre es nicht die der Frau, die ich seit Jahren kannte und die jetzt mit offenem Haar vor mir saß: »Ich möchte dir etwas erzählen und bitte dich, mir gut zuzuhören.«

Es war eine dieser wunderbaren weißen Nächte, wie man sie nur selten erlebt. Das Licht des Südens entsteht auf geheimnisvolle Weise, und in dieser Nacht strahlte es stärker als gewöhnlich, gleichsam als wollte es die Szenerie für Wadschîhas Geschichte vorbereiten.

Sie hob ihr Glas, das schon zur Hälfte ausgetrunken war: »Weißt du, daß ich seit meiner Kindheit den Wunsch habe, Hure zu werden?«

Sie trank ihr Glas aus, reichte es mir und sagte: »Schenk nach!«
Ihre Stimme zitterte ein wenig, als würde sie langsam betrunken:
»Mach dir keine Sorgen, solange der Hintern unverletzt bleibt, ich
meine den Hintern des Vaterlandes und den seiner Töchter.«

Dieses Wort »Hintern« hatte eine Vorgeschichte: Sie hatte es gehört, als sie sieben Jahre alt war und die erste Klasse der Mädchen-
schule besuchte. Meistens kam sie etwas früher als die anderen Mädchen. Der Unterricht begann damals um acht Uhr morgens. Doch
obwohl das Schultor bereits ab sieben Uhr geöffnet war, trafen die
meisten Mädchen erst um halb acht ein. Wadschîha war die einzige,
die schon um sieben Uhr da war. Der Hausmeister hatte sich daran
gewöhnt, daß sie so früh kam, und kniff ihr in die Wangen, bevor er
die Schule verließ. So blieb sie mindestens eine halbe Stunde allein,
bis die übrigen Schülerinnen eintrafen.

Eines Morgens war sie wie gewöhnlich zur Schule gegangen,
hatte ihre Tasche auf ihren Stuhl im Klassenzimmer gestellt und
dann den Schulhof aufgesucht. Da sah sie zwei Gestalten, die blitzschnell im ersten Stock des Gebäudes verschwanden. Jedes Mädchen in ihrem Alter hätte sich geängstigt, doch ihre Neugier ließ
sie die Treppe hochsteigen, um herauszufinden, was die beiden
trieben.

So kam Wadschîha an den ersten geschlossenen Türen im ersten
Stock vorbei. Die dritte Tür war halb geschlossen. Sie hörte Stimmen von dort und sah sich bewegende Körper. Zunächst sah sie
zwei Hintern, die in ihre Richtung zeigten. Die Stimmen waren ihr
nicht fremd: Sie gehörten ihrer Nachbarin Wasuf und ihrem Nachbarn Hûnî. Dieser hatte seine Hose heruntergelassen und zeigte seinen Hintern, er keuchte und stöhnte in unterschiedlicher Lautstärke.
Sie erkannte ihn auch an seiner schon speckigen schwarzgestreiften
Hose, die er seit zwei Jahren trug.

Wasufs Hintern war noch bedeckt und bewegte sich in alle Rich-
tungen, ihr Gesicht zeigte zum Fenster. Zum erstenmal hörte Wadschîha ein obszönes Liebesgeflüster, ohne zu begreifen, worum es
ging. Sie fragte sich nicht einmal, was die beiden da trieben, und erzählte niemandem davon.

Als ihre Mutter sie am Abend zu Bett brachte, dachte sie nur an

Wasuf. Sie kannte sie seit ihrer frühen Kindheit und hatte sie immer besonders gern gehabt. Wasuf war es gewesen, die sie mehr als einmal am 'Îd mit ins Kino genommen hatte. Filme wie »Die Mutter von Indien«, »Dobadan«, »Die Nächte von Schâmî Kâbûr« und »Singâm« hätte sie ohne Wasuf nicht gesehen. Alles, was mit ihr zusammenhing, war gut. In dieser Nacht schlief Wadschîha mit dem Entschluß ein, auch am nächsten Tag ebenjenen Raum in der Schule aufzusuchen.

Am Morgen wachte sie von selbst auf und bat ihre Mutter, früh losgehen zu dürfen. Ihre Mutter sagte ganz erfreut: »Meine Süße, ich habe den Eindruck, du magst die Schule!«

Wadschîha machte sich rasch auf den Weg, damit ihr nichts vom gestrigen Anblick entging. Und tatsächlich: Als sie oben ankam, fand sie die beiden bereits in voller Aktion.

So ging Wadschîha fortan jeden Morgen früh in die Schule, um in den ersten Stock hochzusteigen. Zu ihrem großen Erstaunen stellte sie nach einer Woche fest, daß ein anderer Mann bei Wasuf war. Im ersten Moment traute sie ihren Augen nicht und dachte, daß er vielleicht seine Hosen gewechselt habe! Aber als sie nach Beendigung des Rituals sah, wie er sich anzog, war es nicht Hûnî. Nach einer Weile stellte sie fest, daß Wasuf etwa alle zwei Wochen einen anderen Mann mitbrachte. Wadschîha versäumte keine Vorstellung, bis eines Tages folgendes geschah: Als sie gerade in den ersten Stock gehen wollte, griff plötzlich eine Hand nach ihr. Sie blieb wie erstarrt stehen, als sie den Hausmeister und die Direktorin mit zwei Polizisten vor sich stehen sah.

»Geh lieber nicht nach oben, Kleine«, sagte der Hausmeister leise. Sie verkroch sich auf dem Schulhof, setzte sich aber so auf eine Bank, daß sie verfolgen konnte, was oben ablief. Sie hatte Angst, zitterte am ganzen Leib, als würde man sie festnehmen wollen und nicht Wasuf. Da hörte sie einen Schrei vom Dach. Es dauerte nicht lange, und die beiden Polizisten schleppten Wasuf fort, gefolgt vom Hausmeister, der Direktorin und dem jungen Mann, der sich mit Wasuf vergnügt hatte.

An diesem Tag kehrte Wadschîha traurig nach Hause zurück. Inzwischen sprach man im ganzen Viertel über die Geschichte. Selbst ihr Vater fragte beim Heimkommen sofort ihre Mutter, ob sie davon gehört habe, und startete einen kleinen Exkurs über Wasuf.

Wadschîha entstammte einer kommunistischen Familie. Angeblich war ihr Vater einer der Gründer der ersten Zellen der Kommunistischen Partei im Land. Er prahlte damit, mehr als einmal Fahd getroffen zu haben, den Gründer des ersten marxistischen Forums. Doch Wadschîhas Vater war der Kommunistischen Partei nur zufällig beigetreten. Tatsächlich hatte er Fahd eher beiläufig kennengelernt: Er hatte ihm die Knöpfe an seine Jacke genäht, die bei einer Demonstration abgerissen worden waren. Seine Schneiderwerkstatt »Abû Wadschîha« gegenüber vom Café Brasilia wurde in den vierziger Jahren berühmt, denn Fahd, der damals in Sâlahîya, einem der Arbeiterviertel von Bagdad, untergetaucht war, ging nur dorthin, wenn er sich einen Anzug nähen oder ändern lassen wollte.

Wadschîhas Vater wußte nicht, wer sein Kunde war. Aber im Jahre 1948, als er in der Presse das Bild dreier Männer sah, die von den lokalen britischen Autoritäten hingerichtet worden waren, erkannte er den »guten« und »edlen« Mann wieder, der ihn mehrmals aufgesucht hatte. Damals war ihm noch nicht klar, was Kommunismus ist, aber er versuchte, irgendwie etwas darüber in Erfahrung zu bringen. Er wußte, daß die Behörden drei »Volksrepräsentanten« umgebracht hatten, wie er seiner Tochter erklärte: Fahd, den Christen, Hâzim, den Schiiten, und Sârim, den Sunniten. Daß die benachbarte armenische Schuhverkäuferin eine der ersten kommunistischen Frauen im Lande war, wußte er nicht. Sie starb 1968, wenige Tage nach der Machtübernahme des Militärs, und vererbte ihrer Tochter Marie, damals noch eine junge Frau, das Geschäft. 1982 wurde Marie wegen Verdachts der Majestätsbeleidigung mit acht anderen Frauen hingerichtet.

Er analysierte vor der kleinen Wadschîha, warum die »arme« Wasuf Sympathie verdiene. Sie entstamme einer armen Familie und mache solche Sachen gegen Geld, um sich am Leben zu erhalten und die Kinder ihrer Schwester zu ernähren, deren kommunistischer Mann im Gefängnis saß.

Wadschîha spürte dunkel, daß ihr Vater nicht recht hatte. Sie allein hatte beobachtet, was morgens vor ihren Augen geschah.

Wasuf hatte von niemandem Geld angenommen, keiner der Männer hatte irgend etwas bezahlt. Sie war überzeugt, daß Wasuf auf eigenen Wunsch gehandelt habe. Einmal hatte sie zu einem der Männer, der sie beim Hosezuknöpfen fragte, ob sie denn nie genug bekommen könne, gesagt: »Ich ficke so gern, daß ich erst genug haben werde, wenn ich von tausend Männern gefickt worden bin!«

Aber wie hätte sie ihm das erklären sollen! Warum erwähnte mein Vater nicht auch die Männer, mit denen sich Wasuf regelmäßig traf? Es konnte sich wohl niemand vorstellen, daß es auch Männer gab, die gegen Geld mit Frauen schliefen. Der kleinen Wadschîha war der Ausdruck »Gigolo« unbekannt. Warum gab es keine marxistischen Analysen, die uns zeigten, daß auch Gigolos finanzielle Not litten? Als Wadschîha ihren Vater Wasufs soziale Situation analysieren hörte, hatte sie das Gefühl, mit Wasuf solidarisch zu sein. Ihr Vater war im Unrecht. Und sie wollte Prostituierte werden, um ihrem Vater zu beweisen, daß auch sie, Wadschîha, die aus einer Familie der Mittelschicht stammte, sich genauso verhalten könnte: den Männern zu erlauben, gegen Bezahlung mit ihr zu schlafen.

Wadschîha wurde keine Prostituierte. Sie wurde Geheimdienstoffizierin.

Ich konnte es einfach nicht fassen, was sie mir da erzählte. Vielleicht scherzte sie? Aber nein.

Wie verhält man sich in einer solchen Situation? Man versucht, einen Trick anzuwenden, Zeit zu schinden, indem man beispielsweise Arrak nachschenkt. Wadschîhas Glas war diesmal nicht leer, sondern noch ungefähr ein Viertel voll. Ich erhob mein leeres Glas und stieß mit ihr an, um sie zum Weitertrinken zu bewegen.

»Nur eine Viertelstunde, dann fangen wir nach einer kleinen Pause wieder an zu trinken«, sagte sie. Diesen Brauch hatte sie von ihrem Vater gelernt. Ihr Vater war nicht nur professioneller Kommunist, sondern auch professioneller Trinker. Sie hatte eine Menge von ihm gelernt und liebte ihn, als seine einzige Tochter, bis zur Anbetung. Trotzdem widersetzte sie sich seinen wiederholten Versuchen, ihr die Kommunistische Partei schmackhaft zu machen. Es war gerade ihre Liebe zu ihm, die sie den Kommunismus meiden ließ. Sie wollte ihrem Vater vom Gegenteil dessen überzeugen, was er glaubte.

Sie hatte das dunkle Gefühl, daß der Weg, der sich vor ihm abzeich-
nete, der falsche war und daß auf ihren Schultern eine große Aufgabe lastete: ihren Vater rechtzeitig zur Umkehr zu bewegen. Dieselbe Solidarität, die sie für Wasuf empfand, verband sie auch mit
dem Dichter, dessen Namen sie von ihrem Vater hörte: 'Abd al-
Schaich Machfar – in jenen Jahren ein berühmter Mann. Auch
wenn Wadschîha sich nicht besonders für die einheimische Poesie
interessierte, war ihr doch sein Name in der Zeitung aufgefallen,
mit der ihr Kebab in einer Grillbude eingewickelt worden war. Sein
Name blieb ihr im Gedächtnis, weil ihr Vater am selben Abend zu
ihrer Mutter sagte: »Marie, die Besitzerin des Schuhladens, ist verhaftet worden.«

Ihre Mutter hatte schon Maries Mutter persönlich gekannt, wußte
aber nicht, daß beide Kommunistinnen waren und ihren Mann
dazu gebracht hatten, der Kommunistischen Partei beizutreten. Der
Schuhladen lag neben dem Laden ihres Mannes, und sie hatte dort
schon oft für sich und Wadschîha Schuhe gekauft.

»In der Welt geschehen Dinge, die man erst gar nicht glauben
kann«, sagte ihr Vater. »Es gibt da diesen Dichter namens 'Abd al-
Schaich Machfar.« Der Dichter pflegte jeden Tag in das Café Brasilia
zu kommen und sich an einen Platz in der Nähe des Fensters zu setzen, um Marie beobachten zu können. Jeder wußte um seine Leidenschaft für sie. Er hatte einen Gedichtzyklus »Die Schuhe der
sumerischen Dame« verfaßt, in dem er – über den Lobgesang auf die
Schuhe, die sie verkaufte und trug, hinaus – beschrieb, was ihm
diese Frau und die gesamte sumerische und babylonische Epoche
bedeuteten.

Der Dichter selbst, in Schweiß gebadet, hatte Marie mit den Worten, die Gedichte seien nur für sie, einen Band überreicht. Marie
hatte ihm gedankt und ihm ein paar elegante Schuhe geschenkt. Er
freute sich und besuchte sie von nun an täglich. Zunächst hatte sie
ihn freundlich abgewiesen. Aber als sie bemerkte, wie hartnäckig
er war, vertrieb sie ihn aus ihrem Geschäft. Das mußte ihn getroffen
haben. Er, der große Dichter, wurde von dieser Frau abgewiesen?
Marie hatte keine Ahnung, daß er wußte, daß sie Kommunistin war.
Sie ahnte nicht, daß und wie er sich rächen würde.

Noch als er am Tag der Kriegserklärung in ihren Laden kam, angeblich, um vor dem Angriff der »feindlichen Flugzeuge« Deckung zu suchen, hielt Marie das für glaubwürdig, weil ihr Laden in Bürgersteignähe lag. Doch als sie an diesem Abend den Lärm der Flugzeuge hörte und er, seine Zigarette in der Hand hin und her drehend, vom »Heiligen Krieg« redete, den »die Helden des Volkes« führten, dachte sie, er sei verrückt. Auf einmal vergaß er den Krieg, vergaß die Flugzeuge. Er warf seine Zigarette zu Boden und brüllte: »Entweder du schläfst hier und jetzt mit mir, oder ich denunziere dich bei der Polizei!« Und nach drei Tagen stand der Geheimdienst in ihrem Laden.

»Kein Mensch hätte je gedacht, daß dieser Dichter zum Geheimdienst Kontakt hat.« Und nach kurzem Schweigen fügte Wadschîhas Vater hinzu: »Es war bekannt, daß er in den fünfziger Jahren Kommunist war und von der Kommunistischen Partei sogar zum Studium in die Sowjetunion geschickt worden war.«

Er holte tief Atem: »Fällt die Frau, wird sie Prostituierte. Fällt der Mann, wird er Geheimdienstoffizier.«

Damals beschloß Wadschîha, für den Geheimdienst zu arbeiten, und sie las alle Gedichtbände dieses Dichters. Wieder einmal wollte sie ihrem Vater unbedingt das Gegenteil beweisen. Und erst nach Jahren erinnerte sie sich wieder an Wasuf.

35

An diesem Abend mit Wadschîha begriff ich, warum immer sie zum Dolmetschen gerufen wurde, und ich empfand – was seltsam war – in diesem Moment keinerlei Groll. Ich fühlte mich sogar ein wenig privilegiert. All jene, die die Kriege in diesem Land erlebt haben, werden es verstehen: Ich fühlte mich sicher, als ich erfuhr, daß Wadschîha für den Geheimdienst arbeitete. Irgendwie unterschieden wir uns von anderen Menschen. Wenn es tatsächlich einen direkten Zusammenhang mit dieser Organisation gibt, kann ich durch Wadschîha erreichen, was ich will.

Bin ich opportunistischer als mein Freund Mulhim? Dieser hatte sich aus anderen Gründen mit ihr befreundet und sie schließlich verlassen: Möglicherweise fühlte sich Mulhim Rabâb und mir gegenüber schuldig. Oder er konnte sich bei Rabâb sexuell besser ausleben als bei Wadschîha, was er ihr aber verschwieg. Vielleicht deshalb die Ausrede, ein Verhältnis mit einer Frau, die beim Geheimdienst arbeite, sei inakzeptabel. Oder hatte er geglaubt, Wadschîha sei Kommunistin? Warum trat er dann der herrschenden Partei bei und wurde nicht Kommunist? Mir bedeutete das alles nichts. Ich wünschte mir eine Frau, mit der ich am Weltspektakel teilnehmen konnte!

Wadschîha war wirklich völlig verändert! Es war, als hätte sie vor, mich morgen zu verlassen oder morgen zu sterben. In dieser Nacht dachte ich zum erstenmal daran, sie zu fragen, ob wir Kinder haben sollten, denn nach acht Ehejahren (und acht Jahre nach ihrer Fehlgeburt) schien es an der Zeit zu sein. Vor dieser Nacht hatte ich nie an Kinder gedacht.

Nach ihrer Fehlgeburt hatte sie gesagt, es täte ihr leid, was geschehen sei, sicher sei es wegen der vielen Arbeit und Anstrengung, doch irgendwann, zu einem passenden Zeitpunkt, wolle sie wieder schwanger werden. Es war das einzige Mal, daß wir über dieses

Thema sprachen. Ich sagte damals, sie solle sich keine Sorgen machen, es sei ihre Sache, wann sie ein Kind bekommen wolle. Aber sie bestand darauf, daß sie wirklich Mutter werden wollte. Um ihr den psychischen Schmerz zu erleichtern, versprach ich ihr, dieses Thema nicht noch einmal anzuschneiden.

Erst in dieser Nacht brachte sie mich dazu, wieder daran zu denken – sicher wegen des Arraks oder wegen der Veränderungen, die mit ihr geschahen.

Ich hatte wohl noch gezögert, das Gespräch zu eröffnen, denn als ich den Mund öffnen wollte, verschloß sie ihn mir mit dem Finger. Ich schwieg. Sie trank den Rest ihres Arraks, und als sie das Glas auf den Tisch stellte, sagte sie: »Ich habe die ganze Flasche ausgetrunken!« Dann lachte sie: »Heute nacht werde ich dir beibringen, was richtiger Sex ist.« Und so war es – unbeschreiblich!

Ich weiß nicht einmal, wie lange ich unfähig blieb zu sprechen. Ich schwieg, die geballte Faust im Schoß, nicht einmal mein Glas konnte ich heben.

»Was ist los mit dir?« durchbrach sie die Stille. Ich schüttelte verwirrt den Kopf und hob nun doch mein Glas, um aus dem Augenwinkel sehen zu können, ob sie mich beobachtete. Sie erforschte mich mit ihren Blicken und sagte spöttisch: »Dein Glas fällt gleich runter.«

Tatsächlich zitterte meine Hand, als ich das Glas auf den Tisch stellte.

»Trinkst du noch weiter?« fragte sie und kam näher, bis ihr Gewand an der Höhe der Schenkel meine Haare berührte. Sie legte ihre Hand auf meinen Kopf und fuhr mir mit den Fingern durch die Haare. Ich fühlte mich wie gelähmt, jede Bewegung gefror mir. Ich weiß nicht, ob sie meinen Kopf zu sich drehte oder ob mein Kopf sich zu ihr wandte. »Das kann unmöglich ich sein«, dachte ich.

Für einen Moment preßte ich meinen Kopf zwischen ihre Schenkel, während sie sie öffnete und schloß. Ihre Schenkel schlossen sich wie eine Schere oder ein riesiger Mund, der meinen Kopf verschlang.

Wir hätten Stunden so fortfahren können, wenn sie nicht in einer ihrer Bewegungen aufgestöhnt und meinen Kopf von sich gestoßen hätte.

»Was könnte romantischer sein als Sex im Sternenlicht und über uns der Himmel?« Sie zerkaute einen Rest Vorspeise: »Denk bloß nicht, ich sei betrunken!«

Sie zeigte auf die Ecke des Dachs, wo das Lager aufgeschlagen war. Dann warf sie sich aufs Bett, und von meinem Platz aus sah ich, wie sie ihre Beine nach links und nach rechts drehte, schnell ihre Schenkel anhob, um ihren Slip auszuziehen. Sie warf ihn in meine Richtung, wo er auf der Arrakflasche landete, in der noch ein kleiner Rest war.

Als wir etwas später nackt nebeneinander im Bett lagen (sie hatte auch mir die Kleider vom Leib gerissen), begann ich über sie nachzudenken. Zum erstenmal fragte ich mich, zu welcher Sorte Frau sie eigentlich gehörte. Ich verglich die Frau, die ich bis zu dieser Nacht gekannt hatte, mit derjenigen, die ich gerade kennenzulernen begann. Irgendwie wurde mir klar, daß ich, seit wir nackt waren, die Wadschîha von früher vermißte. Es erstaunte und verwirrte mich, daß diese heißblütige Frau mit den schönen schwarzen Haaren diejenige war, die ich schon acht Jahre kannte. Ein seltsames Gefühl überkam mich, ein Gefühl von Verrat oder Treulosigkeit – ja, als würde ich die Treue verletzen, die ich dieser anderen Frau geschworen hatte.

Einmal hatte ich sie mit einer Stimme flüstern hören, die ich für die Stimme hielt, die den Speichel hervorbringt, mit der ihr Mund meinen Schwanz befeuchtet, weil sie mit einem Stöhnen einherging, wie ein knarrendes Bett, eine Autohupe oder ein Flugzeug, aber sie war hoch (vielleicht phantasiere ich nur), dennoch hörte ich ihre Stimme wie ein Flüstern oder ihr Flüstern wie eine Stimme. Oder ich sah sie flüstern, als besäße mein Schwanz ein Auge oder ein Gesicht mit einem Auge, mit dem er gleichzeitig sehen und sich ihrer Scheide oder ihrem After nähern oder in ihre Scheide oder ihren After eindringen konnte.

Ich kenne Wadschîha, meine Ehefrau. Aber dies ist nicht die Wadschîha, die ich bisher gekannt habe. Es sind nicht ihr Körper, ihre Knochen, ihre Öffnungen, ihr Mund – sie sind anders. Die Frau, die ich jahrelang kannte, erschien mir verschämt, schüchtern und keusch.

Bevor ich einschlief, überkam mich das merkwürdige Gefühl, als nähme ich einen anderen Geruch wahr. Es war nicht der Geruch der Wadschîha, die ich kannte, auch nicht der Geruch der Stadt Qurna oder Bagdads oder dieses Landes, sondern ein mir völlig fremder Geruch.

36

Am nächsten Morgen erwachte ich vom Ruf des Muezzins, vermischt mit Umm Kulthums »Du bist die Liebe«. Ich konnte nicht glauben, wie mir geschah: Es war der erste Tag seit langem, an dem ich nicht vom Lärm der Flugzeuge aufgeschreckt wurde. »Dann sind die Iraner also nicht gekommen.« Halb freute ich mich, halb war ich traurig. Ich hatte nicht vor, meine Augen schnell zu öffnen. Ich wollte im Schlaf verharren, wie jemand, der nicht aus einem Traum erwachen will – nicht weil der Traum so schön ist, sondern weil er weiß, daß das, was seine Augen sehen werden, nicht dem entspricht, was sich hinter seinen Lidern verbirgt.

Mein Traum war genau das, was in der Nacht geschehen war. Noch lag der Schatten des Schlafs auf mir, und alles war greifbar. Ich wollte nicht aufwachen, aus Angst, Fragen zu stellen. Es ließe sich ja nicht vermeiden, Wadschîha zu fragen, ob das, was in der Nacht geschehen war, tatsächlich geschehen war, ob es sich wiederholen würde, ob wir einen Tag (Wochen, Monate) wie diesen noch einmal erleben würden. Vor acht Jahren hatten wir keinen Gedanken daran verschwendet, wie wir unsere Flitterwochen verbringen wollten. Unsere Ehe begann eigentlich erst in dieser Nacht. Wir organisierten kein großes Hochzeitsfest und fuhren nicht in die Flitterwochen, auch unsere Hochzeitstage feierten wir nicht. Es war ein neutrales Ereignis, das sich auf zwei andere Personen, an einem anderen Tag, an einem anderen Ort bezog.

Doch in dieser Nacht hatte ich zum erstenmal an unsere Hochzeit gedacht. Zwischen Erwachen und Schlaf spielte ich mit dem Gedanken, Wadschîha zu fragen, ob wir nicht eine Hochzeitsreise machen sollten. Oder ob wir unseren Kalendersex (den Sex nach Plan, wie sie es nannte – denn Wadschîha nahm keine Verhütungsmittel, weil sie in diesem Land kaum zu beschaffen waren und der Handel damit während des Krieges mit Gefängnis bestraft wurde) nicht einstellen und planen sollten, Kinder zu bekommen oder wenigstens wieder darüber zu sprechen. Ich überlegte, sie zu fragen, ob sie nach Bagdad ziehen oder in Qurna bleiben wolle. Denn in der letzten Zeit hatte man ihre Dienste nicht in Anspruch genommen, als hätte man sie vergessen. Wir wußten nicht, für wie lange. Einmal hatte ich den Dolmetscherchef in der Nachrichtendienstabteilung des Verteidigungsministeriums zu ihr sagen hören: »Bis wir Sie rufen, können Sie ruhig Urlaub machen.«

Wadschîha hatte nicht nach dem Grund gefragt, weil sie zunächst glaubte, daß es sich, wie gewöhnlich, nur um ein paar Tage oder Wochen handelte, nicht um ein ganzes Jahr. Schließlich sagte sie selbst: »Sie haben mich wohl vergessen«, und sie fragte sich beunruhigt, ob sie nicht den ersten Schritt tun und sich bei ihren Vorgesetzten erkundigen sollte. Aber ich riet ihr mit der deutschen Redewendung »Schlafende Hunde soll man nicht wecken« davon ab, während sie weiterhin monatlich ihr Gehalt vom Verteidigungsministerium bezog. Warum hätte ich sie auch drängen sollen? Vielleicht wünschte ich mir im tiefsten Innern, daß man sie tatsächlich für immer vergessen hätte und sie bei mir in Qurna bleiben würde. Aber natürlich sagte ich ihr das nicht.

An diesem seltsamen Morgen (denn es war seltsam, nach acht Kriegsjahren in einer Stadt wie Qurna vom Ruf des Muezzins und der Stimme Umm Kulthums mit dem Lied »Du bist die Liebe« zu erwachen, statt vom Artillerie- und Flugzeuglärm) sollte ich die Person, die ich gewesen war, hinter mir lassen. Auch Wadschîha hatte in der vergangenen Nacht ihre Grenzen gesprengt. Mit dieser Empfindung öffnete ich schließlich die Augen, nicht als würde ich zu großer Tat schreiten, sondern ganz langsam: Meine Lider klimperten und zitterten, dann riß ich sie auf und rollte meine Augen schließlich zur Seite, während meine Hand nach Wadschîha tastete.

Sie war nicht da. Eigentlich ahnte ich schon, daß sie nicht da war. Man gewöhnt sich ja an Gerüche, und es ist die Nase, die zuerst bemerkt, ob der bekannte Geruch da ist oder nicht. Unsere Nasen irren sich nur selten in dem, was sie wahrnehmen. Obwohl meine Nase nicht an den Geruch gewöhnt war, den der Körper Wadschîhas in der vergangenen Nacht ausströmte, merkte er doch: Wadschîha war nicht da. Ich dachte, daß sie vielleicht vor mir aufgestanden und nach unten gegangen war. Ich zog meine Dischdascha an und schlüpfte in die Sandalen. Noch ganz benommen stieg ich die Treppe hinab und ging in den Hof. Ich rief ihren Namen, erhielt aber keine Antwort. Wadschîha war verschwunden – an jenem Tag und auch an den folgenden Tagen.

37

Eines Tages fand ich bei der Heimkehr einen schwarzen Briefumschlag auf der Türschwelle. Er trug keinen Absender, und meine Adresse war mit schwarzer Tinte auf einen weißen Zettel geschrieben und auf das Kuvert geheftet. Der Poststempel auf dem schwarzen Umschlag wies auf Bagdad hin. »Wadschîha hat mir also geschrieben«, dachte ich im ersten Moment. Seit unserer Ausnahmenacht waren fünf Monate vergangen, fünf Monate, in denen sie dieses Haus, das irgendwie ja auch ihr Zuhause war, nicht betreten hatte. Sie hatte sich sogar geweigert, mich zu empfangen, als ich sie, eine Woche nachdem sie mich verlassen hatte, in Bagdad aufsuchte: Ihre Familie ließ mir ausrichten, daß sie mich nicht sehen wolle.

Sie war nicht bereit, für jene Nacht die Verantwortung zu übernehmen. Wenn sie mich damals vor die Wahl gestellt hätte, mit ihr zusammenzubleiben, ohne daß sie mich liebte, oder sie zu verlassen, obwohl sie mich liebte – ich hätte mich für ersteres entschieden. Wenn ich den Brief nicht sofort öffnete, würde ich es womöglich nie tun. Ich lag auf dem Sofa, das Licht der Lampe hinter mir, den Brief in der zitternden Hand.

Mein Lieber,

ich konnte und kann immer noch nicht verstehen, was in jener Nacht geschehen ist. Oder ich verstehe es und habe einfach nur Angst vor den Folgen. Ich möchte trotz dieses Abends nicht leugnen, daß Du mich immer mit dem allergrößten Respekt behandelt hast, vor unserer Heirat und danach. Ich weiß auch, daß Du nicht dazu neigst, die Dinge unnötig zu komplizieren, und immer nach der »besten« Lösung suchst, nur – diese »beste« Lösung findet man nicht immer so leicht. Wenn Du nicht so veranlagt wärst, wie ich Dich kenne, so anständig, dann würde ich Dir wahrscheinlich nicht einmal diesen Brief schreiben.

Du hast selbst gesehen, mein Lieber, daß ich nicht den Mut hatte, Dir direkt nach meiner Ankunft in Bagdad zu schreiben. Ich hatte nicht die Kraft, mich mit Dir auseinanderzusetzen. Ich hatte eine Fehlgeburt, und die Erinnerung an diesen schweren Tag war noch zu frisch. Ich brauchte einige Wochen, um wieder gesund zu werden, und wollte nicht, daß Du kommst. Ich flehte zu Gott, daß Du nicht kommen würdest, denn ich wußte nur zu gut, daß Du nicht lange warten würdest, weil ich so schnell fort gewesen war, ohne einen Brief, ein Lebenszeichen zu hinterlassen. Ich habe Dir damals nicht deshalb nicht geschrieben, weil es mir an Mut mangelte oder weil ich etwas vor Dir verbergen wollte, was Du früher oder später ohnehin erfahren würdest, sondern weil ich nicht die Kraft hatte, auszudrücken, was ich ausdrücken wollte. Wir reden und schreiben mit Worten, die empfundene Dinge ausdrücken sollen. Ein Wort ist etwas Gefühltes, das man, ebenso wie eine Handlung, zum Ausdruck bringt, wenn man es ausspricht.

An jenem Morgen fand ich nicht die Worte, die zum Ausdruck gebracht hätten, was ich sagen wollte. Um Dir begreiflich zu machen, was geschehen war, mußte ich die Worte mit Sorgfalt wählen. Es durften keine gewöhnlichen Worte sein, von denen ich nur zu achtzig oder neunzig Prozent überzeugt war. Daher meine Angst, Dir noch an jenem Morgen zu schreiben. Vielleicht war es auch die Unfähigkeit, Dir in jener Nacht die wahre Geschichte zu enthüllen. Ich hatte es mir fest vorgenommen – doch als Du Dich dann neben mich gesetzt hast, erzählte ich Dir von meiner Angst vor dem Einmarsch der iranischen Truppen und andere Geschichten: von Marie, der Besitzerin des Schuhladens, von dem Dichter-Geheimdienstler, von meinem Vater, von Wasuf (die ich immer noch respektiere und mehr vermisse denn je).

Bis wir einander zuprosteten, hatte ich fest vor, Dir die Wahrheit zu sagen, Dir alles zu erzählen, was vorgefallen war. Aber plötzlich erzählte ich etwas ganz anderes. Ging ich vor wie Scheherazade in Tausendundeiner Nacht? Ich weiß es nicht. Aber ich bin weder König Schahriar noch Scheherazade. Ich weiß nicht, ob diese Frau auch nach den richtigen Worten gesucht hat, die der Wahrheit entsprachen. Es ist schwierig, dem, was man sagen will, treu zu bleiben.

Wie ist ihr das gelungen? Mal scheint sie naiv, mal erregt sie heftige Gefühle. Ihre Geschichten sind voller Ratschläge, Geschwätz und Sprichwörter. Dann wieder überrascht sie mit ihrer Kraft, die Geschichten spannend weiterzuspinnen. Vielleicht spürte sie, daß sie manchmal zu toten Wörtern greifen mußte. Darum ist es kein Wunder, wenn auch ich jetzt zu toten Wörtern greife, die wie Knochen sind. Je mehr ich Dir sagen möchte, was in diesem Brief zu sagen ist, desto mehr denke ich an etwas anderes: Ich suche einen Beschützer, ein Polster, an das ich mich lehnen kann.

Ich schreibe Dir sehr spät, weil ich mir gewünscht habe, genug Leidenschaft und Gefühl in meine Worte zu legen, bis ich den Mut hätte, Dir zu sagen (erst jetzt zittern meine Hände), daß ich Dich verlassen werde. Ich sehe keine Zukunft für mich (um nicht zu sagen für Dich). Ich bin erschöpft und mag nichts mehr vor Dir verbergen. Es ist nicht nur so, daß ich einfach keine Zukunft mit Dir sehe und fertig, nein: mit keinem Mann.

Ich habe nie offen mit Dir darüber gesprochen, daß es mich bedrückt, nicht so schön zu sein wie andere Frauen, wie unsere Nachbarin Ma'ali etwa oder ihre kleine Schwester, die manchmal zu Besuch kommt. Ich will nicht behaupten, daß ich häßlich bin. Ich möchte nur so sein wie andere Frauen. Ich bin nicht nur nicht schön. Ich kann auch keine Kinder bekommen. Dies ist es, was mich so sehr belastet, mein lieber Freund. Aber ich habe es Dir nie gesagt. Seit unserer Heirat träume ich davon, Dich damit zu überraschen, schwanger zu sein. Aber ich tat es nicht – nicht weil ich nicht schwanger wurde, nein. Ich war mehr als einmal schwanger (jetzt wirst Du große Augen machen), aber seit der Fehlgeburt, die ich während des Hahnenkampfs erlitt, konnte ich kein Kind mehr behalten. Jeweils am Ende des dritten Monats hatte ich eine Fehlgeburt. Es brachte nichts, mehrere Ärzte aufzusuchen. Erst Doktor Mâdschid, den ich bat, Dir nichts von der Sache zu sagen, sprach offen über die Unmöglichkeit einer Schwangerschaft. Denn wäre ich auch in der Lage, den Fötus zu behalten, so würde die Entbindung sehr schwierig werden.

Als allerletzte Lösung empfahl er mir, Iftaim Pay Day um Rat zu fragen oder eine Frau namens 'Assle aufzusuchen, zu der angeblich alle Frauen des Landes pilgern, wenn sie schwanger sind oder abtreiben wollen.

Iftaim Pay Day war an dem Tag, als ich dich verließ, nicht in Qurna; Gott weiß, wohin sie gereist war, sie scheint viel unterwegs zu sein. Aber ich werde 'Assle aufsuchen, sobald ich mich etwas erholt habe. Die letzte Fehlgeburt strengte mich mehr an als die anderen, nicht körperlich. Du kannst dir nicht vorstellen, wie einfach so ein Abort ist, manchmal verlor ich den Embryo im Bad, manchmal in der Küche. Und wie sehr haßte ich mich! Selbst bei den Fehlgeburten unterschied ich mich von den anderen Frauen, indem ich weniger litt! Was mich mehr quälte, war, daß Du von der Sache Wind bekommen hast und den Beutel, den ich einige Tage auf dem Bett hatte liegenlassen, gefunden hast, aber nicht öffnetest: Er enthielt den kleinen Embryo. Du kannst dir nicht vorstellen, wieviel Angst ich hatte. Ich mußte schnell irgendeine Geschichte erfinden. Vielleicht sollte ich hier lieber aufhören, bevor ich eine neue Geschichte erfinde und weiter und weiter rede und die Worte aus meinem Mund sprudeln, wie es ihnen paßt.

Adieu, mein Lieber!

Der Brief endete mit ein paar Floskeln, und ich hielt ihn mit all diesen Wörtern in der Hand. Sie verwandelten sich in Formen, die verschwammen, als mir der Brief aus den Händen fiel. Ich werde ihn nicht aufheben, ich habe nicht die Kraft, mich von der Stelle zu rühren. Ich will nur eines: schlafen. Meine Augen wollen schlafen. Allmählich fallen sie zu. Aber es klebt noch immer ein kleines Stückchen Brief an meinen Fingerspitzen, nur das große Stück liegt auf dem Boden. Und wie betäubt sage ich drei- oder viermal zu mir: Schlaf, schlaf! Ich erinnere mich nur daran, daß mir ein einziger Satz durch den Kopf ging: Es war nicht die Angst vor der iranischen Armee, die Wadschîha in jener Nacht so verwandelt hatte.

38

Die Iraner kamen nicht an dem Tag, als Wadschîha mich verlassen hatte, und auch nicht an den folgenden Tagen. Wer an jenem Morgen an meine Tür klopfte, waren: Asîyad Lûtî, Doktor Mâdschid und Sicherheitsunteroffizier Schâhîn Nazzâl. Doktor Mâdschid kam nicht bis an die Tür, sondern blieb im Auto. Als ich die Tür öffnete, schlug mir der strenge Geruch nach Zwiebeln und Knoblauch von Schâhîn Nazzâl entgegen, der auf mich zustürzte und mich rechts und links abküßte. »Glückwunsch zum Sieg! So Gott will, ist dies der Tag der Befreiung Jerusalems und die Wiedererlangung aller verlorengegangenen Rechte unserer Nation, von Dschibuti bis Ra's al-Chaima, Tunub al-Sughra, Tunub al-Kubra und Abû Mûsâ.«

Ich wußte nicht, was ich sagen sollte. Vielleicht bemerkte Asîyad Lûtî mein Schweigen, denn er sagte: »Heute wurde ein Waffenstillstand verkündet.«

Wenn sie mir gesagt hätten, daß die Erde aufgehört hätte, sich zu drehen, oder die Nacht zum Tag, der Tag zur Nacht geworden sei, ich hätte ihnen geglaubt. Wären sie aus diesem Grund gekommen – gut. Aber warum waren sie zu mir gekommen, wenn der Krieg zu Ende war? Doktor Mâdschid schien meine Verunsicherung zu bemerken, denn er gab mir ein Zeichen und lächelte von seinem Autositz zu mir herüber, so daß ich, gefolgt von Asîyad Lûtî und Sicherheitsunteroffizier Schâhîn Nazzâl, Richtung Auto ging. Doktor Mâdschid stieg aus und kam mit ausgestreckter Hand auf uns zu: »Wundern Sie sich nicht über unseren Besuch. Wir wollen allen Honoratioren unseres Bezirks mitteilen, daß wir ein ordentliches Fest organisieren.«

Ich war bereit, daran teilzunehmen, und nickte. Schâhîn Nazzâl fragte mich, während der Geruch nach Zwiebeln und Knoblauch – vielleicht wegen seiner starken Anspannung – strenger und strenger wurde, ob er mich, wenn es soweit wäre, informieren solle. Dann verabschiedeten sich die drei, sprangen ins Auto und verschwanden im Staub der Straße.

Ich konnte beim besten Willen nicht glauben, daß der Krieg zu Ende war. Während des Kriegs hatte ich gedacht, daß dieses Gefühl erst nach und nach entstehen und in mein Bewußtsein einsickern würde: sieben Jahre, zehn Monate und ein Tag Krieg. Irgendwie waren meine Tage, Gewohnheiten, Reaktionen und Verhaltensweisen durch die Ereignisse des Kriegs geprägt worden, und ich wagte nicht, dies in Frage zu stellen. Ich glaube nicht, daß ich mir gestattet hätte, darüber nachzudenken, was ich tun sollte, wenn der Krieg tatsächlich vorüber wäre, ob ich mir gar die logische Frage gestellt hätte: Wird der Krieg überhaupt zu Ende gehen? Sicher war ich nicht der einzige, weder hier im Bezirk noch im Land. Irgendwie hatte das ganze Land aufgehört, sich diese Frage zu stellen.

Zu Beginn des Kriegs war die Frage nach seinem Ende noch aufgekeimt. Aber nach ein oder zwei Monaten begannen die Menschen, anders darüber zu denken: Wird es uns gelingen, in dieser Situation zu überleben? Jeder einzelne begann sein Leben neu zu organisieren: die Einkäufe und Eßgewohnheiten, das Lagern von Lebensmitteln, das Studium, den Schlaf (im Sommer auf dem Dach oder nicht?), ja, sogar den Sex.

Wenn die Menschen einander mit den Worten: »Wie geht es Ihnen? Wie geht es den Kindern?« begrüßten, erwarteten sie keine andere Antwort als: »Gott sei Dank, keines ist verkrüppelt.« Oder: »Gott sei Dank, wir sind nicht über seinen Leichnam gestolpert«, oder: »Gott sei Dank, daß wir noch leben und keines der Kinder an der Front gefallen ist.« Wenn einer starb, dann war es nicht so schlimm, denn es herrschte ja Krieg, und der war ohne Tote, Verwundete und Krüppel nicht vorstellbar. Nein, es herrschte Krieg, und egal, was geschah, alles gehörte in die Rubrik Krieg: der junge Mann, der gefallen, das junge Mädchen, das mit seinem Geliebten geflohen war, der Mann von nebenan, der die Nachbarstochter vergewaltigt hatte, der Vater, der seinen Sohn ermordete, weil er nicht zu seiner Einheit an die Front wollte. Deserteure wurden an Telegrafenmasten oder an Galgen aufgehängt, die an den Eingängen zu Gassen, am Hauptplatz der Stadt am Wassertank, am Eingang zum

Markt oder bei den Gemüse- oder Viehverkäufern errichtet wurden. Die Kriegsdienstverweigerer wurden mit einem glühenden Holzstück tätowiert, ihnen wurden die Ohren abgeschnitten, die Organe der Hingerichteten wurden konfisziert. Es spielte keine Rolle, um welches Organ es sich handelte, alle Körperteile wurden beschlagnahmt. Es war Krieg, und im Krieg war alles erlaubt.

Nur eines war verboten: Man durfte nicht gegen den Krieg sein. Zu denken, er würde enden, oder nur die Frage zu stellen: Wann endet er? – war verboten. Wenn das Land tatsächlich sich selbst verteidigte, dann blieb ihm nichts anderes übrig, als die humanen und materiellen Kräfte zu mobilisieren, um seine verlorenen Gebiete zurückzuerobern.

Tagtäglich erfuhren wir aus dem Rundfunk, daß wir eine vergewaltigte Nation seien, vom Atlantik bis zum Golf. Warum? Einige Analytiker in Rundfunk und Fernsehen behaupteten, das Schicksal habe uns auserwählt. Denn schon unser Prophet hatte gesprochen: »Das Wohl der Gemeinschaft strahlt auf die Menschen ab.« Darum hatte uns Gott diese Prüfung auferlegt, darum war es verboten zu fragen, wann die Prüfung enden würde: Die Prüfung kommt von Gott, und mit seinem Willen wird sie vollendet. Es war ein Heiliger Krieg und – solange es Araber gab, die das Land unter sich aufteilten – ein ewiger Krieg. Es spielte keine Rolle, wo und gegen wen man war. Die Toten, Verwundeten und Verkrüppelten waren bedeutungslos. Aber dieser Krieg war anders als jeder andere Krieg: Je mehr Tote es gab, desto höher wurde Gottes Belohnung am Tag der Auferstehung. Wer wagte da schon zu fragen: Wann endet der Krieg?

Im Gegenteil – man mußte fortwährend an den Krieg denken, ihn zum Teil des Alltags machen, wie die Morgengymnastik. Der Krieg wurde zur geistigen Gymnastik, um den Geist der Nation zu stärken. Sagte nicht ein Denker: »Die Erhabenheit des Kriegs verbirgt ihren Wert als Krieg; aber nicht im Ergebnis, denn wir sind schon dadurch Sieger, daß wir in den Krieg eintreten!« Und sagte nicht ein großer Dichter unserer Nation: »Wir treten in den Krieg ein, um geboren zu werden!«

Wie sollte ich also, nach allem, was geschehen war, glauben, daß der Krieg zu Ende war? Wie konnte nach all der Zeit Sicherheits-unteroffizier Schâhîn Nazzâl in der Aura seines strengen Geruchs nach Zwiebeln und Knoblauch zu mir kommen und mir mitteilen, daß der Krieg zu Ende sei?

Was würde der Nachrichtensprecher sagen, dessen Sendung ich jeden Morgen hörte und in der die Intellektuellen unseres Landes sich mit den Worten an die Bewohner wendeten: »Guten Morgen, Vaterland!«, gefolgt von: Guten Morgen, Soldat – der Krieg ist das Paradies unter deinen Füßen! Guten Morgen, Bauer – der Krieg ist das Feld, das deine Söhne speist! Guten Morgen, Arbeiter – der Krieg ist die Fabrik, die dir Kraft gibt! Guten Morgen, Mutter – der Krieg ist der Garten unter deinen Füßen! Guten Morgen, Vater – der Krieg wartet darauf, daß du ihm deine Söhne schenkst! Guten Morgen, Kind – der Krieg ist ein Teil deines täglichen Taschengeldes! Guten Morgen, Schüler – der Krieg ist deine Schule! Guten Morgen, Jung-frau – der Krieg beschützt deine Jungfräulichkeit! Guten Morgen, Bräutigam – der Krieg führt dir die süßeste Braut zu! Guten Morgen, Braut – das Donnern der Geschütze ist deine Hochzeitsmusik! Guten Morgen, Muezzin – du reinigst dich mit dem Blut der Märtyrer, deine Stimme wird lauter mit dem Dröhnen der Waffen! Guten Morgen, Mensch – der Krieg ist die höchste Wahrheit!

Was würden sie heute sagen? Schon als Kind hatte ich gelernt, den Schluß der Futûwa-Hymne, unserer Jugendorganisation, jeden Morgen in der Schule aufzusagen: »Die Spitzen der Lanzen funkeln auf den Hügeln, sie rufen uns zum Heiligen Krieg.«

Jetzt, da der Krieg vorbei ist und meine Frau mich verlassen hat, weiß auch ich nicht, was ich sagen soll. Wußte Wadschîha, daß der Krieg zu Ende war? Sicher hatte sie Radio gehört, bevor sie aus dem Haus ging. Wenn sie mich also trotzdem verlassen hatte, war es dann gar das Kriegsende, das sie diese Entscheidung hatte treffen lassen?

An jenem Morgen, fünf Monate bevor Wadschîhas Brief ein-traf, eine Woche bevor ich versuchte, sie zu besuchen, wußte ich nicht, was am besten zu tun war. Sollte ich Wadschîha sofort hin-terherfahren? Oder sollte ich mich auf den Weg nach Nadschaf ma-chen, um meine Mutter zu suchen, die dorthin gereist war, nachdem mein Vater auf so mysteriöse Weise verschwunden war? Oder sollte ich mit Asîyad Lûtî, Doktor Mâdschid und Sicherheitsunteroffizier Schâhîn Nazzâl das Fest organisieren?

Aber ich war nicht in der Lage, mich jetzt mit ihnen zusammenzusetzen, vielleicht später. Den strengen Geruch nach Zwiebeln und Knoblauch, den Schâhîn Nazzâl ausströmte, konnte ich einfach nicht ertragen. Ich hatte gerade solchen Ekel verspürt, und irgend etwas war mir in die Kehle hinaufgestiegen. Ich kam nicht mal mehr bis zum Waschbecken und spuckte in die Müllkiste.

Ich weiß nicht mehr, ob es in diesem Moment war oder kurz danach, als ich anfing, mir Gedanken über die Müllkiste zu machen. Ich öffnete sie und überprüfte, ob Wadschîha wirklich den Beutel hineingeworfen hatte. Und tatsächlich fand ich ihn. Ich bückte mich zur Kiste hinab, um den Beutel herauszuholen, zu öffnen und zu inspizieren. Doch dann änderte ich meine Meinung und legte ihn zurück an seinen Platz. Ich dachte, wie merkwürdig doch die Frauen waren. Sie bluten so leicht aus sämtlichen Öffnungen. Ich richtete mich auf und wollte weggehen, doch dann hielt ich es für besser, den Plastiksack zu verschließen und vor die Haustür zu legen, wo ihn die Müllabfuhr einsammeln konnte. Als ich den Sack verschloß, kam mir der seltsame Gedanke, daß ich mit ihm auch die Reste von Wadschîhas letzter Nacht wegtrug, oder besser gesagt: die Reste unserer letzten gemeinsamen Nacht. Ja, indem ich den Müllsack nach draußen brachte, warf ich die Quintessenz von acht Jahre gemeinsamen Lebens weg.

Ich begann also, die Müllkiste genau zu beobachten. Ich weiß nicht, wo ich es gelesen habe, aber angeblich entwickelt man, sobald man allein lebt, eine eigenartige Beziehung zum Müll – er allein vermittelt dem Menschen das Gefühl von Beständigkeit. Jeder frisch glänzende neue schwarze Plastiksack erzeugt ein Gefühl von Sauberkeit und unbegrenzten Möglichkeiten. Wenn man einen Müllsack in der Kiste ausbreitet und um den Rand herumspannt, begegnet man einem neuen Tag: Was geschehen wird, wird geschehen. Die Kiste, der Sack – sie sind die Zeugen dessen, was an einem einzigen Tag im Leben eines Menschen geschieht. Stück für Stück hinterläßt man Spuren, die im Verlauf eines Tages bewahrt werden.

Mehr als die Hälfte wird weggeworfen, alles, was man für unbrauchbar hält, was den Wünschen nicht entspricht, keinen Nutzen mehr hat. Das Verhältnis zwischen Wadschîha und mir unterschied sich letztendlich nicht davon. Selbst wenn wir es nicht wahrhaben wollten, waren wir doch nichts anderes als Müll, jeder von uns an seinem Ort, ausgekotzt vom Krieg.

Ein ganzes Jahr lang beobachtete ich die Veränderungen an der Müllkiste, genau in der Zeit, in der ich Wadschîha nicht mehr sah und aufgehört hatte, für die Zeitschrift zu arbeiten. Auch die Militäruniform hatte ich inzwischen abgelegt.

Am Anfang spielte ich mit dem Gedanken, den Garten zu bestellen oder instand zu setzen, was instand zu setzen war. Aber ich verstand weder viel von Aussaat und Anbau, noch war ich wirklich ernsthaft bei der Arbeit. Die Palmen waren verbrannt oder hatten Selbstmord begangen, wie Asîyad Lûtî es nannte. So verbrachte ich die meiste Zeit müßig. Ich hatte eine große Leere zu füllen und brauchte viel Zeit, um glauben zu können, daß der Krieg tatsächlich zu Ende war. Ich konnte nicht fassen, was Wadschîha mir in ihrem Brief geschrieben hatte. Vielleicht würden mir die Treffen mit Doktor Mâdschid und Asîyad Lûtî helfen, den Krieg zu vergessen. Den Doktor traf ich zwei- oder dreimal. Mit Chirurgen ist es so eine Sache: Sobald man über irgend etwas klagt, wollen sie es wegschneiden. Wenn man über Kopfschmerzen klagt, wollen sie einem sogar den Kopf abhacken. Doktor Mâdschid sprach nicht nur über seine Operationen und über die Schwierigkeiten und Gefahren seines Berufs, sondern auch über Operationen, die gar nicht zu seinem Metier gehörten. Er ging nicht ins Detail, und ich fragte auch nicht danach. Aber eines Tages – er hatte schon eine Menge Alkohol getrunken – gestand er mir, daß er manchmal Organe entferne und sie Menschen einpflanze, die sie brauchen. Darum könne man ihn – je nachdem – als Augen-, Harnröhren-, Hals-Nasen-Ohren- oder Abtreibungsarzt betrachten. Als er diese letzte Tätigkeit erwähnte, warf er mir einen seltsamen Blick zu, wie damals, als er mich im Auto nach Hause brachte, bevor Wadschîha mich verließ.

Fortan genügte mir die Müllkiste. Es war nicht gut, wenn jemand die Erinnerung an die Geschehnisse in mir weckte. Mit Asîyad Lûtî

hingegen besuchte ich zwei- oder dreimal den Garten. Sicherheitsunteroffizier Schâhîn Nazzâl dagegen mied ich. Wären diese wenigen Treffen nicht gewesen, es wäre mir nicht gelungen zu vergessen, was zwischen Wadschîha und mir vorgefallen war. Im Gegenteil: Je länger ich die Angelegenheit betrachtete, desto mehr Zweifel
stiegen in mir auf. Was half es da, daß Asîyad Lûtî mir erzählte, auch
er lebe eigentlich allein, weil seine Frau ihn seit ihrer Heirat nur ge-
legentlich besuche (er verschwieg mir, daß sie sich Iftaim Pay Day
angeschlossen hatte), was ihn eigentlich auch nicht weiter störe –
besser, sie sei weit weg, als daß sie ihm fortwährend Kopfschmerzen
bereite. Wie notwendig ist es manchmal, sich Gedanken darüber zu
machen, auf welche Dinge man verzichten könnte: sie auszuwäh-
len und wegzuwerfen.

Wadschîha war nicht mehr da, die Iraner waren nicht gekommen, der Geschütz- und Flugzeuglärm war nicht mehr zu hören,
der Krieg war vorbei. Aber der Krieg kam genau ein Jahr später
zurück (ihm voraus ging der strenge Geruch nach Zwiebeln und
Knoblauch, weil *er* es war, der an die Tür klopfte, um mir die Nachricht zu überbringen), wenn auch als Spektakel, an dem wir, Wadschîha und ich, erneut teilnehmen mußten.

39

Folgendes ließ die Regierung verlautbaren:

»Am Abend vor dem Fest anläßlich des ersten Jahrestags des Sieges über die Perser, des zwanzigsten Jahrestags des Erscheinens des Herrschers, des zehnten Jahrestags seiner Machtübernahme im großen Land soll für einige Stunden eine Simulation stattfinden, ein Fest im Süden des Landes, insbesondere in der Region um Basra, von Qurna im Norden bis Umm Qasr im Süden, wie die Bewohner es nie zuvor erlebt haben. Simuliert wird ein Luftangriff in der Region Qurna, dort, wo Euphrat und Tigris aufeinandertreffen. Dies bedeutet, daß der Zugang zur Qurna-Brücke gesprengt werden soll, um das Überqueren der Brücke unmöglich zu machen. Zunächst werden Kunstflieger ihre Runden über Qurna drehen und durch Rauchzeichen in der Mitte der Brücke das Ziel markieren, um den Angriff der Kampfflugzeuge zu erleichtern.

Vielleicht fragen sich jetzt einige Voreingenommene nach Sinn und Zweck dieser Aktion, da die feindlichen Flieger ihre Bomben ohne Vorwarnung abwerfen werden. Doch wir sagen diesen Intriganten, daß sie die Regeln des ehrenhaften Kriegs nicht kennen, die besagen, daß man den Gegner nicht ohne Vorwarnung angreifen soll! Haben wir ihn etwa nicht einen Monat vor unserer Kriegserklärung gewarnt? Wir taten dies ungeachtet dessen, was der verabscheuungswürdige Feind unternahm, im Rahmen unserer Prinzipien, des islamischen Rechts und des Erbes unserer ruhmreichen Nation, die in ihrer gesamten Kriegsgeschichte keinen einzigen Angriff ohne Vorwarnung unternommen hat! Was zählt, sind nicht Nutzen oder Schaden des Kampfes, sondern der Kampf an sich! Weil wir rechtschaffen sind und treu zu unseren Prinzipien stehen, gewinnen wir jeden Krieg – Gott ist unser Zeuge.

Sobald das Rauchzeichen für jedermann sichtbar ist, werden die Kampfflugzeuge sich entfernen und die Rettungsmannschaft wird

sich am Boden versammeln. Dann wird man an der Spitze der frei-
willigen Feuerwehrleute einen Theater- und einen Filmschauspieler
sehen. Denn die Feuerwehr rekrutiert ihre Helfer hauptsächlich aus
Kultur und Medien, insbesondere aus Theater und Film. Nun kann
die zurückkehrende Fliegerstaffel ihren Angriff starten: Die Flugzeuge werden ein wenig höher fliegen müssen, während Kanonen
und Luftabwehrgeschütze losfeuern können. Weil es sich aber um
ein bloßes Manöver handelt, darf keines der Geschütze die Flugzeuge treffen oder in ihrer Flugbahn behindern. Die Flugzeuge werden weiterhin ihre Kunststücke fliegen, während die mit chemischen Spengköpfen versehenen Bomben erst auf der Führerbrücke
(früher Qurna-Brücke) explodieren und diese sprengen sollen.

Auch das in die Kämpfe verwickelte Artillerieregiment kann vor
dem feindlichen Angriff nicht gerettet werden. Wir wissen nicht,
was das Regiment dort zu suchen hat. Die Befehle der Führung waren eindeutig: kein einziges Artillerieregiment, sondern nur Luft-
einheiten dorthin zu schicken, weil wir unsere Jungs nicht zu Kano-
nenfutter machen werden. Wir sind anders als der Feind, der seinen
Kindern den Schlüssel zum Paradies zusteckt, indem er sie losschickt,
damit sie die Wege der Streitkräfte von Minen säubern. Wir haben
so etwas nie gemacht! Nur wenn die Lage es erfordert, werden wir
nicht zögern, zu einem solchen Mittel zu greifen – auch wenn wir
alles daransetzen werden, nicht zu viele unserer Kinder zu opfern.
Der feindliche Angriff auf die Führerbrücke kam unerwartet. Es
wird aussehen wie ein trauriger Unfall, eine Niederlage für unsere
militärischen Kräfte.

Wir versprechen, daß sich so etwas nicht wiederholen wird und
daß wir nicht vergessen werden, die Verantwortlichen des Regi-
ments vor das Militärgericht zu stellen, falls die Führung nicht
noch am Tag der Parade ein Urteil fällen wird. Obwohl die Führer
unserer großartigen Nation uns heldenhaft verteidigt haben, wird
es so aussehen, als wären wir ein weiteres Mal von den feindlichen
Fliegern angegriffen worden: Ihre Brandbomben werden diesmal
nicht fehlgehen, nicht zu der Brücke, nicht zum Platz gegenüber
vom Baume unseres Vaters Adam in Qurna. Ein Teil der Brücke wird
zerstört werden. In den Häusern in der Nähe des Adamsbaums stür-

zen die Dächer ein, doch ihre Bewohner, größtenteils Frauen und Kinder, werden nicht durch die herabfallenden Trümmer umkommen, sondern werden in den lodernden Flammen in ihren Häusern den Tod finden – ein weiterer unverzeihlicher Fehler des Distriktleiters und des Parteivorsitzenden. Warum haben sie diese Unschuldigen nicht aufgefordert, ihre Häuser zu verlassen? Der Befehl der Führung war eindeutig: Bezirke in der Gefahrenzone sind sofort zu evakuieren! Doch dreiunddreißig Frauen und Kinder sowie fünf alte Männer sind bereits gefallen! Die Verantwortlichen müssen vor Gericht gestellt werden, wo über ihr Schicksal bestimmt werden soll, das des Befehlshabers des Artillerieregiments und seiner Offiziere!

Ein großer Teil der Brücke und viele Häuser werden zerstört sein. Die Kämpfe werden auf andere Orte im Süden übergreifen und dort Verhehrung hinterlassen: Karama 'Alâ, das alte Basra und 'Aschâr werden in Ruinen verwandelt. Aus dem erhaltenen Zentrum werden Rauchwolken emporsteigen. Die Zahl der Opfer erhöht sich ständig. Häuser brennen: in Ma'aqal, Dschumhurîya, Tamîmîya, Sâ'î, Chanduq, im Dschasa'ir-Viertel, am Umm-al-Brum-Platz in Basra.

Das Feuer erstreckt sich bis in die an Basra grenzenden Bezirke und dehnt sich weiter aus – bis nach Qurna, wo Seine Majestät mit seinen Gästen dem Manöver beiwohnt. Überall schreien Mütter nach ihren Kindern, die wiederum weinend nach ihren Müttern suchen, keiner denkt an die Väter, es ist Krieg, und sie sind überall, wo sie nicht sein sollten. Es ist Krieg, und im Krieg hat jeder Mann an dem für ihn bestimmten Ort zu sein. Und dennoch werden wir nicht die Hoffnung auf den Endsieg verlieren! Denn Seine Majestät, der Führer dieser Nation, die Seele dieses großen Volkes, ist am Leben und hält mit seiner überragenden Vernunft das Steuer der Operation in der Hand. Wie groß die Zerstörungen auch sein mögen: wenn er nur seine Hand ausstreckt, geht stets die Frühlingssonne auf.«

Über diesen Plan wurden wir über Radio und Presse ausführlich informiert. Auch Sicherheitsunteroffizier Schâhîn Nazzâl erläuterte ihn mir, als er mich besuchte. Er zeigte mir die originalgetreue Abschrift des Ablaufs der Parade, die einer der Gäste vorgeschlagen hatte: der portugiesische General Carduso, ein Fuchs der Kriege, die Portugal geführt hatte, in denen Unmengen von Kommunisten ums Leben kamen, nicht nur in Portugal, sondern auch in den afrikanischen Kolonien. Trotz seines hohen Alters bestand dieser Mann darauf, bei der Simulation anwesend zu sein und persönlich die Organisation der Parade zu überwachen – ganz so, wie er sie vor dreißig Jahren für General Salazar organisiert hatte.

Er sehe, sagte er, in unserem Führer und seinem Willen zum Sieg eine Fortsetzung der Generäle Salazar und Franco. Die Parade sei ein kleines Wiedergutmachungsgeschenk Spaniens und Portugals für zwei Öltanker, die Seine Majestät den Führern dieser Länder Anfang der siebziger Jahre geschenkt habe. Einige Schriftsteller hätten für diese Parade jedoch nur Hohn übrig, wie der portugiesische Schriftsteller Gose Saramco (er meinte wohl José Saramago), dessen Text ein einheimischer Schriftsteller später so oft zitiert hat. Den Gedanken, ein solches Spektakel zu organisieren, kenne man schon aus dem klassischen Drama: bei Ichylos (er meinte Aischylos) oder bei Shaskepeare (er meinte Shakespeare), bei Hinrisch VIII. (er meinte Heinrich VIII.) oder bei Rischard III. (er meinte Richard III.).

Zum erstenmal hörte ich Sicherheitsunteroffizier Schâhîn Nazzâl als Theaterkritiker. Vielleicht bemerkte er meine Verwunderung, denn er beeilte sich, mich zu erinnern: »In der Schule haben wir zusammen Theater gespielt. Später habe ich mich mehr für Theaterkritik interessiert. Mit Sicherheit wäre ich einer der besten Theaterkritiker des Landes geworden, wenn das Amt des Sicherheitsunteroffiziers nicht so verlockend gewesen wäre.«

Schon als ich am Morgen das Radio eingeschaltet hatte, hörte ich von der Parade. Es war Mittwoch, der Tag, an dem die Müllabfuhr kam und die Müllkisten noch mehr als sonst meine Aufmerksamkeit auf sich zogen. Schon deshalb spielte ich nicht mit dem Gedanken, hinauszugehen und mir die Parade anzusehen. Merkwürdigerweise kam die Müllabfuhr nicht vormittags, wie sonst, so daß ich zu Hause blieb und wartete.

Vielleicht war ich ein wenig eingenickt, denn als ich wieder zu mir kam, hörte ich jemanden an die Tür klopfen. »Na endlich, sind sie also doch gekommen«, dachte ich in der Annahme, es sei die Müllabfuhr. Doch als ich die Tür öffnete, erschlug mich der strenge Geruch nach Zwiebeln und Knoblauch.

»Du steckst tatsächlich zu Hause, bei dem Lärm! Du mußt mitkommen, du wirst heute dringend gebraucht!«

Ich gab ihm ein Zeichen, auf mich zu warten, und holte den Haustürschlüssel. Wir hatten schon ein Stück des Weges zurückgelegt, da fragte ich: »Braucht man mich als Dolmetscher?«

»Nein, nein. Du wirst gleich sehen, daß sich verwirklicht, was ich dir versprochen habe«, erwiderte er prompt.

Ich tat so, als verstünde ich ihn nicht. Ich hatte wirklich keine Lust, mir anzuhören, was er über unsere jugendlichen Theaterkünste zu berichten hatte. Also schwieg ich. Vielleicht erwartete er, daß ich mich bei ihm bedankte. In den letzten Tagen hatte er nämlich, wo immer wir uns trafen, versucht, mich davon zu überzeugen, daß ich ein guter Schauspieler sei. Aber ich sagte nichts. So fügte er hinzu: »Du mußt nur mitkommen!«

Er war irgendwie aufgeregt, bis er schließlich einen Haufen Papier hervorkramte. In der Annahme, es handle sich um das Programm, kamen ungewollt ein paar Fotos zum Vorschein. Nicht zu übersehen: Es waren vier oder fünf Fotos, die Asîyad Lûtî nackt neben einer Frau zeigten, deren Gesicht nicht zu erkennen war. Seine Frau Ma'ali war es nicht. Er raffte die Fotos rasch wieder zusammen und fing an zu stottern, als hätte ich ihn bei einem Verbrechen ertappt: »Es war nicht meine Absicht, dich mit dieser Sache zu belästigen. Es interessiert dich sicher auch nicht.«

Ich hatte keine Ahnung, was er diesmal meinte.

»Ich komme gleich auf den Punkt: Wenn ich mich nicht so sehr in sie verliebt hätte, wäre ich nicht gezwungen gewesen, zu diesem Mittel zu greifen.« Er deutete auf die Fotos, dann verfiel er in Schweigen, seine Stirn war naß von Schweiß. Obwohl ich seine Geschichte nicht hören wollte, fing er an, sich über seine Liebe zu Ma'ali auszulassen. Und ich hörte gezwungenermaßen zu, wie man täglich ungewollt Lieder hört, die dann zu Ohrwürmern werden.

Beiläufig sagte ich zu ihm: »Damit hetzt du nicht nur Ma'ali und Asîyad Lûtî, sondern auch Iftaim Pay Day gegen dich auf.«

Er zog ein aschefarbenes Taschentuch hervor und wischte sich den Schweiß von der Stirn. Als er merkte, daß ich auf dem Taschentuch den gestickten Namen Ma'ali entdeckt hatte, lachte er traurig und verstaute es wieder in seiner Tasche. Dann schob er seinen Hemdsärmel hoch und zeigte mir eine Tätowierung auf dem Unterarm: »Tod oder Ma'ali«.

Ich mußte grinsen, doch innerlich explodierte ich. Ich erinnerte mich an ein Geschenk, das Wadschîha einmal von einer kubanischen Delegation erhalten hatte. Es sah aus wie eine große Zigarrenschachtel, auf der mit Tabakblättern geschrieben stand: »*Sozialismo o muerte*« (»Sozialismus oder Tod«).

»Iftaim Pay Day hat die großen Bosse gegen mich aufgebracht und mir mehrmals gedroht. Aber mir ist alles egal. Die Liebe ist das Wichtigste. Ich habe so viele Menschen aus Liebe zum Kommunismus unter der Folter sterben sehen. Für eine solche Überzeugung will ich nicht sterben. Ich sterbe aus Liebe. Es gibt keine Liebe ohne Zwang, niemand liebt freiwillig.«

Ich dachte, wie sehr die Zeiten sich geändert hatten. Es herrschte Krieg, und ich mußte mir die Liebesweisheiten des Sicherheitsunteroffiziers anhören.

»Liebe ist wie eine Pflicht: Sie ruft dich, und du gehorchst. Ist es an der Zeit für die Liebe, erfüllst du sie und diskutierst nicht.«

Ich unterbrach ihn wieder: »Das sind ja die Hauptprinzipien der Partei: Zuerst die Pflichterfüllung und dann die Diskussion.« (Diese Prinzipien hatten in meinen Augen immer etwas Seltsames an sich: Warum muß nach der Erfüllung noch diskutiert werden?)

Er holte Luft, offensichtlich machte ihm diese Unterhaltung mit mir Spaß. »Es gibt auf der ganzen Welt keine Liebesgeschichte, die glücklich endet. Es ist wie in der Politik. Wenn ich Menschen quäle, denke ich manchmal darüber nach, was sie dazu bringt, Widerstand zu leisten, wenn nicht die Liebe zu einer Idee, der sie verfallen sind. Nur im Widerstand ähneln wir einander. Für einen Liebenden gibt es nichts Schlimmeres, als sehen zu müssen, daß ein anderer seine Liebe verrät. Wenn du die Wahrheit wissen willst, dann sage ich dir: Es gibt keine wahren Liebenden! Die meisten wenden sich nach ein bißchen Folter von ihrer Liebe ab, schwören oft schon beim Betreten des Gefängnisses ihrer Liebe ab. Dann freue ich mich aus tiefster Seele, weil ich die Gewißheit erlange, daß keiner mehr liebt als ich.« Irgendwie berührten mich seine Worte: Wo stand Wadschîha, wo stand ich in dieser Metapher? Wer verriet wen? Wer quälte wen? Wer war der Henker, wer das Opfer, seit unsere Beziehung den Maßstäben des strengen Geruchs nach Zwiebeln und Knoblauch unterworfen worden war? Vielleicht starrte ich deshalb so lange auf die Müllkiste, wie immer, wenn neue Gedanken mich überfluten.

»Aber jetzt ruft eine andere Pflicht«, sagte er, holte ein paar Seiten hervor, sortierte sie, ordnete sie neu und überreichte sie mir. »Wirf mal rasch einen Blick drauf. Dies sind die Anweisungen für die Parade, die deine Frau aus dem Spanischen übersetzt hat – selbstverständlich ohne die Ironie des portugiesischen Schriftstellers und den unseres einheimischen Feiglings. Du sollst jetzt in ihrem Sinn handeln, buchstäblich. Wir müssen alles tun, um ihnen zu zeigen, daß wir militärisch perfekter sind als andere Völker. Vergiß nicht, daß parallel eine Verhaftungsszene läuft, die extra verfilmt wird.«

»Wird Wadschîha dort sein?« fragte ich kalt.

»Ich nehme es doch an.« Aber da wurde er schon mißtrauisch: »Du weißt nicht, ob sie dort sein wird?«

»Doch, doch. Sie ist nur gerade zu Besuch bei ihrer Familie«, und ich schaute interessiert in die Papiere.

Bevor ich zu Ende gelesen hatte, hörte ich ihn etwas sagen, was ihn wohl schon lange belastete: »Ich möchte dich um etwas bitten. Du bist der einzige, der den Ausgang meiner Geschichte kennt. Wenn ich sterbe, dann nenne mich den Märtyrer der einzigen Liebe, Märtyrer Sicherheitsunteroffizier Schâhîn Nazzâl, gestorben, weil er seine Pflicht tat, ohne zu wissen, warum.«

40

Sobald ich den übersetzten Originaltext gelesen und zusammengefaltet in meine Tasche gesteckt hatte, folgte ich Schâhîn Nazzâl. Ich konnte den Text auswendig und stellte keine Fragen, sondern machte ihm einfach alles nach. Er, besser gesagt: sein strenger Geruch nach Zwiebeln und Knoblauch, ging voraus, ich hinterdrein. Schnell legten wir unsere Strecke zurück, bis wir in die Nähe der Menschenmenge kamen, die sich um die Tribüne herum gesammelt hatte. Bisher herrschte noch kein Gedränge, so daß wir gut vorankamen. Kein Flugzeug war am Himmel zu sehen. Doch die Mannschaften der Sicherheitspolizei wurden bereits unruhig. Hinter ihnen tauchten vereinzelt Mitglieder der republikanischen Garden auf, die Leibwächter nahmen weiter hinten Aufstellung, in der Nähe der Tribüne, und erteilten ihre Befehle. Kurz darauf eilten bewaffnete Männer herbei, um die Menschen zur Seite zu treiben.

Sodann hielt eine Reihe von Mercedes-Wagen der Regierung Einzug: In einem von ihnen saß der Herrscher mit einigen männlichen Mitgliedern seiner Familie, in den anderen saßen die arabischen und ausländischen Delegationen. Plötzlich hörte man einen Warnschuß, gleich darauf heulten die Sirenen los. In Scharen flatterten Tauben auf, deren Flügel wie Leuchtraketen zuckten. Der strenge Geruch nach Zwiebeln und Knoblauch kam näher, und ich hörte ein Flüstern: »Irgend etwas läuft hier nicht nach Plan.« Was hier nicht planmäßig lief, war der Warnschuß, der abgefeuert wurde, bevor die Flieger ihre Rauchzeichen hatten aufsteigen lassen. Erst danach sollten die Sirenen heulen und die Gegenflieger ihre Schüsse abfeuern – doch sie hatten geschossen, bevor die Mercedes-Wagen überhaupt die Tribüne erreicht hatten. Aus einem Mercedes ertönte die Stimme des Herrschers, der fragte: »Was ist da los?« Worauf eine andere Stimme, die Stimme des Chefs der Leibwächter, erwiderte: »Keine Sorge, Exzellenz.« Es war nicht zu hören, ob die Stimme etwas über einen Fehler verlauten ließ.

Doch plötzlich sah ich die Flugzeuge in den Himmel aufsteigen, die Menge wogte. Ich erhob die Hände, während die Menge schrie: »Seht euch das an, seht euch das an, seht euch das an!« Ich weiß nicht, warum die Bewohner dieses Landes immer alles dreimal wiederholen müssen. Für einen Augenblick kehrte Ruhe ein, dann hörte man eine heftige Explosion, während gleichzeitig eine schwarze Rauchwolke aufstieg. Aufregung und Anspannung breiteten sich aus. Aus Angst vor den Bombensplittern trat ich den Rückzug an. Da hörten wir jemanden flüstern, daß der Rückweg durch die republikanischen Garden versperrt sei.

Minutenlang explodierten die Bomben. Die Soldaten der republikanischen Garden setzten ihre Schutzmasken auf. Warum aber waren die Masken so wichtig, wenn man doch davon ausging, daß es sich hier um eine Simulation handelte?

Dann war offenbar alles vorbei. Die Müllabfuhr, auf die ich den ganzen Tag vergeblich gewartet hatte, begann, den Platz zu säubern und die Überreste des explodierten Materials wegzuräumen. Diesmal luden sie mit riesigen Schaufeln auch anderes auf: Es herrschte Krieg, und der ertrug keine kleinen Besen. Straßen und Plätze von den Bombensplittern zu reinigen war keine Hausfrauentätigkeit. Die Müllabfuhr, die mich den ganzen Tag hatte sitzenlassen, war plötzlich gekommen, um den Kriegsdreck wegzuräumen, die richtigen Männer am richtigen Ort. Denn die Müllmänner verrichteten ihre Arbeit treu und ergeben: Erst hoben sie den Dreck auf ihre Schaufeln, dann schütteten sie ihn in ihre Müllwagen, die diesmal vom Militär bereitgestellt worden waren. Sie führten ihre Arbeit korrekt zu Ende und ließen sich durch das Geschrei und die sich schubsenden Menschenmassen nicht beirren, traten in den schwarzen Rauchberg ein und kamen unversehrt wieder heraus. Dann wandten sie sich in Richtung Staatsflagge, die am Tank des Müllwagens befestigt war und auf der ganz allein eine verirrte Taube saß. Ich schaute sie an und wollte gerade Sicherheitsunteroffizier Schâhîn Nazzâl auf diese Taube hinweisen. Doch er hatte sie schon selbst entdeckt und zupfte mich am Ärmel: »Dies ist das Zeichen. Komm mit.«

»Was meinst du?«

Er drückte mir einen Revolver Kaliber .38 in die Hand: »Steck den Revolver in den Gürtel unter die Jacke und bleib an meiner Seite. Du tust nur, was ich auch tue.« Er winkte einer Schar Feuerwehrleute im Gefolge der Film- und Theaterleute zu, die schon anfingen, ihre Feuerwehrkluft gegen ihre normale Kleidung einzutauschen. Sie saßen auf Kisten, die alles enthalten mochten, nur keine Feuerwehrausrüstung. Ein kurzer Blick auf den Revolver ließ mich ein Band roter Spitze entdecken, das um ihn gewickelt war. Dann steckte ich ihn unter der Jacke in meinen Gürtel.

41

Auf einmal wurde Schâhîn Nazzâl nervös. Ohne Zweifel würden wir jetzt eine wichtige Aufgabe erfüllen, die ihm von höchster Instanz aufgetragen worden war. Aus diesem Grund weihte Schâhîn Nazzâl mich nicht in das Vorhaben ein, sondern ich mußte mich überraschen lassen. Die jetzige Situation war nicht mit den Observierungen und Verfolgungen zu vergleichen, die Schâhîn Nazzâl routinemäßig bei politisch Verdächtigen durchführte. Diese würden schnellstmöglich verhaftet und im Gefängnis der Staatssicherheit verhört. Dort wurden alle erdenklichen Praktiken angewandt, um sie dazu zu bringen, ihren geliebten Vorstellungen abzuschwören. Durch die Verhöre wurden ihnen Geständnisse abgepreßt, bis es schließlich nichts mehr gab, was sie liebten. Weigerten sie sich, gab es genügend Methoden, sie zu zwingen, das zu bekennen, was man hören wollte.

Schâhîn Nazzâl tastete nach dem Revolver unter seiner Jacke, während er sich einen Weg durch die Menge bahnte und mir bedeutete, ihm zu folgen. Wir gelangten an einen anderen Platz, wo wir die Menge hinter uns ließen. An der Ecke eines prächtigen Hauses blieben wir stehen. Von dort aus konnten wir den gewaltigen Dampfer im Schatt al-Arab sehen, der während der Parade das Wasser durchkreuzen und an der Tribüne vorüberfahren sollte, wo der Herrscher mit seinen Ehrengästen stand.

Hinter den Stämmen einiger Bäume entdeckte ich Männer, deren Gesichter nicht zu erkennen waren. Sie standen dort genauso wie wir. Sie warteten wohl auf ein Zeichen, das den Sturmangriff ankündigen sollte. Schâhîn Nazzâl blickte in Richtung Dampfer. »Los, weiter«, flüsterte er noch nervöser. Die anderen Männer kamen hinter den Bäumen hervor, jetzt waren ihre Gesichter zu erkennen. Fünf von ihnen waren berühmte Filmschauspieler. Ich ging als letzter hinter ihnen her, bis wir am Fallreep des Schiffs ankamen. Wir betraten es nicht sofort. Zwei der Männer blieben draußen, um die Luken zu überwachen. Die fünf anderen Männer erklommen hinter dem blassen Sicherheitsunteroffizier Schâhîn Nazzâl die Schiffstreppe. Sein Blick verriet Angst und Ratlosigkeit. Er hatte uns eingeschärft, ohne Vorwarnung zu schießen, falls einer fliehen wollte. In der Kabine hustete jemand; Schreie und eilige Schritte waren zu hören. Schâhîn Nazzâl brüllte ungeduldig: »Keiner rührt sich von der Stelle!«

Er hob die rechte Hand zum Zeichen des Angriffs. Nun genügte ein Fußtritt, um die Tür aufzustoßen. Die Männer stürzten los. Plötzlich ging das Licht in den Kabinen an, und es herrschte absolute Stille. »Keiner bewegt sich!« brüllte Sicherheitsunteroffizier Schâhîn Nazzâl und fuchtelte mit seinem Revolver herum. Die Offiziere, die wir überrascht hatten, konnten sich nicht mehr über den Niedergang nach draußen retten. Sie wußten, daß der Fluchtweg gut bewacht war. Als die drei Offiziere ihre Hände hoben, waren ihre Rangabzeichen zu erkennen: der erste war ein Oberstleutnant der Marine, der zweite ein Hauptfeldwebel der Luftstreitkräfte, der dritte ein Hauptfeldwebel der Artillerie.

Sicherheitsunteroffizier Schâhîn Nazzâl sagte lachend: »Ihr seid alle verhaftet!« Dann schaute er aus dem Fenster und fragte die Männer, die den Eingang blockierten: »Habt ihr jemanden fliehen sehen?« Und die Antwort: »Ja, einer ist geflohen.« Der wichtigste Mann, der die Verantwortung für das Komplott trug, war also weg. In diesem Moment rief der Regisseur, der uns mit seinem Team die ganze Zeit verfolgt hatte und die Szene filmte: »Schnitt!«

Für Sicherheitsunteroffizier Schâhîn Nazzâl sollte das Spektakel erst jetzt beginnen: das Verhör der Verhafteten, das Herauspressen der Geständnisse. Der Regieassistent beruhigte ihn und meinte, daß man den Geflüchteten sofort fassen würde und daß er, Schâhîn Nazzâl, jetzt die Aufgabe habe, die Verhafteten vor die Herrschertribüne zu führen. Was für ein großartiger Moment! Doch wie würde der Herrscher reagieren, erführe er, daß ein gefährlicher Verschwörer geflohen war? Sicherheitsunteroffizier Schâhîn Nazzâl zitterte ein wenig.

Als wir wieder auf die Straße traten, schrie er den Schauspielern, die die Luke bewachten, zu, sie sollten uns folgen und niemanden fliehen lassen. Sie hätten den Vorfall gefälligst als Tatsache und nicht als Schauspiel zu betrachten. Es gehe um den Ruf der Sicherheitskräfte und des gesamten Landes. Schließlich drehe sich immer alles, ja, alles, um die Verhaftung, und zwar nicht nur hier, in diesem Paradeschauspiel. Seit eh und je halten große Nationen – mit der Waffe im Anschlag – andere in Schach.

Für Schâhîn Nazzâl war alles klar. Nicht klar war mir allerdings, ob der Regisseur und sein Team alle Einzelheiten des Spektakels und ihre Rollen von vornherein kannten. Und ich selbst? Worin bestand meine Rolle in diesem Spiel, das die improvisierte Nachahmung eines Spektakels sein sollte, das vor dreißig Jahren in Portugal stattgefunden hatte? Meine Teilnahme ging zweifellos auf seinen Vorschlag zurück. Erzählte er mir nicht jedesmal, wenn er mich traf, wie sehr er sich nach der Jugendzeit sehne und wie schön es gewesen sei, als wir zusammen Theater gespielt hätten? Vergeblich versuchte ich, ihm klarzumachen, daß es sich damals bloß um Kinderspiele gehandelt habe. Doch er widersprach mir vehement und meinte, daß auch mein Widerstand nur Spielerei sei. Dann seufzte er. Vielleicht würde eines Tages ein cleverer Regisseur ihn entdecken und eine Art irakischen James Bond aus ihm machen, der dem »kolonialistischen« James Bond den Rang ablaufen würde. Keine Ahnung, ob ihm seine heutige Rolle Spaß machte.

Wir waren etwa fünfzehn oder zwanzig Minuten unterwegs, als wir auf die Leibwächter stießen, die der vordersten Abteilung den Weg versperrten und drohend fragten: »Sollen das die einzigen Verschwörer sein?«

»Ja.« Sicherheitsunteroffizier Schâhîn Nazzâl versetzte den Verhafteten mit dem Griff seines Revolvers einen Stoß.

Instinktiv wich ich zurück. Ich wollte mich umwenden, aber es war wohl besser, nicht direkt in die Kamera zu blicken. So war ich gezwungen, einen Blick auf die Ehrentribüne zu werfen, die am Ufer des Schatt al-Arab am Baume Adams errichtet worden war, genau dort, wo Euphrat und Tigris aufeinandertrafen, bevor ihr Lauf so verändert wurde, daß sie erst fünfundsechzig Kilometer von Qurna und fünfzig Kilometer von Garma 'Alî entfernt zusammenfließen. Dort stand der Herrscher, vertieft in den Anblick des Spektakels, flankiert von seinen Ehrengästen, den Delegationschefs aus den Bruder- und Freundesländern. Der Herrscher hatte nicht versäumt, rechts und links von sich Plätze freizuhalten, mit Holzschildern gekennzeichnet: In Kufischrift stand auf dem einen »Salâh al-Dîn al-Ayyûbî«, in Kursivschrift auf dem anderen »Gamal Abd el-Nasser«.

Auf einmal sah ich sie: Wadschîha stand neben dem Vertreter der kubanischen Delegation. Es genügte ihr offenbar nicht, den Ablauf der Parade zu übersetzen. Sie nahm auch selbst an der Parade teil und trug wie die Kubaner eine Khakiuniform. Ich starrte sie wie hypnotisiert an. So achtete ich nicht auf die Gruppe von Männern vor mir und wandte mich ihr erst zu, als Schüsse abgefeuert wurden und Schreie ertönten. Jetzt ging alles sehr schnell: das Geballer der Schüsse, das Geschrei der Verfolgten. Als entspräche alles einem vorgefertigten Drehbuch, rannten die Häftlinge davon, hinter ihnen die Leibwächter, die uns aufgehalten hatten. Doch die Menge versperrte den drei Männern den Weg, und die Leibwächter eröffneten das Feuer. In einer Blutlache gingen die Verfolgten zu Boden. Vielleicht wünschte sich Schâhîn Nazzâl, daß der Regisseur in diesem Moment sein Schild hochheben und »Schnitt« rufen würde, aber nichts dergleichen geschah. Die Leibwächter kehrten zurück und brüllten: »Idiot! Dummer Schruqi! Die Männer fliehen, und du stehst hier rum und gibst nicht mal den Befehl, sie aufzuhalten!«

Sicherheitsunteroffizier Schâhîn Nazzâl versuchte sich zu rechtfertigen, aber er stotterte nur. Als er einen zweiten Versuch wagte und sich dem Leibwächter näherte, entleerte dieser das gesamte Magazin seines Revolvers in Schâhîn Nazzâls Unterleib. Der Regieassistent hob sein Schild hoch und rief unter dem Applaus aller Anwesenden: »Schnitt.« Der Leibwächter forderte uns auf, auseinanderzugehen, und gab den anderen Offizieren in der Nähe der Tribüne ein Zeichen. Da hörte man auch schon die Schüsse aus den Luftabwehrgeschützen, was bedeutete, daß die Parade zu Ende war. Anfangs zögerte ich, mich allein auf den Heimweg zu machen. Ich wollte noch auf Schâhîn Nazzâl warten, der sich in seiner Blutlache wand, und ihm sagen, daß der Film abgedreht sei und er aufstehen könne. Aber schon sah ich die Sanitäter mit einem Brett herbeieilen und ihn aufbahren, diesmal ohne Begleitung der Kamera. Schwach flüsterte er mir zu: »Im Originaltext ist der Sicherheitsunteroffizier, mein portugiesischer Kollege, nicht gestorben ... Warum bloß habe ich nicht akzeptiert, daß sie einem anderen die Hauptrolle überlassen? Du hast recht: Ich bin kein guter Schauspieler. In der Schule – das war nur Spielerei.«

Er tastete nach meiner Hand, und bevor ihm die Stimme versagte, fügte er hinzu: »Ich möchte dir noch etwas anvertrauen. Es geht um Wadschîha ...« Vergeblich versuchte er weiterzusprechen, aber er brachte seinen Satz nicht zu Ende.

Gern hätte ich ihn nach dem Geheimnis gefragt, das ihn offensichtlich belastete, aber ich hatte nicht genügend Zeit. Schon wurde er von den Sanitätern abtransportiert. Danach habe ich ihn nicht wiedergesehen.

Zu Hause warf ich mich aufs Bett: Ich war noch am Leben. Ich schaltete die Klimaanlage ein, eine angenehme Brise wehte durch meine Kleider. Ich wollte herausfinden, welche Gefühle die Erinnerungen an die Ereignisse dieses Tages in mir wachriefen. Welch ein Ende hatte Schâhîn Nazzâl nehmen müssen! Anders als das Ende, das vor dreißig Jahren in Lissabon stattgefunden hatte. Ich war wie gelähmt, blockiert, verwirrt und hatte nur das Gefühl, daß mich nichts wirklich berührte.

Sicherheitsunteroffizier Schâhîn Nazzâl und ich, die wir an diesem seinen Todestag nebeneinandergestanden hatten, konnten einander weder trösten noch über unsere gegenseitige Zuneigung sprechen. Ich weiß nicht, ob er mir gegenüber dieselben Gefühle hegte. Vielleicht war er zu echten Gefühlen nicht fähig und deshalb Sicherheitsunteroffizier geworden? Aber ich war nicht verantwortlich für sein Leben, für seine Entscheidungen. Ich weiß nur, daß wir beide (ohne jeden Zusammenhang zwischen unseren Berufen) bis zum schrecklichen Ende Angst hatten und unfähig waren, einander zu trösten. Vielleicht hätten die Ereignisse eine andere Wendung genommen, wenn wir dazu imstande gewesen wären. Andererseits geriet in diesen Augenblicken alles durcheinander, es wurde schwierig, zwischen Wirklichkeit und Einbildung, Leben und Schauspiel zu unterscheiden. Dies betraf nicht nur die Vorfälle an der Ehrentribüne, am Baume Adams, sondern mein ganzes Leben. Irgendwie standen hinter mir ein Regisseur und ein Kameramann, die ein Szenario drehten, das vor langer Zeit entstanden war. Es betraf auch Sicherheitsunteroffizier Schâhîn Nazzâl, der ein anderes Ende nahm als geplant. Er starb weder als Märtyrer für seine einzige Liebe noch als Sicherheitsunteroffizier Schâhîn Nazzâl in Erfüllung seiner Pflicht. Er starb, ohne zu wissen, warum. Er spielte seine Rolle, von der er genausowenig abweichen konnte wie ich von der meinen. Der einzige Unterschied zwischen uns liegt darin, daß er jetzt tot ist, während ich noch am Leben bin.

Ich rief: »Gut! Wieder bin ich um ein verflucht dünnes Haar davongekommen! Ja, das kann man wohl sagen! Der Tod zeigt sich nicht, und doch spüre ich seinen Atem in Hof und Zimmer. Seine roten Augen funkeln in der Dunkelheit, mit seinen kalten Händen will er mich packen. Aber ich entkomme ihm immer wieder. Warte auf mich, warte auf mich! Ich bin noch am Leben, wieder einmal habe ich meine Haut gerettet!« Ich schlafe auf dem Sofa im Wohnzimmer ein, in dieser nächtlichen Finsternis, die sich mitten in der Stille der Zerstörung ungewöhnlich früh über die Stadt gelegt hat. Nur das Zirpen der Zikaden ist zu hören, die ihre Stimmen wiedergefunden haben.

Ich legte meinen Kopf auf das Kissen und fiel vollständig bekleidet in eine Bewußtlosigkeit, die mich allmählich aus dem Zimmer trug, aus der Stadt, aus dem Süden, aus dem Land. Aber plötzlich sehe ich die Lichter eines Schiffs, das den Schatt al-Arab verläßt. Es verschwindet, gleitet an dem zum Fluß hinausgehenden Wohnzimmerfenster vorbei. Ich wünsche mir, daß Wadschîha bei mir wäre, meine Frau, damit wir sofort abreisen und nicht zurückkehren.

Aber ich erwache vollends von leichtem Pochen an das andere Fenster, das noch von einer Gardine bedeckt ist, begleitet von einem sanftem Flüstern: »Mach auf, ich bin's ...«

Dritter Teil
Numeri

42

»Willkommen, herzlich willkommen in der Stadt Tell al-Lahm!«
Der Mann schüttelte meine Hand so schmerzhaft, als wollte er
mich schnurstracks hinauswerfen aus diesem Ort. Ich fing gerade
an, ihn mir wieder vorzustellen. In Wirklichkeit gibt es in dieser Gegend keine Berge. Tell al-Lahm, Fleischberg ist ein symbolischer
Name für den Weg, der zwischen dieser Region und der Grenze zu
Saudi-Arabien liegt. Der Boden ist trocken, so weit das Auge reicht.
Dann kommen Gärten, die Schwemmebene und ein paar Sümpfe,
in denen Büffel leben. Dort beginnt die Wüste, das »trockne Land«,
wie das Sandmeer hier auch genannt wird. Der Weg ist in festgelegte
Abschnitte unterteilt, die in eine sauber gepflasterte Straße mün-
den, begrenzt von Dünen. Der Sand ist sehr fein und bewegt sich
mit rasender Geschwindigkeit. Fährt man hier mit dem Auto bei
leichtem Wind, so hat man das Gefühl, über Ameisen zu fahren.
Der Sand kriecht wie eine Natter, wie ein Ameisenheer über den Asphalt. Weht hingegen ein starker Wind, ist es vorbei mit diesem Anblick. Starker Wind kommt meist am Nachmittag nach fünf auf,
manchmal aber auch morgens. Je stärker der Wind, desto größer die
Zahl der Dünen.

Hier war auch der Wagen der deutschen Generäle versunken. Die
beiden waren nachmittags auf dem Weg nach Basra, als der Sand-
sturm aufkam. Ich war diesmal nicht dabei, denn sie hielten ihre
Reise geheim, und ich erfuhr erst später davon. Der Wüstensturm
war stark, aber die beiden wichen – wie sie mir freudig erzählten,
noch inspiriert von dem Abenteuer – nicht vom Asphalt ab, sondern fuhren Zickzack. Mit Hilfe eines jungen Offiziers, dem sie zufällig in seinem Jeep begegneten, konnten sie später ihr Auto aus-
graben und weiterfahren. Abgesehen von ihrem Wunsch, die Beduinen zu besuchen, erzählten sie nicht, was sie dort zu tun hatten.
Erst durch die Geschichten von Schâhîn Nazzâl und Wadschîha be-

griff ich, was die deutschen Generäle bewogen hatte, nach Tell al-Lahm zu fahren. Wie die Riedbauten des Dschassânîya-Fischs dienen die Hügel nur der Tarnung. Sie bewegen sich wie Treibsand und taugen bestens als Waffenlager.

Die Generäle erwähnten auch den jungen Offizier: Beklagenswert traurig sei er gewesen und habe ihnen von seiner Traurigkeit erzählt. Nachdem er in der Bar eines Nobelhotels die Frau seiner Träume, seines Lebens getroffen hatte, war er aus Bagdad zurückgekehrt. Erst nachdem er sie mehrmals gebeten hatte, sie nochmals treffen zu dürfen, war sie bereit, ihn in einem der Häuser im Bagdader Stadtteil Masbah zu empfangen. Er hoffte, seine »Scheißaufgabe« beenden und sie dann davon überzeugen zu können, mit ihm zusammenzuleben. Als die beiden Generäle ihn scherzhaft fragten, was er mit »Scheißaufgabe« meinte, erzählte er ihnen die Geschichte von einer Fabrik für chemische Düngemittel, die in der Nähe der einzigen Sekundarschule der Gegend lag (davon hatten mir weder Schâhîn Nazzâl noch Wadschîha erzählt).

Der junge Mann war sehr nervös. Er hatte in Bagdad Naturwissenschaften studiert und kannte die negativen Auswirkungen der chemischen Substanzen, wurde aber zu seiner Arbeit gezwungen. Nach außen hin stellte die Fabrik chemische Düngemittel her, so es die Lage erforderte, auch Futter für die Geflügelfarmen des Landes. Der junge Mann zweifelte jedoch nicht an der eigentlichen Bestimmung der Fabrik. Er war sich des Zusammenhangs mit den Waffenlagern bewußt – diese waren nämlich zuerst errichtet worden. Die deutschen Generäle konnten mit seinem Bericht nicht viel anfangen, doch sein Benehmen kam ihnen seltsam vor, er wirkte wie betrunken. Sie konnten sich nicht vorstellen, daß der junge Mann vom Geheimdienst war, der den Grad ihrer Verschwiegenheit bezüglich militärischer Geheimnisse testen sollte!

»Wenn die Fabrik tatsächlich eine Chemiefabrik ist, werden dort auch Versuche an Hühnern durchgeführt, und Asîyad Lûtî ist mit seinen Hähnen dorthin gefahren«, schlußfolgerte ich. Vielleicht wollte sie mich genau dorthin bringen? Beinahe wäre ich in Gedanken versunken, doch eine Hand zupfte mich am Ärmel.

»Wie lange werden Sie bleiben?«

Ich erwachte aus meiner Trance und starrte den Mann vor mir an. Er war klein und bucklig und saß hinter einem staubigen Tisch, darauf ein mittelgroßes schmutziges Schild, auf dem in breiter Kufischrift HOTELDIREKTION stand. Ich konnte nicht glauben, daß dieser bucklige Mann mit der schmutzigen gestreiften Dischdascha und einer nicht weniger schmutzigen Kopfbedeckung, die seine Kahlheit verbarg, der Besitzer des Hotels sein sollte. Ich glaubte es erst, als er unsere Namen registrierte und mit näselnder Stimme sagte: »In der Regel verlange ich Personalausweis und Heiratsurkunde, aber in Ihrem Fall verzichte ich darauf. Sie scheinen ja ein gebildeter junger Mann aus guter Familie zu sein.«

Ich nannte ihm kraftlos meinen Namen, meine Stimme hallte wie die eines Fremden. Die Geschichten über Tell al-Lahm (die ich zu gerne aus meinem Gehirn vertreiben wollte), dazu die Müdigkeit der vergangenen Nacht, die ich nicht loswurde, hatten mich empfindungslos gemacht. Ich fühlte mich schwach, unentschlossen, handlungsunfähig.

Hat er mich nach Ma'alis Namen gefragt? Ich weiß es nicht. Ich sah nur seine Hand wie ein Phantom vor mir herumfuchteln. Ma'alis Worte, mit denen sie an diesem Morgen unser Gespräch beendet hatte, waren mir noch im Ohr: »Ich werde wieder schlafen und erst dann aufstehen, wenn du mich weckst und sagst: ›Komm, laß uns rausgehen, die Welt hat sich gebessert!‹«

Ich hatte sie zunächst nur bestürzt angestarrt und vergeblich versucht, ihr ein Lächeln zu entlocken. Wieso bürdete sie mir die Verantwortung auf, die Welt zu verbessern?

Der Mann bemerkte meine Verwirrung. Ich sah, wie sein Buckel sich hob, und stellte mir vor, er sei beweglich. Zuvor hatte ich den Buckel für eine der Halluzinationen gehalten, die mich seit dem ersten Krieg heimsuchten. Als der Mann sich erhob, bemerkte ich, wie klein er war, nicht größer als ein Meter fünfzig.

Er fragte: »Haben Sie das Schild mit dem Namen des Hotels nicht gesehen?«

Ich hatte es nicht gesehen. Wie hätte ich ihm erklären sollen, daß mir bis zu diesem Moment überhaupt nicht bewußt gewesen war, daß ich mich in Tell al-Lahm befand? Ich war auf diese Überraschung nicht vorbereitet. Ich hatte den Ortsnamen den ich nach meiner Rückkehr aus dem Krieg aus dem Transistorradio gehört hatte, völlig vergessen! Auch die Geschichten, die sich um diesen Ort rankten, hatte ich vergessen. Wie hätte ich ihm erklären sollen, daß Ma'ali uns hierhergeführt hatte, als würde sie die Strecke seit Jahren kennen?

Wir waren *nicht* zufällig hier gelandet, wie ich bisher angenommen hatte, auch dann noch, als wir zu dieser Anhöhe und diesem Hotel kamen – mitten in der Nacht und auf der Flucht vor irgend etwas. Verzweifelt hatten wir nach einem Hotel gesucht. Die alte Frau, die uns die Tür geöffnet hatte und dann schnell verschwunden war, erwartete keinen Dank. Hätte sie uns nicht aus der Dunkelheit des Korridors gerufen, hätten wir nicht gewußt, wo wir schlafen sollten: »Geht in Zimmer Nr. 13! Ihr werdet es offen finden, und morgen – morgen laßt ihr eure Namen registrieren.«

Der kleine Mann bemühte sich, an meine Schulter heranzureichen. Obwohl er vermied, mich mit seinem Buckel zu berühren, konnte ich nicht aufhören, über diesen sonderbaren Buckel nachzudenken.

»Es heißt *Hotel der Ratlosen*«, sagte er fast mitleidig, als würde er mich gut kennen oder als hätte er schon lange mit niemandem mehr ein Wort gewechselt. Vielleicht waren wir die einzigen Hotelgäste?

»In der Regel sind die Gäste, die in diesem Hotel absteigen, ratlos«, sagte er, als wollte er mich auf eine längere Geschichte vorbereiten. »Ratlos sind, die hierherkommen ... Männer, Frauen – jeder Nationalität, jeder Klasse, jeder Religion, jedes Alters ... sogar Kinder! Aber um die Wahrheit zu sagen: Ehepaare kommen selten hierher. Wenn ich mich recht erinnere, sind Sie das dritte Ehepaar in der Geschichte des Hotels. Ich glaube nicht, daß es an der Tradition des Hotels liegt. Ich erlaube mir nur, Ihnen zu sagen ...« Er sah an mir vorbei und räusperte sich. »Ich erlaube mir, Ihnen zu sagen, daß es Brauch des Hotels ist, Ehepaaren nur drei Übernachtungen zu gestatten, nicht mehr. Warum sage ich Ihnen das? Vor Ihnen hat es kein Ehepaar hier länger ausgehalten. Die meisten verbrachten eine Nacht, höchstens zwei. Ich weiß auch nicht, warum. Im Grunde meines Herzens hoffe ich natürlich, daß Sie und Ihre verwirrte Frau viele Nächte bei uns verbringen werden. Es wäre mir eine große Ehre. Aber ich warne alle Ehepaare vor.«

Der Bucklige schwieg und nahm seine Hand von meiner Schulter, um mich zu einem großen Tresor zu ziehen, wie man ihn aus alten Filmen, Märchen oder Großmutters Erzählungen kennt. Er nahm einen kleinen Schlüssel aus dem Ärmel seiner schmutzigen Dischdascha und öffnete vorsichtig die Tresortür. Auf den Tisch legte er einen Packen Fotos: »Schauen Sie mal!«

Ich kam näher und sah sieben große Schwarzweißaufnahmen.

»Fotos von meiner Familie.« Er sortierte ein paar aus. »Mein Vater, sein Vater, sein Großvater, sein Urgroßvater, sein Ururgroßvater, sein Urururgroßvater und sein Ururururgroßvater, Gott sei ihnen gnädig. Sie haben das Hotel von einer Generation zur nächsten weitervererbt und es *Hotel der Ratlosen* genannt.«

Er kramte eine Urkunde aus den Blättern hervor. »Hier sehen Sie das Siegel des Imams auf der königlichen Urkunde des alten Hotels.«

Es war ein verblichenes Blatt, man konnte kaum etwas darauf erkennen. Das Siegel erinnerte mich an diese von Wahrsagern angefertigten Amulette.

»Ich habe noch mehr Fotos.« Er legte rund hundert weitere Schwarzweißfotos auf den Tisch. »Dies sind die Gäste des *Hotels der Ratlosen* in den verschiedensten Epochen.«

Auch hier handelte es sich um alte Fotos, aber es war nicht leicht, die Gesichter der Personen zu erkennen.

Der Mann schnürte die Fotos zusammen und legte sie zurück in den Tresor. Er verschloß sorgfältig die Tür und versicherte sich zwei- oder dreimal, daß sie gut verriegelt war, als fürchtete er, jemand könnte etwas stehlen. Den Schlüssel schob er wieder an seinen Platz. Ich weiß nicht, wie er ihn dort befestigte. Er versuchte erneut, die Hand auf meine Schulter zu legen, und führte mich etwa zehn Meter weiter in den Raum, zu einer Tür, auf der HOTELDIREKTION stand.

Diesmal klang seine Stimme sicherer, als er sagte: »Wie ich wohl weiß, haben Sie das Schild am Hoteleingang nicht gelesen. Doch nicht nur Sie. Keiner, der vor Ihnen da war, hat es gelesen. Die Ratlosen lassen sich nicht von ihren Augen leiten, sondern von ihrem Herzen. Auch Sie haben sich von Ihrem Herzen leiten lassen, ich höre ja, wie es klopft. Sie wissen nicht, wie viele Ratlose schon vorbeigekommen sind. Seit tausend Jahren ist dieser Ort das Schicksal der Ratlosen, wie mein Vater erzählte. Immer zogen Karawanen von Ratlosen hier vorbei. Aber, mein Freund, Sie können sich nicht vorstellen, wieviel mehr es in den letzten Jahren geworden sind.«

Nach einem Moment des Zögerns sprach er weiter: »Ich sollte nicht über andere tratschen. Diesmal aber möchte ich eine Ausnahme machen und Ihnen die Geschichte zweier junger Männer erzählen, die bis gestern hier waren: Mahmûd und 'Alî, der eine neunzehn, der andere achtzehn Jahre alt. Sie können sich nicht vorstellen, in welchem Zustand die beiden ankamen! Ich wachte vor Schreck auf. Alle Bewohner des Hotels wachten auf! Das Hotel ist immer überfüllt, müssen Sie wissen. Die Zahl der Ratlosen erhöht sich immer mehr. Ich ging also nach unten. Es war vielleicht zwei oder drei Uhr morgens. Da sah ich die beiden jungen Männer, in zerrissener Kleidung, vollkommen übermüdet, zwei Ratlose, die nach Wasser suchten. Ich sagte zu ihnen: ›Hier seid ihr richtig‹, und brachte sie nach oben, wo sie sich hinsetzen und ausruhen sollten. Sie setzten sich, als hätten sie seit Jahren nicht gesessen. ›Wir möchten schlafen, guter Mann.‹«

Er schwieg. Dann fragte er mich neugierig: »Haben Sie in Ihrem Leben schon mal eine lange Strecke zu Fuß zurückgelegt?« Er erwartete keine Antwort: »Ihre Füße waren ganz rissig, weil sie Tag und Nacht gelaufen waren. Sie erzählten mir ihre Geschichte, noch bevor sie zu Bett gingen: Sie stammten aus der Stadt Zubair. Als der erste Krieg ausbrach, waren sie schon alt genug, um eingezogen zu werden. Doch ihre Mutter, eine Schiitin aus Basra, verheiratet mit einem Sunniten aus Nadschd, war schlau und schickte sie zu einer Tante Hussa, die nach Saudi-Arabien geheiratet hatte. So flüchteten die beiden in den Hidschaz. Mahmûd und 'Alî fanden jedoch bald heraus, daß ihre Tante nicht einfach verheiratet war, sondern mit ihrem Mann ein Bordell leitete. Für sie waren die beiden Jungen wie ein Geschenk des Himmels. Eiskalt und dreist verpflichtete sie sie, im Haus zu bleiben, und verbot ihnen unter Androhung von Denunziation, es zu verlassen. Wo sonst hätten sie als irakische Deserteure in diesem Land Arbeit gefunden? So kamen die beiden aus der Hölle des Krieges in das Gefängnis ihrer Tante. Erst die Besetzung Kuwaits und der Einmarsch der Alliierten gaben ihnen Gelegenheit zur Flucht. Sie setzten sich in Richtung Wüste ab und liefen Tag und Nacht, bis sie schließlich hier ankamen.«

Er schwieg einen Moment, um dann hinzuzufügen: »Sie wagten nicht, ihre Familien zu besuchen, weil sie fürchteten, wieder eingezogen zu werden. Erst gestern haben sie das Hotel auf der Suche nach einem Fluchtweg verlassen!«

Auch er verwendete das Wort Fluchtweg... Aber – warum erzählte er mir diese Geschichte? Erregte ich seinen Argwohn? Als merkte er, was mir durch den Kopf ging, sagte der Mann: »Direkt unter dem Hotel liegt das Café Hoffnung. Gehen Sie doch mal hin. Vielleicht sehen Sie die beiden, vielleicht finden auch Sie einen Fluchtweg! Wer weiß, auch Sie sind ein Ratloser. Es sind die Tage der Ratlosen.«

43

Die Worte des Buckligen schwirrten mir noch im Kopf herum, als ich die Treppe hinunterstieg... »Die Tage der Ratlosen«... Wie hatte er unsere Situation erfassen können, ohne zu wissen, was uns in der Nacht vor unserer Ankunft im *Hotel der Ratlosen* zugestoßen war?

Es kam mir seltsam vor. Der Mann mußte eine ungeheure Begabung haben, aus dem Gesicht abzulesen, was in einem Menschen vorging. Nur so konnte er begriffen haben, was uns zugestoßen war.

Die Erinnerung ist etwas Seltsames: Oft meinen wir, etwas vergessen zu haben, doch dann entdecken wir, wie mit einem Schlag des Mosesstabs, daß das Vergessen nur die Kehrseite der Medaille ist. Das Vergessen ist das umgekehrte Erinnern, die Waffe der Ratlosen, mit der sie sich vor sich selbst schützen.

Als ich die Straße zum erstenmal überquerte, begriff ich mehr als je zuvor: Ich war einer der Ratlosen. Jeder Versuch, etwas zu vergessen, war vergebliche Müh.

Jetzt erst wurde mir bewußt, daß ich Ma'ali begleitet hatte, weil ich den Krieg, das Militär, die Verzweiflung in Qurna, all diese Geschichten satt hatte. Und daß sich nichts an der Tatsache änderte, daß Wadschîha nicht zu Hause war!

Vielleicht wünschte ich mir im tiefsten Innern eine Veränderung und suchte nach einer Rechtfertigung. Ma'ali machte diese Rechtfertigung möglich. Ich bin überzeugt, daß ich das Angebot jeder Frau angenommen hätte, die Stadt zu verlassen. Bis dahin war ich nämlich nicht der Meinung, dem Heer der Ratlosen anzugehören. Vielmehr hielt ich mich für einen Weisen, der das Weltspektakel betrachtete und für den nichts Falsches darin lag, dem Ruf einer Frau zu folgen, die seit einigen Jahren seine Nachbarin war. Schließlich hatten meine Hände das Steuer in die von ihr gewünschte Richtung gelenkt. Wer weiß, wie unser Leben verlaufen wäre, hätte ich den Wagen in eine andere Richtung gelenkt.

Erst gestern hatte ich mir klargemacht, daß es an der Zeit war, einen Großteil meiner Überzeugungen zu ändern. Wieder mußte ich an diese Frau denken, von der ich glaubte, sie sei mit mir nur zum Spaß, aus Leichtsinn hierhergefahren. Nicht weil sie »von Scheiße umgeben« war, nicht weil sie »von Scharen von Mistkerlen« verletzt worden war, von »Fickern«, wie sie es ausdrückte. Sie hatte mich nicht aus Liebe zu Imam Hussein oder Imam 'Alî, seinem Vater, oder Imam 'Abbâs, seinem Bruder, in diese Gegend gebracht, in die Nähe von Nadschaf, Kerbela, Kufa, Hamsa und Chudr – all diese Städte, die man heilig nennt. Letztendlich sind auch heilige Männer wie alle anderen, nicht mehr und nicht weniger. Sie hatte mich hierhergeführt, um nach Wadschîha zu suchen, nicht nach ihrem Ehemann Asîyad Lûtî.

Wadschîha hatte ihn verraten – die Geschichte der chemischen Waffen, die in den Bauten des Dschassânîya-Fischs versteckt waren. Jetzt war Wadschîha eine Hure bei Iftaim Pay Day, in der Nähe von Tell al-Lahm, in Kerbela, Kufa oder Nadschaf, in einem der berühmten Bordelle der Iftaim Pay Day, wo die Prostitution unter dem Namen »Ehe auf Zeit« florierte. Es ist ja egal, daß sie diese Städte heilig nennen. Will man nach einem dieser Bordelle fragen, muß man nur diesen kurzen Weg zurücklegen, der am Rande des Mausoleums beginnt, bei den Höfen der Imame.

Man sollte sich kein gewöhnliches Bordell vorstellen, mit Huren und einer Puffmutter. In einer Halle, Iwan genannt, die aussieht wie ein Haus im Innern der Moschee, trifft man auf verschleierte gepflegte Frauen, die beten oder Koranverse rezitieren, am Eingang alte Männer, Scheichs mit Turban, die loben und preisen und die Verse wiederholen. Sagt man nur einem von ihnen, man sei von weit her gekommen und möchte eine »Ehe auf Zeit« eingehen, werden sie einen segnen und um ein Brautgeld bitten, das in ihre Tasche wandert. All diese Iwane, die sich an die verschiedenen Höfe anschließen – sogar in den Mausoleen und Koranschulen der Imame und Heiligen in Bagdad ist es egal, zu welcher Glaubensrichtung man gehört, werden doch in der Scheide alle eins (nicht durch Gottesverehrung)! –, werden von Iftaim Pay Day angeleitet, die einen großen Anteil der Einnahmen an den Staat abführt. Die Männer nennen die Bordelle »Fick-Paradies«!

»Und in einem von diesen Paradiesen ist auch Wadschîha jetzt.«

Dies waren die letzten Worte, die Ma'ali mir hinwarf, bevor sie ins Paradies des Schlafes flüchtete, die Flasche Johnny Walker wie ein Kind an der Brust. Ich hatte keine Zeit mehr, sie zu fragen, wie Wadschîha dorthin hätte gelangen sollen. Arm war sie nicht. Auch aufgrund ihres Wunsches aus der Kindheit konnte sie schwerlich Hure geworden sein. Sie hatte sich nur einmal an diesen Wunsch aus der Schulzeit erinnert. Und sie war nicht wie Ma'ali, die mir so manches erzählte, wenn sie eine halbe Flasche Whisky getrunken hatte.

»Käme ich in diesem widerlichen Land an die Macht, ich würde diese Idioten verbrennen!« Sie lachte, als sie mich ansah. »Weißt du eigentlich, daß ich nichts gegen dieses ›Rohr‹ habe, das sich ›notwendiger Führer‹ nennt?« Sie sprach seinen Titel spöttisch aus. Ich wußte wohl, daß »das Rohr« – eigentlich die »Hauptleitung der Kanalisation« – einer der Spottnamen für den Herrscher war.

Dann fügte sie hinzu: »Weil der Führer dieses Landes, das er mit Gewalt vermännlicht hat, kastriert ist, wird er durch seine Kriege alle potenten Männer zugrunde richten. Wie eine unfruchtbare Frau die Schwangeren haßt, empfindet er Haß auf die übrigen Männer.«

In diesem Moment versuchte eine der Checkpoint-Patrouillen (jedenfalls sah er so aus, es war völlig dunkel), uns aufzuhalten. Unser Atem hatte die Scheiben von innen beschlagen und erschwerte mir das Hinausschauen. Ich bekam nichts mehr mit, bis sie schrie: »Halt nicht an! Keine Angst vor ihren Schüssen.«

Ich konnte in der Dunkelheit der Nacht nichts mehr erkennen und hielt ihren Ausbruch für die Halluzinationen einer Betrunkenen. Erst als sie mit der Hand unter ihrem Sitz nach etwas suchte, dämmerte es mir. Sie suchte nicht nach einem Taschentuch oder einem Schuh, sondern nach dem Revolver, den sie, rechts von ihren Füßen, in ihrer Tasche versteckt hatte. Dort hatte sie auch die kleine Flasche hinrollen lassen, nachdem sie den Whisky umgefüllt hatte. Es war ein Revolver Kaliber .38 mit langem Lauf.

»Wenn sie näher kommen, schieße ich!«

Vielleicht hätte ich Gas geben sollen, aber statt dessen verlangsamte ich. Es war ein Blitzmoment: Sie kurbelte das Fenster herunter, und drei Köpfe blickten gleichzeitig zu uns hinein. Sie starrten

Ma'ali an und sagten wie aus einem Munde: »Hast du im Auto was Gefährlicheres, außer der Hure da neben dir?«

Ein Blitzmoment. Die drei Männer (waren es wirklich drei?) sprachen ihren Satz nicht zu Ende. Ich hörte drei Schüsse, die Schreie der Männer und Ma'alis Gebrüll: »Gib Gas, gib doch endlich Gas!«

Ich beschleunigte, während Ma'ali weiter aus dem Fenster feuerte. Ich hatte keine Ahnung, gegen wen. Wir waren allein auf der Schnellstraße. Ich weiß nicht, wie oft sie schoß. Aber plötzlich hörte sie auf, schloß das Fenster, glitt in ihren Sitz und begann erbärmlich zu weinen.

Schließlich wischte sie sich Rotz und Tränen ab. »Jetzt geht's mir besser. Das waren die ersten Männer, die ich getötet habe. Sie hätten im Krieg krepieren und nicht erst auf mich warten sollen!«

Sie steckte den Revolver nicht zurück in ihre Tasche unter dem Sitz, sondern verbarg ihn unter ihrem Rock.

»Ein Schuß ist noch drin. Weißt du, für wen?« Sie erwartete keine Antwort. »Ich habe ihn für den widerlichsten Mann der Welt aufgehoben. Keine Angst, du wirst ihn kennenlernen.«

Ich sah sie fragend an. Sie wird doch nicht mich gemeint haben? Lächerlich! Sie bemerkte wohl meine Nervosität, denn sie lachte so laut auf, daß ich für einen Moment vergaß, daß sie gerade ein paar Männer umgelegt hatte.

»Wenn man dich ansieht, meint man, das Ende der Welt sei gekommen!«

Ich verstand nicht.

»Keine Angst, du bist in Ordnung. Der Schuß ist nicht für dich. Hast du wirklich gedacht, ich könnte dich meinen?« Sie lachte.

Zum erstenmal auf dieser Reise ergriff Ma'ali meine Hand und streichelte die wenigen Haare auf meinem Unterarm. »Du bist glatt und zart wie eine Frau.«

Ich wollte ihr sagen, wie schön dieses Gefühl war und daß Wadschîha mich nie so berührt hatte. Aber sie versank auch schon wieder in ihrem Sitz und schlief ein. Die Whisky-Flasche, in der sich noch ein kleiner Rest befand, drückte sie fest an die Brust, erst mit der rechten, dann, nachdem sie ihre linke, die Streichelhand, von mir weggezogen hatte, mit beiden Händen.

Warum habe ich sie nicht gebeten, mich weiterzustreicheln, warum habe ich ihr nicht die Worte gesagt, die ich ihr so gern gesagt hätte: »Ich fange an, dich zu lieben, Ma'ali«?

Fühlte ich mich dem Bataillon der Ratlosen noch nicht zugehörig? War ich einer von diesen Männern, die auf alles vertrauen, oder meinen, auf alles vertrauen zu können? Erst am Tag der Abrechnung merken sie, wie leer sie sind, wie nackt sie dastehen, vor sich selbst, vor der Welt, vor allem – und wissen nicht, was sie tun sollen, fürchten jeden Entschluß.

Dies schien nicht der Fall zu sein, als ich zum viertenmal vor dem Café Hoffnung stand, nachdem ich den Weg viermal zurückgelegt, viermal an der anderen Straßenseite halt gemacht hatte, viermal davon absah, dem Pfeil Richtung Friedhof zu folgen. Erst beim viertenmal hörte ich von irgendwoher eine Stimme: »Mein Herr, das Café liegt vor Ihnen!«

Ich schaute um mich. Schließlich sah ich über dem Café ein weit geöffnetes Fenster, aus dem sich ein Oberkörper hinabbeugte. Ich erkannte allerdings zuerst den gewaltigen Buckel und mußte lachen.

Diesmal ging ich langsam auf das Café zu.

44

Ich habe Cafés stets nur sehr ungern betreten. Anders als viele Männer habe ich mir nie angewöhnt, in Cafés herumzusitzen. Vielleicht rührt meine Abneigung von einer alten Angst aus Kindertagen her, die ich längst vergessen glaubte – bis ich das Café Hoffnung betreten wollte.

Als ich klein war, haßte ich Cafés und weigerte mich, sie mit meinem Vater zu besuchen. Ich glaubte, die Welt der Cafés sei voller finsterer Gestalten. Bei meinem ersten Besuch war folgendes geschehen: Es kam zu einer heftigen Schlägerei zwischen der Polizei und einer Gruppe von Männern. Mein Vater riß mich mit sich auf den Boden und schleifte mich unter eine Bank. Es handelte sich um eine Gruppe von Schmugglern, die Tee, Opium und Hanf illegal aus Iran in dieses Land brachten, eine Szene, wie ich sie später auch in Cowboyfilmen sah. Seit diesem Ereignis fing ich jedesmal an zu schreien, wenn ich meine Mutter sagen hörte, ich solle meinen Vater ins Café begleiten.

Diesen Ort hier ein Café zu nennen wäre hingegen übertrieben. Er ähnelte mehr einem Vorraum, nicht mehr als drei Meter breit und zehn Meter tief. Der Teeherd war weit hinten eingebaut. An den Seiten des Raums verliefen einige Polster, etwa vier auf jeder Seite. Man muß sich vorstellen, daß meist auf jedem Polster zwei Männer saßen, jeder an einer Seite. Manchmal saßen sie auch im Schneidersitz auf den Polstern.

Das Café war leer, nur in der Nähe des Herds saß ein Mann, der Wasserpfeife rauchte und mich neugierig anstarrte. Unsicher nahm ich Platz. Wo mochten die beiden jungen Männer sein, von denen der Hotelbesitzer erzählt hatte? Hatte er die Geschichte womöglich erfunden? Ich versuchte, gelassen zu wirken, um den Besitzer des Cafés nicht aufzuschrecken.

Ich sah einen Mann eintreten, der ein Bronzetablett trug und um die Taille eine bunte Schürze geschlungen hatte. Er mußte der Cafébesitzer sein. »Welch eine Überraschung! Ein Fremder in unserem Ort!« sagte er ohne jeden Spott. Später wurde mir klar, daß er einfach ein fröhlicher Mensch war.

»Was wünscht der werte Gast? Der erste geht auf Kosten des Hauses!«

Bevor ich einen Tee bestellen konnte, rief der Mann aus der Ecke: »Hier gibt's nichts Besseres als 'ne Waterpipe!«

Der Cafébesitzer unterbrach ihn: »Der Herr möchte wohl sein Englisch aufbessern.«

Ich versuchte, ein Lächeln zustande zu bringen, und sagte: »Tee!«

»Zu Befehl, werter Gast!« Der Besitzer warf einen Blick in den hinteren Teil des Cafés. Nach ein paar Sekunden brachte er mir den Tee. Ich sah, wie der Wasserpfeifenraucher den Schlauch um den Flaschenhals wickelte und sich erhob. Er setzte sich neben mich, ohne seine linke Hand von der Brust zu nehmen.

Der Mann sah ordentlich aus und war ungewöhnlich hübsch. Sein feiner Schnurrbart war sorgfältig gestutzt. Als er neben mir saß, nahm er den Schlauch der Wasserpfeife wieder in den Mund, während seine linke Hand nach der Flasche griff. Dem Cafébesitzer rief er zu: »Noch etwas glühende Kohle, bitte!«

Dieser brachte rasch neue Kohlen und legte sie auf die Asche. Der Mann nahm einen tiefen Zug und wartete, bis der Cafébesitzer mir meinen Tee serviert hatte und das Café mit dem Tablett, einigen Teegläsern und den Worten: »Ich dreh mal eine kleine Runde mit dem Tee!« wieder verließ.

Sobald er verschwunden war, blies der Mann neben mir seinen Rauch aus und legte los: »Es ist erstaunlich, wie ungebildet die Leute hier sind – immer nur Dialekt!« Er rückte etwas näher und flüsterte mir ins Ohr: »Welch eine Überraschung! Ein Fremder in unserem Ort!«

Ich nickte.

»Woher kommen Sie denn, mein Lieber?«

»Aus Bagdad.«

»Ah, aus der Hauptstadt. Und was, mein Lieber, sind Sie von Beruf?«

Ich wollte erwidern, daß er mich nicht so penetrant siezen und mit seinen Fragen löchern solle. Statt dessen antwortete ich wahrheitsgemäß: »Dolmetscher«, und bereute es sofort.

»Alles klar. Dann werden Sie hier morgen eine Aufgabe finden, mein Lieber.« Er schwieg und streckte seine Hand aus, um mich zu streicheln. »Herzlich willkommen! Unsere Angelegenheiten werden auch Ihre sein, mein Lieber.«

Ich wußte beim besten Willen nicht, was ich antworten sollte.

»Wissen Sie, daß Sie großes Glück haben? Im Gegensatz zu mir werden Sie in dieser Stadt die besten Arbeitsmöglichkeiten finden, mein Lieber!«

Ich fragte ihn, nur zum Spaß: »Seit wann sind Sie denn hier?«

Er schüttelte seine rechte Hand, ließ die andere, wo sie war, nahm einen Zug aus der Wasserpfeife und sagte traurig: »Seit einem Monat, ich kam noch vor den Ereignissen, mein Lieber.«

Keine Ahnung, welche Ereignisse er meinte. Und es interessierte mich auch nicht.

»Ich bin nicht der einzige. Jeder, den Sie hier treffen, hält sich schon lange hier auf. Jeder hat seine Geschichte, mein Lieber.«

Ich schwieg.

»Wohnen Sie im *Hotel der Ratlosen*, mein Lieber?«

»Gibt es denn eine andere Unterkunft?«

»Ja, natürlich. Aber Ihre Entscheidung war richtig. Auch ich wohne schon lange dort. Aber das spielt keine Rolle. 'Assle ist eine Frau, wie es nur selten eine gibt, mein Lieber.«

»'Assle?«

»Keine andere als 'Assle, die Mandäerin, ist die Besitzerin des Hotels, mein Lieber.«

»Die Besitzerin des Hotels? Was ist dann mit . . .«

»Mit dem Buckligen«, unterbrach er mich, »Hiyâwî Benzin? Auch der arme Hiyâwî hat seine Geschichte. Jeder hier hat seine Geschichte, mein Lieber.«

Er holte tief Luft: »Hiyâwî Benzin ist sein Rufname. Er ist ein zufriedener Mann. Geboren wurde er in einer Zeit, als das Benzin ins Land kam – daher sein Name. Angeblich wurde er an der Tankstelle seines Vaters geboren. Mit dem Alter wurde er, wie die meisten

Juden, ein Freund von Besitz und Reichtum, bevor er alles verlor und seinen Buckel bekam. Kennen Sie die Familie Quraischî aus Nadschaf? Die war schlau und wußte, was zu tun war. Sie hatte nichts dagegen, Hiyâwî Benzin anzustellen, weil man ihn von klein auf kannte. Er war der älteste Sohn einer jüdischen Familie, Nachbarn der Quraischîs. Im Jahr des Farhûd, ich nehme an, Sie wissen, was ich meine, das Jahr, als die Juden vertrieben wurden...« Das Wort Juden sprach er verächtlich aus und hielt sich dabei die Nase zu, als würde ein verhaßter Gestank vor ihm aufsteigen.

Dann fuhr er fort: »Die Familie Quraischî kannte den Jungen Hiyâwî Benzin sehr gut und vereinbarte mit seiner Familie, ihn für kurze Zeit zu verstecken. So konnte er nach etwa zwei Jahren wieder ganz normal hier leben und als Buchhalter für das Geschäft der Quraischîs arbeiten. Sie hatten ihm offizielle Papiere verschafft, nachdem er behauptet hatte, er sei Schiit geworden, obwohl...« Er kam näher und flüsterte mir ins Ohr: »Kein Mensch glaubte das. Einmal Jude, immer Jude, mein Lieber.«

Dann beendete er die Geschichte: »Wie gesagt, Hiyâwî wurde Schiit und heiratete eine Frau, die angeblich auch Schiitin war. Aber diese Frau war keine Schiitin. Sonst hätte ihre Schwester keinen Sunniten in Saudi-Arabien heiraten können! Als der Krieg ausbrach, schickte Hiyâwîs Frau ihre Söhne Haidâr und Saif (so hießen sie, bevor sie Mahmûd und ʾAlî genannt wurden) nach Saudi-Arabien zu ihrer Schwester. Ein Jahr nach ihrer Abreise starb die Mutter, Malakiya. Hiyâwî Benzin heiratete eine andere Schiitin, Dschamila, die ihn mit seinem besten Freund, einem Offizier, betrog. Dschamila schaffte das Unmögliche, nämlich ihn aus seiner Buchhalterstelle rauszuekeln. Aber was geschah mit den Quraischî? Wie viele andere Familien wurden sie zur Ausreise gezwungen, mein Freund, denn auch sie waren keine echten Iraker, sondern Iraner.

Nach den letzten Ereignissen floh Hiyâwî mit nichts als den Kleidern, die er auf dem Leibe trug. Es gab Gerüchte, die besagten, er wisse, wo die Familie Quraischî vor ihrer Flucht ihre Reichtümer versteckt habe. Manche sagen sogar, Hiyâwî selbst habe das Geld gestohlen und an sicherem Ort verwahrt. Doch dafür gibt es keinen Beweis. Er kam hierher, in dieses Dorf, um, wie so viele Gotteskinder, nach Arbeit zu suchen. Zu seinem Glück traf er 'Assle, die Jüdin ist wie er. Sie akzeptierte ihn unter der Bedingung, daß er zum Judentum zurückkonvertiere, und er war einverstanden.

Aber der Fluch des Imams verfolgte ihn, obwohl er Reue zeigte. Schließlich rollte sich sein Rücken zusammen und wurde zum Buckel. Und er begann zu näseln. Trotzdem ist er zufrieden. Er hat einen Zufluchtsort und eine Lebensgefährtin gefunden. Als seine Söhne auf dem Weg nach Nadschaf zufällig hier vorbeikamen, sagte er ihnen, er sei nicht ihr Vater, und seine Frau habe vor ihrem Tod beteuert, sie sei nicht ihre Mutter. Die Jungen zogen nicht weiter nach Nadschaf, sondern blieben hier. Das ist die Geschichte, mein Lieber.«

Flüsternd fügte er hinzu: »Sie können jeden Moment das Café betreten. Wie alle anderen suchen auch sie nach Arbeit.« Er stöhnte. Um Fassung ringend sagte er: »Keine Sorge, was die Arbeit betrifft. Es kommt ganz darauf an, worauf man spezialisiert ist. Dolmetscher sind in diesen Tagen sehr gefragt, mein Lieber.«

Ich zuckte mit den Schultern.

»Auch Sie haben sicher eine Geschichte, oder?«

Ich hatte schon verstanden, daß er meine oder irgendeine Geschichte hören wollte. Er bemerkte mein Schweigen, und begütigend fügte er hinzu: »Sie können uns Ihre Geschichte auch ein andermal erzählen. Ich jedenfalls werde Ihnen die Geschichten aller hier anvertrauen. Sie müssen nur unter uns bleiben, ich möchte nicht, daß irgendein anderer sie erfährt.«

Ich nickte und begann, mit dem Löffel im Tee herumzurühren.

45

»Bevor ich Ihnen meinen Namen verrate, erzähle ich Ihnen meine Geschichte«, sagte er, nachdem er mich lange angeblickt hatte. Später erfuhr ich, daß er seine linke Hand immer im Schoß hielt. Er war von der Angst besessen, seinen Penis zu verlieren. Seit dem »Tag des Ehebruchs«, an dem er seine Frau in den Armen eines anderen Mannes fand, hatte sein Schwanz sich so verkrampft, daß er kaum mehr zu sehen war. Jetzt fürchtete er, ihn eines Tages ganz zu verlieren. Während der Ruf zum Mittagsgebet erklang, erzählte er mir seine Geschichte. Auch Abû 'Adel, der Besitzer des Cafés, hielt sich zu dieser Stunde zum Beten in der Moschee auf.

»Ich werde nicht im Dialekt sprechen. Wundern Sie sich also bitte nicht, wenn ich darauf beharre, meine Geschichte auf hocharabisch zu erzählen ... Am Ende werde Sie verstehen ... mein Lieber.«

Seine Worte irritierten mich.

»Ursprünglich stamme ich aus der Stadt Scharqât. Ich wurde in den vierziger Jahren geboren. Mein Vater hatte einen kleinen Laden. Wie es in so kleinen Orten üblich ist, war dies der Treffpunkt der Jugend. Wenn ich mich recht erinnere, war ich fünfzehn Jahre alt, als der Zaim-Abdul-Karîm-Qâsim-Aufstand ausbrach. Im selben Jahr starb mein Vater und hinterließ mir seinen Laden, der in der Folge zum Treffpunkt der revolutionären Jugend wurde. Vielleicht wundern Sie sich, wie die sunnitische Jugend zu Anhängern eines schiitischen Präsidenten wie 'Abd al-Karîm Qâsim werden konnte. Damals machte man sich noch nicht solche Gedanken über unsere Präsidenten, weil zu viele Dinge ineinander übergingen. Ich habe Ihnen noch nicht gesagt, daß auch ich ein Sayyid bin, ein Nachfahre Muhammads. Bis vor kurzem dachte ich, es gebe keine sunnitischen und schiitischen Sayyids. Ich habe in meinem Leben auf zweierlei Arten gebetet: mit herabhängenden Armen auf schiitische, mit zusammengelegten Armen auf sunnitische Weise. Die Sunniten glauben, daß ich sunnitisch bin, die Schiiten, daß ich schiitisch bin. Ich bitte Sie: Sagen Sie niemandem, daß ich sunnitischer Sayyid bin. Außer Ihnen weiß es keiner! Klar?«

Nach diesen Worten zögerte er ein wenig, als wollte er Atem holen. Dann nahm er einen tiefen Zug aus der Wasserpfeife. »Ich hatte also damals mit einer Gruppe von jungen Leuten in Scharqât Umgang, die sich als Qâsimiten im Laden trafen. Es war schwierig zu unterscheiden, ob man Qâsimit oder Kommunist war. Für die Leute in der Gegend um Scharqât galten wir als Kommunisten.«

Er blickte nach links und rechts, neigte sich dann zu mir und flüsterte: »Wissen Sie, in einer Stadt wie Scharqât, die nördlich von Tikrit liegt, ist es gefährlich, Kommunist zu sein.«

Ich wollte ihn bitten, mich endlich in Ruhe zu lassen, aber er nahm den Faden schon wieder auf: »Wir waren eine geschmähte Minderheit in einer Stadt, die den Kommunismus verfluchte wie die Pest. Da kam der Putsch gegen Qâsim am 8. Februar 1963 gerade recht: Plötzlich erwachte die Stadt und machte sich energisch daran, uns aufzuspüren, als hätte sie nur darauf gewartet, uns zu verhaften. Ich hatte Scharqât gerade verlassen. Bis heute bin ich nicht zurückgekehrt. Jahrelang zog ich kreuz und quer durchs Land, von Stadt zu Stadt. Ständig wechselte ich meine Kleidung, meine Arbeit und besorgte mir gefälschte Papiere unter verschiedenen Namen. So war das, mein Lieber.«

Wieder wollte er einen tiefen Zug nehmen, aber die Kohle war schon zu Asche zerfallen.

»Trotz allem, was geschah, habe ich meine Prinzipien nie verraten. Sie waren der Grund dafür, daß ich die Stadt verlassen mußte. Es war mir egal, ob man mich Kommunist nannte. Ich war wirklich überzeugt. Mit einem Teilhaber, den ich aus Bagdad kannte, gründete ich in Kût ein Bauunternehmen. Ich wußte nicht, daß es der Gouverneur war, für den wir ein Haus bauen sollten. Dies ist der erste wichtige Teil meiner Geschichte. Als ich davon erfuhr, wollte ich den Auftrag ablehnen, weil meine Prinzipien mir verboten, einem meiner Feinde ein Haus zu errichten. Aber ich trat nicht zurück, sondern blieb in Kût, wo ich nicht nur Häuser für die großen Bosse baute, sondern auch zwei Gefängnisse und die Häuser für Sicherheitsverwaltung und Geheimdienst.

Warum handelte ich so? Alles nur wegen einer Frau: Dschamila. Es war Liebe auf den ersten Blick, als ich sie im republikanischen Krankenhaus, wo sie als Krankenschwester arbeitete, zum erstenmal sah: eine große hellhäutige Frau mit festem Körper. Ich war verrückt nach ihr und heiratete sie, obwohl sie geschieden war, sofort. Wir blieben in der Stadt Kût, bekamen zwei Kinder und lebten glücklich zusammen, bis wir schließlich nach Bagdad zogen. Dort bauten wir uns eine große Villa in Mansûr. Mein Bauunternehmen weitete sich immer mehr aus und erhielt Aufträge im ganzen Land. Mein Einfluß wuchs, bis ich sogar vergaß, daß ich unter falschem Namen lebte. Ich hätte nur einen der hohen Offiziere, mit denen ich verkehrte, bitten müssen, mir Papiere für meinen echten Namen zu verschaffen. Aber ich war nachlässig und traute Dschamila zu sehr. Ich bemerkte auch keine Veränderung an ihr, wenn ich von meinen Auftraggebern in anderen Städten zurückkam. Natürlich führte ich noch ein zweites Leben. Meine Arbeit bestand zuweilen darin, den Offizieren Mädchen zu verschaffen. Nennen wir es eine Art von Bestechung. Die hübschesten Studentinnen gerieten uns in die Finger.

An eines der Mädchen erinnere ich mich noch sehr genau. Wenn ich mich nicht irre, war das im Jahr 1980. Ich war um die Vierzig, sie dreiundzwanzig. Sie war unglaublich schön! Ich wollte ihr bei ihrer Abtreibung helfen. Als ich sie im Auto fuhr, kam mir der Gedanke, daß sie ein hübscher Köder für einen neuen Handelsabschluß sein könnte. Ich brachte sie zu meiner Farm in den Außenbezirken von Bagdad. Nachdem ich mit ihr geschlafen hatte – sie sagte übrigens dabei kein Wort –, holte ich einige meiner einflußreichen Offiziersfreunde, damit auch sie sich mit ihr vergnügen sollten. Ich weiß: was ich tat, war unverzeihlich. Es war nicht nur eine Art Maklertätigkeit, sondern ein Verbrechen, das ich persönlich beging.«

Er schwieg und rieb seinen Ärmel. Dann fuhr er fort: »Am nächsten Morgen brachte ich sie in die Haifa-Straße, wo es eine Praxis gab, die unter Unternehmern und Offizieren ziemlich bekannt war. Sogar der Stellvertreter Seiner Majestät hatte schon Mädchen dorthin gebracht. Und jetzt, lieber Freund, komme ich zum wichtigsten Teil meiner Geschichte, zu dem, was mein Leben endgültig ruiniert hat.«

Wieder verfiel er in Schweigen und starrte mich an. Er versuchte nicht mehr zu rauchen, sondern wickelte den Schlauch um den Hals der Wasserpfeife. Mit schwacher Stimme fuhr er traurig fort: »Ich ließ das Mädchen dort und ging nach Hause. Wäre ich bloß nicht gegangen! Denn zu Hause traf ich meine Frau in den Armen des Offiziers, der zuvor die Studentin vergewaltigt hatte. Ich war schwer angeschlagen. Ich eilte zurück in die Praxis, in der die Studentin abtrieb, doch es hatte keinen Zweck, um sie herumzuscharwenzeln und sie anzuflehen, mich zu heiraten. Auf hocharabisch ließ sie mich wissen: ›Eine Heirat mit Ihnen kommt nicht in Frage, mein Herr.‹ Sehr dramatisch. Keine Ahnung, ob sie sich über mich lustig machte.

Die Studentin wollte mich nicht heiraten, Dschamila demütigte mich Tag für Tag. Es nützte nicht, sie anzuflehen, wenigstens um der Kinder willen bei mir zu bleiben. Ich konnte sie nicht einmal daran hindern, ihren Liebhaber mit nach Hause zu bringen. Eines Tages kam der Offizier selbst zu mir, händigte mir Papiere aus, die auf meinen richtigen Namen ausgestellt waren, und forderte mich auf, das Haus zu verlassen. Ich wehrte mich nicht und verlor alles auf einen Schlag. Ich blieb in Bagdad, wo ich in verschiedenen Hotels wohnte. Mein Geld war weg, ich wußte nicht, wohin. Eines Tages betrat ich die Kilânî-Moschee, um einen Kanten Brot oder irgendwas zu essen aufzustöbern. Dort entdeckte ich meinen Cousin, den ich seit Jahren nicht gesehen hatte. Ich versuchte, mich zu verstecken, aber er hatte mich schon erblickt und eilte auf mich zu. Ich wich seinen Fragen aus. Da meinte er, ob ich Lust hätte, sein Partner zu werden, und erinnerte mich daran, daß wir als Kinder oft Derwisch gespielt und uns Lanzen und Messer in den Leib gebohrt hatten. Ich wollte ihm sagen, ich hätte die Fähigkeit von damals eingebüßt und fürchtete jetzt, mich dabei zu töten. Aber er versprach, mich zu trainieren: Meine Aufgabe bestünde einzig und allein darin, still zu stehen und die Messer und Lanzen aufzufangen, die er in meine Richtung werfen würde. Ich war bereit, alles zu tun.

So hatte ich also wieder Arbeit gefunden, bis zum Fest der Derwische. Erinnern Sie sich? In der Nähe des Checkpoints an der Hila-

Straße nach Bagdad veranstaltete der Staat auf einem Lagerplatz dieses Fest, wo für die Teilnehmer Herbergen und Bühnen errichtet wurden. Ich hätte nie gedacht, mit diesem Spektakel eine feste Arbeit zu finden.

Zum Glück war Iftaim Pay Day an jenem Tag anwesend! Sie saß auf der Herrschertribüne und ließ mich zu sich rufen. Weil sie mich so mutig fand, bat sie mich, in einem ihrer Häuser am Rande von Nadschaf anzuheuern. Ich sollte nur dastehen und Messer fangen. So gelangte ich nach Nadschaf. Es ist besser, ich verschone Sie mit Details über das, was sich in diesen Etablissements zutrug. Nur Frauen und Offiziere hielten sich dort auf. Die Offiziere starben an der Front, während die Frauen darauf warteten, gevögelt zu werden. Dies entspricht nicht dem Wunsch Gottes und seines Propheten, mein Lieber.

Mehr als einmal mußte ich mit ansehen, wie ein Ehemann seine Ehefrau umbrachte. Ich hielt es nicht aus, floh und gründete die ›Bewegung der arabischen Gehörnten‹. Warten Sie nur, bis sie alle ins Café zurückkehren. Auch der Cafébesitzer ist Besitzer eines Horns. Die Bewegung hat sogar ihren Dichter, Sâmî Mu'alla, der ebenfalls aus Nadschaf stammt. Er ist der ideologische Theoretiker unserer Partei. Lassen Sie sich nicht von den Theorien anderer Parteiführer täuschen. Ich selbst habe schon alles ausprobiert: Qâsimismus, Kommunismus, Nationalismus. Besser man fragt diejenigen, die es ausprobieren, als die Weisen. Im Namen der Partei habe ich deshalb die Ehre, Sie zu fragen, ob Sie dem verwegenen Banner unserer Bewegung beitreten wollen, der ›Bewegung der arabischen Gehörnten‹. Wir verschaffen den Männern dieses Landes eine neue Zukunft! Und nicht nur dieses Landes, sondern all jener Länder vom Atlantik bis zum Golf! Es soll das Schicksal aller Länder sein, die sich islamisch nennen! Nicht der Islam ist die Lösung, wie man sagt, sondern die ›Bewegung der arabischen Gehörnten‹!

Ich bitte Sie: Haben Sie Vertrauen in den Mann, der mit Ihnen spricht: Sayyid Muhammad Mun'im al-Naqschbandî, genannt Sokrates.«

Den Namen sprach er mit einer gewissen Feierlichkeit aus. Dann reichte er mir zum Abschied die Hand.

»Dann sind Sie also Sokrates?«

»Kennen Sie mich? Oder haben Sie etwas gegen diesen Namen?« Er lachte: »Aus Liebe zu dem bolivianischen Soldaten, der den Namen trug, hat man ihn mir verliehen. Er half vielen Menschen aus der Klemme.«

Als ich abwesend meine Hand ausstreckte, blitzte in meinem Kopf ein Gedanke auf. Als meine Hand die seine berührte, hatte ich noch keine Ahnung, wie er mir helfen könnte; erst als ich sie zurückzog, hörte ich ihn sagen: »Ich bin Ihnen gehorsam zu Diensten, wie ich es allen Besitzern des Horns bin. Sagen Sie nur, was Sie wünschen, und ich erledige es sofort, mein Lieber.«

Er erhob sich und fügte mit zitternder Stimme hinzu: »Ich mache mich jetzt auf den Weg. Morgen treffen wir uns um dieselbe Zeit. Ich nehme an, Sie werden morgen arbeiten. Ich gehe jetzt zu ihnen.«

Diesmal beendete er seinen Satz nicht mit den Worten »mein Lieber«, sondern flüsterte mir ins Ohr, als würde er mir ein großes Geheimnis anvertrauen: »Zu den liierten Streitkräften.«

»Alliierte Streitkräfte« wollte ich ihn verbessern, aber er kam mir zuvor: »Ich werde sie persönlich aufsuchen. Es ist besser, ich warte nicht, bis sie hierherkommen. Aber sollten sie mich suchen, dann finden sie mich auf dem Friedhof oder am Marktplatz oder an der Taxihaltestelle.«

Er schwieg wieder, als dächte er nach: »Auf dem Platz könnten Sie auch ohne meine Hilfe diejenige finden, nach der Sie suchen.« Er zwinkerte mir zu: »Dort arbeiten sie auf Sonderrechnung. Die hübschesten Mädchen unseres großen Vaterlands. Ein besonderer Sektor. Kein öffentlicher, kein sozialistischer, kein räuberischer Sektor mehr.«

Er wirkte verwirrt. Ich begriff im ersten Moment nicht, was es war, nur ein Gedanke blitzte auf: Sollte ich ihn bitten, mit mir nach Nadschaf zu fahren oder an irgendeinen anderen Ort, den er genannt hatte? Vielleicht hatte er recht und ich würde dort Wadschîha finden? Aber er verließ schon das Café. Kurz darauf trat der Cafébesitzer mit einer Reihe von Gästen ein. Dies war wohl der Grund für Sokrates' schnellen Aufbruch.

46

»Sicher hat er Ihnen mit seiner ›Bewegung der arabischen Gehörnten‹ in den Ohren gelegen, was?« fragte der Cafébesitzer Abû 'Adel, als er das Café betrat. Dann ging er zum Teekocher, ordnete die Kannen und bereitete die Gläser für die neuen Gäste vor. Die fünf Männer hatten sich um mich herum verteilt: zwei Männer in der Blüte ihrer Jahre, einer um die Vierzig und zwei ältere Männer.

Die Stimme des Cafébesitzers, der weiter hinten den Tee zubereitete, ließ sich vernehmen: »Armer Sokrates... Wir alle haben schon versucht, ihm zu helfen. Vor etwa einem Jahr hat seine Familie ihn in diese Gegend gebracht, um ihn von den Imamen in Kufa, Kerbela und Nadschaf behandeln zu lassen, bevor er verrückt würde. Sie hatten schon die besten Ärzte von Bagdad aufgesucht. Doch all diese Versuche haben nichts genützt.

Man sagt, seine Frau habe ihn betrogen. Doch von ihm hört man nur diesen einen Satz: ›Ich will diese süße Studentin! Mir ist egal, ob sie Jungfrau ist oder nicht!‹ Kein Mensch kennt dieses Mädchen, sonst würden wir sie ja suchen und herbringen! Auch von seiner Frau – möge Gott ihr verzeihen – spricht er manchmal. Sie hat wohl mit einem seiner Freunde geschlafen, einem Offizier. Keiner hier weiß, ob die Geschichte stimmt.

Als seine Frau, Dschamila, zum erstenmal hierherkam, setzte sie sich zu ihm in die Ecke und flehte ihn voller Mitgefühl an, zu ihr und den Kindern zurückzukehren. Aber er schrie sie an und schickte sie fort. Beim zweitenmal brachte sie die Kinder mit. Seltsam war das. Wir dachten, er würde die Kinder erkennen und mit ihnen nach Hause zurückkehren. Aber nichts dergleichen. Die Kinder weinten herzzerreißend: ›Papa, Papa!‹ Da sagte er wieder auf hocharabisch: ›Das sind nicht meine Kinder. Hätte ich Kinder mit dir, wäre ich jetzt nicht hier. Und hätte nicht die ›Bewegung der arabischen Gehörnten‹ gegründet. Du bist wie alle Frauen: von Natur aus treulos! Es gibt keine Frau, die nicht treulos ist! Weißt du nicht, was der Imam 'Alî Ibn Abî Tâlib gesagt hat? ›Hütet euch vor der List der Frauen!‹ Weißt du, was Shakespeare (als er diesen Namen aussprach, stotterte Abû 'Adel, fand aber am Schluß die korrekte Aussprache) gesagt hat, um den Ehebruch seiner Mutter zu erklären? ›Mach die Beine breit, du verlorenes Schaf!‹ Und was hat der Präsident 'Abd al-Karîm Qâsim dazu gesagt? ›Nur meine Mutter! Alle anderen Frauen kann man fallenlassen.‹

Nach diesem Besuch kam seine Frau nur noch zwei- oder dreimal. Stets wohnte sie im *Hotel der Ratlosen*. Beim vierten- und letztenmal sagte sie, daß sie nicht mehr käme. Seit jenem Tag sitzt Muhammad Mun'im al-Naqschbandî immer dort am selben Platz. Eine merkwürdige Geschichte.«

Als bemerkte er erst jetzt meine Anwesenheit, fügte er hinzu: »Sicher wünscht der Herr einen Tee?«

Ich dachte noch über die seltsame Geschichte nach, die der Mann in einer Mischung aus Dialekt und Hocharabisch erzählt hatte. Ich hätte noch lange so dasitzen können, hätte nicht eine laute Stimme aus der Tiefe des Cafés mich aufgerüttelt. »Der Tee geht auf meine Rechnung, Bruder.«

Der Mann war für diesen Ort ungewöhnlich elegant. Er starrte mich mit seltsamem Blick an, und ich wäre unruhig geworden, wenn er mir nicht mit dieser freundschaftlichen Geste einen Tee spendiert hätte.

»Muhammad Tâlib Hamûdî. Wenn ich mich vorstellen darf: oberster Pfleger im städtischen Krankenhaus. Hier nennt man mich auch Aristoteles – wegen Sokrates.« Er hielt einen Moment inne und zwinkerte mir zu. »Weil Sie aus Bagdad kommen, sollten Sie wissen: Es gibt keinen Sokrates ohne Aristoteles – und umgekehrt.«

Der Mann schüttelte mir, vielleicht einen Augenblick zu lange, die Hand. Er wollte mir wohl zeigen, daß er sich über meine Bekanntschaft freute. Doch seine Handfläche rief ein seltsames Kältegefühl in meiner Hand hervor, so daß ich sie schnell wegzog. Ob der Cafébesitzer meine Skepsis bemerkt hatte? Er stand direkt vor uns, und ich spürte seinen Atem auf meinem Gesicht. Zwischen Spott und Ernst sagte er: »Warum, Herr Muhammad Tâlib, verbergen Sie stets Ihren wahren Beruf vor den Leuten?«

Er stellte die Teegläser vor uns hin und zog sich dann schnell zurück. Im hinteren Teil des Cafés vertiefte er sich in eine Zeitung, die zwischen anderen Blättern auf einer Bank in der Nähe des Herds lag.

Doch der oberste Krankenpfleger lachte. Er schien sich durch die Worte nicht provoziert zu fühlen. Er begnügte sich mit einer Handbewegung, die in etwa bedeutete: »Das geht niemanden etwas an.«

Um diese Zeit hielten sich nicht viele Gäste im Café auf. Nach dem Ruf zum Mittagsgebet war die Stadt wie ausgestorben. Zunächst hatte ich gedacht, es liege daran, daß ich so spät hergekommen war. Die Menschen in den Dörfern und kleinen Städten dieses Landes ziehen sich nach dem Mittagessen zur Siesta in ihre Häuser zurück. Auch die anderen Gebetszeiten hielten die Einwohner dieser Stadt genau ein – es schien nicht viel Wahres an den Gerüchten zu sein, die über diesen Winkel des Landes kursierten.

Die nächste Geschichte handelte vom Besitzer des Hotels (von dem inzwischen bekannt war, daß er gar nicht der Besitzer war). Er betonte, daß das Hotel einst eine Pilgerherberge war, die sich in ihren Funktionen nicht von den uralten anderen in der Gegend liegenden Herbergen wie *al-Nuss*, *al-Muhâwil*, *Mudschayyida*, *al-Hamd*, *al-Muschâla*, *al-Ruhâla* oder *Dschadûl* unterschied. Ich hatte von keiner dieser Herbergen je gehört. Es waren in erster Linie Stationen auf der Reise zu den Gräbern der Imame.

Der Unterschied heute bestand vor allem in der Natur der Gäste. Das *Hotel der Ratlosen* schien nicht für die Karawanen von Besuchern gedacht, die schiitische Imame aufsuchen wollten. Es war jetzt ein Ort für politisch Verfolgte, für Schmuggler, für entlaufene Sträflinge und für Flüchtlinge aus Saudi-Arabien. Im Laufe der Zeit unterschied es sich mehr und mehr von anderen Herbergen, vor allem nachdem die Religiösen eine Fatwa herausgegeben hatten, die die Unterkunft in den anderen Herbergen wegen des Verdachts auf Verderbtheit und Ketzerei untersagte. Es war ruchbar geworden, daß in der Stadt Verhütungspillen hergestellt wurden und das ganze Land (heimlich und inoffiziell) damit versorgt wurde. Man gab der

Stadt den merkwürdigen Namen Tell al-Lahm und webte an ihrer Legende. Doch das war vor langer Zeit, als im Land noch andere Verhältnisse herrschten. Die Stadt hatte nach den Geschehnissen im Land viel von ihrem einstigen Glanz verloren. Angeblich war sie der letzte Punkt, den die alliierten Streitkräfte erreichten.

Der französische General Balzac hatte siegesgewiß auf die umgebenden Hügel geblickt: »Vierhundert Kilometer liegen vor uns, bis wir Bagdad erreichen.« Er wollte schon den Befehl erteilen, gen Bagdad zu marschieren, als sich sein Gesicht verfinsterte. Mehrmals rief er: »Merde, Merde, Merde! Was ist denn das? Ein Hurenkrieg ist das!« Der amerikanische General, Befehlshaber der alliierten Streitkräfte, hatte befohlen, den Angriff zu stoppen und sich einige Kilometer zurückzuziehen. Am Rande der Stadt, neben dem Friedhof »Tell al-Lahm«, blieben sie schließlich stehen. Nur der französische General war am Ende seiner Kraft und »erschoß sich dort«. General Balzac? War das nicht der Name, den ich im Radio gehört hatte? Der amerikanische General ließ sich durch die »eitle« Tat des Franzosen (wie er es nannte) nicht aus der Ruhe bringen, im Gegenteil. Er unternahm alles in seiner Macht Stehende, die Gegend ohne viel Aufhebens unter seine Kontrolle zu bringen. Nachdem die Truppen sich niedergelassen hatten, wurde Tell al-Lahm zu einer richtigen Stadt, durch die nun die »Ratlosen« zogen, diejenigen, die nach Fluchtweg, Vergnügen oder Zuflucht suchten – wie Ma'ali und ich oder jene, die dem Griff der Macht entronnen waren.

Der Krieg veränderte diese Stadt erstaunlich schnell. Einige der früheren Bewohner verließen sie, während die Neuankömmlinge mit den Verbliebenen eine seltsame Mischung bildeten. Viel Zeit wird nötig sein, um sämtliche Rätsel zu lösen. Dies ist nur eine von vielen Geschichten über diesen Ort. Es gibt noch andere, wie ich später erfuhr.

»Kümmern Sie sich nicht darum, mein Freund. Abû 'Adel ist ein echter Erzähler. Er kann sicher auch eine mysteriöse Geschichte über mich auftischen, so wie er über Sayyid Muhammad Mun'im al-Naqschbandî, Mahmûd und 'Alî, Sokrates und Hiyâwî Benzin, die Sie schon kennengelernt haben, so einiges zu berichten weiß.«

Aristoteles tätschelte meine Schulter, als kenne er mich seit langem. Gehörte auch er zu den Ratlosen? Ich wollte all diese Geschichten nicht hören, ich war nicht sein Freund!

»Ich glaube nicht, daß Sie Krankenpfleger sind. Dafür ist Ihr Blick viel zu teilnahmslos«, sagte ich plötzlich.

Er sah mich aufmerksam an und tätschelte wieder meine Schulter, lachte, seufzte tief und nahm einen letzten Schluck Tee. Das leere Glas drehte er in der Hand. Dann sagte er: »In der Welt gibt es keine Berufe. Es gibt nur zwei Arten von Menschen: diejenigen, die kaufen, und diejenigen, die gekauft werden.« Nach kurzem Schweigen fügte er hinzu: »Ich weiß, daß Sie sagen werden, Sie gehörten nicht zu der Sorte, die gekauft wird. Sie sind nicht der einzige. Ich bin schon lange Krankenpfleger. Können Sie sich vorstellen, wie lange ich schon Menschen pflege?«

Ich zuckte die Schultern. Doch wie in einem Monolog fuhr er fort: »Dreißig Jahre, sieben Monate und fünf Tage. Zu Beginn habe ich diese Jahre nicht gezählt. Aber was geht das Sie an! Auch für Sie wird irgendwann etwas beginnen, was man als Arbeit oder Aufgabe bezeichnen könnte.«

Ich überlegte, ob ich ihn höflich bitten sollte, aufzuhören und sich zu entfernen? Oder sollte ich mich entschuldigen, daß ich dringend gehen müßte? Statt dessen sagte ich: »Es ist merkwürdig, daß man hier so viel erfährt, wenn man nur aufmerksam zuhört.«

»Sicher, sicher. Nach wem auch immer Sie Abû 'Adel fragen – er wird Ihnen eine Geschichte erzählen. Schließlich hat jeder hier eine Geschichte. Sie dürfen sich nur nicht wundern, wenn jeder über einen anderen erzählt, statt über sich selbst. Ein alter Trick. Früher, als die Medizin noch nicht so entwickelt war, behandelte man Menschen, indem man Geschichten erzählte. Bei chirurgischen Eingriffen setzte man sie als Narkotikum ein. Auch die chinesische Medizin basiert auf dieser Grundlage. Im Westen werden psychisch Kranke durch Liegen auf der Couch behandelt: Erzähl mir, was dir heute widerfahren ist! Jeder, den Sie hier treffen, wird Ihnen eine Geschichte erzählen und behaupten, es sei die Geschichte eines anderen. Dabei erzählt er Ihnen aber seine eigene. So ist es bei Muhammad Mun'im al-Naqschbandî und auch bei Abû 'Adel.«

Er schwieg und blickte in die Richtung des Cafébesitzers, der vorgab, die Zeitung zu lesen, dessen Haltung aber zeigte, daß er unserem Gespräch lauschte, ganz wie die beiden jungen Männer, die mit dem Wasserpfeife rauchenden Mann in einer Ecke des Cafés saßen. Jeder war gezwungen, mitzuhören.

»Stimmt's, Abû 'Adel?«

»Endlich werden Sie die wahre Geschichte erzählen!«

In diesem Moment begann mich das Gespräch zum erstenmal zu interessieren. Vielleicht bemerkte der Mann mein Erstaunen oder Unverständnis über das, was hier ablief, oder über das, was der Cafébesitzer gerade gesagt hatte.

Erklärend fügte er hinzu: »Sicher hat Muhammad Mun'im al-Naqschbandî Ihnen die Geschichte seines Unternehmens erzählt. Doch dies ist nicht seine Geschichte, sondern die eines anderen Mannes. Mun'im al-Naqschbandî war ursprünglich kein Unternehmer. Er war Krankenpfleger. Ja, Krankenpfleger. Wundern Sie sich nicht. Als Krankenpfleger gehörte er zu der Sorte Mensch, die verkauft. Er stieg in ein Unternehmen ein, aber nicht in die Art von Unternehmen, an die Sie jetzt denken. Er verkaufte etwas und schadete niemandem damit, im Gegenteil: Es war sogar von großem Nutzen für die Gemeinschaft.«

Er schwieg. Dann fragte er mich leise: »Möchten Sie wissen, was er verkaufte?«

Zum erstenmal wollte er nicht, daß die anderen ihn hörten. Und zum erstenmal erlaubte ich mir zu antworten: »Was geht es mich an, was er verkaufte?«

Er griff energisch nach meiner Hand, als würde er jetzt zum eigentlich Wichtigen vordringen: »Kein Mensch ist vor Dummheit gefeit! Doch wie groß ist die Reue, wenn er merkt, wie schwierig es ist, einen einzigen Augenblick rückgängig zu machen.« Er hielt inne und nahm einen Schluck Tee, der deutlich hörbar seine Kehle hinunterrann.

»Haben Sie gehört, wie der Tee in meiner Speiseröhre verschwunden ist? Er ist weg, und keiner wird ihn zurück ins Glas holen können, nicht einmal die Reue. Der Augenblick ist vergangen. Seien Sie bescheiden, seien Sie bereit, schnell zu reagieren, bevor es zu spät ist!«

Er verfiel in Schweigen und bot mir eine Zigarette an. Als ich ablehnte, steckte er die Schachtel zurück in seine Tasche, ohne selbst zuzugreifen. »Verkäufer müssen immer eine Schachtel Zigaretten in der Tasche haben – auch wenn sie selbst nicht rauchen. Zigaretten sind Teil des Verkaufsabschlusses, insbesondere die Marken Rothman's und die echten nationalen Sumer, hergestellt in Deutschland.«

Er sah mich lange aufmerksam an. »Sie haben große Augen, die sehen sicher viel. Schön sind sie obendrein, aber ...« Er hielt inne und trommelte auf den Tisch: »Aber wie ich sehe, haben Sie kein Interesse an einem Handel oder wenigstens an einem Verhandlungsversuch.«

Um das Thema zu wechseln, fügte er hinzu: »Endlich sehe ich auf Ihrem Gesicht ein Fünkchen Neugier. Sie möchten die Geschichte von Muhammad Mun'im al-Naqschbandî hören. Doch jetzt, mein Freund, noch nicht.«

Abrupt erhob er sich, schaute mich kurz an, stieß einen Seufzer aus und verließ das Café, ohne mir, dem Besitzer oder den anderen auf Wiedersehen zu sagen.

Eine Zeitlang war ich wie betäubt, mir brummte der Schädel, in dem diese Geschichten ihr Echo hinterlassen hatten. Da wurde mir klar, daß nicht stimmte, was er gesagt hatte: »Es ist merkwürdig, daß einem hier so viele Geschichten aufgetischt werden, wenn man nur aufmerksam zuhört.« Viel merkwürdiger ist die Unruhe, die einen überkommt und die eine unendliche Geschichte in uns heraufbeschwört.

»Seien Sie nur geduldig, dann werden Sie seine wahre Geschichte schon erfahren.« Der Besitzer des Cafés riß mich aus meinen Gedanken.

Ich schüttelte den Kopf, als erwachte ich aus einem langen Alptraum. Sein Satz aber blieb mir im Gedächtnis. Ich fragte mich: Wenn du eine Geschichte hörst, ist es dann die Geschichte Sayyid Muhammad Mun'im al-Naqschbandîs, die Geschichte des »obersten Krankenpflegers« Muhammad Tâlib Hamûdî, die Geschichte des Cafébesitzers oder die Geschichte des buckligen Hotelbesitzers Hiyâwî Benzin? Oder die Geschichte der Brüder Haidâr und Saif beziehungsweise Mahmûd und 'Alî, die sicher die beiden jungen Männer dort hinten im Café waren? Oder die Geschichte des Dichters, der vielleicht auch hier im Café saß? Oder meine Geschichte, wenn ich eine erzählen sollte? Oder die Geschichte Ma'alis, die, die sie mir als ihre Geschichte verkauft hatte? Oder die Geschichte Iftaim Pay Days, die mich zu verfolgen begann wie ein Filmstar? Oder die Geschichte meines Onkels, der sich eines Tages vor der Öffentlichkeit verborgen hatte und dem ich in der einen oder anderen Geschichte wiederbegegnen würde? Oder die Geschichte Tell al-Lahms, die mir in so vielen verschiedenen Arten erzählt worden war, eine Geschichte voller Geheimnisse, nicht nur in ihrem Namen, sondern in dem, was dieser Stadt buchstäblich – durch die Zunge mehrerer Menschen – widerfahren war?

Wie auch immer – ich besaß nicht die nötige Kraft, irgend jemanden danach zu fragen, noch irgendwem offen zu sagen, daß dieser Winkel, den sie Café Hoffnung nannten, Teil eines elenden Orts sei, der wiederum Teil einer elenden Stadt war! Es war eine von diesen Städten, in denen sich das Elend einnistet und in denen man mit Ziegelsteinen über Vögel herfällt. Sie liegt in Trümmern, obwohl die Soldaten nicht einmarschiert sind, sondern auf den umgebenden Hügeln Stellung bezogen haben. Ihre Bevölkerung hat die Gewehre nicht gegen den Staat erhoben, wie ich gehört hatte, sondern Abstand zu den kämpfenden Soldaten gehalten. Wenn ich glaubte, diese Stadt sei verflucht, bestand keinerlei Zweifel, daß dieser Fluch der Stadt genützt hatte. Vielleicht hatte der schlechte Ruf sie sogar gerettet!

Das Gegenteil war den Städten im Umland widerfahren, die von den republikanischen Garden verwüstet wurden. Wenn ich diesen Geschichten also glaubte, zumindest denen, die direkt mit der Stadt zusammenhingen, dann würde sie vermittels all jener Männer ihre Geschichte erzählen. Aber ich hatte nicht die Kraft, es auszusprechen. Ich war erschöpft.

Wie gern hätte ich die Rollen mit Ma'ali getauscht: Sie säße hier auf meinem Platz, während ich im Hotel schliefe, darauf wartend, daß sie käme und mich mit sanfter Stimme weckte: »Alles ist gut, die Lage hat sich verändert!« Es war egal, *wie* sie sich verändert

hatte, sie sollte sich nur irgendwie verändern – nach mir die Sint-
flut! Doch warum ging ich jetzt nicht einfach los und sagte zu ihr:
»Ich bin müde, ich habe meine Pläne geändert. Ich will gar nicht
nach Wadschîha suchen, soll sie doch mit Asîyad Lûtî zur Hölle
fahren!«

Doch wie sollte ich aus diesem Teufelskreis ausbrechen, in den
ich geraten war? Wohin ich mich auch wandte, es gab kein Entrinnen, kein Hinein und kein Hinaus! Ich war umgeben von Elend.
Mir fehlte die Kraft aufzustehen. Vielleicht wurde ich beobachtet?
Vielleicht dachte man, ich wolle im Café bleiben? Warum sonst
starrte man mich so verwundert an, als ich aufstand und, um Natür-
lichkeit bemüht, »Auf Wiedersehen!« rief?

Als ich die neugierigen Blicke auf mir spürte, wurde mir bewußt –
das Flackern in ihren Augen ließ sich kaum verbergen –, daß sie
mich schon zu einem neuen ständigen Besucher des Café Hoffnung
zählten. Allein der Gedanke daran ließ mich erschauern. Offensichtlich hatten die beiden jungen Männer bemerkt, daß ich nicht
hierher zurückzukehren gedachte. Sie verließen gleichzeitig mit mir
das Café. Auf der Straße spürte ich, daß einer der beiden mir folgte.
An meiner Seite angekommen, sagte er: »Wenn Sie Hilfe suchen,
kommen Sie uns doch heute abend besuchen.«

Lächelnd fügte er hinzu: »Ich bin Mahmûd, mein Bruder sitzt im
Café. Wir erwarten Sie heute abend auf dem Friedhof.«

Ich erinnerte mich daran, daß mir Sokrates, oder Muhammad
Mun'im al-Naqschbandî, etwas Ähnliches gesagt hatte. Auch er
würde dort sein. Trug sich alles, was ich hörte, wirklich so zu, oder
war ich geisteskrank und hatte Halluzinationen? Der Hotelbesitzer
hatte mir das Café als den Ort beschrieben, an dem ich einen
Fluchtweg finden würde. Sicher würde Ma'ali sich über mich lustig
machen, wenn ich ihr von meinen Erlebnissen erzählte, und mir
Trägheit und Faulheit vorwerfen. Sie selbst würde aber wohl nicht
ernsthaft nach einem Fluchtweg für uns suchen. Ich war nicht
mehr nur ein Ratloser, sondern ein Verzweifelter, der nach einer Lösung suchte.

Faul war ich wirklich nicht. Ich bemühte mich nach Kräften, uns
aus dieser Lage zu befreien. Hatte ich in der ersten Nacht noch

daran gezweifelt, eine Möglichkeit zu finden, dann aus zwei Gründen: Erstens glaubte ich, daß Ma'ali die Folgen für ihr Handeln allein tragen müsse – ich konnte nur an ihrer Seite stehen. Zweitens hatte ich keine Ahnung, wohin ich gehen sollte, wenn ich gehen wollte. Ich wußte, daß von den ausländischen Streitkräften, die im ersten Krieg von Süden ins Land gekommen waren, immer noch einige am Rande des Friedhofs von Tell al-Lahm lagerten, teilweise bis zu den Ausläufern der Dschezira und bis zur saudischen Grenze. Auch Muhammad Mun'im al-Naqschbandî war in seinen Erzählungen davon überzeugt. Und er war nicht der einzige. Selbst Ma'ali hatte davon gesprochen, als sie mir von den vielen Flüchtlingen erzählte, die nach Tell al-Lahm kamen. Als ich selbst Soldat war, war oft die Rede von den »alliierten Streitkräften«, die sich in der Nähe von Sûq al-Schuyûch, Nasirîya und Samâwa aufhielten. Man hörte sogar, daß die Kleintransporter – der Marken Costar und Raff – täglich aus dem Amîr-Lager in Nadschaf hierherfuhren.

Ich kehrte nicht zurück ins Hotel, sondern ging in die Stadt. Vielleicht träfe ich zufällig Wadschîha und Asîyad Lûtî oder fände einen Ausweg aus unserer Klemme. Vielleicht würde ich schließlich sogar den Friedhof aufsuchen?

47

Oft reicht es, sich den Namen eines Menschen, einer Stadt oder eines Gegenstandes ins Gedächtnis zu rufen, um das Bild im Geiste erscheinen zu lassen. Unmerklich stützen wir uns vor allem auf zwei Bilder: das des ersten Kennenlernens und das des letzten Eindrucks. Als ich an Wadschîha dachte, war es also nicht verwunderlich, daß sie mir erschien, auf dem Markt, auf dem Hauptplatz, von dem Muhammad Mun'im al-Naqschbandî gesprochen hatte. Sie stand in der Nähe einiger Taxis, neben ihr drei Frauen. Auch sie war verschleiert, als wären die Kleider eine Tarnung, und zwar nicht nur, weil Sokrates al-Naqschbandî – welch eine wunderbare Namenskonstruktion! – mir diesen Tip gegeben hatte.

Haltung und Aufmachung der Frauen deuteten darauf hin, daß sie auf Kunden warteten. Vielleicht hätte ich Wadschîha gar nicht bemerkt, hätte Ma'ali mir nicht erzählt, sie sei mit Asîyad Lûtî durchgebrannt und arbeite jetzt in einem der Etablissements Iftaim Pay Days (ob man diese immer noch »neue Häuser für den notwendigen Dienst« nannte?). Ich dachte auch daran, daß Wadschîha mir in der Nacht, bevor sie mich verließ, ihren sehnlichsten Kindheitswunsch offenbart hatte: Hure zu werden. Sie hatte eine halbe Flasche Arrak getrunken, wir hatten erstmals richtig miteinander geschlafen, herrlich und voller Lust.

In dieser Nacht, vor mehr als drei Jahren, wollte ich zum erstenmal »Ich liebe dich« zu ihr sagen. Diese Worte können dazu führen, daß man tötet, stirbt oder Selbstmord begeht. Sie können einem Menschen das größte Glück auf Erden verschaffen oder ihn zerstören. Man sollte sie nicht zu oft wiederholen, denn ihre Wirkung entfaltet sich nur beim erstenmal. »Ich liebe dich« sollte man nur einmal im Leben aussprechen. Später sind es sind nur Variationen, bedeutungslose Strategien, Lügen, die wir unseren Liebsten ins Ohr flüstern. Sagen wir diese Worte nicht im geeigneten Moment, fehlt uns meist die Kraft, sie bei anderer Gelegenheit auszusprechen.

Ich trat auf den Marktplatz und verbarg mich hinter einem der Taxis nahe am Haus, auf dessen Schwelle sie sich mit ihren Kolleginnen getroffen hatte. Ich wollte sie von vorn betrachten, doch der Schleier verdeckte einen Teil ihres Gesichts. Ich blieb also noch ein paar Minuten an meinem Platz, um sie weiter zu beobachten. Warum sollte sich Wadschîha (wenn sie wirklich noch am Leben war) in einem dieser Etablissements aufhalten, statt mit Asîyad Lûtî an einem anderen Ort zu leben? Die Etablissements hier schienen ziemlich billig und nicht vom Niveau der »neuen Häuser für den notwendigen Dienst« Iftaim Pay Days zu sein. Wäre Wadschîha an Ma'alis Stelle getreten, hätte ihr jetzt die Wohnung gehören müssen, in der zuvor Ma'ali war. Doch Wadschîha war offensichtlich in einem der billigen Häuser gelandet und trug einen Schleier der billigsten Sorte. Nicht einmal ihre Kolleginnen waren so billig gekleidet. Wie konnte sie so tief herabgesunken sein! Wir hatten beide immer genug zum Leben gehabt. Dazu kam die kleine Summe, die mein Vater mir hinterlassen hatte, bevor er verschwunden war, und der – wenn auch symbolische – Betrag, den der Verkauf des Gartens an die Stadtverwaltung beim Ausbruch des zweiten Kriegs eingebracht hatte (der Garten war in ein Palmen-Museum umgewandelt worden!).

Wadschîha und ich hatten beschlossen, das Land zu verlassen, sobald wir genügend Geld gespart hätten. Diesen Entschluß hatten wir gefaßt, als sie nach dem Ende der denkwürdigen Parade zu mir zurückgekommen war. Weder sie noch ich hatten danach Lust, unsere Arbeit weiter auszuüben. Sie wurde aus ihren Pflichten entlassen, obwohl sie nicht darum gebeten hatte, mich hatte man schon zuvor gefeuert. Wir waren nicht mittellos im eigentlichen Sinn, da ich ja über ein Einkommen verfügte: einerseits durch den Ertrag der Palmen und Bäume des Gartens, bevor ich ihn bei Ausbruch des zweiten Kriegs an die Stadtverwaltung verkaufte, andererseits durch die Übersetzungen von Pornokatalogen, die Iftaim Pay Day aus Westdeutschland bezog – was sogar einem richtigen Einkommen entsprach.

Wadschîha begnügte sich mit dem Übersetzen von militärischen Broschüren. Wir hätten schon damals ausreisen können, beschlossen aber, noch ein oder zwei Jahre zu warten. Der Ausbruch des zweiten Kriegs überraschte uns, wie uns der erste in unserer Hochzeitsnacht überrascht hatte. Als mein Jahrgang zum Reservedienst eingezogen wurde, hinterließ ich Wadschîha meine Ersparnisse. Sie hätte also kein solches Ende nehmen müssen. Nein, es handelte sich gewiß um eine andere Frau, die ihr nur ähnlich sah. Aber vielleicht könnte sie mir helfen, Wadschîha zu finden?

Sie mußte bemerkt haben, daß ich sie anstarrte. Oder hatte ich mein Versteck hinter dem Auto unbewußt verlassen und war zwei, drei Schritte vorgetreten? Sie näherte sich mir, bis sie mir gegenüberstand. Sie sah mich an, wies mit dem Ellenbogen auf den Kühler des Taxis und warf kurz einen Blick auf ihre Kolleginnen, die uns aufmerksam beobachteten und abwarteten, ob wir uns einig wurden.

»Na, Süßer, bist wohl ein verirrter Vogel, was?«

Ich hatte nie zuvor mit einer Prostituierten gesprochen, hatte nie ein Bordell aufgesucht, nicht einmal die Häuser Iftaim Pay Days!

»Gehen wir?« fragte ich so fordernd, wie ich es wohl von anderen Männern gehört hatte.

»Warte. Hast du denn eine Bleibe, Süßer?« Sie stützte die Hand auf die Hüfte und machte einen Schritt rückwärts, auf ihren Absätzen schwankend. Ich hörte ihre Armreifen klirren. Auch bei Wadschîha hatte ich in letzter Zeit dieses Geräusch gehört, obwohl sie nicht viel Schmuck besaß.

»Komm mit und rede nicht. Du bekommst dein Geld.« Noch so ein Satz. Ich tat so, als zöge ich ein paar Scheine aus der Tasche. Ich wollte ihr klarmachen, daß Geld nicht das Problem sei, und sie verstand meine Absicht. »Ich nehme dies als Anzahlung, den Rest kriege ich später, Süße.«

Sie nahm zwei Scheine und steckte sie in ihre Tasche. Sie öffnete sie wohl absichtlich so weit, um mir ihren Revolver zu zeigen. »Bezahlt wird gemäß deinen Wünschen, der Zeit, die du in Anspruch nimmst, und dem Ort, an den du mich bringst. Willst du's in einem Haus oder auf dem Friedhof?«

Gut, daß sie den Friedhof nannte, denn ich hätte nicht gewußt, wohin. Mit einem Nicken bedeutete ich ihr, mir zu folgen. Sie gab ihren Freundinnen zu verstehen, daß alles in Ordnung sei. Sie lächelten ihr zu und lehnten sich in ihren Schleiern, durch die die Miniröcke teilweise sichtbar waren, ein Bein abgewinkelt, an die Wand eines Hauses an der Taxihaltestelle gegenüber vom Platz. Soweit ich mich erinnere, hat Wadschîha nur einmal einen Minirock getragen: bei unserer enttäuschenden Spazierfahrt in die Nähe der Insel Umm al-Chanâzîr, als ich neben ihr in Mulhims Auto saß.

Je weiter wir uns vom Platz entfernten, desto weniger Menschen begegneten uns. Die abgelegenen Straßen waren eng, begrenzt von hohen Ziegelmauern und hohen Bäumen, mit denen die Reichen ihre Häuser schützten. Die Straßen erinnerten mich an die von Masbah oder Wazîrîya am Abend. In solchen Straßen kann ein Auto anhalten und seine Lichter löschen – die Insassen können ungestört einen Quickie hinlegen. In Bagdad hätte ich die Wege zu diesen Orten gekannt. Immerhin hatte ich dort studiert und mit Mulhim rumgelungert. Ich benahm mich also so, als wäre ich in den Straßen von Bagdad, als wäre der hiesige Friedhof der englische Friedhof hinter dem Hadîd-al-Sarâfîya-Bahnhof, zwischen der Akademie der Schönen Künste, dem Schulkunstmuseum und der Fakultät für Literaturwissenschaft. Oder als wären wir in der Nähe des königlichen Friedhofs in 'Aiwânîya, der inmitten der Studentenwohnheime und der Bordelle liegt. Bald würden wir das Areal am Tigris erreichen, wo die medizinische Fakultät und das Krankenhaus liegen. Was sollte ich tun, wenn sie mich fragte, ob ich den Weg wüßte? Was, wenn sie mich fragte, was ich von ihr wollte? Aber sie fragte nicht. Ich benahm mich wie ein Mann, der Befehle erteilt und genau weiß, was er will.

Ich verlangsamte meinen Schritt und betrachtete sie aus dem Augenwinkel. Sie nahm das Kopftuch ab, mit dem sie ihre Haare bedeckt hatte, und zog ihren Mantel aus, faltete beides zusammen und steckte es in einen Nylonbeutel. Dann sagte sie: »Ich lege meine Dschubba ab. Jede Situation verlangt ihren Tribut, Süßer.« Sie stopfte sie in ihre Tasche. Diesmal sah ich neben dem Revolver einen kleinen Koran.

Wir gingen langsam, fast schien es, als ginge ich langsamer als sie, als ginge sie mir voraus. Plötzlich hörte ich ihre Stimme: »Wir sind am Friedhofsgarten angekommen.«

Von dort aus konnte man die Gräber nur unscharf erkennen. Zwischen den Stämmen einiger Palmen und anderer Bäume war nur eine niedrige Mauer am Fuß des Hügels, des Fleischhügels Tell al-Lahm, auszumachen. Ich wollte sie nicht vor mir in den Garten gehen sehen. Deshalb beschleunigte ich meinen Schritt, als würde ich den Ort seit langem kennen.

»Wohin gehst du denn, mein Süßer? Da hinten bei den Palmen ist es viel besser!«

Sie meinte ein Wäldchen, etwa zehn Palmen, die dichtgedrängt aneinanderstanden und wie ein für Besucher hergerichteter Raum wirkten.

»Wie heißt du?« fragte ich, als ich mich ins Gras setzte. Ich schaute sie nicht an.

»Najma.«

Ich wußte, daß sie log. Keine Hure verrät ihren Namen. Oder kannte sie mich und wollte sich über mich lustig machen? Najma ist die weibliche Form meines Namens!

»Und du, mein Süßer, wie heißt du?«

»Muhammad Dschawâd al-Azdî«, ich belog sie in beiden Fällen, ob sie nun Wadschîha oder Najma war.

»Noch ein Muhammad! Die ganze Stadt ist voll von Muhammads. Müßt ihr alle so heißen, mein süßer Schatz?« Sie lachte vor sich hin.

»Wen meinst du denn? Deine Kunden?« fragte ich neugierig und um Zeit zu schinden.

»Alle! Alle Welt heißt Muhammad. In jeder Familie muß es mindestens einen Muhammad geben, ob er nun Häftling, Betrüger, Vergewaltiger, Zuhälter oder ein übler Sünder ist. Jeder Muhammad hat einen Hauch von Prophetentum an sich. Gott schützt den Namen Muhammad und seinen Beinamen: Muhammad Mun'im, Muhammad Tâlib, Muhammad 'Uthmân, Muhammad Hamûdî, Muhammad Amîr, Muhammad Salîm, Muhammad 'Alî, Muhammad Salmân, Muhammad Raschîd, Muhammad 'Abbâs, Muhammad Hassan, Muhammadain, Muhammad Dschawâd ... Ärgere dich nicht,

Süßer. Gott wird dich und den Regisseur Muhammad Dschawâd schützen.«

Ich lächelte, wollte aber nicht den Eindruck erwecken, mich über diese Namen lustig zu machen. Es steckte durchaus Genialität in ihnen. Deshalb fügte ich hinzu: »Ich dachte immer, der am weitesten verbreitete Name sei 'Abd?«

»Was für ein Jahrgang bist du?« fragte sie.

Ich wußte nicht, was die Frage sollte, antwortete aber wahrheitsgemäß: »Jahrgang 1956.«

»Ja, dann sieh mal. In deiner Generation war 'Abd ein weitverbreiteter Name. Ich werde dir all die 'Abde aufzählen, möge das Auge des Propheten Muhammad (hier war Spott zu spüren) sie schützen, die zu deiner Zeit die Mehrheit der Männernamen ausmachten: 'Abd al-Rahîm, 'Abd al-Malak, 'Abd al-Qadûs, 'Abd al-Salâm, 'Abd Mu'min, 'Abd al-'Azîz, 'Abd al-Dschabbar, 'Abd al-Mutakabbir, 'Abd al-Châliq, 'Abd al-Bârî, 'Abd al-Musawwir, 'Abd al-Ghaffâr, 'Abd al-Qahhâr, 'Abd al-Wahhâb, 'Abd al-Razâq, 'Abd al-'Alîm, 'Abd al-Fattâh, 'Abd al-Qâbid, 'Abd al-Bâsit, 'Abd al-Châfid, 'Abd al-Râfi' (hier deutete sie auf ihre Schenkel und hob sie ein wenig an), 'Abd al-Mu'izz, 'Abd al-Mudhill, 'Abd al-Samî', 'Abd al-Sabbûr...«

Sie hielt erschöpft inne und holte Luft: »Minister, berühmte Persönlichkeiten, Ärzte, Künstler – alle heißen sie 'Abd. Und du dachtest, ich sei bloß eine kleine Nutte, was, Süßer?«

Lächelnd antwortete ich, daß ich ihre Kenntnis der im Koran erwähnten Namen bewundere. »Kennst du denn auch alle *seine* Namen?«

Da fragte sie naiv: »Wen meinst du? Gott, den Führer oder den Richter der Richter?« Als sie den letzten Namen aussprach, schlug sie sich wieder auf die Schenkel: »Du trägst sicherlich deinen echten Namen!«

Ich stellte mich dumm: »Was glaubst du denn?« Sie sagte mit fester Stimme: »Einen der 'Abde habe ich noch nicht genannt: 'Abd al-Dschawâd al-Azdî beispielsweise, mein Süßer, aber sei nicht böse.«

Mit einem Lachen fügte sie hinzu: »Der einzige Name, der aus Kufa stammen könnte.« Sie betrachtete mich aufmerksam. »Mein

Süßer, ich akzeptiere alle Menschen – nur die Leute aus Kufa mag ich nicht, es sind Beduinen. Sie haben grobschlächtige Gesichter, sind hinterhältig. Sie sagen das eine und tun das andere. Sie sind falsch. Entschuldige, aber du siehst nicht aus wie ein Beduine, mein Süßer. Du bist ein netter Mensch, der gern lacht und es gemütlich hat.«

Sollte ich über Ma'alis Freund 'Abbâs reden, der etwas Beduinisches an sich hatte? Warum wurde ihr schwindlig, warum bereitete ich ihr Kummer? Ja, sie hatte etwas Sorgenvolles an sich, das ich an Wadschîha nicht kannte. Aber wenn sie wirklich glaubte, ich sei ein fröhlicher Mensch, der gern Witze machte, warum ließ ich ihr dann nicht diesen schönen Eindruck?

»Ich glaube, du irrst, aber lassen wir das. Sag mir lieber, hast du Familie, Kinder?« Die Kinder fügte ich bewußt hinzu, um sicherzugehen, daß sie nicht Wadschîha war.

»Natürlich habe ich Familie. Aber Kinder? Nein. Immer wenn ich schwanger werde, verliere ich den Fötus. Aber keine Sorge, Süßer. Solange 'Assle hier ist, wird keine Nutte schwanger.« Sie setzte sich neben mich. Dann fügte sie hinzu:»Ich schlafe nur mit Männern, die mir gefallen. Die anderen vertreibe ich mit dem Revolver!«

Gern hätte ich sie nach dieser 'Assle gefragt, deren Namen ich schon gehört hatte. Wahrscheinlich war sie diejenige, die die Versorgung mit Verhütungspillen organisierte. Wollte sie vielleicht andeuten, daß sie nicht aus finanziellen Gründen Prostituierte geworden war, sondern aus Enttäuschung? Wadschîha war damals nicht enttäuscht! Bei dieser Frau aber, die lächelnd neben mir saß, hätte jeder Mensch mit ein bißchen psychologischem Gespür erkennen müssen, daß sie viele Enttäuschungen ertragen hatte. Ihr hübsches Lachen war eher professionell, aber es hatte etwas Wütendes. Dieses Lachen war einmal, als sie noch Jungfrau und eine ehrbare Frau war, die Zukunft noch vor sich und diesen Beruf noch nicht ergriffen hatte, von Herzen gekommen! Vielleicht war es der Krieg, waren es die politischen Umstände, wenn sie wirklich zu ihrer Verteidigung immer Koran und Revolver bei sich hatte.

Seit unserer Ankunft im Garten, wo wir an diesem abgelegenen Ort saßen, hatte sich die Situation verändert. Zuerst hatte ich gedacht, sie sei Wadschîha und wir könnten nur über das Vergangene reden, über alles mögliche, darüber, warum sie mich verlassen hatte und mit Asîyad Lûtî durchgebrannt war, oder warum sie für Iftaim Pay Day arbeitete, wie sie in Tell al-Lahm gelandet war und wie sie mit so vielen Männern schlafen konnte, selbst wenn sie ihr »gefielen«, wie sie behauptete. Hatte sie denn nicht das Gefühl zu sündigen?

Aber ich konnte meinen Gefühlen nicht freien Lauf lassen, weil ich überzeugt war, daß sie nicht Wadschîha war. Heißt es nicht, daß jede siebente Person aus demselben Ei stammt? War es einer von diesen Zufällen? War sie eine Wadschîha mit einem anderen Leben, einer anderen Geschichte? Mit demselben Leben, aber mit anderer Erinnerung, anderem Namen, anderer Vergangenheit? Vielleicht der Vergangenheit eines Zigeunerkindes?

Die Dinge bewegen sich so oft auf Messers Schneide. Man muß nur einen Blick in die Geschichtsbücher werfen – sie zeigen uns, daß all diese Geschichten auf Messers Schneide enden: Königreiche werden ausgelöscht, Könige wenden sich gegen ihre Brüder, Söhne töten ihre Väter und heiraten ihre Mütter, Männer erwürgen ihre Frauen, Politiker begehen Selbstmord, Liebende töten einander, Städte werden dem Erdboden gleichgemacht, heilige Grabstätten von Panzern überrollt.

Najma möge nur Tell al-Lahm betrachten, um zu begreifen, warum all diese Menschen hier Zuflucht suchen. Warum ist Tell al-Lahm so schnell zu einem Zufluchtsort für dieses Sammelsurium an Menschen und Geschichten und zu einem Friedhof der Fremden geworden? Die Bewohner der Region lassen ihre Toten nicht hier begraben, nur die umherziehenden Beduinen und die Fremden, die Vertriebenen und Verstoßenen.

Doch was ist mit der Geschichte des Fremden, was mit der Nachricht »er erschoß sich dort«, die ich aus dem Transistorradio vernahm? Ist dieser Ort das Schicksal der Fremden? Ihr Schicksal ist wie das Schicksal Mose: Er starb in dem Moment, da er das Gelobte Land erreichte. Und er hinterließ nicht einmal ein Grab. Ist Tell al-Lahm das »Gelobte« Land?

»Bin ich heute dein erster Kunde?« fragte ich sie.

»Das ist doch ganz egal. Ich werde mit dir sicher nicht über meine Arbeit sprechen, verstanden, Süßer?« Sie kaute ungeduldig an ihrem Kaugummi, dessen Geruch sich mit dem Duft ihres Parfüms mischte. War es Cartier, war es Wadschîhas Parfüm?

»Merkwürdig bist du. Warum willst du nicht mit mir sprechen, über deine Familie und wie du zu diesem Beruf gekommen bist? Interessiert dich denn nur das Geld?«

Sie griff nach ihrer Tasche, holte die Scheine heraus, die ich ihr gegeben hatte, und stand auf: »Hier, bitte. Ich brauche dein Geld nicht. Ich gehe jetzt. Mach's gut, Süßer.«

Ich packte ihren Arm und zog sie wieder nach unten. »Versuch nicht noch mal aufzustehen! Du bist hier, um zu tun, was ich dir sage.« Ich war selbst erstaunt, wie grob ich mit ihr sprach. So begann ich mit Najma einen Streit, wie er sich zwischen Ehepaaren abspielt.

»Entschuldige. Hast du nicht Lust, über deine Familie und deine Arbeit zu reden? Was machst du denn beruflich, Süßer?« fragte sie etwas kleinlaut.

»Ich bin Filmregisseur«, log ich. Vielleicht würde sie fragen, ob sie in einem der Filme mitspielen dürfe? Aber sie sagte nichts.

Dann sagte sie: »Du siehst überhaupt nicht aus wie ein Fernseh-, Theater- oder Kinoregisseur. Du siehst nicht einmal aus wie einer dieser patriotischen Heldentypen. Oder wie einer, der einen nationalen Heldenorden trägt! Du bist hübsch, lieb und ruhig. Ja, beruhigend fürs Herz.«

Sie schwieg einen Augenblick, als würde sie jetzt meine Reaktion auf die Probe stellen. Dann fuhr sie fort: »Süßer, was willst du? Ich blas dir einen, oder wir machen es von vorn oder von hinten. Aber nicht anal, bei mir kommt man nur durch den Haupteingang. Und keine Küsse. Verstanden, Süßer? Das sag ich dir: Ich bin mit dir nicht im Kino und nicht an der Front. Kapiert? Der Koran ist mein Zeuge.«

Sie sah spöttisch aus, obwohl ihr Tonfall ernst war. Was, wenn sie tatsächlich annahm, ich sei der Filmregisseur 'Abd al Dschawâd al-Azdî. Dessen widerliches Aussehen war in der Tat angsterregend. Ich versuchte es weiter und spielte den Filmregisseur.

»Warum bestehst du auf dieser Wüstenspringmaus?« fragte sie verärgert.

»Wüstenspringmaus?«

»Du bist nicht al-Azdî! Den kenne ich nämlich.«

»Woher denn? Einer deiner Kunden?«

Sie spuckte aus und ihr Gesicht verzog sich vor Ekel, als müßte sie sich übergeben. Doch sie behielt die Nerven: »Nein, Süßer. Ich habe diese Visage im Fernsehen gesehen. Diese sogenannten Künstler sind alle Bestien. Stell dir vor, alle wissen, daß al-Azdî von seiner ersten Frau ein behindertes Kind hat. Er hat es verleugnet und in ein Behindertenheim gesteckt. Aber vor seiner zweiten Frau möge Gott uns behüten. Sie paßt besser zu unserem Gewerbe, denn sie wechselt täglich ihre Liebhaber. Muhammad Mun'im al-Naqschbandî wird sich rühmen, wenn dieser al-Azdî seiner Bewegung beitritt, der ›Bewegung der arabischen Gehörnten‹.«

Ich versuchte, ein Lachen zu unterdrücken: »Meinst du nicht, du übertreibst?«

Sie verlor fast die Geduld: »Wieso sollte ich übertreiben? Diese al-Azdîs sind doch nur blutleere Gestalten, die im Fernsehen Luft verblasen! Wenn du sie auswringst, kommen nur Fürze heraus. Und sie sind Verbrecher. Wer steckt seinen Sohn schon in ein Behindertenheim? Glaubst du, das ist ein Mensch?«

»Und was ist mit dem Führer? Gehört er zur Gattung Mensch?«

Sie knurrte. Schließlich sagte sie flehend: »Ich bitte dich. Tu nicht so, als gehörtest du zu ihnen. Laß al-Azdî und den Führer und all diese erbärmlichen Gestalten. Du bist ein süßer Kerl, für dich braucht man keinen Revolver.«

»Du hast also keine Angst vor mir. Aber erinnere mich bitte nicht wieder an den Revolver.«

»Wie du willst, Süßer. Ich verzichte deinetwegen auf ihn.«

Ich atmete tief durch: »Was meinst du mit ›zu ihnen gehören‹?«

Sie schwieg und sah mich an, als wollte sie sich vergewissern, daß ich nicht wütend auf sie war: »Na ja. Ich meine einige Kunden hier in Tell al-Lahm.«

Sie bemerkte meine Kälte, mein Schweigen. Wahrscheinlich fürchtete sie, ich könnte in meine Rolle von vorher zurückfallen.

»Hör zu, Süßer. Diese Gegend ist gefährlich. Alle, vor allem die Prostituierten, sprechen von einem netten jungen Mann, Mulhim.

Er war einer der Offiziere. Hatte in Bagdad Naturwissenschaften studiert. Er war zum Schutz jener hier, die hier arbeiteten. Doch je mehr er trank, desto mehr verbreitete er auf der Straße Geschichten über die chemischen Düngemittel- oder Geflügelfabriken. Er schrie hinaus, daß es Fabriken für chemische Waffen seien. Als er versuchte, eine Geflügelfabrik anzuzünden, wurde er umgebracht. Doch die Menschen hier verehren ihn sehr und bewahren sein Andenken. Es würde nicht verwundern, wenn die Jugendlichen irgendwann für Aufklärung sorgen wie er.«

Sie verfiel in Schweigen. Der junge Mann, von dem mir die deutschen Generäle erzählt hatten, kam mir in den Sinn. Es war der Mulhim, von dem mir Ma'ali erzählt hatte. Aber konnte es sich um meinen Freund Mulhim handeln, der englische Literatur studiert hatte? War das Ganze vielleicht nur ein weiterer Zufall in der Reihe von Zufällen, aus denen mein Leben bestand? War nicht mein Freund Mulhim immer noch Kriegsgefangener in Iran? Hatte seine Familie die Geschichte der Gefangenschaft vielleicht nur erfunden? Schließlich erfand man auch für mich später die Geschichte, daß ich als junger Offizier in Tell al-Lahm »durch die Hand der Macht« umgebracht worden sei.

»Weißt du, ohne Mahmûd und 'Alî wäre es hier viel gefährlicher. Sie sind die einzigen, die auf die Mädchen aufpassen – in der Nachfolge Mulhims. Manchmal geben wir ihnen ein Trinkgeld dafür, aber sie fordern keine festen Beträge. Sie sind die einzigen, die den anderen verbieten, uns zu mißbrauchen. Zum Beispiel dieser Typ, der immer, wenn er zu einer Nutte geht, Militärklamotten anzieht und sich ein Barett auf den Kopf setzt. Und obendrein hat er eine Partei gegründet, die ›Bewegung der arabischen Gehörnten‹. Manchmal steht er am Marktplatz, da, wo du mich heute aufgegabelt hast, und verlangt von den Kunden, daß sie Barett und Uniform anziehen, wenn sie eine von uns abschleppen. Er sagt, die Frauen müßten kapieren, daß er der Herr ist. Seine Frau hat ihn mit irgendeinem Offizier betrogen, das ist sein Problem... Der andere hat den Spitznamen ›Zionist‹.«

»Zionist? Wieso?«

Ungeduldig antwortete sie: »Muhammad Tâlib Hamûdî. Wenn

er mit einer schläft, treten seine Augen hervor und er beginnt zu schreien: ›Nimm meinen zionistischen Schwanz!‹ In Wirklichkeit ist er impotent. Man sagt, er sei Krankenpfleger. Immer wenn er sich eine Frau holt, untersucht er sie genau. Er handelt nämlich mit menschlichen Organen. Das wissen die meisten Prostituierten, die hier mit mir arbeiten und zuvor in Bagdad gelebt haben. Er hat gute Beziehungen zum Militär, erwirbt Augen oder Schwänze von Hingerichteten, verkauft sie an die Bosse oder exportiert sie mit Hilfe der Regierung ins Ausland. Gott behüte uns vor ihm, mein Süßer. Wenn wir ihn sehen, hauen wir ab. Mit Kreaturen, die Menschen ausbeuten, die auf der Flucht vor den Alliierten sind, wollen wir nichts zu tun haben.«

Najma schien meine Bestürzung nicht zu bemerken. Waren dies ihre wahren Geschichten? Gehörte alles, was über sie im Umlauf war, nur in die Rubrik *persönliche Erfindung*, ohne Bezug zum Leben? Waren diese Männer Gestalten aus Literatur, Theater und Kino? Männer, die Gott spielen, im Hinterhalt auf ihre Opfer lauern und irgendwann hervorkriechen, um ihr wahres Gesicht zu zeigen? Gott, Richter und Verdächtige. Jeder von ihnen lebt die Rolle, die er sich ausgesucht oder die man ihm aufgezwungen hat.

»Wir konnten nicht mehr ruhig arbeiten. Jede von uns trägt Revolver und Koran bei sich. Süßer, wer keine Waffe hat, wird selbst umgelegt. Vor einiger Zeit wurde hier ein Mädchen ermordet, etwa zwanzig Jahre alt. Ich erinnere mich noch an den ersten Tag, an dem ich sie bei der Arbeit sah. Sie war arm, machte das hier nicht zum Spaß. Sie erzählte mir eine Menge. Ich erfuhr zum Beispiel, daß sie von diesem Muhammad Tâlib Hamûdî, dem »Zionisten«, vergewaltigt worden war. Er lachte sie aus und versprach ihr, sie zu heiraten, als er sie, was weiß ich, wo, kennenlernte, nachdem sie nach einer Abtreibung aus ihrem Dorf abgehauen war. Sie hatte vor der Hochzeit mit ihrem Verlobten geschlafen. Doch der verließ sie, nachdem sie ihre Jungfräulichkeit verloren hatte. Eines Abends stieg sie mit einem Typ in ein Superauto, tags darauf fand man ihren entstellten Körper im Garten. Man hatte ihr die blauen Augen, die Nieren und das Herz rausgeschnitten. Sie hatte meinen Rat nicht befolgt! Schon am ersten Tag hatte ich sie beschworen: Wenn du ein bißchen Geld hast, nimm dir ein Taxi und fahr zu den Alliierten. Aber sie hat meinen Rat nicht befolgt.«

»Und du behauptest, du hast keine Angst?«

»Von wegen! Wenn ich mehr Geld hätte, würde ich einen zweiten Revolver kaufen. Die meisten Kolleginnen hier haben mindestens zwei oder drei Waffen.«

Ich griff in meine Tasche und holte zwei weitere Scheine heraus. »Nimm das Geld und kauf dir einen zweiten Revolver. Oder fahr zu den Alliierten!«

»Danke. Zuerst muß überhaupt mal schießen lernen. Und zweitens: Wohin soll ich gehen, Süßer? Man soll den Ort nicht verlassen, an dem man geboren und aufgewachsen ist. Wenn ich hätte gehen wollen, hätte ich es schon vor langer Zeit getan, als die Alliierten auf dem Hügel standen, an der Seite des anderen Friedhofs. Ich weiß, daß die Leute den Schmugglern und Taxifahrern viel Geld zahlen, um sie zu den Soldaten zu bringen, die Richtung Grenze fahren. Die Stadt wimmelt von Flüchtlingen. Mit denen lassen sich gute Geschäfte machen. Gott hat mich mit einer sauberen und süßen Muschi belohnt, weil ich den Koran auswendig kann. Ich werde hierbleiben, bis ich sterbe. Der Friedhof ist nah. Das Vaterland ist der Ort, an dem ich in Ruhe und so lange wie möglich arbeiten möchte. Meine Zukunft und die Zukunft des Vaterlandes liegen zwischen meinen Schenkeln.«

Die Lebensweisheit gehört den erfahrenen Frauen, denn sie beruht auf Enttäuschungen. Und Najma fehlte es nicht an Enttäuschungen. Ich zog das Geld nicht zurück, sondern behielt es in der Hand. »Nimm es, für alle Fälle! Ich habe dir viel Zeit gestohlen. Dann kannst du gehen.«

Sie nahm die beiden Scheine, faltete sie zusammen und steckte sie in ihre Tasche. Sie stand auf. »Wenn du ficken willst, mußt du es nur sagen. Du bist ein süßer Kerl und ich habe Lust auf dich. Wenn du zu müde bist, blas ich dir einen. Es wird dir gefallen, mein Süßer.«

Sie sah mich an, als hätte sie immer noch Angst. Sie verstand meine Besorgnis nicht, mißtraute mir immer noch und sah ihre letzte Möglichkeit darin, mich zu verführen.

Sie steckte sich einen neuen Kaugummi in den Mund: »Du willst mich also nicht ficken, willst dein Sperma nicht hergeben und dich nicht entspannen, Süßer? Obwohl ich dich nicht kenne, gefällt mir das irgendwie. Du bist ein seltsamer Vogel, auch die Art, wie du sprichst. Du stammst wohl nicht aus dieser Gegend, oder?«

Sie blieb vor meinem Gesicht stehen, so daß ich sie besser sehen konnte, obwohl das Abendlicht, in das sich das Licht der Laterne über uns mischte, schummrig war. Sie sah Wadschîha zwar nicht so ähnlich, wie ich es mir gewünscht, aber mehr als ich gedacht hatte. Wadschîha war zweiunddreißig Jahre alt, während Najma etwa Mitte Zwanzig war, ich hatte sie nicht gefragt. Aber sie wirkte älter als Wadschîha. Die ersten Falten zeigten sich auf ihrem Gesicht, Falten der Müdigkeit und der Angst. Verschleiert sah sie jedenfalls trotz Make-up jünger aus als Wadschîha.

»Es ist deine Entscheidung. Wenn du bleiben und reden willst, dann bleib. Wenn du gehen willst, zieh deine Dschubba an und geh.« Ich wartete auf ihre Reaktion. Es wäre wohl sinnlos gewesen, sie nach Wadschîha zu fragen.

Nach fünf oder zehn Sekunden zog sie ihre Dschubba an und verließ langsam den Friedhofsgarten.

48

Es gibt im Deutschen ein Verb, das ich während des Dolmetschens beim Militärdienst gelernt habe und an das ich mich stets besser als an jedes andere Verb erinnere. Aber ich hasse es auch mehr als jede Beleidigung. Es machte mir das Leben zur Hölle, vom ersten Tag an, da ich die Bedeutung dieses Verbs kennenlernte, als es die beiden ostdeutschen Generäle im Verteidigungsministerium entzifferten und mich baten, vom Tonband zu übersetzen, das auf besonderen Geräten besondere Situationen aufzeichnete: das Verb »horchen« bedeutet soviel wie hören, lauschen, belauschen, auch: hinter der Tür lauschen, und davon abgeleitet werden »Abhörgerät« (der Apparat, mit dem man horcht), der »Horcher« (derjenige, der horcht) und »Horchposten« (der Ort, von dem aus man horcht).

Dies lernte ich von den Deutschen, die jeden Tag eine Reihe von Tonbändern mitbrachten, die das Ergebnis ihrer »Horchtätigkeit« bei den Feindesbrüdern in Westdeutschland enthielten. Am Anfang, als die lokalen Geheimdienstoffiziere im Verteidigungsministerium in der Abhörtechnik geschult wurden, mag diese Aufgabe noch meine Neugier geweckt haben. Doch wie die meisten Aufgaben begann auch diese mich zu langweilen, als die Aufzeichnungen mit dummem und wertlosem Inhalt sich wiederholten.

Nachdem Najma mich allein gelassen hatte, war ich noch eine Weile an meinem Platz hinter der Hecke zum Friedhof sitzen geblieben. Ich merkte nicht einmal, daß die Nacht über der Stadt hereinbrach, und dachte an nichts Bestimmtes, als ich auf einmal zwei bekannte Stimmen hörte.

»Brauchen Sie Hilfe, Professor?«

Ich erkannte sofort, daß die Stimmen Mahmûd und 'Alî gehörten, den beiden jungen Männern, die ich im Café getroffen und von denen Najma erzählt hatte. Ohne nachzudenken sagte ich: »Ich möchte das Land verlassen.«

»Wir werden mit unserem Freund sprechen, Sokrates dem Bolivier, damit er eine Ausnahme bei der Stuhluntersuchung macht.« Ich muß wie vom Donner gerührt ausgesehen haben. »Wissen Sie nicht, daß die alliierten Streitkräfte nur einwandfrei gesunden Flüchtlingen weiterhelfen? Deshalb untersuchen sie ihren Stuhl, in geheimen Speziallaboren, um sicherzugehen, daß ihre Exkremente frei von Erregern sind.«

»Bitte versteht mich nicht falsch«, antwortete ich schnell. »Ich möchte alleine auswandern.«

Sie starrten mich an. »Was ist mit Ihrer Frau, Professor?«

»Meine Frau arbeitet am Marktplatz, an der Taxihaltestelle. Sie steht unter eurem Schutz.« Ich ärgerte mich sofort über meine Worte.

Sie schauten einander an, als hielten sie mich für betrunken. »Wir werden Sie in der Nacht am Friedhof erwarten, am Grab des französischen Generals Balzac, in der Nähe des Reinigungsbeckens.«

Erklärend fügten sie hinzu: »General Balzac war Kommandant der französischen Streitkräfte, die bis nach Tell al-Lahm gekommen sind. Dort jagte er sich eine Kugel in den Kopf, als der Befehl kam, den Vormarsch auf Bagdad zu stoppen. Er liebte Bagdad mehr als sein Leben. Seit seiner Kindheit verehrte er Ali Baba. Im Moment seines Todes soll er gerufen haben: ›Ich will Ali Baba sehen!‹ Die vierzig Räuber könnten bleiben, wo der Pfeffer wächst, man solle nur Ali Baba zu ihm lassen.«

Sobald die beiden gegangen waren, ging ich zu Hiyâwî Benzin, um ihm mitzuteilen, daß ich aufbrechen würde. Bis jetzt hatte ich angenommen, daß ich den Ort allein verlassen würde, obwohl ich alles tun wollte, Ma'ali davon zu überzeugen, mit mir zu kommen. So dachte ich noch, als ich die Treppe zum *Hotel der Ratlosen* hochgestiegen war und die Rezeption erreicht hatte – bevor ich selbst in die Rolle des heimlichen Lauschers, des »Horchers« an einem »Horchposten« schlüpfte, ohne »Horchgerät« und unwillentlich.

Als ich mich der Rezeption näherte, hörte ich ein undefinierbares Gemurmel – immerhin in meiner Sprache. Ich lehnte mich an die Tür, und nicht das Zuhören war seltsam für mich, sondern die Tatsache, daß ich mich ohne meinen Willen und ohne Zwang in dieser Situation des Horchens befand. Anders als beim Übersetzen der

Spionagebänder kostete es mich keinerlei Mühe, das Gebrummel und Geflüster zu deuten. Das Schlüsselwort konnte ich klar heraushören: Mord.

Ich konnte nicht glauben, was ich hörte, obwohl mir klar war, daß sie dort saßen und einen Mord ausheckten! Alles deutete darauf hin, daß sie in aller Ruhe ein Verbrechen besprachen. Ich konnte folgende Stimmen unterscheiden: die von Jahûda oder Hiyâwî Benzin, die von Aristoteles, dem »Zionisten« Muhammad Tâlib Hamûdî, und die von Sokrates, Muhammad Mun'im al-Naqschbandî. Ich werde die Sätze entsprechend ihren Urhebern ordnen, so wie sie sich mir in dieser Nacht darstellten.

Sokrates al-Naqschbandî: »Ich kann nicht glauben, daß ich sie gefunden habe.«

Aristoteles der Zionist: »Sie ist es, die dich gefunden hat. Noch mal wirst du deine Haut nicht retten können. Sie wird dich töten.«

Jahûda Benzin: »Du mußt sie töten. Sie hat schöne Augen, und du kennst die Nachfrage nach schönen Augen.«

Aristoteles der Zionist: »Hiyâwî, vergiß nicht: Sokrates der Bolivier sagt, daß die Alliierten sich in einer Woche zurückziehen werden!«

Jahûda Benzin: »Aber was man von mir verlangt, ist nicht leicht zu erfüllen.«

Aristoteles der Zionist: »Wieso das denn? Eine blinde Frau zu töten soll schwer sein?«

Sokrates al-Naqschbandî (wimmernd): »Ich soll den Wolf töten?«

Aristoteles der Zionist: »Was denkst denn du, Sayyid Muhammad Mun'im! Daß es hier um Pillen geht, die man in irakischen Krankenhäusern unter dem Namen ›Irak gratis‹ bekommt? Alles hat seinen Preis!«

Sokrates al-Naqschbandî: »Ich weiß ja, Bruder. Aber mein Traum wäre es, sie erst mal wiederzusehen. Du zerstörst diesen Traum. Und woher willst du wissen, daß es nicht ihre Schwester ist?«

Jahûda Benzin: »Der Bolivier lügt nicht. Wir müssen schnell handeln.«

Aristoteles der Zionist: »Wir müssen besonnen handeln. Habe ich mit Malak nicht besonnen gehandelt? Welcher richtige Mann will schon in diesem verdammten Land, in dieser Ödnis bleiben? Er soll bleiben, aber ohne mich. Ich werde die beiden umbringen.«

Jahûda Benzin: »Ich habe eine Idee.«

Aristoteles der Zionist: »Die wäre?«

Sokrates al-Naqschbandî: »Ich kenne deine Ideen. Wir kennen sie aus Büchern und Filmen. Du willst, daß jeder von uns die Aufgabe erledigt, die ihm zugeteilt wurde, oder?«

Aristoteles der Zionist: »Mir ist es egal, wer was macht. Ich will nur nicht, daß das Mädchen am Leben bleibt. Der Schaden, den sie hier angerichtet hat, reicht schon. Was die Blinde betrifft, so brauche ich die Wertsachen, die in ihrem Tresor sind. Habt ihr verstanden?«

Sokrates al-Naqschbandî: »Und du? Was wirst du tun?«

Aristoteles der Zionist: »Hast du die Organe vergessen, du Idiot? Wir nehmen sie raus und verkaufen sie den Alliierten.«

Jahûda Benzin: »Warum lassen wir sie nicht in Frieden, sie ist doch blind! Welches ihrer Organe hat denn überhaupt noch einen Nutzen?«

Aristoteles der Zionist: »Erstens brauchen wir ihre Schätze, und zweitens gibt es keinen Beweis, daß sie blind ist.«

Dies waren, glaube ich, die letzten Worte. Danach herrschte sekundenlang Schweigen, bevor ich Stühle knarren hörte und Schritte, die sich zur Tür bewegten, wo ich noch immer auf Horchposten stand. Ich wollte mich so schnell wie möglich davonmachen, da hörte ich wieder Gemurmel. Ein unvollständiger Satz drang an mein Ohr: »... werde ihr die Kehle durchschneiden.« Sicher meinten sie die Blinde, von der sie schon die ganze Zeit sprachen und die ich noch nicht kannte. Ich hatte keine Ahnung, wer die andere Frau war, die sie so sehr fürchteten.

Die meisten Ereignisse entwickeln sich in eine andere Richtung als geplant. So war das vom ersten Moment meiner Reise mit Ma'ali. Anfangs hatte ich nichts dagegen, ihr Begleiter zu sein. Aber jetzt verließ mich der Mut. Genau daran dachte ich, als ich unser Zimmer betrat. Ich wollte Richtung und Intention der Fragen ändern, die mir durch den Kopf gingen. Doch als ich die Wunde an ihrem Hals sah – nicht am Hals der Blinden, wie ich mir vorzustellen versucht hatte! –, bekam ich es mit der Angst zu tun.

49

Ich hatte ihre Wunde nicht gesehen, als ich von meiner ersten Entdeckungsreise zurückkehrte. War das Zimmer diesmal besser beleuchtet? Oder hatte ich sonst nur die linke Seite ihres Halses gesehen? Auch im Auto saß sie rechts von mir, so daß ich sie betrachten konnte, wenn sie schlief. Ich sah immer nur die linke Seite ihres Halses. Diesmal nahm ich mir die Freiheit, mich neben sie auf das Bett zu setzen, in dem sie seelenruhig schlief. Sie war tatsächlich kurz aufgestanden, aber bald zurückgekommen, um weiterzuschlafen. Sie schien ihren Worten: »Ich schlafe so lange, bis die Welt sich gebessert hat und du es mir sagst«, besondere Bedeutung beizumessen. Sie überließ also mir die Entscheidung, ohne sich zeitlich festzulegen.

Sollte ich sie jetzt wecken? Was sollte ich ihr sagen? Sollte ich ihr erzählen, daß ich einer Frau begegnet war, die ich im ersten Moment für Wadschîha gehalten hatte? Sollte ich ihr erzählen, daß es eine Frau namens Najma gab? Oder sollte ich schweigen und ihr lieber weismachen, die Lage habe sich ihren Vorstellungen entsprechend geändert? Die gemeinsame Reise änderte nichts daran, daß wir zwei unterschiedliche Personen waren.

Sanft und wie absichtslos, mit einem leichten, freundschaftlichen Klaps, könnte ich sie wecken und ihre Reaktion abwarten. Wie würde sie sich bewegen? Würde sich ihr Körper entspannen, ein wenig drehen und auf den nächsten Klaps warten? Oder würde sie sich verkrampfen und sich schweigend verteidigen, um mir klarzumachen, daß die Zeit noch nicht reif sei für ein Zusammensein? Wenn wir in Betracht ziehen, was wir gemeinsam erlebt haben, zwei Menschen, die man als reif bezeichnen muß, mit einer reichen Lebenserfahrung, dann hätten wir schon längst miteinander geschlafen.

Es wäre nicht so wie jetzt: Sie liegt auf dem Bett und schläft tief, ich stehe nun wieder mitten im Zimmer, den Rücken zur Wand, und weiß nicht, was ich tun soll. Soll ich mich verkriechen, wie in jener Nacht, als ich aus dem Krieg zurückgekehrt war und Angst davor hatte, je wieder aufzuwachen. Als fürchtete ich mich vor einem Phantom, das, um Hilfe bittend, an das Wohnzimmerfenster klopfte, hinter ihm das Mondlicht oder die Dunkelheit der Nacht?

Vielleicht war es ein Phantom, das sich nicht von anderen Phantomen unterschied, sondern nur mir so gewaltig erschien, wegen des langen Wegs, den ich zurückgelegt hatte, den Weg von Kuwait City nach Basra, den man »Weg des Todes« nennt. Gewaltig vielleicht auch wegen der Tiefe des Schlafs, der mich nach all dem Unglück, nach all den Zerstörungen überfiel, mir das Bewußtsein raubte und mich daran hinderte, meine Glieder zu bewegen, meine Lider zu öffnen, die Hand zu sehen, die erst leicht, dann heftig ans Fenster klopfte, oder die Stimme zu hören, die mich um Hilfe... Nein, ich konnte nicht vom Sofa aufstehen, auf dem ich schlief, als wäre es für immer.

Wäre ich gewesen wie sie, hätte ich mich in einem flüchtigen Traum verschanzt und in Geschichten Zuflucht gesucht. Sie verlangte von mir, zu begreifen, daß eine Geschichte all das sei, was wir erzählen, daß jede Geschichte zu einer Erzählung werde. Ich aber wolle alles auf einen Schlag verstehen und würde aus diesem Grund meine eigene Geschichte vor den Menschen verbergen. »Jede Geschichte, die man dir erzählt, willst du verstehen! Weißt du nicht, daß eine Geschichte wie ein von Wasser glänzendes Blatt ist, wie Worte, die in der Luft umherfliegen? Du willst sie mit deinen Händen, Armen packen! Als seien sie das Steuerrad, das du lenkst!«

Zunächst war ich ins Zimmer gegangen, um ihr zu erzählen, was mir an diesem Tag widerfahren war, um ihr zu sagen, daß wir zwei verschiedene Personen waren, um ihr die Wahrheit zu sagen: daß ich kein festes Ziel hatte, daß mir alles nur »zustieß« und daß man es fürchterlich oder gewöhnlich finden kann. Was mir zugestoßen ist, wird Spott hervorrufen. Zu meinem Erstaunen konnte ich nicht aufhören, daran zu denken. Ich will nichts suchen, weil ich nichts besitze, wonach ich suchen müßte. Ich will niemanden retten, weil

Wadschîha längst tot ist – dies ist mir an diesem Abend mit Najma klargeworden. Auch wenn Wadschîha tatsächlich mit Asîyad Lûtî durchgebrannt wäre – für mich wäre sie gestorben.

War sie vielleicht das Mädchen, das tot im Palmenhain gefunden wurde? Aber Wadschîha war nicht so unschuldig wie dieses Mädchen, von dem Najma gesagt hatte, es sei vom Land, sei arm, sei geflohen und habe die Prostitution nicht zum Vergnügen betrieben. Wie sollte ich Ma'ali davon überzeugen, daß man das, was mir widerfahren war, schrecklich oder albern finden konnte, daß es nichts als Spott hervorrief? Als hätte ich mich einer merkwürdigen Art von Mut unterworfen, die mich abwarten, forschen, fragen ließ. Kopf und Körper waren besessen von ständiger Angst und anhaltender Erwartung, wegen der Frau, die »dem Gesetz der Logik« nach tot sein müßte, die jedoch einer anderen Frau zufolge geflüchtet war. Wie gern hätte ich sie wissen lassen, daß ich mehr denn je entschlossen war, meinen eigenen Weg zu gehen und nicht mehr nach Wadschîha zu suchen! Vielleicht hätte ich ihr all das gesagt, wäre mir nicht Najma mit ihren Geschichten begegnet. Sie war eine ungeschickte Jägerin, vertraute mir von Anfang an ihre Geheimnisse an, bis sie nichts mehr zu berichten hatte. Mit ihrer vulgären Art zu reden und ihren Schmeicheleien wickelte sie mich ein. Auch Wadschîha log manchmal, wenn sie von ihrer Arbeit sprach oder mir vermeintliche Staatssicherheits-Geheimnisse anvertraute, um mich zum Verbündeten zu machen oder mich zum Schweigen zu bringen. Aber sie war selbstgefällig dabei.

Was wäre geschehen, wenn Najma mir gesagt hätte, sie sei Wadschîha? Hätte ich ihr geantwortet, ich sei Najem und hätte ihr dann die Dschubba ausgezogen? Hätten wir einander umarmt und darüber gelacht, daß wir in einem Garten gelandet waren? Hätte ich sie mit ins Hotel genommen, ihr Ma'ali vorgestellt und all die Verwirrungen aufgedeckt? Statt der Trennung hätte ich ihr vielleicht einen Neuanfang vorgeschlagen. Oder ich hätte sie überredet, zu den Alliierten zu flüchten und von dort ins Ausland, nach Europa, zu reisen. Doch vielleicht hätte sie abgelehnt, weil sie es ihrerseits für besser hielt, sich zu trennen, da der Entschluß zusammenzubleiben zu spät kam.

Ich hätte dann erwidert, daß auch der Entschluß, sich zu trennen, zu spät kam. Aber im Leben kommt kein Entschluß zu spät! Oft werden Entschlüsse früh gefaßt. Wenn wir gewollt hätten, daß es so sei, hätte kein Entschluß zu spät kommen können. Wenn wir dies gewollt hätten, dann hätte es keine Probleme gegeben, hätte die Bedeutung der Begriffe – früher Entschluß oder später Entschluß – uns nicht tangiert, obwohl wir beide Dolmetscher sind und die Bedeutung der Begriffe besser beherrschen als andere. Wie dem auch sei: Wenn wir zusammenbleiben wollten, dann blieben wir eben zusammen. Wenn wir uns trennen wollten, dann trennten wir uns eben.

50

Für einen Moment öffnete sie die Augen und rieb sie sanft. Sie war nicht erstaunt, mich im Zimmer zu sehen, stand auf, öffnete das Fenster und schaute mich an, als erblickte sie etwas Seltsames. Lächelnd sagte sie: »Hast du dir die Haare gefärbt?«

Ich sah in den Spiegel und griff nach meinen Haaren. Sie waren weiß. Verblüfft sagte ich: »Ich färbe sie schon seit einem Jahr nicht mehr. An der Front hat man anderes im Sinn. Außerdem sollte man so aussehen, wie man ist.«

»Ich färbe mir die Haare, damit sie bleiben, wie sie sind«, sagte sie ernst.

Ich ging auf sie zu. Der Himmel leuchtete still und ruhig. Seite an Seite standen wir am Fenster und starrten irgendwie erschrocken nach draußen. Wir schwiegen, kein Wort, das uns in unserer gemeinsamen Existenz bestärkt hätte. Arm an Arm fühlten wir das warme Blut des anderen. Ich konnte ihr Herz schlagen hören. Es war wie ein Zittern, ein Schauder, der ihren ganzen Körper erfaßte. Sie drückte ihren Arm an meinen, während der meine voller Erwartung blieb, wo er war. Doch mehr wagte sie nicht.

Sie fragte sich wohl, worauf das alles hinauslaufen sollte, oder sie konnte ihre Bewegungen nicht kontrollieren. Gott weiß, warum. Vielleicht waren ihre Gedanken nicht klar. Oder sie wollte nicht, daß ich sie mit siegesgewissem Blick ansah. Wir Männer haben diesen Blick, den wir nicht verbergen, nicht unterdrücken können, sosehr wir es auch versuchen. Ma'ali erbebte vor Unmut und holte tief Luft – wie eine Schnecke, die sich in ihrem Haus verkriechen will, von dem sie meint, es sei aus Stein. Mit jeder Sekunde zog sie sich etwas weiter zurück. Dann sagte sie erregt: »Ein schöner Ausblick, trotz allem.« Zum erstenmal lag Angst in ihrer Stimme.

Die wenigen Fenster, die es hier gab – drei oder vier –, reflektierten das Licht des Abends, in dem noch ein Rest Tageslicht mitschwang.

Die Straßenlaternen brannten schon. Von irgendwoher, aus nicht allzu weiter Ferne, hörte man eine laute Stimme, doch die Worte waren nicht zu verstehen.

»Hörst du?« fragte sie.

»Ich kann nicht verstehen, was sie sagen.«

»Wir wissen nicht, wie sich unser Leben ändern würde, wenn wir manche Sätze nicht nur hörten, sondern auch verstünden.«

»Wer dich hört, könnte meinen, du bist der Übersetzer, nicht ich.«

»Als ich klein war, hatte ich Angst, mein Leben zu verändern. Ich hatte Angst vor komplizierten Fragen, vor Wörtern. Darum habe ich Sport studiert.«

»Trotzdem ist es besser, sich nicht so zu benehmen, als würde man die anderen, die Direkten, Deutlichen, nicht verstehen.«

»Möchtest du mir etwas über Direktheit und Offenheit erzählen?«

Ich hätte gern gelacht. Aber die Lage war zu ernst, und es galt, sich daraus zu befreien. So bemerkte ich nicht einmal, daß ich meine Hand für einen Moment auf ihre Schulter legte. »Eine lange oder eine kurze Geschichte?«

»Lang oder kurz? Egal. Die Geschichten ähneln sich doch sowieso, ob sie zehn, hundert, tausend Wörter oder endlos lang sind!«

Mit einer Hand schloß sie das Fenster, dann führte sie mich mit der anderen zum Bett. Wir sahen einander nicht an. Erst als wir auf dem Bett lagen, wandten wir uns einander zu und blickten uns in die Augen. Es war ein blitzartiger Moment. Er erschien uns lang, obwohl alles sehr schnell geschah. Ich weiß nicht, ob eine Minute oder zehn, eine Stunde oder viele Stunden, ein Tag oder viele Tage. Es mochte endlos dauern und war doch blitzschnell vorüber. Wir rissen einander die Kleider vom Leib. Als wir Schenkel an Schenkel nackt auf dem Bettrand saßen, fragte sie: »Woran denkst du?«

»Ich frage mich, wie mein Körper wohl riecht.« Ich küßte sie: »Hast du dir mich schon einmal nackt vorgestellt?«

»Ja, zweimal. Einmal, als du neben mir im Auto saßt, und ein zweites Mal gerade eben, am Fenster.«

In diesem Moment spürte ich ihr Herz stärker schlagen als zuvor. Es schlug an meine Brust und drang mir in die Ohren. »Warum klopft dein Herz so stark?«

»Später...«, erwiderte sie ausweichend.

Ich versuchte, nicht daran zu denken, daß wir zusammen im Bett lagen. Doch eine starke unwillkürliche Bewegung, die von ihrem Körper ausging, zwang mich, an sie zu denken. Ich merkte aber, daß sie meinen Körper wegschob. Mehrmals zog ich sie zu mir heran, um einen seltsamen Gedanken zu vertreiben: Entwickelten sich die Dinge tatsächlich so, wie ich es mir wünschte? Ihr Körper, ihre Muskelbewegungen signalisierten das Gegenteil. Sie wollten nicht, daß ich aufhörte, sie zu streicheln, zu umarmen oder zu küssen. Als ich mich von ihr lösen wollte, näherte sich mir ihr weicher, gefügiger, sanfter Körper. Und als ich sie küßte, schnellte ihr Zunge hervor und grub sich tief in meinen Mund. Sie legte ihre Arme um meinen Hals, ihr heißer Atem streifte meine Schulter. Und doch drehte sie ihren Körper zur Seite – nicht in die Richtung, die ich und mein Körper sich wünschten.

Aber wie sollte ich wissen, was ihrem Körper guttat? Hätte ich sie nicht »O Gott« murmeln hören, hätte ich vielleicht noch länger darüber nachgedacht. Wie ein Zischen prallte ihre Stimme auf meinen Nacken, unschuldig wie ihr heißer Atem, der wie eine Zunge meinen Hals streifte. Ich spürte eine schwere Bewegung zwischen ihren Schenkeln, führte unwillkürlich meine Hand zwischen ihre Schenkel und merkte, wie sie zusammenzuckte. Für einen Augenblick, eine ganze, eine halbe oder eine Zehntel Sekunde, umarmte sie mich heftig und zog mich an sich. Ich lag auf ihr, öffnete ihre Schenkel so weit wie möglich und schloß sie wie eine Zange über meinem Gesäß. Plötzlich rief sie: »Öffne mich!« Es war ein kurzer, heftiger Kampf.

Als sie später das Blut weggewischt hatte, das ihre Schenkel und meinen Penis beschmutzte, das über die Laken rann und das ich riechen konnte, schlief sie in meinen Armen ein. Und auch ich fiel schließlich in Schlaf, betäubt vom Geruch ihres Schweißes, des Bluts, fassungslos vor Staunen. Ich wachte erst auf, als sie mich weckte, und öffnete die Augen: Sie war vor mir aufgewacht und hatte sich in ein sauberes Laken gewickelt.

Sie rauchte eine Zigarette und lehnte ihren Kopf gegen meine Brust. Ich stützte meinen Rücken mit einem Kissen am Bettende ab und streichelte die linke Seite ihres Halses, bis meine Finger unwillkürlich an ihrer Narbe innehielten. Erschöpft und noch wie betäubt von Wohlgefühl, fragte ich sie: »Was ist das für eine Verletzung?«

Ma'ali holte tief Luft: »Es ist eben geschehen. Ich habe es mit einer zerbrochenen Flasche versucht.«

»Warum machst du so was?«

»Es ist einfach passiert. Ich bin doch trotzdem noch schön, oder?«

»Du bist die schönste Frau der Welt.«

Wir schwiegen. Dann sagte ich: »Ma'ali, ich möchte dich etwas fragen.«

Sie bemerkte mein Zögern und verschloß mir mit ihrer Zigarette den Mund. »Man muß nicht alles verstehen.«

Ich hob ihren Kopf an: »Möchtest du mich heiraten?«

Sie gab keine Antwort. Sanft gab sie mir einen Kuß. »Erst möchte ich dir die Frage beantworten, die du mir gestellt hast, bevor wir miteinander geschlafen haben... Du wolltest wissen, warum mein Herz so stark klopft«, sagte sie lachend, aber Traurigkeit und Bitterkeit waren nicht zu überhören.

Ich legte meine Hand auf ihr Herz: »Klopft es denn immer noch so stark?«

»Es klopft so sehr, weil ich Angst habe, dich zu enttäuschen.«

»Wie solltest du mich enttäuschen?« Ich fuhr über ihre Lippen.

Immer noch traurig sagte sie: »Du solltest nicht denken, daß es mich gibt oder jemals gegeben hat.«

Ich will das Geheimnis ergründen, das sie vor mir verbirgt. Wer etwas erzählt, gibt seine Zuneigung preis. Ich wußte, daß es gefährlich war, ihr zu lauschen. Vielleicht war sie wie ich: Sie wollte mir ihr Geheimnis offenbaren, aber sie fürchtete sich vor den Worten. Worte können gefährlich sein. Sie können uns einen, aber auch trennen. Hatte sie deshalb Angst, mich zu enttäuschen, Angst, ich könnte sie vergessen? Doch wie sollte mir das passieren? Ich bin wie einer, der ins Nonstop-Kino geht und sich zwei Filme ansieht, ohne zu merken, daß es nur einer ist. Er sieht die zweite Hälfte des Films, aber wenn der Film von vorn beginnt, meint er, der Film müsse ein anderes Ende nehmen. So bin ich, so sind wir beide. Uns blieb doch nichts weiter, als den Weg bis zum Ende zu gehen.

»Erzähle!« bat ich laut, um mir zu beweisen, daß ich keine Angst vor ihrer Geschichte hatte.

Ins Laken gewickelt, stand sie auf, um das Fenster zu öffnen und ihre Zigarette hinauszuwerfen. Sie schloß das Fenster und blieb stehen, wo sie war. Mir fiel ein, daß sie auch in der Hühnerfarm von Dîr am Fenster stand, als Asîyad Lûtî krank geworden war, und mit dem Rücken zu ihm den Himmel betrachtet hatte. Doch irgend etwas war anders.

»Ich werde dir eine neue Geschichte erzählen. Aber diesmal mußt du wirklich gut zuhören.«

51

Anders als vermutet, hatte Ma'ali nicht geschlafen, sondern war, eine Stunde nachdem ich das Hotel verlassen hatte, aufgestanden. Sie hatte im Korridor des Hotels eine weibliche Stimme gehört und wollte erkunden, wer das war. Die Frauenstimme hatte sie irgendwie beruhigt. Später mochte sie gar nicht mehr glauben, daß sie hier, mitten im »Belagerungszustand«, wie sie es nannte, eine weibliche Stimme vernommen haben sollte. Sie öffnete ganz leise die Zimmertür, streckte ihren Kopf heraus und wandte ihn der Stimme zu. Statt klarer Sätze waren nur Gemurmel und Wehklagen zu hören. Sie kehrte ins Zimmer zurück, um sicherzugehen, daß ihr Revolver sich noch in ihrer Handtasche befand. Dann suchte sie ihre Schuhe, die neben dem Bett stehen mußten, fand aber nur einen, den linken, zog ihn an und ging zurück zur Tür.

Sie bemühte sich weiterhin, keinen Lärm zu machen, doch es war schwierig, sich lautlos durch den dunklen Korridor zu schlängeln. Ein- oder zweimal war sie gezwungen, sich an der Wand entlangzutasten, um nirgends anzustoßen und nicht hinzufallen. Der Flur war voller Gerümpel, das in der Dunkelheit nur schwer auszumachen war. Sie war nicht sicher, ob sie in die richtige Richtung ging, zur Rezeption, woher die Stimme zu kommen schien. Sie versuchte, sich an den Weg zu erinnern, den wir in der vergangenen Nacht zurückgelegt hatten, aber vergeblich. Mit Hilfe des schwachen Lichts von der gegenüberliegenden Seite erkannte sie eine Frau, die etwa Ende Fünfzig sein mußte. Nach ein paar Schritten näherte sich Ma'ali der nun ruhigen weiblichen Stimme. Sie holte Luft. Die Anwesenheit einer Frau würde ihre Lage erleichtern. Diese Frau – wer immer sie sein mochte – würde ihr helfen, ihr Ziel zu erreichen. Bis jetzt hatte Ma'ali ein gutes Gespür bewiesen. Ihr Organisationstalent, ihre Intuition und die Tatsache, daß die Dinge bis jetzt so gelaufen waren, wie sie es wollte, erstaunten sie selbst. Aber plötzlich war sie so durcheinander, daß sie all ihre Sinne zusammennehmen mußte. Dies war nicht der passende Augenblick, um durch eine falsche Reaktion die Beherrschung zu verlieren.

Ihre Zähne klapperten, sie klammerte sich an ihre Handtasche, suchte den Weg und rief: »Ist da jemand?«

Zunächst herrschte verdächtiges Schweigen, doch im nächsten Moment durchbrach eine Stimme das Schweigen: »Was wollen Sie?«

»Ich wohne hier im Hotel«, sagte Ma'ali. Irgendwie war ein ängstlicher Ton in ihrer Stimme, etwas Flehendes. Sie wollte jede Unsicherheit kaschieren. »Ich möchte wissen, wo ich bin!«

»Sie sind also Gast hier im Hotel? Und eine Frau? Kommen Sie zu mir!« ließ sich die Stimme wieder vernehmen, in der etwas Schmerzhaftes mitschwang.

»Liebe Frau«, sagte Ma'ali, während sie weiter ihren Weg suchte. Sie war überrascht von der Kraft ihrer Stimme, der Entschlossenheit, als zöge sie in eine Schlacht. Sie hörte ein starkes, schleimiges Husten, dann ein leichtes Stöhnen, fast wie ein Ächzen. Ma'ali stieß irgendwo dagegen und hörte, wie jemand im Halbschlaf etwas zu sagen versuchte. Sie trat zwei Schritte zurück. Nicht lange, und jemand atmete tief ein, während das Summen eines elektrischen Türöffners zu hören war. Es wurde geöffnet. Licht durchflutete den kleinen Korridor.

»Ist das mein Gast?« fragte die Stimme klagend.

»Da sind Sie ja, liebe Frau«, sagte Ma'ali. Sie war stolz auf die Kraft ihrer Stimme.

»Gesegnet sei unser Herr Moses.«

Ma'ali sah den Umriß des Oberkörpers der Frau, der einen Schritt vor ihr auftauchte. Die Frau war winzig, fast eine Liliputanerin, plump und ungeschlacht. Von den Füßen bis zum Gürtel mit einem weißen Handtuch umwickelt, saß sie im Bett. Sie war älter, als Ma'ali erwartet hatte, etwa Ende Sechzig, hatte aber ihre Kraft bewahrt. Ihre Haare waren von würdevollem Weiß. Neben ihr lag ein Stock aus Mahagoniholz. Ihre Stirn war mit einem löwenförmigen Bronzeplättchen geschmückt. An der Hand trug sie drei oder vier Ringe aus altem Silber. Ihre Schlafstätte sah aus wie ein privates Gemach und nicht wie die Hotelverwaltung. Ein alter Stuhl mit sorgfältig gearbeiteten Metallschlingen blitzte unter dem Licht einer Lampe in Form einer Ente auf. Sie stand auf einer hübsch bestickten Decke, die auf einem Tischchen ausgebreitet war. Daneben fanden sich ein paar erloschene Lämpchen in Form von Spatzen und Nachtigallen und ein marmorner Aschenbecher – eine Seltenheit in diesen Zeiten. An den Wänden hingen Bilder, auf denen Mekka mit dem schwarzen Stein abgebildet war. Dieser erschien mal für sich allein, mal auf einem hohen Gebäude, mal auf einer großen Kuppel. Auf einem vierten Gemälde war ein schwerbewaffneter Reiter zu sehen, der den Stein einer zankenden Menschenmenge darbrachte. Es waren Bilder, die man unmöglich übersehen konnte. Über dem Kopf der Frau war an der Wand ein kleines Bord angebracht, auf dem Porzellangefäße mit Plastikblumen, ein kleiner Webstuhl und ein mit grünen Bohnen gefülltes Töpfchen aufgereiht waren.

»Steh nicht so lange hier rum«, sagte die Frau. »Komm her!« Sie stellte das Radio neben den Bohnentopf auf das kleine Bord und rieb sich mit dem Handtuch den Schlaf aus den Augen.

Ma'ali schwieg, als suchte sie nach den passenden Worten. Um ihre Dreistigkeit vor sich selbst zu rechtfertigen, sagte sie: »Ich bin erst seit gestern hier im Hotel. Ich wäre Ihnen verbunden, wenn Sie mir erlaubten, Sie kennenzulernen.«

»Wieder jemand, dem ich die Ehre erweise, mich kennenzulernen. Schon der französische General Balzac, der Kommandant der Infanterie der Alliierten, kam hierher, um mich zu treffen. Er sagte, er habe meinen Namen in seiner Kindheit gehört, in seinem Dorf Condom, in Südfrankreich. Die Menschen dort erzählten einander Geschichten über 'Assle, die Irakerin, die Verhütungspillen herstellt. Vielleicht war ihnen eine gewisse Verwandtschaft aufgefallen: Der Ort ist ja wegen der Herstellung eines bestimmten Verhütungsmittels berühmt – Condom! Wie auch immer: Ich bin 'Assle Levi, 'Assle, die Jüdin, die Besitzerin dieses Hotels, 'Assle, im ganzen Land berühmt. Ich bin sicher, du hast von mir gehört!«

Die Alte schüttelte den Kopf, als vertreibe sie ein Insekt aus ihren Haaren. Sie schien nicht viel auf Ma'alis Antwort zu geben, schien zu wissen, mit wem sie es zu tun hatte. »Wer hat in diesen Tagen noch die Ehre, eine der Nachkommen aus dem Stamm Levi, eine Jüdin, kennenzulernen, da man doch inzwischen allen den Titel ›Levi‹ gibt, die Verhütungspillen verkaufen.«

'Assle hustete und zwirbelte mit der Hand ihre weißen Locken. »Es sind verrückte Tage«, sagte 'Assle mit süßlicher Stimme. »Wenn du letzte Nacht gekommen wärst, hätte ich dich nicht unterbringen können. Gestern war die Nacht der Verrückten. In finsterster Nacht kam eine Gruppe von fünfzig Männern von einer Gewerkschaft, die ich nicht kenne. Sie sagten etwas von einer Gewerkschaft der republikanischen oder königlichen Garde, etwas in der Art. Sie hätten hier in der Nähe einen Mercedes mit Blutspuren gefunden, in dem eine leere Flasche Whisky lag – Johnny Walker, wie diese – sowie ein Medizinfläschchen. Die Leute lassen solche Arzneien im Krankenhaus abfüllen.«

'Assle bückte sich und langte mit der Hand unters Bett. Ma'ali eilte ihr zu Hilfe und holte eine Flasche unter dem Bett hervor.

»Wie diese: Johnny Walker.« 'Assle lächelte und stellte die Flasche neben das Transistorradio auf das Bord.

Sie hustete und wischte den Rotz mit dem Handtuch ab. »Angeblich hatten sie den Wagen gesucht. Sie führten sich auf wie die Verrückten und durchsuchten das ganze Hotel. Sie machten einen Heidenlärm, rissen alle Zimmertüren auf und schlugen sie wieder zu. Leider haben die meisten Zimmer des Hotels zwei Türen, eine zum Eintreten und eine zum Fliehen. Schließlich traten sie durch die hintere Tür bei mir ein, dort.« 'Assle zeigte in die Richtung, aus der Ma'ali gekommen war. »Die Lichter wurden an- und ausgeschaltet, es war ein einziges Tohuwabohu. Zum Glück zogen sie bald wieder ab und merkten nicht, daß einige Mitarbeiter der Alliierten angekommen waren. Jemand sagte, ein Übersetzer der Alliierten sei hier, und das beste wäre, Freundschaft mit ihm zu schließen. Sie wußten ja nicht, daß der Mann nicht zu den Mitarbeitern der Alliierten gehörte, sondern ein Soldat ist. Er heißt Sokrates, sie nennen ihn den Bolivier. Er kommt zweimal die Woche hierher und trifft sich mit den Brüdern Mahmûd und 'Alî. Ich weiß nicht, was für Geschäfte sie machen. Die Mitglieder der Gewerkschaft hatten keine Ahnung davon. Sie sagten, daß sie auf einen Mini-Bus warteten, um sich zum Lager der Alliierten bringen zu lassen. Sind Sie auch deshalb hierhergekommen?«

»Aber nein, nein!« rief Ma'ali. Auch wenn diese Frage nicht zu ihrem Plan gehörte, ließ sie sich nicht irritieren und änderte schnell ihre Taktik. »Ich bin mit meinem Mann hier, dem Übersetzer.«

»Dann sind die Mitglieder der Gewerkschaft also wegen deines Mannes geflüchtet! Wie lange wollt ihr bleiben?«

»Ein oder zwei Wochen.« In diesem Augenblick wurde Ma'ali bewußt, daß sie Blödsinn redete. Sie mußte sich so schnell wie möglich aus dieser Klemme befreien, wollte sie ihren Plan verwirklichen. Sie mußte 'Assle, 'Assle, die Jüdin, auf ihre Seite ziehen, sie dazu bringen, sich mit ihr als Frau zu verbünden. Sie mußte ihr Vertrauen gewinnen. Das war am sichersten. Deshalb sagte sie schließlich: »Es war wirklich ein verrückter Tag! Wie oft sind wir auf unserem Weg aufgehalten worden!«

»Von den Mitgliedern der Gewerkschaft der republikanischen Garde?« fragte 'Assle, während sie mit der Hand unter dem Kissen nach etwas suchte.

»Aber nein. Welche Gewerkschaft? Ich meine die Diebe, die uns sogar das Auto gestohlen haben.«

'Assle hielt beim Suchen unter dem Kissen inne, als wollte sie sich eines Schatzes, der da lag, vergewissern. Mit schläfriger Stimme und ins Leere gerichtetem Blick sagte sie: »Hilfst du mir beim Aufstehen?«

Ma'ali reichte ihr die Hand. 'Assle schob das Handtuch zur Seite und erhob sich, indem sie sich mit der anderen Hand auf das Bett stützte. Sie hielt inne, ergriff ihren Stock und hob ihn hoch. Da erst merkte Ma'ali, daß die Frau blind war, obwohl die starren Augen ganz natürlich wirkten. Ma'ali hätte nicht an ihrer Unversehrtheit gezweifelt, wäre sie nicht näher herangekommen.

»Hast du mit Hiyâwî Benzin gesprochen, ich meine, mit Jahûda Afrâm Salûmî?«

Ma'ali blieb an ihrer Seite: »Wen meinen Sie?«

Die Alte stützte sich auf ihren Stock, ließ Ma'ali los und machte zwei Schritte zurück. Stand sie allein auf beiden Beinen, hatte sie mehr Energie, winzig, wie sie war. Sie krümmte den Körper, legte eine Hand auf den Rücken und stützte sich mit der anderen auf den Stock. Sie stieß ihn so resolut auf, daß hinter der alten, kranken Frau nun eine würdevolle Persönlichkeit zum Vorschein kam.

»Ich meine Jahûda Afrâm Salûmî, Hiyâwî Benzin, der mich zur Zeit vertritt.« Sie fuchtelte mit dem Stock herum. »Du mußt gar nichts machen. Er wird deinen Namen registrieren. Fürchte dich nicht vor seinem Buckel, und glaube seinen Lügen nicht.« Und dann murmelte sie: »Warum vertraue ich einem Mann, der sich so sehr verändert hat, daß er seinen Söhnen nach den letzten Ereignissen schiitische Namen gab? Es ist wirklich eine verrückte Zeit.«

»Ja, es sind verrückte Tage«, bekräftigte Ma'ali.

'Assle kam näher und packte sie am Handgelenk: »Du kannst bleiben, solange du willst. Es ist das einzige sauberere Haus. Alle anderen in der Umgebung sind mit Viren verseucht. Aber bei mir wird niemand krank. Die Mikroben kommen nicht hierher. Siehst du es denn nicht mit eigenen Augen? Wären sonst die Mitglieder aller Gewerkschaften des Landes hier? Sie haben ohne jeden Grund Angst vor den Mikroben. Sie wissen nicht, daß unsere Familie sie schon vor langer Zeit ausgerottet hat. Das ist es, was mein Vater, bevor er starb, zu Hiyâwî sagte.«

'Assle schien sich an etwas Wichtiges zu erinnern: »Meine Liebe, du bist doch nicht etwa von der Krankheit befallen? Sonst müßtest du einen hohen Preis zahlen! Heutzutage muß jeder zahlen! Der Bolivier kam aus diesem Grund, und die Brüder Mahmûd und 'Alî waren seine Vermittler.«

Ma'ali hatte keine Ahnung, von welcher Krankheit die Alte sprach, erwiderte aber vertrauensvoll: »Aber nein, nie.«

»Sagtest du nicht, dein Mann sei Übersetzer?«

»Ja, er ist Übersetzer.«

Die Alte blickte ins Leere, dann sagte sie traurig: »Wie stark ist dein Geruchssinn? Riechst du Mikroben mühelos? Du weißt doch, daß die Übersetzer von einem Ort zum anderen ziehen! Sie treffen mit den verschiedensten Menschen zusammen. Mit ihren Zungen übertragen sie nicht nur Sätze, sondern auch Mikroben. Es ist nicht ihre Schuld. Sie stecken sich einfach dadurch an, daß sie mit so vielen Menschen Kontakt haben. Die Menschen tragen den Virus in sich, ohne es zu wissen, die Männer tragen ihn unter der Vorhaut. Deshalb gebieten Muslime und Juden ja die Beschneidung des Mannes – weil sich unter der Vorhaut Unmengen von Mikroben verbergen. Leider werden diese durch die Beschneidung allein nicht vernichtet, sondern auch mit den Exkrementen übertragen. Bist du also sicher, daß dein Mann nicht krank ist?«

'Assle wartete Ma'alis Antwort nicht ab. »Nein, das bist du nicht. Nicht, solange du mit ihm hier bist. Die Zeiten, in denen sich die Frau für den Mann aufopferte, sind aber zum Glück vorbei. Früher, zu meiner Zeit, blieb die Frau mit dem Mann zusammen, den sie geheiratet hatte, egal, ob er von der Krankheit befallen war oder nicht. Wichtig war, daß sie einen Mann hatte, selbst wenn er vier Frauen heiratete, und selbst wenn er krank war.«

Als die beiden Frauen an einer der Zimmertüren vorbeikamen, hörten sie lautes Husten und Stöhnen, dann ein Schluchzen.

»Das sind die Männer, die seit zehn Jahren hier wohnen, pensionierte Offiziere. Ihre Ehefrauen haben sie bei Ausbruch des ersten Kriegs verlassen. Einer stammt aus Scharqât. Manchmal reitet ihn der Teufel, und er beginnt in seinem westlichen Lokaldialekt zu sprechen – hörst du, wie er ›Beeil dich‹ sagt? Leider kann ich diesen Akzent nicht gut nachahmen. Ein anderer behauptet, aus Bagdad zu sein. Der dritte ist ein Soldatendichter mit gelähmtem Mundwerk. Angeblich ist er einer der größten Schlachtenschilderer. Er stammt aus 'Amâra, aus der Region Madschar. Er heißt 'Abd al-Razâq Machfar. Der Staat übernimmt ihre Unkosten, obwohl sie Junggesellen sind. Sonst würden sie nicht aufhören, ihre Märchen zu erzählen, von der Manneskraft und den Frauen, die sie entjungfert haben. Dieser Tage kehren sie selten in ihre Zimmer zurück. Sie gehen aus, sie wandern im Ort herum. Die Schwelle des Café Hoffnung aber überschreiten sie nicht. Nur der arme Dichter geht nicht aus, weil er sich nicht von seiner Flasche Arrak trennen kann. Er glaubt, daß sie gestohlen wird, wenn er sie nur einen Moment unbeaufsichtigt läßt.«

Ma'ali konnte den Worten kaum folgen. Zu verblüfft war sie über die Alte. In Gedanken ging sie schon eine neue Strategie durch.

»Es sind keine schlechten Männer. Aber die Krankheit hat ihren

Verstand zerstört. Einige konnten es nicht ertragen. Auch Hiyâwî nicht. Die Mikroben haben die Männer kaputtgemacht. Sie sind nicht wie die Frauen, die die Kraft haben, ihr Schicksal geduldig zu ertragen. Sonst würden die Männer die Frauen nicht schlagen. Es ist ein Zeichen ihrer Schwäche. Aber wir Frauen, wir haben die Kraft, ohne Stock den tödlichen Schlag zu versetzen.« Sie schlug mit ihrem Stock an eine der Türen, bis ein Schreien und Husten zu hören war.

»Pst!« machte die Alte und zog Ma'ali in den Korridor. »Siehst du, wie zornig ich Jahûda Afrâm Salûmî, Pardon, Hiyâwî Benzin mache, ganz ohne zu reden, ganz ohne zu schlagen. Er weiß, daß ich mich wehre.«

»Ich bin eine ganz normale Frau, meine Dame. Ich habe keine Probleme mit meinem Mann«, sagte Ma'ali stolz.

»Aus welcher Sprache übersetzt er denn? Übersetzt er aus der Sprache der Träume?«, fragte 'Assle.

Watschelnd wie eine Ente führte 'Assle Ma'ali nach einem kurzen Gang durch den dunklen Korridor zurück zum Ausgangspunkt. Die angrenzenden Zimmer kamen Ma'ali vor wie Totenzimmer.

»All diese Bilder hat mein Vater gemalt. Er nannte sich Übersetzer der Träume. Leider sind nicht alle seine Bilder erhalten. Er malte jeden Morgen wie im Wahn. Wenn ihn jemand fragte, antwortete er, daß er übersetze, was er im Traum gesehen habe. Mein Großvater erzählte mir, daß mein Vater seit seiner Kindheit diese Gewohnheit gehabt habe. Er malte keine sinnlosen Bilder, sondern das, was die Warnzeichen verkündeten. Mein Vater träumte immer von dem schwarzen Stein. Deshalb malte er ihn in verschiedener Umgebung. Er sagte, der schwarze Stein sei von seinem wahren Ort gestohlen worden. Wenn ihn jemand fragte, was er mit dem wahren Ort meine, antwortete er, der wahre Ort, das sei dort, wo der schwarze Stein sich befinde, egal, wo. Er glaubte, das Unglück habe mit diesem Diebstahl begonnen. Auf den Bildern sieht man, daß der Hintergrund des schwarzen Steins in Mekka oder Jerusalem oder Tell al-Lahm liegt. Oder beim Baume Adams. Mein Vater war ein begnadeter Maler.«

'Assle stieß einen Freudenschrei aus. »Zum Glück überließ er mir das wichtigste seiner Bilder. Es zeigt die Warnzeichen. Siehst du das Bild mit dem Reiter? Ist es nicht schön?«

Ma'ali schaute sich das Gemälde noch einmal an. Bisher war ihr nur aufgefallen, daß der Reiter an einem Gebäude vorbeiritt, das nicht deutlich zu erkennen war. Vielleicht hatte sie es deshalb so wahrgenommen, weil es das einzige Objekt war, das mit schwarzer Holzkohle gezeichnet war. Die Worte am Portal des Gebäudes waren kaum zu entziffern: »DIE REISE NACH TELL AL-LAHM«. Sie standen auf einem Buchumschlag, der größer war als die Schrift.

»Tell al-Lahm. Hier wurde einst unser Herr Abraham – Gott segne ihn und schenke ihm Heil – geboren. Siehst du das kleine Gebäude da hinter dem Stein?«

Ma'ali konnte nichts Besonderes auf dem Bild erkennen. Aber sie tat überrascht: »*Hotel der Ratlosen.*«

»Gefällt es dir?«

»Ja, es ist etwas in ihm, was mir gefällt. Ich weiß nur noch nicht, was.«

»Es ist sicher *das Buch*, auf dem der Name geschrieben steht. Es ist die Tora, das Gesetz Gottes. Auge um Auge, Zahn um Zahn. Die Menschen kennen nur diesen einen Satz. Aber niemand spricht über die fünf Bücher Mose: Genesis, Exodus, Levitikus, Numeri und Deuteronomium.«

Ma'ali schüttelte den Kopf. Statt zu antworten, überdachte sie ihren Plan.

»Jetzt lasse ich dich in Ruhe, meine Liebe. Ich hoffe, daß du die ganze Geschichte verstanden hast und sie deinem Mann, dem Übersetzer, erzählst. Wenn er aus dieser Lektion keine Lehre ziehen will, dann wende dich von ihm ab. Und merke dir: Traue den Männern nicht! Hast du Hiyâwî Benzin kennengelernt?«

»Nein«, antwortete Ma'ali irritiert.

»Er behauptet, mein Mann zu sein. Aber er ist nicht mein Mann! Daß er behauptet, der Besitzer des Hotels zu sein, ist egal. Aber daß er behauptet, Jude zu sein, akzeptiere ich nicht. Er ist ein Christ: Jesus gehört zu seiner Religion, und Moses gehört zu seiner Religion. Dieser Hiyâwî Benzin war sein Leben lang ein Wendehals, wie die übrigen Männer hier. Mit der Familie Quraischî, die den Autohandel in Nadschaf kontrollierte, ist er Schiit geworden. Nicht weil sie ihn vor dem Tod und der Ausreise mit den Failîya-Kurden in den Iran retteten, sondern weil er wußte, daß sein Garten hier bei ihnen ist und nicht dort, im gelobten Land. Als die Familie Quraischî zur Abreise gezwungen wurde, reiste er nicht mit ihnen. Sie gingen weg, ohne einen Qirsch in der Tasche. Schließlich wurde ihr gesamtes Vermögen gestohlen. Er ist nicht einfach weggegangen. Er *floh* aus Nadschaf.

Dann kam er hierher. Er behauptete, Krankenpfleger zu sein. Es ist seltsam, daß jeder, der in dieses Dorf kommt, behauptet, Krankenpfleger zu sein. Dabei ist es ein Unglück, daß seit der Zeit meines Großvaters kein Krankenpfleger mehr in diesen Ort gekommen ist! Seine Religion und seine Kinder, alles geschah aus Berechnung: Sein wirklicher Name ist Jahûda Afrâm Salûmî, er ist ein Christ aus Tell Kaif, sein Vater arbeitet in der Kanalisation, und als er alt wurde, ließ er ihn mit seiner Arbeit allein und ging weg aus Mossul, um eine Tochter seines Onkels zu heiraten. Er bekam zwei Söhne, von denen er den einen Haidâr und den anderen Saif nannte – das erste ein schiitischer, das zweite ein sunnitischer Name – als wäre er zwei Tage vor dem Teufel geboren! Und wie eine Katze, die einen Fisch von weitem riecht, wußte er, daß ich hier wohne: 'Assle, die Jüdin.

Wir gravierten Metall und schnitzen Holz, spannen, webten, stickten und rollten Zigaretten – eine große Familie. Mein Volk haben sie vertrieben. Ich aber wollte das Land nicht verlassen, weil ich unglücklich in einen Mann verliebt war. Er betrog mich mit der ersten Frau, die ihm über den Weg lief, obwohl ich damals schwanger war. Und er beschuldigte mich – ich sei es, die ihn betrogen habe. Er vergaß, daß ich mich im Krankenhaus versteckt hatte und seinetwegen meine Schande ertrug. Mir blieb schließlich nur, hier als Krankenschwester zu arbeiten. Aber ich wollte sein Kind nicht behalten! Für die Abtreibung ging ich zu Coca nach Bagdad, weil es unmöglich war, hier abtreiben zu lassen.

An jenem Tag habe ich mir geschworen, Verhütungspillen herzustellen, um den Frauen dieses Landes zu helfen. Sie sagen, ich sei keine Einheimische. Ich pisse auf ihr Land. Ich denke nicht wie sie.

Ich halte es nämlich für falsch, die Menschen für ihre Heimat sterben zu lassen. Meine Heimat sind die Frauen.«

'Assle schwieg einen Moment, um Luft zu holen und ihre Gedanken zu beleben: »Aber zurück zum Thema. In jenen Jahren, in den Vierzigern, gab es hier im Land nicht viele Krankenschwestern. Deshalb hat mich der Staat nicht mit meiner Familie fortgeschickt. Sie sagten: Laßt uns von ihr profitieren, einer Jüdin und Krankenschwester. Weißt du, Krankenschwestern sind für die Leute wie Huren. Wußtest du das? Krankenschwester ist ein Synonym für Hure. Man sagt, alle Krankenschwestern seien Huren. Sie haben recht! In jeder Hure steckt eine Krankenschwester, und in jeder Krankenschwester steckt der Wunsch, eine Hure zu sein. Diese beiden Gewerbe sind besser als alle anderen Gewerbe im Land. Aber wer dies sagt, meint es im negativen Sinn. In ihren Augen kümmert sich eine Krankenschwester um jeden Mann – egal, ob er verletzt oder unversehrt, sauber oder schmutzig ist. Er ist krank und hat Anspruch auf Fürsorge. Dasselbe gilt für die Hure. Auch bei ihr spielt es keine Rolle, ob der Mann sauber oder schmutzig, beschnitten oder unbeschnitten, Christ oder Muslim oder gar Jude ist (vorausgesetzt, keiner der Mächtigen weiß davon).

Die Männer verachten Krankenschwestern und Huren und sagen doch voller Stolz von sich, sie seien Krankenpfleger. Frag sie mal, ob sie Huren sind! Sie werden dir zornig widersprechen. Glaub ja nicht alles, was diese Großmäuler sagen. Sie sind aus anderen Gründen hier: Der, den sie »Zionist« nennen, versorgt in Wirklichkeit die Alliierten mit menschlichen Organen, nachdem er früher mit den Staatsbossen gehandelt hat. Er kennt den Bedarf der Europäer an Organen. Sie bezahlen mit Dollars.

Dem zweiten schrumpfte der Schwanz auf eine Länge von kaum zwei Zentimetern. Vielleicht geht er bald daran zugrunde, und wir haben unsere Ruhe. Er kam mit einem großen Koffer voller Uniformen an, weil er nach einem Mädchen suchte, das angeblich mit seiner Familie hier lebte, die Sayyid Muslatts. Den Namen des Mädchens verriet er nicht. Er sagte, man würde sie ihm wegnehmen, wenn er ihren Namen verriete. Eine meiner Kundinnen, Gott erbarme sich ihrer, Iftaim Pay Day, die Verhütungszäpfchen von mir kaufte und während des Aufstands getötet wurde (glaubte sie wirklich, daß sie getötet wurde?), sprach voller Bewunderung von diesem Mädchen. Die Leute wurden verrückt, der Krieg machte sie verrückt. Wenn Afrâm Benzin nicht in besonderen Beziehungen zu den Sayyid Muslatts stünde, hätte ich sie nie ins Hotel gelassen. Aber er treibt über den Bolivier seinen Handel mit ihnen und den Alliierten.

Der dritte schließlich behauptet, Dichter zu sein, obwohl seine Schnauze gelähmt ist und er nicht einmal mehr laufen kann. Aber er schreibt seine Eingebungen auf Zettel, die er als Flugblätter zum Fenster hinauswirft. Er schreibt darauf, er sei Dichter, man müsse sich in acht nehmen, wenn einst die Offenbarung auf ihn herabkäme. Die meisten Menschen in Tell al-Lahm behaupten, Heilige oder Gelehrte zu sein. Wer Abitur hat, ist ja unweigerlich Schriftsteller. Dem Zuhälter, der über Gonorrhö spricht, wird sofort der Dichtertitel verliehen. Er gibt kluge Ideen zum besten, die sonst niemand in die Diskussion einfließen läßt.

So ist Tell al-Lahm. Die Stadt hat sich über Nacht in eine Stadt der Heiligen verwandelt! Ihr Scheißheiligen, wartet nur! In diesen Tagen wird die ganze Welt umstürzen – wie alle benachbarten Städte, wie Nasirîya. Dort, bei Rûf, wird eines Tages der Abû-Dschidâhâ-Staudamm einstürzen. Es müssen nur die Mäuschen daherkommen und ihn untergraben, und ihm wird dasselbe widerfahren wie dem Staudamm von Ma'rib. Diese Gegend wird von Millionen von Ratten bevölkert sein, alle Arten, alle Gattungen von Ratten! Und die Heiligen werden miteinander wetteifern, sie zu ermorden. Sie werden die größten Rattenmörder sein, diese verfluchten Heiligen!«

'Assle lachte. »Aber das ist das Leben. Es ist möglich, daß mein Vater im Irrtum war.« Sie schwieg, blickte Ma'ali fragend an und sagte beruhigt, als sie keine Antwort erhielt: »So lasse ich dich jetzt allein. Das Badezimmer liegt am Ende des Korridors. Wenn irgend etwas ist, rufe nach Hiyâwî Benzin oder nach mir. Mich mußt du mehrmals rufen. Ich höre nicht mehr gut und habe einen tiefen Schlaf. Auf Wiedersehen.«

'Assle wirkte arglos in allem, was sie sagte, es konnte aber sein, daß der Schein trog. Diese Arglosigkeit ist etwas, was den Greisen gemeinsam ist. Sie tun arglos, um eine Wirkung zu erzielen und Dinge auszudrücken, die ihnen Freude machen, ohne getadelt zu werden, ohne Rücksicht zu nehmen. Sie bringen sich selbst in Gefahr, um den Eindruck zu erwecken, alles wäre in Ordnung und sie hätten keine Wünsche mehr. Die Lebenden unter ihnen glauben, es sei noch nicht zu spät zu sagen, was noch nicht gesagt worden ist.

'Assle hatte nicht wie ein lebendiges Wesen geredet. Sie bewegte sich wie ein Phantom, eine Wahnvorstellung, ein baldiger Tod, der seinen Mantel oder seinen Schleier über Tell al-Lahm sinken läßt. Die Geschichte von »Tell al-Lahm« ist zu Ende. Es ist die blinde Frau, von der sie handelte. Eine Wahnvorstellung kennt man nicht. Vielleicht hat man über sie geredet, weil man sie kannte: »Hüte dich vor dem Stich der Blinden.«

52

»Denk nicht, daß es mich gibt oder jemals gegeben hat.« Dieser Satz hatte sich mir ins Gedächtnis eingegraben – tiefer als alle Details ihrer neuen Geschichte, tiefer als die Geschichten, die ich ihr erzählen wollte: die von Najma und die Horchgeschichte. Aber ich wollte den passenden Zeitpunkt abwarten und dachte zunächst darüber nach, was soeben zwischen uns geschehen war und was sie mir erzählt hatte. Sie hatte zwar viele Geschichten parat, doch wer garantierte, daß es nicht bloß Hirngespinste waren? Ihre Worte schienen es eher zu bestätigen. Wollte sie mir sagen, daß auch sie selbst nur Einbildung sei? Was wäre geschehen, wenn auch ich nur Einbildung gewesen wäre, bevor wir Tell al-Lahm erreicht hatten, oder auch danach? Vielleicht war ich ein Alptraum, ein Schreckgespenst? Wohl kaum! Dann hätten wir uns nie irgend etwas erzählen, nicht aufrichtig zueinander sein, einander nicht davon überzeugen können, daß jeder dem anderen einfach nur zuhören mußte!

Als sie die Geschichte von 'Assle beendet hatte, fragte ich: »Ma'ali, sag mir nur eines: Wonach suchst du hier eigentlich? Warum hast du uns hergebracht?«

»Bevor ich dir auf diese Frage antworte, beantworte du mir erst eine Frage: Was hast du gegen diesen Ort? Hast du hier denn nichts gefunden?« Sie hob ihre Beine an, um ihren Slip anzuziehen.

»Es ist die Hölle!« rief ich voller Überzeugung.

»Paradies und Hölle gibt es nicht, hat es außerhalb von uns nie gegeben. Wir tragen sie in uns – wie die Mikroben. Der Ort gewährt keinen Trost.« Sie zog ihren Slip wieder aus. »Ich habe vergessen, daß er schmutzig ist.« Sie lachte, um sofort wieder eine ernste Miene aufzusetzen. »Was für ein Durcheinander! Kannst du mir eine Unterhose leihen? Meine sind alle verdreckt.«

Ich fühlte mich bedrängt. Zum erstenmal fragte mich eine Frau, ob sie Kleidung von mir borgen könne. Auch ich hatte keine saubere Wäsche mehr. »Meine sind auch schmutzig.«

»Ich hab die Lösung«, lachte sie. »Du ziehst meine schmutzigen Sachen an und ich deine!« Als sie merkte, daß ich mit dieser fragwürdigen Logik nichts anfangen konnte, fügte sie hinzu: »Wenn man schon den eigenen Schmutz nicht erträgt, kann man zumindest versuchen, den des anderen zu ertragen.« Als ich immer noch nicht kapierte, sagte sie: »Ist dies nicht die Wurzel unseres Glaubens? Weißt du, wer ein Gläubiger ist?«

Automatisch erwiderte ich: »Sag du mir nicht, du wüßtest es!«

»Natürlich weiß ich es. Und bestimmt besser als du!« Sie klang gereizt. »Der Gläubige ist einer, der von anderen verlangt, zu tun, was er befiehlt, und nicht zu tun, wozu er Lust hat.«

Ich hatte keine Ahnung, was sie damit meinte.

»Du und ich, wir sind Gläubige im wahrsten Sinn des Wortes. Wir sind anständige Staatsbürger, die ihre Eltern und die Regierung lieben – so wie wir es im Unterricht für Staatserziehung gelernt haben. ›Aufopferung und Hingabe sind die wichtigsten Eigenschaften eines anständigen Staatsbürgers.‹ Und darum tauschen wir jetzt und sofort unsere Unterwäsche.«

Was meinte sie nur? Wollte sie sich oder mich demütigen? Als wir noch nicht miteinander geschlafen hatten, waren wir uns nicht sehr nahe gekommen. Vielleicht bringen Geschichten Menschen einander näher. Auch wenn ich über mich nichts erzählt hatte, denn sie hatte ja die ganze Zeit geredet. Vielleicht war es in ihren Augen ein Austausch, ob es etwas nützte oder nicht – wenn sie nur zuerst redete, würde ich ihr schon folgen. Erst jetzt, nachdem wir diesen Ort erreicht und miteinander geschlafen hatten, gab es kein Entrinnen mehr: Wir mußten die Geschichten fortsetzen.

»Du wirst verstehen, was ich dir sage, und erkennen, was geschehen ist. Es wird nicht einfach sein. Daran bist nicht du schuld. Niemand ist schuld. Es liegt am innersten Wesen der Dinge, des menschlichen Schicksals. Es geschieht einfach, mal glücklicherweise, mal unglücklicherweise, und oft ohne Zutun und Wunsch von irgend jemandem. Das ist alles. Es widerfährt einem Menschen, dessen Weg zufällig den eines anderen kreuzt, und meist weiß er nichts davon. Aber das macht keinen Unterschied. Keiner kalkuliert diese Ereignisse ein. Du hast meinen Weg gekreuzt, ohne es zu wissen, ohne mich zu kennen. Ich bin dir völlig fremd gewesen. Es spielt keine Rolle, daß du deine Nachbarin kanntest. Erst jetzt lernst du sie kennen, und das ist auch besser so. Dann wirst du verstehen. Ich werde dir gleich alles erzählen.«

Irgendwie schien sie sich aus einer heiklen Lage befreien zu wollen. Sie war in Eile, wollte erzählen, wollte verstanden werden. Das war nicht einfach. In ihrer Situation wünscht sich jeder, der andere würde einfach seine Geschichte loswerden und sich nicht in Details verlieren. Die Erzählweisen unterscheiden sich erst in den Einzelheiten. Selbst wenn zwei Menschen zusammenleben, werden sie doch nie dieselben Wörter wählen. Man kann Geschichten freudig oder begeistert, langsam oder schnell, zurückhaltend oder übertreibend, auf einen Schlag oder in vielen kleinen Häppchen erzählen – wie ein Fischer, der seine Beute schnell tötet oder zappeln läßt.

Geschichten zu erzählen erfordert eine Menge Geschicklichkeit. Ma'ali hatte mich nicht daran gehindert, mit ihr zu schlafen, und so mußte ich mich auch mit ihren Gefühlen nicht begnügen, nachdem sie so viele Worte an mich gerichtet hatte. Worte sind das Futter für eine neue Geschichte. Wir begnügten uns nicht mit all den Geschichten, die wir einander erzählt hatten (die sie mir erzählt hatte). Wir erfanden sogar eine neue Geschichte. Man kann sie als »Liebesgeschichte« bezeichnen oder als »Geschichte, die Liebesduft verströmt«. Seit ich mit ihr geschlafen hatte, konnte ich meine Gefühle für sie nicht mehr verbergen. Beim bloßen Gedanken an sie wurde mir ganz schwindlig. Ich glaube, ihr erging es wie mir. Ich mußte sie nicht fragen, ob auch sie sich in mich verliebt hatte (vielleicht liebte sie mich schon seit langem?).

Als sie an meiner Seite im Bett lag, spürte ich, wie ihr Herz klopfte. Dafür mußte es einen Grund geben. Ja, heftiges Herzklopfen hat einen Grund. Wandelt sich das Herz, sollte man nicht fragen: »Lieben wir einander?« Sondern: »Lieben wir einander immer noch?« Dachte ich über diese Frage nach und zog in Betracht, daß unsere Herzen sich wandeln, kam ich zu dem Schluß: Ja, wir liebten einander immer noch. Ganz gleich, wieviel Zeit vergangen war. Der Beweis war doch, daß wir weiterhin zusammen waren, hier, an diesem Ort, in diesem Zimmer im *Hotel der Ratlosen*, in einer Stadt, die angeblich Tell al-Lahm heißt, in diesem Land, in dem die Zerstörung sich ausbreitet wie die Pest.

Ja, wir lieben einander immer noch! Was aber haben wir hier zu suchen? Wenn wir uns fragen, ob wir einander noch lieben, dann steigt Zweifel in mir auf, ob es überhaupt etwas gibt, was den Namen Liebe verdient! Doch wie wir es auch nennen, wie ich es auch nenne: Selbst wenn das Herz sich wandelt, bleibt mir doch der Wunsch, sie zu lieben. Und ihr bleibt der Wunsch, mich zu lieben. Es ist wie der Wunsch, eine Liebe wiederzuerwecken, die man peu à peu verloren hat. »Oh, wieviel Liebe haben wir doch verloren«, schrie es in meinem Innern, sprudelte es aus mir heraus. Doch als ich sie anschaute, um herauszufinden, ob sie meine Worte gehört hatte, sah ich, daß sie tief und fest schlief. Nur ihr Atem war zu hören, ihre Arme lagen mit geöffneten Handflächen schlaff an ihren Seiten, als erbäte sie eine Spende oder riefe den Herrn, damit er Segen über ihren Schlummer bringe.

Wenn sie aufwacht, oder später, in einem passenden Moment, erzähle ich ihr vielleicht von den Geschehnissen dieser Nacht, von meinen Empfindungen: daß ich wohl der erträumte, der ersehnte Ehemann war, der ihr in dieser Nacht begegnet ist und der ihr helfen würde, viele weitere Jahre unter wankelmütigen Menschen zu leben, in einer Welt, geschaffen von Männern für Männer, voller Argwohn und nicht enden wollender Geschichten, in der die Gefahr an jeder Ecke lauert.

Seit dieser Nacht waren wir in mehr als einer Hinsicht verbunden.

53

Trotzdem schliefen wir und hätten ewig so schlafen können. Draußen erwartete uns nichts, nicht außerhalb dieser Schlaffläche, dieser Schlaferde, und auch nicht außerhalb dieses Zimmers. Wir waren gefangen in unserem Schlaf, einander umschlingend, versunken in der Dunkelheit unseres Waldes.

Wir wachten schlagartig auf, als wir ein Heulen hörten, lösten uns voneinander, sprangen auf und kleideten uns an. Ich zitterte vor Angst, Ma'ali griff nach ihrem Revolver.

Wir öffneten die Tür und traten vorsichtig hinaus auf den Korridor, diesen dunklen Gang, in dem man ständig gegen irgend etwas stieß. Das einzige, was uns in den Weg trat, war dieses Geheul, das sich langsam in ein Stöhnen verwandelte. Ma'ali umklammerte ihren Revolver, während ich mich an ihrer Schulter festhielt. So tasteten wir uns, dem Stöhnen folgend, weiter. Es kam aus dem Direktionszimmer. Wir waren wie zwei Blinde! Das Geheul vermischte sich mit anderen Stimmen, die uns zwangen, an der Tür stehenzubleiben. Sie war angelehnt, so wie ich sie zurückgelassen hatte, als ich vor Stunden dort gehorcht hatte.

»Es war eine verrückte Nacht.« Diese Worte kamen mir in den Sinn. 'Assle Levi, die Jüdin, die Blinde, hatte sie gesprochen. Vielleicht dachte Ma'ali, oder die Frau, die ich bis dahin für Ma'ali gehalten hatte, das gleiche. Ich erinnerte mich auch daran, was der ostdeutsche Offizier Biersack mir prophezeit hatte: Eines Tages würde ich horchen – unbeabsichtigt und ohne gezwungen zu sein, wäre ich auf einem Horchposten positioniert. Genau dies war mir heute gleich zweimal passiert. Einmal, als ich allein zum Hotel hochstieg, dann in Ma'alis Begleitung.

Sie war es denn auch, die in einem Blitzmoment mit dem Fuß die Tür zum Direktionsbüro aufstieß und wie ein Profi hineinstürzte. Sie gebärdete sich wie ein Filmschauspieler in einem Gangster-,

Abenteuer- oder Actionfilm. Kein Actionfilm der Art, wie ihn Ma'ali mit ihrem Freund anschaute, dem Student der Akademie der Schönen Künste. Der war nämlich so süchtig nach Cowboyfilmen, daß er sich dadurch sogar vom Sex ablenken ließ! Nein. Vor meinen Augen spielte sich ein Actionfilm ab, in dem ich selbst als Komparse teilnahm. Meine Rolle unterschied sich gewaltig von der, die ich auf der großen Parade am Baume Adams in Qurna gespielt hatte.

Im Morgengrauen standen wir in diesem Zimmer, um uns auf das Ende der Geschichte und die Reise durch den Wald vorzubereiten: sie, Ma'ali, oder die Frau, die ich bis dahin für Ma'ali gehalten hatte, die einen Revolver umklammert hielt, und ich. Muhammad Tâlib Hamûdî, Muhammad Mun'im al-Naqschbandî und Hiyâwî Benzin (Sokrates al-Naqschbandî, Aristoteles der Zionist und Jahûda Afrâm Salûmî) knieten am Boden neben einer Leiche, und es war 'Assle, 'Assle Levi, die Jüdin, die Blinde, mit durchtrennter Kehle. Als ich einen Blick auf die drei Männer warf, wurde mir sofort klar, daß es sich um 'Assle handelte: Jahûda Afrâm Salûmî hielt in seiner Hand ein blutiges Messer.

Innerhalb kürzester Zeit liefen zwei Handlungsstränge nebeneinander ab. Mit offenen Augen sah ich, was ich zuvor belauscht hatte. Es war, als befänden wir uns tatsächlich an der letzten Biegung eines Waldwegs: Hiyâwî Benzin ließ das Messer fallen und begann mit rauher Stimme zu klagen. Er ging vorsichtig auf Ma'ali zu, warf sich vor ihr auf die Knie und küßte ihre Schuhe.

Fast weinend stammelte er: »Die da haben mich gezwungen. Bitte, habt Verständnis für mich. Ihr könnt meine Liebe zu 'Assle nicht verstehen! Sie haben mich gezwungen, zusammen mit dem Bolivier!« Weinend griff er sich mit der Hand an den Buckel und holte ein kleines Kästchen hervor (es war also gar kein Buckel!), öffnete es und rief unter Tränen: »Nehmt die gefälschten Pässe! Verkauft sie und profitiert davon! Aber bitte, tötet mich nicht!« Er nahm einige Ausweise in verschiedenen Farben aus dem Kästchen, die zu mehreren Ländern gehören mußten. Es waren sorgfältige Fälschungen. Wahrscheinlich musterten ihn die beiden anderen deshalb zweifelnd und wütend.

Als sich in diesem Durcheinander unsere Blicke kreuzten, herrschte Ma'ali ihn an, er solle aufstehen, und schlug ihm ins Gesicht. Dann forderte sie ihn auf, den beiden anderen Männern an derselben Stelle mit dem Messer den Hals zu durchbohren wie 'Assle Levi, seiner Ehefrau, der Blinden, der Jüdin. Als er merkte, wie ernst es ihr war, hielt er einen Augenblick inne.

Ma'ali rief: »Denk bloß nicht, ich sei eine Mörderin! Ich würde nicht zögern, noch einmal so zu handeln, noch einmal und noch einmal zu töten, wenn es die Lage erforderte! Sie haben uns genug Schande angetan.« Sie spuckte Mun'im Muhammad al-Naqschbandî ins Gesicht, packte ihn am Bart und spuckte ihm direkt in die Augen. Dann steckte sie den Lauf des Revolvers in den Mund. »Ist es nicht das, was Sie wollen, Herr Sokrates, Herr Mun'im Muhammad al-Naqschbandî? Wo sind denn die Uniformen, die du an jenem Abend, eine nach der anderen, angezogen hast, mit all den verschiedenen Dienstgraden? Hast du die Nacht vergessen, in der du Ma'ali vergewaltigt hast? Hast du die vorgetäuschten Telefonate vergessen? Denn du warst es, immer nur du! Willst du nicht zugeben, daß du alles auf sie projiziert hast? Daß du sie gezwungen hast, mit den Offizieren zu schlafen, mit denen deine Frau es trieb? Hier, saug am Revolver! Der Pulvergeruch paßt zu dir!«

Sokrates al-Naqschbandî rief: »Ich bitte dich! Vergib mir, was ich deiner Schwester angetan habe!« Als sie ihn nach seinen Uniformen fragte, antwortete er: »Sie sind immer noch hier, im Koffer.« Da sagte sie: »Deine Uniformen und Abzeichen nützen dir nichts mehr.«

Als ich seine Worte hörte, wuchs mein Verdacht, daß sie gar nicht Ma'ali war, sondern eine andere Frau – ich wußte nur nicht, wie sie hieß, und würde auch noch eine Weile warten müssen, bis ich ihren Namen erfuhr. Schließlich rief sie Hiyâwî Benzin zu: »Schneid ihnen den Schwanz ab, los! Sie haben immerhin die zum Tode Verurteilten, die Gefangenen, die Behinderten und Kranken verstümmelt!« Und als sie sein Zögern bemerkte, schrie sie noch lauter: »Los, mach schon!« Er zögerte, die beiden mit dem Messer anzugreifen. Sie flehten und schrien. Aber die schnellen, tiefen und tödlichen Schnitte würden sie nicht abwenden können. Hiyâwî Benzin würde auch seinen eigenen Tod nicht abwenden können.

Er mußte sich allerdings noch Ma'alis abschließende Worte anhören: »Dies ist mein letzter Schuß, den habe ich mir aufgespart.« Diesen Schuß gab sie jetzt auf Muhammad Tâlib Hamûdî ab, ließ ihn in der Nähe seiner Kollegen niedergehen. Die Männer lagen am Boden, neben dem Kästchen, das sie 'Assle hatten stehlen wollen, 'Assle Levi, der Jüdin, der Blinden. Ma'ali nahm das Kästchen vom Boden auf und öffnete es. Wir starrten auf die Juwelen, die die Alte außer den Pässen darin versteckt hatte. Ma'ali überreichte mir die Juwelen mit den Worten: »Und jetzt nichts wie weg hier.«

Schnell verließen wir das *Hotel der Ratlosen*, als wüßten wir genau, wohin. Wir gaben einander keinerlei Hinweis, sondern schienen uns darüber einig zu sein, daß unser Weg zum Friedhof führte. Es war unser letzter Weg, der letzte Knoten, bevor wir den Wald verließen. Sie konnte von meiner Verabredung mit Mahmûd und 'Alî am Grab des französischen Generals Balzac ebensowenig wissen wie ich von ihren Plänen. Obwohl unsere Vorhaben sich voneinander unterschieden, trafen sie doch an einem bestimmten Punkt aufeinander. Dort wurden wir auf die letzte Station hingewiesen, bevor unser Weg endete. Noch begriff ich nicht, was Ma'ali dorthin geführt hatte. Vielmehr war es der Verlauf der Dinge, der Geschichte, unseres Wegs, der hier, an diesem Punkt, enden mußte.

Sie bat mich, ihr beim Öffnen des Kofferraums zu helfen. Zu meiner Überraschung lag dort ein Cello. Und ich durfte mich über dieses Beinahe-Ende der Geschichte nicht einmal wundern. Sie lehnte das Instrument gegen das Auto, und wir hoben gemeinsam einen in eine Decke gewickelten schweren Gegenstand heraus. Ich nahm strengen Arrakgeruch wahr, den seltenen Geruch des Assri-Arraks, den sie zu Beginn unserer Reise im Kofferraum verspritzt hatte.

Als wir den Gegenstand in der Decke zu einer kleinen Grube in der Nähe des Autos brachten, die erst kurz zuvor ausgehoben worden sein konnte, wurde mir bewußt, was wir trugen. Neben dem Erdhaufen stand ein Grabstein, dessen Inschrift nicht zu erkennen war. Auf dem Grabstein daneben stand: »General Balzac«.

Dies war also der Ort, an dem ich mit den Brüdern Mahmûd und 'Alî verabredet war – ein weiterer Zufall, der mich zu einer anderen Stunde, zu einem anderen Tag nachdenklich gemacht hätte, wenn ich nur das Gesicht der in die Decke gewickelten Leiche erkannt hätte: Es war Ma'ali. Schrecken, Zweifel und Angst, die mich überkamen, waren bedeutungslos. Es war nicht nur die Leiche, die zu dieser Schlußszene, Vor-Schlußszene gehörte, sondern auch der Grabstein neben Balzacs Grab. Darauf stand geschrieben: *Ma'ali Sayyid Muslatt, 1957–1991.*

54

»Im Leben eines jeden Menschen gibt es zwei oder drei Personen, die in seine Geheimnisse eingeweiht sind. Was mich betrifft, so sind zwei schon gestorben. Die dritte Person bist du. Ich erzähle dir noch eine Geschichte«, sagte sie zu mir.

Sie hatte das Grab mit Erde zugeschaufelt und den Spaten zur Seite gelegt. Sie setzte sich auf den Boden und lehnte sich an das Auto, das wir in der Nähe des Grabs geparkt hatten und dessen Kofferraum immer noch offenstand.

Ich fragte mich, wer ihr eigentlich das Recht gab. Mit ein bißchen gutem Willen hätte sie nur von sich selbst sprechen müssen. Zwei oder drei Personen in die eigenen Geheimnisse einzuweihen war meiner Ansicht nach nicht richtig, selbst wenn der Eingeweihte das Geheimnis für sich behielt. Warum? Keiner hat das Recht, einem anderen sein Geheimnis anzuvertrauen, was auch immer es sei. Aber ich hütete mich, es ihr zu sagen. Denn ich gehörte gern zu diesen zwei oder drei, wenn nötig auch vier Eingeweihten. Sie unterbrach meinen Gedankengang. Im Reden war sie einfach schneller als ich.

»Hast du eine Zigarette?«

Mir fiel ein, daß noch zwei oder drei Zigaretten im Handschuhfach des Autos lagen. Ich sprang auf und fand eine ganze Schachtel schwarze Sumer. Glücklich darüber, drückte ich sie ihr in die Hand. Ich setzte mich neben sie, genauso müde wie sie. Die Auswirkungen der unheilvollen Nacht hatten uns beide bis zum Äußersten erschöpft.

»Angeblich wird diese Sorte Sumer in Deutschland hergestellt.« Sie wischte sich über die Stirn, Schweißtropfen schimmerten. Selbst jetzt hatte sie noch die Energie zu spotten. Aus ihrer Handtasche, von der sie sich keinen Moment getrennt hatte, holte sie ein Feuerzeug und zündete sich eine Zigarette an. Sie küßte mich auf die Lippen, legte das Feuerzeug zurück, holte den Revolver hervor und fuchtelte damit herum.

Dann reichte sie ihn mir. »Hiermit gebe ich dir deinen Revolver zurück. Auch er ist deutsch. Verzeih, daß ich ihn mir ausgeliehen habe.«

Zuerst dachte ich, sie mache schon wieder Spaß. Doch sie meinte es ernst. Es war nicht der einzige Revolver der Marke *Kurt*, aber ich erkannte ihn an einem Band aus roter Spitze, das Sicherheitsunteroffizier Schâhîn Nazzâl in Form eines Sterns um ihn gewickelt hatte. Als ich in jener Nacht erschöpft nach Hause gekommen war (und nicht glauben konnte, daß ich noch am Leben war!), hatte ich ihn neben das Sofa gelegt, auf dem ich schlafen wollte. Den Revolver hatte ich zwei oder drei Tage lang vergessen, bis Wadschîha mich fragte, was es mit ihm auf sich habe. Vielleicht fürchtete ich, nach diesem Revolver gefragt zu werden. Immerhin war es Schâhîn Nazzâl selbst gewesen, der ihn mir gegeben hatte. Von Wadschîha hatte ich erfahren, daß es für niemanden einfach war, an einen Revolver heranzukommen. Wer eine Waffe besaß, mußte regelmäßig zur Munitionskontrolle, wie es auch bei den großen offiziellen Paraden Brauch war.

Sicherheitsunteroffizier Schâhîn Nazzâl hatte mir eigenmächtig einen Revolver ausgehändigt. Ich erklärte Wadschîha, daß ich zunächst abgelehnt hatte, ihn zu nehmen, weil ich keine Waffe bei mir haben wollte. Schritt für Schritt wollte ich mich von dem distanzieren, was vorgefallen war, und ich erinnerte sie an unseren Entschluß, uns von unserer Arbeit als Dolmetscher zurückzuziehen. Zumindest in meinem Fall sah ich kein großes Hindernis, während sie eher mit Schwierigkeiten zu rechnen hatte. Wadschîha schien Verständnis für meine Argumente zu haben und riet mir, der Angelegenheit nicht zuviel Bedeutung beizumessen. Der Revolver sei jetzt in ihrem Besitz (wie zum Beweis holte sie ihn aus ihrer Handtasche, die auf dem Sofatischchen lag), bei Gelegenheit würde sie ihn den Verantwortlichen zurückgeben. Ich glaubte ihr.

Nach mehr als zwei Jahren liegt dieser Revolver jetzt in meinem Schoß, in dem Zustand, in dem ich ihn zurückgelassen hatte. Nur ist er jetzt nicht geladen. Meine neue Gefährtin hat ihn leergeschossen, hat möglicherweise acht Menschen getötet. Ja, diese Frau, früher angeblich meine Nachbarin, die ich vor unserer gemeinsamen Reise nicht richtig kannte, seit dieser Nacht aber nur zu gut zu kennen meine (gleich, wieviel Unheil, Unglück oder Kummer sie mit sich gebracht hat) – diese Frau beginne ich jetzt zu lieben, liebe sie immer noch, seit mein Herz sich in jener Nacht gewandelt hat. Ihren Kopf lehnt sie an meine Schulter, verbrennt sie mit ihren Tränen. Ihre Zigarette läßt sie nicht fallen. Ich muß diese Frau an mich drücken. Ich sollte mich ihr ganz hingeben. Diese Reise konnte von Anfang an nur so verlaufen und hier enden, auf dem Friedhof Tell al-Lahm, an diesem Grab, das sie unbedingt selbst zuschaufeln wollte, das Grab neben dem des französischen Generals Balzac. Das Grab des Generals war das berühmteste auf dem Friedhof Tell al-Lahm. Die Alliierten hatten ein großes, weithin sichtbares Grabmal errichtet, und nachts leuchtete ein phosphoreszierendes Licht, so daß man den Weg nicht verfehlte. Daneben lag das Grab einer Frau, deren Namen ich jetzt in Großbuchstaben las: MALAK.

Warum hatte sie diese Leiche mit auf die Reise genommen, warum hatte sie dieses Geheimnis für sich behalten? Warum liebte ich sie jetzt, warum liebte ich sie immer noch? Sie hatte den richtigen Moment abgepaßt, um mit mir eine Reise zu unternehmen, auf der wir einander entdecken sollten, indem wir der Vergangenheit den Rücken kehrten und den Augenblick abwarteten, alles Schwere zu begraben. Wir sollten nach vorn reisen, in eine Richtung blicken – in die Richtung, in die unsere Geschichte wies.

Diesmal ging es um die Geschichte unserer Entdeckung, vielleicht die einzige Voraussetzung, einander – oder mich, oder sie – zu verstehen: indem wir gegenseitig unsere Geschichte anhörten. Ihr Kopf ruhte an meiner Schulter, ihre Zigarette hatte sie fertiggeraucht, während ich mich umschaute und dem Klopfen ihres Herzens lauschte.

Sobald sie den Revolver von meinem Schoß genommen und in ihre Handtasche gesteckt hätte, würde sie ihre Geschichte beenden. »Nimm die Tasche. Auch sie gehört Wadschîha.«

Diesmal mußte ich keinen Blick auf die Tasche werfen, um die eingravierten Silberbuchstaben NW zu sehen, und sagte: »Wirf sie weit weg!«

Doch sie legte die Tasche nur beiseite und nahm sich die nächste Zigarette. Doch statt zu rauchen, zerdrückte sie die Zigarette in ihrer Handfläche, legte sie weg und sagte lächelnd: »Jetzt sind wir wirklich unsere Vergangenheit los. Ich werde dir die Geschichte erzählen.«

Epilog

Die Geschichte der Marâyâ Sayyid Muslatt

Es machte mir nichts aus, daß die Geschichte, die sie mir schließlich erzählte, ihre Merkwürdigkeiten hatte. Jede Geschichte hat ihre Merkwürdigkeiten. Irgendwann war ich mir nicht mehr sicher, wer sie eigentlich war. War sie die Frau, die mir die Geschichte erzählte? Oder war sie meine Nachbarin, die mich zu dieser Reise verführt hatte? War sie die Frau, die ich zu lieben begann oder noch immer liebte, die Frau, die neben mir saß, den Rücken an das Auto gelehnt, mitten auf dem unheimlichen Friedhof Tell al-Lahm, umgeben von drei Toten: General Balzac, Ma'ali Sayyid Muslatt und Malak? War sie die Frau, die mich mit ernster Miene bat (und mir dabei den gleichen Ernst abverlangte), ihrer »wahren« Geschichte zu lauschen, als seien alle anderen Geschichten bisher nicht »wahr« gewesen, sondern Hirngespinste?

Wer sie später einmal liest, könnte glauben, daß auch ich meine Geschichten nur erfunden habe – Wirklichkeit und Phantasie genauso durcheinandergebracht habe wie sie! Enthält nicht jede Geschichte beides: Wirklichkeit und Phantasie, Gott und Teufel? Ist nicht unsere gesamte Existenz eine Mischung aus ebendiesen Elementen: Wirklichkeit und Phantasie, Gott und Teufel – selbst wenn wir sie nicht unterscheiden können? Diese Fragen stellte ich mir beim Hören der Geschichte.

»Hast du schon mal über die Rivalität unter Brüdern und unter Schwestern in diesem Land nachgedacht? Ihr seid Dutzende von Männern, die über dieses Thema kein Wort verlieren. Kraft eurer männlichen Natur flüchtet ihr euch immer wie der Vogel Strauß: Ihr steckt den Kopf in den Sand. Seit Jahrhunderten heiraten Männer die Witwen ihrer Brüder. Das kann man auch in Geschichtsbüchern nachlesen. Die Männer wollen uns weismachen, daß sie

Boden und Ehre bewahren wollen, und gestehen sich nicht ein, daß sie eigentlich die Frauen ihrer Brüder begehren! Sie beseitigen jeden Verdacht, mit der Ermordung ihrer Brüder zu tun zu haben. Sie versichern, daß ihre Brüder eines natürlichen Todes gestorben sind. Das ist leicht in einem Staat, der sich seit seiner Begründung durch die Engländer in alle erdenklichen Kriege gestürzt hat – als sei der Krieg seine einzige und ewige Verfassung.

Man hört viele Geschichten von Soldaten, die aus langer Gefangenschaft oder von der Front zurückkehren und ihre Frauen in den Armen ihres Bruders finden. Ein großes Problem! In diesem verdorbenen Land findet man nur wenige Soziologen. Es gibt keine brauchbare Soziologie, ganz zu schweigen von Psychologie oder Gender Studies! Denn wer es wagt, über solche Dinge zu sprechen, wird als verschroben abgestempelt. Und wo geschah es zum erstenmal, wenn nicht in diesem Land – vorausgesetzt, wir glauben an den Baum Adams und Evas in Qurna? Sollte uns die Geschichte von Kain und Abel (nicht von Kaina und Abela!) nicht eine Warnung sein? Jeder Bruder ist ein Kandidat für die Rolle Kains. Aber jeder ist auch ein Kandidat für die Rolle Abels.

Männer weisen es weit von sich, die Schwägerin ihrer Schwester zu heiraten. Schwestern hingegen gehen mit dem Problem anders um, nicht sittsamer oder aufrichtiger, um Gottes willen. Aber sie sprechen darüber und haben keine Geheimnisse voreinander. So lernen sie von Anfang an, mit der Rivalität umzugehen.

Dies lernten auch meine Zwillingsschwester und ich. Du hast dich bisher nur mit der ›großen‹ Geschichte beschäftigt, mit der Geschichte der eine Stunde und fünfundzwanzig Minuten älteren Schwester. Du kannst nicht wissen, daß die kleine Schwester – wie alle kleinen Schwestern auf der Welt – immer davon träumte, den Platz der älteren einzunehmen (man sagt ja von Zwillingen, daß sie sich in allem ähneln und immer dasselbe besitzen wollen).

Sie konnte sich nicht vorstellen, daß ihr Wunsch eines Tages Wirklichkeit werden sollte, ohne daß die ältere weggehen müßte – eine Art Verteilung der familiären und lebenden Beute, nur gerechter! Wie viele Nächte verbrachte sie schlaflos mit dem Wunsch, eine Stunde und fünfundzwanzig Minuten älter zu sein als ihre Schwester! Es war der einzige Wunsch, von dessen Unerfüllbarkeit sie schon als kleines Mädchen wußte. Aber das hinderte sie nicht daran, es sich sehnlichst zu wünschen, auch wenn man ihr wieder und wieder sagte, ihre Schwester sei älter als sie, sie sei die Kleine. Sie mußte akzeptieren, daß man ihr die Haare kürzer schnitt, um sie von der älteren Schwester zu unterscheiden, mußte akzeptieren, daß die ältere Schwester ihr die Spielsachen wegnahm, ohne deswegen zurechtgewiesen zu werden. Wurde sie geschlagen, mußte sie den Mund halten. Immer zog sie den kürzeren, weil sie die Kleine war, nicht nur in der Kindheit, sondern auch in der Pubertät.

Sie durfte sich nicht verlieben, bevor ihre ältere Schwester den Mann nicht ausprobiert hatte. Erst wenn sie mit dem Mann einverstanden war, durfte die Kleine sich mit ihm einlassen. Sie mußte ihr ankündigen, um wen es sich handelte. Die ältere Schwester ging dann mit ihm aus, ins Kino beispielsweise, um sich ägyptische oder indische Filme anzusehen, und befahl ihr, zu Hause zu bleiben und ihr Urteil abzuwarten. Sie nutzte schamlos aus, was ihr die kleine Schwester freimütig enthüllte, und probierte alle Männer aus, die ihr gefielen. Die kleine Schwester verbrachte Stunden allein zu Hause, wartete auf die Urteile der großen Schwester. Es nützte nichts, sich immer häßlichere, üblere Burschen auszusuchen. Die ältere Schwester fand schnell heraus, welche Männer der Kleinen wirklich gefielen! Dies setzte sich bis zu ihrem gemeinsamen Sportstudium fort.

Irgendwann hörte die kleine Schwester auf, dieselben Partys zu besuchen wie die ältere. Bei den Besuchen im *Golf*-Hotel in Basra, wo sie sich mit der zehn Jahre älteren Schwester trafen (mit der es aufgrund des Altersunterschieds nie zur Rivalität kam), verließ die kleine Schwester kaum noch das Hotelzimmer. Sie hatte sich direkt beim Betreten des Hotels in den Offizier mit dem Superauto verliebt, der später ihre ältere Schwester schwängerte. Es war dumm von ihr, die Schwester immer in alles einzuweihen, aber es war auch selbstverständlich. Anders hätte sie mit ihren Gefühlen nicht umzugehen gewußt.

Sie konnte jedoch nicht umhin zu denken, daß sie eines Tages die Ältere sein würde, etwa wenn die große Schwester starb. Es machte ihr angst, sich den Tod der Älteren vorzustellen. Daher ging sie nicht so weit, ihn sich zu wünschen, im Gegenteil. Weil sie sicher war, daß der Tod schon kommen würde, überließ sie alles der älteren Schwester. Sie ging im dritten Jahr von der Universität ab, zog sich völlig zurück, legte den Schleier an und beschloß, bis zur Heirat Jungfrau zu bleiben. Im Gegenzug wollte sie von jeder Kleinigkeit aus dem Leben der älteren Schwester wissen.

Vieles erfuhr sie durch Erzählungen, anderes aus dem Tagebuch der älteren Schwester, einer Art Schulheft, in dem diese alles festhielt, was in ihrem Leben passierte. Sie bewahrte das Heft in ihrer Handtasche auf, aber die kleine Schwester stahl es und las, daß die Schwester unter dem Einfluß ihrer Freundin Mâdschida 'Abd al-Hamîd stand, die drei Jahre jünger war und die gemischte Schule in Kumait besucht hatte. Aus irgendeinem Grund mußten sie sich am 22. September 1980, dem Tag, an dem der erste Krieg ausbrach, voneinander trennen. In breiten Buchstaben stand im Tagebuch: ›Leider haben wir uns nicht gut genug kennengelernt, aber ich werde dich nicht vergessen, Mâdschida! Und die Schandtaten, die man an dir begangen hat, werde ich rächen!‹

Die kleine Schwester hatte Mâdschida noch nicht kennengelernt. Aber sie hatte gehört, daß sie ein mutiges Mädchen war. Die ältere Schwester wollte ihren Weg vollenden, während die kleine Schwester den Weg der älteren zu beschreiten gedachte – so begannen sich die Geschichten der beiden zu überlagern.«

Während sie sprach, schimmerten in ihren Augen Tränen, die an den Lidern hängenblieben. Diese armen Augen wirkten ratlos, verzweifelt und traurig. Es war, als fiele man durch sie hindurch in den Abgrund des Erinnerns.

»Die kleine Schwester dachte unaufhörlich daran, eines Tages die große zu werden. Sie wünschte sich das Unmögliche! Den Tod der Schwester ersehnte sie nicht, vielmehr sehnte sie sich nach einer günstigen Gelegenheit, eines Tages als Retterin ihrer großen Schwester in Erscheinung zu treten – ganz so, wie wir es aus Büchern oder Filmen kennen, wenn der entscheidende Moment kommt, in dem die Großen gestehen, wie falsch sie sich gegenüber den Kleinen verhalten haben.

So nahm die kleine Schwester alles hin, alle Qualen der Pubertät, die die große Schwester sie spüren ließ. Sie war sogar bereit, den Mann zu heiraten, den ihre große Schwester zufällig in der Praxis der Frauenärztin Mithâl al-Alûsî, der Enkelin Cocas, in A'zhamîya in Bagdad kennengelernt hatte, als die große Schwester eine Abtreibung vornehmen lassen wollte. Der junge Mann hatte zunächst ihre Aufmerksamkeit erregt, weil er das einzige männliche Wesen im Wartezimmer war. Er war so klein, daß sie ihn zunächst für ein Kind gehalten hatte, bis sie von seiner Schwester, die neben ihm saß, seine Geschichte erfuhr. Noch bevor diese ihr erzählte, daß sie von ihrem Verlobten schwanger war, der sie sofort nach der Entjungferung hatte sitzenlassen, stellte sie ihr ihren Bruder vor: ›Meine liebe Marâyâ, mein Spiegel, dies ist mein Bruder Rabî', mein ganzer Trost.‹

Die große Schwester verbarg ihre Sympathie nicht und fragte das Mädchen nach seinen Plänen. Die beiden wußten nicht, wohin sie sich wenden sollten. Wie das Mädchen erzählte, waren sie allein in der Welt: Die Familie ihres Onkels war vor kurzer Zeit in ihrer von einer Bombe getroffenen Hütte ums Leben gekommen. Sie war bereit, das Geld einzusetzen, das sie und ihr Bruder gespart hatten. Ihr Bruder hatte in den letzten beiden Monaten in Hotels musiziert und auch mit Musikanten zusammengearbeitet, die er um keinen Preis achtete. Er haßte die Atmosphäre auf diesen Festen. So überredete die große Schwester die beiden, sie nach Qurna zu begleiten. Vielleicht wünschte sich Ma'ali, den jungen Mann wegen seiner Musikalität zu lieben! Aber es gelang ihr nicht, oder sie fürchtete, ihr Mitgefühl könne nicht ausreichen. Sie erkannte, daß sie nicht lange mit einem Mann zusammenbleiben konnte.

Aus all diesen Gründen bat sie sie, ihn zu heiraten. Rabî' war der beste Cellist des Landes. Mit dem großen Instrument auf der Schulter reiste er von Konzert zu Konzert, obwohl es bei seiner Größe nicht einfach war, ein Verkehrsmittel zu nehmen. Sein Körper litt an einem Wachstumsdefekt, hervorgerufen durch eine Niereninsuffizienz, die mit starken Medikamenten bekämpft wurde. Er hatte nur eine Größe von einem Meter dreißig erreicht; sein Cello überragte ihn, es war, als habe er sich bewußt dieses Instrument ausgesucht.

Als die kleine Schwester ihn fragte, warum er sich nicht für die Violine entschieden habe, erwiderte er, daß die Violine nicht trauriger sei als er selbst. Es sei leichter, sie zu besitzen, weil sie kleiner sei als er. Das Cello hingegen sei nicht nur trauriger, sondern auch größer als er und so schwer zu erobern wie eine Frau. Dies sagte er ihr am einzigen Tag ihrer Ehe, zu der ihn die große Schwester überredet und der er glücklich zugestimmt hatte. Trotz seiner Krankheit war er ein heiterer Mensch, der, wie er es ausdrückte, mit der Heirat zu einem vom Glück begünstigten Mann wurde. Doch er fürchtete sich vor dem Glück, weil er bald sterben müsse. In bitterem Spaß sagte er, daß er die Ehe schließen wolle, bevor ihn der Tod ereile.

Diese Worte hatte er dem Buch eines Sufi entnommen. Weder verhehlte er seine Verbindung zum Sufismus noch die Tatsache, daß er in guter Beziehung zu einem Sufi-Meister stand, der eine halblegale Schule in Bagdad eröffnet hatte. Viele junge Männer besuchten den Meister vor seiner Festnahme, die erfolgte, obwohl er lange genug dem Regime nahegestanden hatte. Man hatte ihn sogar gebeten, die große Sufi-Feier in der Nähe von Mahmûdîya zu organisieren.

Auf einem dieser Feste lernte Rabî' einen Mann kennen, den er sich zum Trauzeugen wünschte: Er hieß Muhammad Mun'im al-Naqschbandî, bevor er Sokrates genannt wurde. Rabî' konnte nicht ahnen, welch einen Fehler er damit beging: Er kannte die Vergangenheit des Mannes nicht, der sein Vertrauen gewonnen hatte, als er ihm half, das Cello in einem geliehenen Pick-up zu transportieren. Der Wagen gehörte einem Freund, mit dem er einen Verhütungsmittelhandel aufgezogen hatte: Muhammad Tâlib Hamûdî. Dieser trieb noch einen anderen geheimen Handel, der erst mit den Jahren an die Öffentlichkeit gelangte. Sogar der Staat hatte seine Finger im Spiel. Hinrichtungen wurden vollstreckt, die nach außen politisch motiviert waren, in Wirklichkeit aber mit finsteren Geschäften zusammenhingen. Es wurden auch Menschen hingerichtet, die mit Politik nichts zu schaffen hatten, aber von bester Gesundheit waren. Ihre Leichen wurden in verschlossenen Särgen transportiert, damit die Angehörigen sie nicht öffneten und sahen, daß die Toten verstümmelt waren.

Tâlib Hamûdî, der Zionist, hatte Beziehungen zu einer Organisation, die dabei helfen konnte, daß Muhammad Mun'im al-Naqschbandî Rabî' mit einer neuen Niere versorgte. Er vermittelte eine Transplantation im Ibn-al-Baitâr-Krankenhaus, in dem sonst nur Staatsdiener und berühmte Sänger behandelt wurden. Als Muhammad Mun'im al-Naqschbandî Rabî' die Neuigkeit überbrachte, freute sich der kleine Mann sehr, möglicherweise eine neue Niere zu erhalten. Obwohl der Preis sechstausend Dollar betrug, sollte sie ihm zum Geschenk gemacht werden. Und sie sollte von einem Menschen stammen, der eines natürlichen Todes gestorben war. Es ist gleich, wer hier log, ob Muhammad Mun'im al-Naqschbandî oder Muhammad Tâlib Hamûdî. Rabî' jedenfalls wußte nicht, daß Muhammad Tâlib Hamûdî und seine Organisation diese dunklen Verbindungen hatten und daß es sehr schwierig war, an eine Niere zu gelangen. Muhammad Mun'im al-Naqschbandî überzeugte Rabî' davon, sich rasch operieren zu lassen.

Rabî' konnte nicht wissen, daß er mit dieser Entscheidung seinen Tod besiegelte. Da alle seine Organe angegriffen waren, konnte man ihm sicher kein verwertbares Organ entnehmen. Man beeilte sich, seine tägliche Dialyse durchzuführen, um schnellstmöglich den Operationssaal nutzen zu können. Auch ein Fernsehteam vom Kino- und Theaterinstitut war ohne sein Wissen bei den Vorbereitungen mit von der Partie. Der Regisseur war einer der einflußreichsten Dichter des Landes und mit zwei anderen Dichtern befreundet, die Gedichte verfaßten, in denen sie die Menschen dazu aufriefen, eine Niere für diesen ›schönen, brillanten jungen Mann, den großen Musiker‹, zu spenden. Das Kino- und Theaterinstitut zeigte auch einige Sendungen, in denen Rabî' Cello spielte. Schlief er im Krankenhaus, schlief sein Cello an seiner Seite. Seine Dialyse wurde sogar live im Fernsehen übertragen, um die Menschen zum Spenden anzuregen.

Als die Transplantation stattfinden sollte, fehlte es für Rabî' nicht an einer Niere. An einem einzigen Tag hatten fünfunddreißig Menschen für ihn gespendet. Der Arzt jedoch verheimlichte diese Tatsache vor Malak und brachte sie dazu, ihrerseits eine Niere für ihren Bruder zu spenden. Wegen einer chronischen Blutarmut hätte sie nicht akzeptieren dürfen, sich eine Niere entfernen zu lassen. Doch das hatte ihr niemand gesagt. Während der Operation bekam sie eine heftige Blutung, die die Ärzte nur unter Aufbietung aller medizinischer Kunst stoppen konnten. Von den Folgen erholte sie sich jedoch nicht.

Bis zur Hochzeitsnacht am 2. August 1990 wußte niemand genau, was im Ibn-al-Baitâr-Krankenhaus geschehen war.« (Hier hielt sie einen Moment inne und sprach dann traurig weiter. Auch zwei Tränen, die wie künstliche Tropfen an ihren Lidern hingen, konnte sie nicht verbergen. Aber sie wischte sie nicht weg.) »Sie hätte eine Braut wie andere auch sein können. Doch ihre ältere Schwester beschloß, das Fest auf der Farm ihres Mannes Asîyad Lûtî stattfinden zu lassen, in Hârtha, in der Dîr-Gegend.

Iftaim Pay Day stellte ein kleines Auto für das Brautpaar und ein großes für die Gäste zur Verfügung. Muhammad Mun'im al-Naqschbandî, der Freund Rabî's, kam an jenem Tag nicht selbst, sondern schickte einen Stellvertreter, ebenjenen Muhammad Tâlib Hamûdî, der die Transplantation veranlaßt hatte. Inmitten von Gejubel und Getriller der Menge fuhren die beiden Wagen an jenem Abend nach Hârtha. Doch die Freude währte nicht lange.

Eine Panzerkolonne, eskortiert von Militärjeeps, kreuzte ihren Weg, ohne anzuhalten, so daß Rabî' vorschlug, auszusteigen und das Hochzeitsfest unter freiem Himmel zu feiern. Alle sprangen aus den Autos und machten es sich auf dem Boden bequem. Das Brautpaar saß nebeneinander, während der Scheich, der sie begleitete, mit der Hochzeitszeremonie begann. Er hatte die einleitende Lesung noch nicht beendet, als die Militärjeeps hielten und ein Offizier ausstieg. Man informierte ihn, doch er fing an zu schreien und beschimpfte den ›Hund‹, der es in dieser Zeit, da das Land vom Unglück heimgesucht werde, wagte zu heiraten. Rabî' antwortete: ›Warum Unglück? Es reicht doch, auf die Massen zu hören: Das Land feiert die Rückkehr des Zweigs, Kuwait, zum Ursprung.‹ Da fragte ihn der Offizier wutentbrannt, ob er sich über die Regierung, die Führung, die Revolution lustig mache? Noch bevor Rabî' antworten konnte, zückte er seinen Revolver und feuerte auf den kleinen Körper, während die anderen entsetzt aufschrien.«

Sie konnte die Tränen nicht mehr zurückhalten. Ich wagte zu sagen: »Ich weiß nicht... Ich hatte erwartet, Rabî' würde an den Folgen der Operation sterben, nicht durch Schüsse. Sein Tod hat etwas Melodramatisches... Aber...« Eigentlich wollte ich fortfahren: »Der Mord ist wie der Mord im Hotel: alle Ereignisse sind wie Szenarien von Actionfilmen! Selbst wenn sie Wirklichkeit sind.« Statt dessen sagte ich: »Warum erzählst du mir das alles? Hat es denn etwas mit uns und diesem Ort zu tun?«

Sie verlor nicht die Fassung, veränderte nicht ihre Position, bewegte nicht ihr Gesicht. »Ob es etwas mit uns zu tun hat? Mit uns? Natürlich hat es mit uns zu tun! Glaubst du, ich erzähle dummes Zeug?«

»Sind wir also nicht wegen Wadschîha, Asîyad Lûtî und Iftaim Pay Day hier, sondern wegen Muhammad Tâlib Hamûdî, dem Zionisten?« fragte ich.

»Ich bin nicht wegen Muhammad Tâlib Hamûdî mit dir hergekommen, sondern wegen Malak«, erwiderte sie sanft.

Fast hätte ich sie nach Wadschîha gefragt und nach Asîyad Lûtî. Ich bereute, den Namen Iftaim Pay Days ausgesprochen zu haben, nachdem ich nicht einmal mit Najma über sie gesprochen hatte. Wie würde ich mich verhalten, wenn ich erführe, daß Wadschîha nicht mehr am Leben war? Vielleicht hätte ich mich weiter mit diesen Fragen gequält, wenn sie nicht weitergesprochen hätte.

»Von Wadschîha und Asîyad Lûtî werde ich später erzählen. Du mußt dich ein wenig gedulden und darauf gefaßt sein, daß ich die beiden erst erwähne, wenn ich merke, daß du mit Ernst bei der Sache bist. Jetzt komme ich auf Malak und ihr Schicksal zurück, auch wenn du nicht im Detail erfahren mußt, was ihr zugestoßen ist. Ich spreche nicht gern davon, aber weil du mir viel bedeutest, sollst du wissen, mit wem du es zu tun hast.«

Als käme meine Stimme von weit her, hörte ich mich fragen: »Wirst du mir denn sagen, mit wem ich es zu tun habe?«

Sie streichelte meine Wange und fuhr fort, als hätte sie meine Frage nicht gehört. »Wahrscheinlich hätte niemand von den fünfunddreißig gespendeten Nieren erfahren, wenn Muhammad Tâlib Hamûdî nicht Malak überredet hätte, mit ihm nach Bagdad zu fahren. Er versprach, ihr einen Job als Sängerin zu verschaffen. Sie hatte eine so wunderbare Stimme. Doch es dauerte nicht lange, vier oder fünf Monate, da schrieb Malak einen Brief, in dem sie die Hölle schilderte, die sie durchmachte. Muhammad Tâlib Hamûdî hatte keines seiner Versprechen gehalten. Als er einmal betrunken war, erzählte er ihr, daß sie sich Rabî's als Köder bedient hätten, um an möglichst viele Nieren zu gelangen. Weil er für ihren Lebensunterhalt aufkam, war sie gezwungen, weiterhin mit ihm zusammenzuleben.

Zuerst glaubte niemand ihre Geschichte. Es waren verrückte, traurige Zeiten. Dann brach der Krieg aus, und alles veränderte sich mit rasender Geschwindigkeit. Schließlich erfuhr Iftaim Pay Day über einen ihrer Kanäle, daß Malak nach Tell al-Lahm geflohen war, daß Muhammad Tâlib Hamûdî sie aber bis hierher verfolgt hatte. Erst gestern hörte ich von 'Assle, der Jüdin, daß Malak ermordet wurde und daß man ihr alle noch brauchbaren Organe entfernt hatte.«

»Dann hat Najma mir also von Malak erzählt...«

»Najma – die weibliche Form deines Namens?« fragte sie, ohne ihr Lächeln zu verbergen.

»Ja, die weibliche Form meines Namens.«

Sie schaute mir in die Augen und sagte:»Küß mich!«

Wir küßten uns zwei oder drei Minuten lang, bis sich unsere Lippen voneinander lösten und ich sie sagen hörte:»Ich habe Angst.«

»Du hast Angst, dich in den falschen Mann verliebt zu haben – den unpassenden Mann.«

»Ich weiß nicht«, murmelte sie.

»Und ich weiß nicht, ob du mich liebst«, sagte ich.

»Diese Frage habe ich mir noch nicht gestellt, obwohl du mich schon lange interessierst«, erwiderte sie traurig.

»Hat es denn etwas zu tun mit der Rivalität der beiden Schwestern?« fragte ich sie zwischen Scherz und Ernst.

»Natürlich! Ich sag dir auch, was.«

Vielleicht zündete sie sich die letzte Zigarette an, bevor sie mir die Geschichte auf ihre Art erzählte – um sie dadurch weniger rätselhaft zu machen. In Wirklichkeit machte sie sie aber nur noch rätselhafter.

»Du warst ein Mann, der die Schwestern schon lange in ihren Bann gezogen hatte, so daß sie das Spiel von neuem begannen. Sie waren nach außen hin reifer geworden: Die eine war seit langem verheiratet, die andere war nur wenige Minuten verheiratet und Jungfrau geblieben. Ich erinnere mich noch genau, wie du Asîyad Lûtî aufgesucht hast, um ihn wegen der sterbenden Palmen um Rat zu fragen, der Palmen, die Selbstmord begingen, wie Asîyad Lûtî es ausdrückte. Er sprach voller Bewunderung von dir. Dies geschah lange bevor die Schwestern Rabî' kennenlernten, lange bevor die kleine Schwester um die Beziehung deiner Frau zu Asîyad Lûtî wußte. Wir sprechen hier nicht von der älteren Schwester – sie wußte es lange vor der kleinen Schwester. Die Kleine erfuhr es nur durch Zufall, als sie die beiden verstohlen durchs Fenster beobachtete. Eigentlich stellte sie sich auf eine Sexszene ein. Statt dessen hörte sie ein sinnloses Gespräch mit an.

Asîyad Lûtî gestand seiner Frau, in der Klemme zu stecken. Man hatte aus zwei Gründen von ihm verlangt, Wadschîha zu liquidieren: erstens weil sie zuviel wußte, insbesondere über die Geheimwaffen, die in den Riedbauten der Dschassânîya-Fische versteckt waren, zweitens weil sie von labiler Gesundheit war und ihren Auftraggebern nichts mehr nützte. Asîyad Lûtî hatte keine Ahnung, wie er sich aus dieser Lage befreien sollte. Nicht zum erstenmal offenbarte er seiner Frau seine Qual; aber sein Klagen war nicht aufrichtig. Denn sobald seine Frau aus dem Haus war und er von deiner Abwesenheit wußte, eilte er zu Wadschîha. Auch ihre Besuche in Bagdad und deinen Eintritt ins Militär, als Kuwait besetzt wurde, nutzte er aus.

Plötzlich schwieg sie.

»Hast du Angst, mir diesmal die wahre Geschichte zu erzählen?« fragte ich.

»Die wahre Geschichte? Was meinst du denn damit? Wahrheit und Phantasie sind Definitionen, die nur vom Blickwinkel abhängen! Hinter jedem Ding kann Gott oder Teufel, Wahrheit oder Phantasie stecken.«

Als wüßte ich um ihre Angst, sagte ich: »Du befürchtest, ich würde über die Dinge urteilen.«

»Nein, ich fürchte nur, etwas Falsches zu sagen«, antwortete sie rasch.

»Wie kannst du allein über die Dinge urteilen, die du getan hast?«

»Man hat nicht immer das Bedürfnis nach Gottes Urteil. Nach allem, was mir zugestoßen ist, habe ich aufgehört, an Gott zu glauben. Ich werde dir sagen, wie es dazu kam.«

Sie schwieg eine Weile, um dann fortzufahren: »Die kleine Schwester dachte, nun sei der entscheidende Moment gekommen, ihrer großen Schwester zu beweisen, daß sie ihr helfen könne. Vielleicht würde diese es ihr danken. Ihr war nicht bewußt, daß sie ihre Schwester damit nicht zwangsläufig zu Anerkennung ihr gegenüber bringen würde. Im Gegenteil. Ihr Groll würde zunehmen, wenn die kleine Schwester ihr zeigte, daß sie eigenständig handeln konnte, reif war und sehr gut wußte, welche Opfer sie brachte.

Was brachte Wadschîha dazu, an einem dieser verrückten Abende an ihrer Haustür zu klingeln? Es war ein Tag, den manche als Tag des Aufstands, andere als Tag des Verrats in Erinnerung behalten werden. In jedem Fall eine Heimsuchung des Landes. Die Umstände hatten dazu geführt, daß die kleine Schwester an jenem Abend allein im Haus war. Wadschîha fragte nach etwas Nescafé, da ihr eigener aufgebraucht war, und die kleine Schwester bat sie herein. Nach wenigen Sätzen empfand sie Sympathie für die Nachbarin und vergaß, daß sie die Geliebte ihres Schwagers war. Sie sprach offen über die dunklen Pläne, die gegen sie geschmiedet wurden, und empfahl ihr, aus der Stadt zu fliehen und ihre Haut zu retten. Ohne recht zu glauben, was sie da hörte, dankte Wadschîha ihr, bat aber vor dem Gehen nochmals um Nescafé.

Die kleine Schwester erklärte ihr, sie sei nur zu Besuch und wisse nicht, ob sich im Hause Nescafé befände, weil man hier für gewöhnlich Tee trinke. Sie wollte aber unbedingt in der Küche nach Nescafé suchen, und sie entdeckte tatsächlich in der Ecke eines Bords eine kleine Dose, die sie Wadschîha gab. So ging Wadschîha an diesem Abend nach Hause, ohne zu ahnen, daß sie ihr eigenes Urteil vollstrecken würde. Die Nescafé-Dose enthielt Kaffeepulver, gemischt mit Thallium, einem Gift, das der Herrscher Asîyad Lûtî gegeben hatte, um es bei den gegnerischen Hähnen anzuwenden, wenn die Lage es erforderte.

»Dann ist Wadschîha ja gar nicht mit Asîyad Lûtî durchgebrannt!« sagte ich mit einer Stimme, die mich selbst erstaunte.

Ich griff nach Wadschîhas Handtasche mit den eingravierten Silberbuchstaben NW. Ich spürte, wie sie meine Hand berührte, mir die Tasche wegnahm und sie wieder zur Seite legte. Sie streichelte meinen Unterarm, wandte sich mir zu und sagte sanft: »Es ist doch seltsam, daß Dinge ohne unser Zutun den gewünschten Lauf nehmen.«

Ihre Stimme kam von ganz weit her, aus einer fernen Zeit, wie eine Stimme, die uns im Schlaf heimsucht, die man aber als sehr nah empfindet, wie ein Teil der Luft, die wir einatmen, bis wir aufwachen.

Ohne es zu wollen, sagte ich leicht provozierend: »So wurde die kleine Schwester ohne bewußtes Zutun zur großen Schwester.«

Meine Worte schienen ihr nichts ausmachen, denn sie streichelte weiterhin meinen Unterarm. »Einen Tag nach ihrem Besuch, als sich die Vergiftungssymptome verstärkten und sie vielleicht schon fühlte, daß sie bald sterben müsse, brachte sie die Nescafé-Dose zu Doktor Mâdschid, um den Inhalt untersuchen zu lassen. Ob aus Arglosigkeit, Gutmütigkeit oder Angst vor dem, was die Ereignisse der Zeit für Blüten trieben – der Arzt konnte seine Besorgnis nicht verbergen und bat Wadschîha, ihn zu Asîyad Lûtî zu begleiten. Die kleine Schwester, die in einem der oberen Zimmer des Hauses Schutz gesucht hatte, weil sie in diesen Tagen nicht auf die Straße zu gehen wagte, erfuhr nun von der Zusammensetzung des Pulvers. In einer durchzechten Nacht hatte Asîyad Lûtî selbst dem Arzt seine Angst davor enthüllt und ihm erklärt, daß er dieses Pulver keinesfalls gegen einen Hahn einsetzen wolle, woher das Tier auch stamme. Die angespannten Stimmen der Streitenden drangen bis nach oben, wo die kleine Schwester alles mit anhörte. Die Männer verlangten Erklärungen voneinander. Wadschîha jedoch nützten weder Spott noch Drohungen: sie gingen unter im Donnern der Waffen, im Lärmen der einrollenden Panzer, im Dröhnen der Flugzeuge, die in der Luft zu kreisen begannen. Es waren verrückte Tage.

Jeder bedrohte jeden; herauszufinden, wer wen umgebracht hatte, wurde schwierig.

Die kleine Schwester verstand nicht genau, was sich an der Haustür abspielte, und hielt sich die Ohren zu, um es nicht zu hören. Mit geschlossenen Augen zählte sie Sekunden und Minuten. Nicht lange, und Schüsse zerrissen ihr das Trommelfell: ein Schuß, zwei, drei, vier... tak, tak, tak. Nein, es gelang ihr nicht, sie zu zählen. Vielleicht hätte sie stundenlang an ihrem Platz gekauert, wenn sie nicht noch mehr Schüsse gehört hätte, diesmal direkt von der Tür her. In den Lärm mischten sich laute Stimmen, aber die kleine Schwester war noch zu benommen, um ihre Sinne zu beherrschen. Ihr war, als bewege sie sich zwischen Phantasie und Wirklichkeit. Sie hörte einen Schrei, und obwohl er nicht sehr laut war, übertönte er mit seinem Schmerz die anderen Geräusche. Dieser Schrei war ihr vertraut, sie kannte ihn seit Jahren, vielleicht seit ihrer Kindheit. Es war der Schrei ihrer großen Schwester. Die kleine Schwester zitterte vor Angst und Schrecken auf dem Dach und wagte nicht, nach unten zu gehen. Sie beruhigte sich erst bei Einbruch der Nacht.«

Mit zitternder Stimme fügte sie hinzu: »So fand ich die Handtasche mit dem Revolver.« Sie bewegte sich ein wenig. »Ja, die Handtasche lag neben drei Leichen. Doktor Mâdschid war geflüchtet, hatte es aber nur bis zur nächsten Kreuzung geschafft. Dort war er auf die Panzer der republikanischen Garde gestoßen und erschossen worden. Unterdessen lagen drei Leichen dicht an der Türschwelle: Wadschîha, Asîyad Lûtî und...« Sie brachte ihren Satz nicht zu Ende, weil sie »Ma'ali« nicht aussprechen wollte, Ma'ali Sayyid Muslatt, die große Schwester. Statt dessen sagte sie: »Ich bitte dich. Frag mich jetzt nicht, ob ich dich liebe. Wir sind von jeder Vergangenheit befreit. Dir bleibt nur noch ein Entschluß: Willst du mit mir den Friedhof verlassen oder nicht?«

Ich hätte sie fragen wollen, in welchem Zustand sie die Leichen vorgefunden hatte. Aber ich verdrängte diesen Gedanken sofort. Es wäre sinnlos gewesen, eine solche Frage zu stellen. Jeder birgt sein eigenes trauriges Geheimnis.

Wir schwiegen lange, sahen uns aber weiterhin an. Sie holte ein kleines hölzernes Kreuz hervor. (Bedeutete es, daß sie Christin war?

Erst wollte ich sie danach fragen, aber die Antwort hätte ja ohnehin nichts geändert.) Sie stand auf und steckte das Holzkreuz in den Grabhügel, den sie selbst aufgeschüttet hatte: *Ma'ali Sayyid Muslatt, 1957–1991.*

Sie deutete auf das Holzkreuz. »Dieses Kreuz haben wir aus dem Holz unseres gemeinsamen Betts geschnitzt, als wir klein waren. In einem Film hatten wir gesehen, wie ein junges Mädchen ein solches Kreuz in einen Grabhügel steckte, den es am Strand aufgeschüttet hatte. Wir nahmen uns damals vor, einander auf diese Weise zu ehren. Jetzt halte ich mein Wort.«

Sie hatte diese Geschichte erzählt, als wäre sie nicht ihrer Schwester widerfahren und als hätte sie selbst nicht die Menschen erschossen, deren Anzahl sie nicht interessierte. Nur eines ließ ihre Erzählung offen: die Frage nach der Schuld. Sie hatte sie nur deshalb erzählt, weil sie loswerden wollte, was ihr zugestoßen war. Vielleicht bereute sie nur eines: jahrelang in der Gewißheit eines Irrtums gelebt zu haben. Endlich hatte sie es erkannt, der Moment des Erkennens war blitzartig gewesen, eine Überraschung, die ihr vielleicht mit den selbst abgefeuerten Schüssen bewußt geworden war.

Aber wo war mein Platz in dieser Geschichte? Und wie sollte ich sie von nun an nennen?

Sie vergewisserte sich, daß das Kreuz fest im Hügel steckte, klopfte Lehm und Staub von ihrer Kleidung und beugte sich zu mir. Dies war also die Frau, die mich nach Tell al-Lahm geführt hatte. Die Frau, die ich zu lieben begonnen hatte und immer noch liebte. Es war sinnlos, mich zu fragen, ob auch sie mich liebte, schließlich wußte ich jetzt, wer sie war. Es war unnötig, wegen einer mutwilligen Frage den Lauf der Dinge zu stören. Wir müssen auf unsere innere Stimme achten. Mir wurde bewußt, daß jede weitere Frage nicht nur überflüssig gewesen wäre, sondern die Grundlagen der Geschichte, die wir zusammen gebildet hatten, zerstört hätte.

Sie nahm die letzte Zigarette aus der Schachtel Sumer, zerrieb sie zwischen den Fingern, bevor sie die leere Schachtel zerdrückte und in einer Plastiktüte verstaute. Aus der Handtasche holte sie ein kleines Heft hervor, das aussah wie ein bunt eingeschlagenes Schulheft.

»Dies ist das Tagebuch«, sagte sie mit schwacher Stimme. Ich hatte sofort erkannt, worum es sich handelte. Sie legte es langsam in die Handtasche zurück und steckte diese dann mitsamt dem Heft, dem Revolver und dem Feuerzeug in die Plastiktüte, die sie weit weg warf. Woher nahm sie nur die Kraft dazu? Sie stand auf und sagte: »Jetzt sind wir endgültig ohne Erbe.«

Bevor Mahmûd und Alî auftauchten – wir sahen sie von weitem gemächlich in unsere Richtung schlendern, als erwarteten sie, daß sie sich von meiner Seite löste –, sagte sie, wie als Antwort auf meine nichtgestellte Frage (»Jetzt kenne ich dich zwar, kenne die Frau, die ich begleitet habe, die ich – immer noch – liebe... Aber deinen Namen kenne ich nicht«): »Hab keine Angst. Als ich klein war, pflegte ich auf diesem Friedhof zu spielen. Seit meiner Kindheit kenne ich die Ausgänge. Ohne zu übertreiben darf ich dich darauf hinweisen, daß du diesen Friedhof ›Tell al-Lahm‹ ohne mich nicht verlassen darfst. Ich bin es, die es glücklich macht, von dir geliebt zu werden, und ich liebe dich noch immer, ich, die um eine Stunde und fünfundzwanzig Minuten jüngere Zwillingsschwester, die in jener Nacht zur großen Schwester wurde, die Frau mit dem Namen Marâyâ Sayyid Muslatt.«

Eine Art Ende: Deuteronomium

Soll ich sie jetzt Marâyâ nennen oder nicht, nachdem sie sich auf der Reise so verhalten hat, als wäre sie Ma'ali? Wie lange würde ich durchhalten – ihre Art ertragen, Begebenheiten zu erzählen, Namen und den Verlauf der Ereignisse zu verändern –, wenn ich mich weigerte und sie weiterhin Ma'ali nannte?

Schließlich ist es nicht ihre Schuld, es ist niemandes Schuld. Sie hat gehandelt, wie sie handeln mußte. Mein Part bestand darin, nach der ersten Hälfte in ihre Geschichte, in die Geschichten verschiedener Menschen einzutreten. Es spielte keine Rolle, welche Bilder ich mir von der ersten Hälfte ihres Lebens – ihrer Geschichte, der Geschichte der anderen und meiner eigenen – gemacht hatte. Ich muß nur akzeptieren, wie sie Begebenheiten erzählt, wie sie der Zeit, die uns zermalmt, Sinn verleiht. Jetzt, zum Ende hin, wurde mir bewußt, daß wir unsere eigene Geschichte schaffen mußten. Ohne müde zu werden, hatte sie geredet und geredet. Es war gleich, ob sie Ma'ali oder Marâyâ war. Wichtig war nur, daß wir beide, sie und ich, das Ende gemeinsam erzählten. Es ist bedeutungslos, wann genau der Moment der Entdeckung war. Wichtig ist, daß es ihn gab. In der Tiefe der Dinge behalten die Dinge ihren Wert. Bestimmte Momente dauern nicht an: der Moment, wenn die Kugel sich aus der Revolveröffnung löst oder wenn die Finger die Saite eines Musikinstruments berühren. Die Hand, die den Schuß abfeuert, und die Hand, die das Musikinstrument berührt, denkt nicht an die Dauer. Aber für denjenigen, auf den geschossen wird, und für denjenigen, der den Ton des Musikinstruments hört, ist sie von Bedeutung.

Ich bin erst in die zweite Hälfte der Geschichte eingetreten. Jetzt male ich mir die erste Hälfte aus. Oder ich webe mit dem Wissen der ersten Hälfte die Geschichte der zweiten Hälfte neu. Eine Mischung aus Wahrheit und Phantasie, Wirklichkeit und Einbildung, die eine Musik erklingen läßt gleich jener, die ich auf dem Friedhof hörte und die mich langsam aus dem Zustand aufwachen ließ, in dem ich mich befand. Ich begann, um mich zu blicken, nahm mich und den Ort wahr, erkannte, wo ich saß, den Rücken gegen das Auto gelehnt: vor mir, hinter mir und um mich herum erstreckte sich in der Dunkelheit des Abends der riesige Friedhof.

Am Kühler des Autos standen die Brüder Mahmûd und 'Alî, die zu vereinbarter Zeit eingetroffen waren (ich dachte: »Sie kommen immer pünktlich«). In diesem Moment blieb ihnen nur noch eine Aufgabe: am Auto zu lehnen. Einer hielt das Cello, während der andere den Bogen führte. So halfen sie einander, eine Melodie zu spielen, die mich an das Lied »Die Taube hat sich verirrt« erinnerte. Ich hatte dieses Lied in einem alten Film gehört, wie sie manchmal in den Nonstop-Kinos gezeigt werden. Ein paar Schritte hinter ihnen sah ich das Mädchen, die Frau, deren Identität zwar feststand, der ich aber noch keinen Namen gegeben hatte.

Sie ging langsam auf das Friedhofstor zu, es dauerte nicht länger als es dauern würde, aus einem Revolver einen Schuß abzufeuern oder einen Bogen über die Saiten eines Cellos zu führen. Ich mußte eine Entscheidung treffen, mußte mir jedoch diesmal über den Sinn, den ich der Zeit verlieh, klarwerden. Ich erhob mich von meinem Platz. Mahmûd und 'Alî mußten noch viel üben, wenn diese Melodie erkennbar sein sollte. Sie mußten auch versuchen, neue Weisen zu spielen, nicht nur diese eine, die sie in der ersten Hälfte ihres Lebens bei ihrer Tante im Hidschaz gelernt hatten.

Wollte ich den Friedhof verlassen, so mußte ich dieser Frau folgen, meiner Freundin, meiner Gefährtin.

Ich sah mich um, fühlte mich verlassen in der Dunkelheit. Als ich mich dem Friedhofstor zuwandte, erblickte ich auf der Mauer in der Nähe des Tors eine weißgekleidete Gestalt: die Gestalt einer Frau, weiße Kleidung, weiße Haare, weißer Körper, üppige Lippen, unnatürlich. Mit erhobenen Händen stand sie am obersten Ende der Friedhofsmauer, als betete sie. Den Rücken aber hatte sie der Qibla zugewandt.

Ich starrte sie an und konnte nicht glauben, was ich sah. Ich versuchte, mir die Erscheinung rational zu erklären, herauszufinden, ob sie Wirklichkeit war oder Traum. Doch bevor ich Klarheit gewann, sah ich ein blendendes Licht gleich den Lichtern eines Zugs, der um diese verrückte Stunde am Friedhof vorbeifuhr.

Sie stand immer noch da – wie die verirrte Taube. Und da wußte ich: Ich mußte mich schnell auf den Weg machen, dieser Frau nach – der Frau, die ich liebte, die ich zu lieben begann. Denn nur mit ihr, Marâyâ Sayyid Muslatt, würde ich den Friedhof verlassen können, den Friedhof der Fremden: Tell al-Lahm.

(22. September 1997 – 22. September 1999)

Anmerkungen

Zur Schreibweise und Aussprache des Arabischen
Die hier verwendete Schreibweise arabischer Namen und Begriffe orientiert sich mit wenigen Ausnahmen an der Aussprache. Der Name des Erzählers wird auch im Text als Najem (gesprochen: Nadschem) bzw. in der weiblichen Form Najma (gesprochen: Nadschma) wiedergegeben. Die arabischen Buchstaben Hamza (Wortanlaut bei Vokalen) und 'Ain wurden der Einfachheit halber mit Apostroph umschrieben. Lange Vokale wurden mit einem Zirkumflex versehen. Das h dient im Arabischen nie der Längung vorhergehender Vokale, sondern wird grundsätzlich gesprochen. Das z wird als stimmhaftes s gesprochen.

7: Motto: Rafael Alberti, Getäuscht hat sich die Taube. In: Museum der modernen Poesie, eingerichtet von Hans Magnus Enzensberger, Frankfurt a.M. 1960, S. 267.

11: Schatt al-Arab: Gemeinsamer Unterlauf von Euphrat und Tigris.

15: »Weg des Todes«: Die irakischen Truppen wurden bei ihrem Rückzug aus Kuwait von den alliierten Streitkräften bombardiert, so daß die verbrannten Leichen ihrer Soldaten und die ausgebrannten Armeefahrzeuge am Weg lagen.

17: 13. September 1980: An diesem Tag hißte Saddam Hussein die Flagge. Ursprünglich sollte auch der Krieg gegen Iran an diesem Tag beginnen.

18: »Glaubt er?« und »Die sinnlosen Wege des Schicksals haben mich auf seine Fährte gebracht«: Lieder des ägyptischen Sängers 'Abd al-Halîm Hâfiz (1929–1977).

19: Palmenkletterer: Palmenkletterer helfen bei der Befruchtung der Dattelpalmen nach, indem sie den Samen der männlichen Bäume auf die weiblichen Bäume übertragen.

26: Bettdecken: Bei halblegaler Prostitution im Irak hängen die Prostituierten als Zeichen ihres Standes ihre Bettlaken auf die Balkone.

34: Iftaim: Verkleinerungsform von Fatima.

37: Bint Ma'aidi: Dem Volksmund nach wurde Bint Ma'aidi, die schöne Tochter eines Bauern, im Südirak von einem englischen Offizier entführt und starb später in der Fremde an Heimweh.

40: Ilwîya: Ilwîya ist die Bezeichnung für eine Frau edler Abstammung, die bis zum vierten Kalifen und Schwiegersohn Muhammads, Imam 'Alî bin Abî Tâlib, dem Begründer der Schia, zurückreicht. Für Männer lautet die Bezeichnung Sayyid.

Haschemitin: Die Haschemiten sind Nachkommen von Hâschim, dem Onkel des Propheten Muhammad. Hier ist die jordanische Königsfamilie gemeint.

Mûsawitin: Die Mûsawiten sind Nachkommen des schiitischen Imams Mûsa al-Kâzim.

41: »Nächte der Geselligkeit«: Anspielung auf ein altes arabisches Lied mit dem Titel »Geselligkeit in Wien«.

42: »Allahu akbar«: Anfang vom Ruf des Muezzins, der fünfmal am Tag die Gläubigen zum Gebet auffordert, zum erstenmal im Morgengrauen. Übersetzt etwa: Gott ist der Größte.

47: Bûrî: Gemeint ist Saddam Husseins Vize 'Izzât al-Dûri.

50: al-Mutanabbi: Arabischer Dichter (915–965), 948–957 Hofdichter des Hamdanidenfürsten Saif al-Daula in Aleppo/Syrien.

54: 5. Juni: Anspielung auf den 5.–10. Juni 1967, die Niederlage gegen Israel im Sechstagekrieg.

'Abbâs- und Hussein-Raketen: Die mit Sprengköpfen ausgerüsteten Mittelstreckenraketen von Saddam Hussein.

55: Abû-l-Qâsim al-Thaqfî: Hier offenbaren sich Dummheit und Ignoranz der Offiziere: Abû-l-Qâsim war ein Heerführer in der Zeit des zweiten rechtgeleiteten Kalifen 'Umar (reg. 634–644). Diese Meinung war jedoch die offizielle Position der Ba'th-Regierung zur Herkunft der Bewohner des Südirak schiitischer Herkunft.

61: Sa'ad Ibn Abî Waqqâs: Führer des arabischen Heeres, das in der Schlacht von Qadisîya (636) das persische Heer unter der Führung von Rustam besiegte. Saddam Hussein hat danach den Krieg gegen Iran Qadisîya genannt.

Salâh al-Dîn al-Ayyûbî: In Deutschland besser bekannt als Sultan Saladin, der im 12. Jahrhundert erfolgreich gegen die Kreuzfahrer kämpfte und Jerusalem für die Araber zurückeroberte.

62: Kufischrift: Die kufische Schrift war die antike monumentale arabische Schrift, die seit dem 12. Jahrhundert von der bis heute üblichen Kursivschrift abgelöst wurde.

63: Sargon der Akkadier: Sargon der Große, König von Akkad (2334–2279 v. Chr.).

69: Schafiiten: Die Schafiiten gehen auf Muhammad Ibn Idris al-Schafii (767–820) zurück und sind eine der vier anerkannten Rechtsschulen des sunnitischen Islam.

85: Failîya-Kurden: Ihr Name geht zurück auf den mythischen Berg Faylî im heutigen Iran. Aus dieser Gegend ist vermutlich vor Generationen ein Stamm von Kurden in den heutigen Irak eingewandert.

88: Qibla: Gebetsrichtung nach Mekka.

93: Dîr: Kleiner Pilgerort etwa 40 km nordöstlich von Basra. Hier soll der Legende nach König Salomon, der Sohn Davids, begraben sein. Im selben Ort befindet sich angeblich auch das Grab des »Mahdi«, des zwölften »entrückten« Imams der Schiiten.

109: Schia: Islamische Partei, die Anhänger des vierten rechtgeleiteten Kalifen 'Alî Ibn Abî Tâlib, die ihn, den Vetter und Schwiegersohn Muhammads, als einzigen rechtmäßigen Nachfolger des Propheten anerkennen.

111: Imam: Anspielung auf Imam Hussein Ibn 'Alî, den dritten Imam der Schiiten (626–680), dessen Mausoleum in der Nähe liegt.

126: »Weise ist, wer sich begnügt, das Weltspektakel zu betrachten.«: »Sàbio éo que se contenta com o espectaculo do mundo.« – Robert Lind übersetzt: »Weise ist, wer sich begnügt mit dem Anblick der Welt.« In: F. Pessoa, Ricardo Reis, Oden, Zürich 1986.

140: Brasilianischer Volkswagen: Zu Beginn des Irak-Iran-Krieges verteilte Saddam für jeden Kriegsgefallenen einen in Brasilien produzierten Volkswagen.

144: »Herr der Zeiten«: Der angeblich entrückte zwölfte Imam der Schiiten.

152: Ramal, Radschaz, Mutadârik: Arabische Lyrikmetren.

154: 'Abd al-Schaich Machfar: Machfar bedeutet Wache.

158: Dischdascha: Eine Art Kaftan, Dschalabîya.
»Allahu akbar … wa 'Alî Walî Allah«: Gott ist der Größte, und 'Alî ist ein Freund Gottes (Gebet der Schiiten).

166: Zahlâwî-Arrak: Arrak aus Zahle, einer Stadt im Libanon.

172: 'Îd: Fest. Gemeint sein können das Îd al-kabîr, das große Opferfest zum Abschluß des heiligen Pilgermonats Hadsch, oder das Îd al-saghîr, das kleine Opferfest, zum Abschluß des heiligen Fastenmonats Ramadan.
»Die Mutter von Indien«, »Dobadan«, »Die Nächte von Schâmî Kâbûr«, »Singâm«: Bekannte indische Filme.

181: Umm Kulthum: Aus Ägypten stammende, beliebteste Sängerin der gesamten arabischen Welt (1904–1975).

188: Tunub al-Sughra, Tunub al-Kubra, Abû Mûsâ: Inseln im Persischen Golf, bis heute von Iran besetzt.

213: Tell al-Lahm: antike Ausgrabungsstätte nahe der antiken Stadt Ur, ca. 150 km westlich von Basra. 1991, im 2. Golfkrieg, haben Amerikaner angeblich Hunderte von Kratern in diese Gegend gesprengt.

228: Farhûd: Ausrauben. Bezeichnung der Pogrome gegen Juden, die 1941 im Irak begannen und zur Vertreibung der irakischen Juden nach Israel führten.

251: Abd al-Rahîm, 'Abd al-Malak, 'Abd al-Qadûs, 'Abd al-Salâm etc.: Aufzählung einiger der hundert Namen Gottes. 'Abd bedeutet Sklave.

278: Nach den letzten Ereignissen: Gemeint ist der Aufstand der irakischen Bevölkerung im März 1991, den Saddam Hussein nach dem Abschluß eines Waffenstillstands mit den Alliierten gewaltsam niederschlagen durfte.

Inhalt